위반의 시대와 글쓰기

새미비평신서 18

위반의 시대와 글쓰기

이성천 평론집

새미

책머리에

어느 시인의 말처럼, 모든 신은 아니지만 많은 신들이 사라져간 지점. 진보의 오랜 계율을 거스르고 문명적 주체의 분열을 경험하는 위반의 시대. 글쓰기의 두려움과 곤혹감 앞에서 두 번째 평론집을 묶는다. 첫 평론집 『시, 말의 부도』 이후 5년 만이다. 원고를 준비하면서 나는 이 책이 또 다시 그동안 수행해 온 비평적 글쓰기에 대한 반성이 될 수밖에 없음을 예감한다. 자기정화를 거친 진지한 사유와 구체적 감각을 요구하는 비평정신을 외면한 채 방황하는, 이즈음 내 마음속 문학의 표정들을 누구보다도 가까이서 마주하기 때문이다.

문학은 인간의 진솔한 삶에 대한 연민에서 기원한다고 오랫동안 생각해왔다. 그 연민이란 단순이 삶을 가엾고 불쌍하게 여기는 감정은 아닐 것이다. 문학적 연민의 정서는 삶의 근원적 요소들과 소통하는 원초적 감정이며, 궁극적으로 그것은 인간에 대한 예의에서 비롯된다. 비평의 윤리 역시 분명 이 지점에서 발원되는 것이다. 진지한 문학적 사유와 성실한 비평적 글쓰기가 인간에 대한 예의라는 생각은 지금도 여전히 변함이 없다. 그러나 이제 와 돌이켜보니 나의 경우에는 자기위안과 자기연민에 빠져 많은 부분들을 충족시키지 못한 것 같다.

일전에 시집을 한 권 읽었다. 그 시집에는 라이너 마리아 릴케가 조각가 로댕의 비서로 잠깐 일했다는 이야기가 실려 있다. 일시적으로 글쓰기의 능력과 감각을 상실한 릴케에게 로댕은 파리의 동물원에 나갈 것을 권유했고, 이후 그는 대상을 올바르게 이해하는 눈을 갖게 되었다는 이야기다. 우리에게 잘 알려진 릴케와 로댕의 일화를 새삼스럽게 꺼내 든 이유는 기계적 글쓰기에 익숙해진 나에게 부족하기만 한 이 책의 출간이 로댕의 충고와 같은 소중한 의미를 지니는 까닭이다. 더 이상 바쁜 일상과 마감 시간에 쫓긴 탓이라고 변명하지 않으련다. 비평적 글쓰기는 인간에 대한 예의의 차원에서 수행하는 일이기 때문이다.

문득, 지난 평론집의 책머리에 써 두었던 글의 한 두 대목이 떠오른다. 잘 빚어진 평론을 쓰기 위해 수사학적 장식과 형식 논리에 치우치지 않고, 서툰 몸짓이라도 의미로 가득 찬 글쓰기를 전개하고자 한 나의 각오가 담겨 있다. 부질없는 욕망과 텅 빈 기표들이 부유하는 현실의 공간에 부족한 글을 내놓는 내 자신에 대한 자책이 스며있다. 꼭 5년의 세월이 흘렀음에도 변한 것이 별로 없다는 사실 앞에서 지금 나는, 좌절한다. 얼마 되지 않는 시간임에도 초라하게 변색되고 누추해진 내 문학들을 발견하게 된다. 이제껏 무엇 때문에 비평적 글쓰기에 매달리고, 그 시간들에 시달렸던 것일까. 『위반의 시대와 글쓰기』라는 다소 주제넘은 제목으로 묶은 평론집을 준비하면서 다시, 생각하게 된다. 참으로 다행스러운 것은 아직도 내게는 읽고 쓰고 생각하는 일이 무척 행복하다는 사실이다. 하여, 나는 다시 스스로를 재정비하여 읽고, 쓰고 생각할 것이다.

반성과 모색이 필요한 시기에 격려와 질책의 마음으로 소중한 책을 마련해준 새미출판사 분들에게 고마움을 전한다.

2012년 6월, 이성천

CONTENTS

제3부

제1부

문학사의 왜곡과 시적 진실

최근 재만 시인 심연수 시 연구에 나타난 몇 가지 문제

심연수, 제2의 윤동주?

심연수(1918.5.20~1945.8.8)는 꽤 오랜 기간 한국현대시사의 경계 바깥에 놓여 있던 시인이다. 그것은 그가 한동안 자료의 접근이 용이하지 않았던 재만 조선인 문단의 무명시인이었다는 점, 한국문학사에서 이른바 '암흑기'(백철) 혹은 '공백기'(조연현)로 불리어 온 1940년대 전반기에 주로 창작활동을 전개했다는 점, 무엇보다도 생전에 단 한 권의 시집도 상재하지 않았으며 전문 문인의 자격으로 작품을 발표한 적이 없었다는 사실 등과 직·간접적으로 연관된다. 이제까지 심연수 시인의 존재와 그의 작품은 한국문학사에 제대로 알려질 기회를 갖지 못했던 것이다.

그러다가 2000년대 들어 중국연변인민출판사에서 『20세기 중국조선족 문학 사료전집 제1집 심연수 문학편』(2000년 7월 1일)을 간행하면서 심연수의 문학에 관한 연구는 가히 폭발적이라 할 만큼 급속도로 전개된다. 최근까지 불과 십여 년 사이에 발표된 많은 양의 학술 논문들, 즉 석·박사학위 논문 7편을 비롯한 도합 70여 편에 이르는 연구논문 및 산문 글의 숫자는 이를 우회적으로 반영한다. 이 글들은 주로 중국 연변지역과 심연수 시인의 고향인 강원도 강릉을 중심으로 발원1)되었는데, 대표 논자로는 중국에서는 김룡운을 비롯하여 김경훈, 김해웅, 김호근, 김홍, 림연 등을 꼽을 수 있고, 국내에서는 엄창섭, 김우종, 이명재, 임헌영, 허형만, 홍문표, 이재호, 황규수, 최종인 등을 들 수 있다.

심연수의 초기작품에 대해 비판적 입장을 견지하는 몇몇 평론과 산문을 제외하면, 중국 문단의 공통적인 견해는 "암흑기의 민족의 별", "재중국조선인 문학의 산맥", "일제 암흑기의 대표적인 저항시인", "또 하나의 詩聖"이라는 문구에서 확인할 수 있듯이 대개가 '민족시인' 혹은 '저항시인'으로서 심연수의 문학사적 위상을 매우 높게 평가한다는 점에서 일치한다. 특히 심연수 작품의 최초 '발굴자'로 잘 알려진 중국 학계의 김룡운은 "문단에 솟아난 또 하나의 혜성", "저항시인 윤동주와 쌍벽을 이룰지도 모르는 시인"(김룡운, 「문단에 나타난 또

---

1) 심연수의 유고작품은 중국 용정에 거주하는 동생 심호수가 지난 55년간 중국 당국의 감시를 피해 항아리에 담아 비밀리에 간직해왔던 것을 2000년 공개함으로써 문단에 알려지게 되었다. 이후 2001년부터 연변과 시인의 고향인 강릉지역을 중심으로 <민족시인 심연수 문학 국제심포지엄>이 개최되고, 같은 해 강릉에서 <심연수 시인 선양사업회>가 창립됨으로써 그의 추모 사업에 박차를 가하게 되었다. 한편 심연수 시인 선양사업회에서는 심연수 시인의 이름을 내건 '심연수문학상'을 제정하고 2011년에 이르기까지 제5회에 걸쳐 수상자를 선정하였는데, 기수상자는 이승훈, 허형만, 홍문표, 유승우 등 현재 우리 문단에 널리 이름이 알려져 있는 시인들이다.

하나의 혜성」,『20세기 중국조선족 문학 사료전집』, 연별인민출판사, 2000; 김해응,『심연수 시문학 연구』, 한국학술정보, 2006)이라고 소개하며 극대치의 찬사를 아끼지 않는다.

국내에서의 연구는 중국 학계에 비해 보다 다양하고 세부적인 접근 방법이 시도되어 온 것이 사실이다. 그러나 초기 연구 작업의 경우 다소간의 차이는 있을지언정 심연수의 생애사적 의미를 강조하면서 궁극적으로는 그의 시에 나타나는 식민지 이주민의 민족의식과 일제에 대한 저항의식을 검토하고 있다는 점에서 중국조선족 학계의 연구 방향과 크게 다르지 않다.

국내 연구자들 중에서는 시인의 동향 후배격인 엄창섭의 활동이 두드러진다. 이명재도 심연수 문학에 관해서는 선구적 위치를 점하는 연구자이다. 엄창섭은 최종인과의 공저를 포함한 세 권의 단행본을 발표할 정도로 심연수 문학에 대하여 지속적인 관심을 보여 왔다. 이 저서들에서 그는 심연수의 시편들에 담긴 복합적 의미망과 시사적 층위, 나아가 심연수의 단편소설에 대한 연구 작업을 면밀하게 수행하면서 '민족시인' 심연수의 문학사적 자리매김을 위해 노력해왔다. 이외에 국내에서 발표된 글들 중 과반수 이상은 심연수 문학의 사상이나 시적 주제 의식을 다루고 있는데, 그의 문학사상은 민족의식, 항일정신, 유랑의식, 귀농의식, 계급의식, 고향의식 등으로 설명된다.

이처럼 지금까지 심연수 문학 연구는 한국과 중국에서 동시적으로 전개되었다. 이 과정에서 양국의 연구자들은 "또 하나의 詩聖"과 같은 화려한 수사를 동원하여 심연수의 시세계를 적극적으로 조명해왔다. 그 결과 근자에 들어 심연수 시인은 최소한 이들 연구자의 지면에서만큼은 "윤동주와 쌍벽을 이루는" 1940년대 재만 조선인 문단의 핵심 문인으로 거듭나고 있는 중이다.

한국근현대문학사가 「서시」, 「자화상」, 「참회록」, 「별헤는 밤」, 「또다른 고향」, 「쉽게 쓰여진 시」 등과 같은 탁월한 작품을 생산해 낸 "윤동주급"의 시인을 새로 얻게 되는 일은 분명 크게 환영할 만한 것이다. 그것은 암울했던 1940년대의 시사를 다시 기술해야 할지도 모를 엄청난 문학사적 사건이기 때문이다. 무려 254편의 유고시를 남긴 '제2의 윤동주'를 만날 수 있다면 무엇을 마다할 것인가. 하지만 문제는 그리 간단하지가 않다. 적어도 필자의 판단에는 그간에 심연수 시의 주제적 특성을 강조하며 논의를 전개한 적지 않은 연구들은 단순 착오에서부터 논리적 모순과 의도적 왜곡에 이르기까지 심각한 문제를 노출하고 있는 것이다. 이제까지 심연수 시인을 민족시인 혹은 저항시인으로 기정사실화하며 논지를 전개한 연구 논문들과 시인의 고향인 강릉 지역에서 전개된 '선양사업'과 관련된 논의 글이 주로 여기에 해당한다. 다행히도 근자에 들어 연구가 거듭될수록 이 같은 논리적 해석의 빈약성과 과장된 의미 부여의 문제는 어느 정도 해소되고 있는 것으로 보인다. 그러나 이 연구들 역시 선행연구의 한계를 근본적 차원에서 극복하지는 못하고 있는 것으로 판단된다.

이 글은 이러한 문제의식의 연장선상에서 출발한다. 심연수 시문학의 특성에 대해서는 앞서 언급했듯이 이미 상당량의 선행연구가 축적되어 있다. 필자는 일단 이들의 견해를 적극적으로 수용하면서도 한편으로는 이 과정에서 심연수 시의 이해와 해석 과정에서 나타난 몇 가지 문제를 검토하게 될 것이다. 이러한 필자의 작업은 최종적으로 심연수 문학의 온전한 이해에 도달하고자 하는 선행연구자들의 목표와 일치한다.

전기적 사실과 시적 진실

그간의 지속적인 논의에도 불구하고 한국 학계에서 심연수 시인은 여전히 생소한 이름에 속한다. 따라서 여기서는 일단 기존의 선행연구자들이 '기록'해 놓은 시인의 약력을 토대로 심연수 시인의 생애를 간략하게 소개하기로 한다.

심연수 시인은 1918년 5월 20일 강원도 강릉군 경포면 난곡리 339번지에서 태어났다. 7세 때인 1924년 3월 조부모, 부모, 삼촌, 고모 등과 함께 연해주의 블라디보스톡으로 이주, 다시 1931년 구소련의 조선인 강제 이주정책에 의해 14세에 중국(당시 만주국) 흑룡강성 밀산을 거쳐 신안진의 소학교에 입학한다. 1935년 용정으로 이주하여 동흥소학교에 편입, 이후 졸업하고 1937년 동흥중학교에 입학하면서 본격적으로 습작활동을 시작한다. 1940년 4월에는 <만선일보>에 「대지의 봄」, 「여창의 밤」, 「대지의 여름」 등 5편(1941년 12월까지)을 발표한 후, 5월에 조선 전역과 중국 북부 일대를 17일간 여행(수학여행)한다. 1941년 2월 도일하여, 4월 일본대학 예술학원 창작학과에 입학, 1943년 7월 13일 졸업한다(심연수의 일본대학 졸업을 7월 혹은 7월 13일로 규정하고 있는 연구자는 엄창섭과 최종인 등이다. 심연수의 일본대학 졸업일자는 일견 사소해 보이지만 매우 중요한 문제이다. 이 문제에 대해서는 글의 후반부에서 구체적으로 논하기로 한다). 일제의 학병강제징집을 피해 그해 겨울 만주 용정으로 귀환한다. 이후 신안진 등지에서 소학교 교사로 근무하다가 1945년 왕정현 춘양진에서 정체불명의 군인들과 시비가 붙어 27세의 생을 마감한다. 피살 당시 심연수는 '허술한 트렁크'를 하나 갖고 있었는데, 이 안에는 유작노트 8권 ― 시 312편, 수필, 단편소설 4편, 1년간의 일기 및 편지 등이 들어있었다고 한다. 이 '허술한 트렁크' 안에 있던 유작이 뒷날 55년간 동생인 심호수에 의해 숨겨져 보관되었다가 2000년에 공개된다.

여기서 새삼스럽게 심연수의 전기적 사실을 기술한 이유는, 그간의 많은 논의들이 시인의 생애사와 관련해서 전개되었거나, 동생 심호수의 <기억> 및 지인들에 의해 재구된 심연수 시인에 대한 <소문>에 크게 의존하고 있기 때문이다. 특히 심연수 문학의 '우수성'과 그의 시의 민족의식과 반일 사상을 지적하는 적지 않은 논문들은 작품 분석을 통해 이 사실을 유추하기보다는 그가 동흥중학교 시절 소설가 강경애의 지도를 받았다거나, 일본 유학시절 몽양 여운형과의 한 번의 만남, 노산 이은상의 시조집을 죽기 직전에 시인이 소장하고 있었던 일, 일제의 학병징집을 피해 만주 등지로 숨어든 사건 등을 환기함으로써 논의를 이어가고 있다. 또한 이 같은 기억과 소문, 추정과 연구자의 심증을 바탕으로 그의 문학작품을 재단하는 듯한 인상이 강하다.

그렇다면 작품을 떠나서 일본 유학 당시 심연수의 민족적 각성은 어떠했을까? 이를 말해주는 한 가지 사건이 있다. 바로 심연수와 민족독립운동가 몽양 여운형과의 만남이다. 이는 심연수의 당시 세계관과 민족적 각성 상태를 잘 나타내는 사건이다.

－김해응, 『심연수 시문학 연구』, 한국학술정보, 2006, 39쪽(밑줄 필자)

중학교 때 문예반장이었던 그는 키도 크고 미남인데다 운동도 좋아하였다고 한다. 소설가 강경애가 직접 그의 문학공부를 지도하였다(참조 부분: 강경애의 남편인 장하일이 동흥중학교 교무주임으로 있었다).

－위의 책, 26쪽

심연수의 죽음에 대하여 비슷한 증언을 했던 사람은 심연수의 일기 속에 등장하는 친구 최련진의 부인 전영자씨이다. 그는 남편 최 씨가 사망 전에 심연수의 죽음에 관한 이야기를 했는데 "인편으로 심연수 시인이 러시아 국경지대와 가까운 깊숙한 산골에서 가방을 들고 가다가 가방을 열라는 일제 앞잡이들인 만주군에 대항한 것이 화근이 돼 죽었다는 소식을 들었다"는 것이다.

－위의 책, 41쪽

이 글은 소문과 추정, 구술과 기억의 파편들이 재구한 이 같은 사실을 무조건 부정하고자 하는 것은 아니다. 하지만 이러한 주장이 나름의 설득력을 지니기 위해서는 이 시기 시인의 내면을 드러내주는 작품 분석이 동반되어야 할 것이다. 문학 연구가 한 개인의 전기적 사실에 국한되는 것이 아니라면, 그 어떤 연구방법론도 작품에 대한 이해에서 출발해야 하는 까닭이다. 그렇다면 심연수의 실제 작품에 나타나는 시인의 내면의식은 어떠한가.

심연수가 지면을 통해 발표한 작품은 <만선일보>에 투고한 5편이 유일하다. 1940년 4월 <만선일보> 학생 투고란에 시를 게재하기 이전과 이후의 작품들은 모두가 개인이 보관하고 있었던 유고 작품이다. 여기서 먼저 그의 초기 작품들을 살펴보기로 하자.

동으로는 태평양의 조향(潮香)호
서으로는 홍안령(興安嶺) 넘는 억센 서람(瑞嵐)
대지에 뛰노는 건아야말로
우리들 이 땅의 새 일꾼일세.

몸바치자 우리들은 동양 평화에
동아의 첫동이 이제야 트는구나

매일 임무는 많다고 하나
단련된 몸 마음은 강철 같도다.

배우자 힘쓰자 대지에서
王道樂土의 젊은이여
五族協和가 빛나는 곳에
솜씨야 빛나거라 역사에 남기자.

— 「대지의 젊은이들」(1940.4.3) 전문

재만 조선인 문학의 성격에 대해서는 그간에 다양한 각도에서 논의가 진척되어 왔다. 특히 1930년대 이후 재만 조선인 문학은 일제의 만주국 건립이라는 역사적 사건과 밀접하게 결부되어 논의가 전개되어 왔다.

잘 알려져 있듯이 만주국은 1932년부터 1945년까지 중국 동북지방에 실존했던 일본의 괴뢰국가이다. 만주사변 직후 1932년 3월 1일 일본은 만주국 건국선언에서 순천안민, 왕도주의, 다섯 개 민족의 협화(오족협화), 문호개방 등 네 가지를 통치이념으로 규정한다. 그리고 3월 9일 집정선언에서 왕도낙토 건설을 호소한다. 만주국의 가장 큰 특색은 헌법과 국적법이 제정되지 않았다는 점이다. 1932년과 1934년에 각각 정부조직법과 인권보장법이 공포되었지만 '만주국 국민'은 정의되지 않았으며 결국 '국민 없는 국가'에 지나지 않았다. 이는 일본 국민의 국적을 보장하기 위한 조치였다. 만주국이 일본의 괴뢰국가였음은 일본의 패전 후 그것이 허망하게 자취도 없이 사라져버린 일, 역사적으로 볼 때도 갑자기 탄생한 나라였으며 그 후에도 만주국의 재흥을 목표로 한 운동이 지역적으로나 민족적으로도 일어나지 않았다는 점 등에서도 확인된다. 또한 만주사변이 중국에 주둔하던 일본군,

즉 관동군에 의해 발발했고 그 연장선상에서 만주국의 건국이 이루어졌다는 점에서 만주국에 대한 일본 관동군의 영향력이 매우 컸던 것은 자명해진다. 이러한 만주국의 통치기구는 입법원, 국무원, 법원, 감찰원의 4권 분립제였는데 이는 중화민국의 관제를 모방하여 만들어졌다.

만주국의 국책이념을 충실히 수행해낸 신문이 바로 <만선일보>였음은 주지의 사실이다. <만선일보>는 1932년 일본에 의해 만주국이 건설된 이후 지금의 신경(장춘)의 <만경일보>와 용정의 <간도일보>를 통합하여 1937년에 창간한 일종의 만주국 기관지이다. 이 신문은 만주국의 건국이념과 국책사업에 대한 홍보를 담당하고 있었다. 이를 위해 <만선일보>는 고액의 상금을 내걸고 정기적으로 오개 민족의 협화 미담 현상모집, 금연 문예작품 대현상 모집, 군가 모집, 개척가사 현상 모집 등 '국책' 관련 글들을 모집한다. 일찍이 김윤식이 이 시기 문학을 국책문학으로 규정하고자 했던 결정적인 이유는 이 같은 <만선일보>의 친일적인 성격과 무관하지 않다. <만선일보>는 일본의 괴뢰 정부로서 만주국의 이념을 가장 효과적으로 홍보하고자 했던 친일 어용 신문이었던 것이다.

만일 <만선일보> 중심으로 전개된 조선 문학이 민족정신을 담는 것으로 일관된 투철한 것이었다면 당연히 망명문학의 이름에 손색이 없을 뿐만 아니라, 나아가 <암흑기>라는 문학사적 용어를 밀어내거나 적어도 수정해야 마땅할 것이다. 그렇지 못하고 일본 군부의 허수아비인 만주제국의 정책 수행에 이바지하는 문학이 중심점을 이루고 있었다면, 그것은 망명문학이 아니라 친일 문학이거나 적어도 그것과 백 보 오십 보의 문학이라 부를 수 있다. …(중략)… 두루 아는 바와 같이 <만선일보>는 만주국 홍보처의 감독아래, 그 이념을 구현하기 위해 창설된 언론기관이다.

1943년에 만주에 있는 한국인은 약 1백 6만 명, 이듬해는 약 1백 45만 명, 1945년에 약 2백 16만 명에 이르고 있었다(만주사법부, 「만주가족제도 관습조사」 서설, 1944년에 의하면, 1940년에 만주의 인구는 약 4천 3백 20만이고 이중 한국인은 약 1백45만임에 비해 일본인은 약 81만 명에 지나지 않았다). 만주의 한국인 증가는 매우 빠른 속도임을 알 수 있는데, 이런 현상이 만주국 개척을 내세운 일본군의 정책에 말미암았음은 새삼 말할 것도 없다.

— 김윤식, 『안수길 연구』, 정음사, 1986 참조

물론 이 같은 김윤식 교수의 주장이 그동안 학계에서 무비판적으로 수용된 것은 아니다. 오양호, 이명재 등의 연구자는 만주국의 국책사업과 홍보와는 무관하게 식민지 이주민의 비참함과 반만, 반일 정신으로 충만한 작품들의 경우는 예외로 해야 한다는 공통된 목소리를 내고 있다. 이들의 주장에 따르면 반일, 반만 정신은 만주국이 내세운 오족협화, 왕국낙토의 본질을 꿰뚫어 보는 데 있다. 따라서 <만선일보>에 게재된 작품일지라도 무조건적으로 '국책문학'에 편입시킬 수 없을 것이다. 그렇다면 심연수의 경우는 어떠한가.

원본 시집을 참조하면 위에서 인용한 「대지의 젊은이들」은 창작일자가 1940년 4월 3일로 기록되어 있다. 심연수 시인이 <만선일보>에 처음 시를 투고한 것이 같은 해 4월 16일이고 창작일이 4월 1일이니 이 무렵에 쓰여진 작품임을 알 수 있다. 시제가 환기하듯이 이 시의 공간적 배경은 만주다. "동으로는 태평양의 潮香/서으로는 興安嶺 넘는 억센 사람"의 시구가 지시하는 지형적 특성은 이 시의 공간적 배경이 만주임을 밝혀준다. 이 시에서 본고가 우선적으로 주목한 구절은 "몸바치자 우리들은 동양 평화에/동아의 첫동이 이제야 트는구나" "배우자 힘쓰자 대지에서/王道樂土의 젊은이여/五族協和가 빛나는 곳에/솜씨야 빛나거라 역사에 남기자."라는 부분이다. 이 장면에는 1940년대 만주국의 건국이념과 일제의 통치사상에 동화된 시적 화자의 모습이 비춰지고 있는데, 이는 당시 만주국의 국책이념을 무비판적으로 수용하는 의미로 파악된다. 그간에 심연수의 시를 연구하는 대부분의 논자들이 이 작품을 인용하지 않는 것도 이러한 사정과 무관하지 않을 것이다. 물론 시인이 동흥중학교 시절에 쓴 이 한 편의 시를 통해 이 시기 심연수의 시세계를 '국책문학'으로 단정 짓기에는 많은 무리가 따른다. 그러나 분명한 사실은 기존 선행연구의 평가와는 달리, 최소한 「대지의 젊은이들」을 발표할 무렵의 심연수 시인은 왕도낙토王道樂土, 오족협화五族協和 등과 같은 일제의 왜곡된 통치 이념에 담긴 역사적 사실을 인지하지 못했거나, 현실인식의 치열성이 확보되지 못한 것으로 판단된다. 특히 이런 측면에서 볼 때, 이명재의 경우는 자기모순의 논리에 빠져 있는 것으로 보인다. 왜냐하면 오족협화, 왕도낙토의 본질을 꿰뚫어 보는 데 반일, 반만의 정신이 있다고 보는 그가 심연수의 시인에 대해서는 "그(심연수)는 수난기 중국 조선족 문학의 생생한 실체인 동시에 윤동주와 쌍벽을 이루며 일제 암흑기에 꺼져 가던 한국 민족 문학을 불 밝혀 지켜낸 민족 문학의 화신이다."라고 평가하고 있는 것이다. 따라서 그간에 심연수의 시세계를 시종일관 민족시인 혹은 저항시인으로 규정해왔던 다수의 논문들은 전면적으로 재검토되어야 할 것이다.

심연수 시인의 '기행시조' 연구에 나타난
문학사의 왜곡

1940년 동흥중학교 시절 발표된 심연수의 시세계에 대한 선행 연구의 심각한 문제점은 그의 기행시조에 대한 평가를 통해서도 지속적으로 확인할 수 있다. 연보에 따르면, 1940년 동흥중학교를 졸업할 무렵 심연수는 17일간(1940.5.5~1940.5.22)의 수행여행을 떠난다. 그리고 이 기간 동안 그는 무려 70여 편에 이르는 기행시조를 창작한다. 이제까지 일부의 선행 연구들은 이 시기 심연수 시인의 기행시조에 대해서 "심연수 작품에서 민족성을 고취하는 데 큰 몫을 하고 있는 이러한 작품들이 어떠한 이유나 계기로 시조형식을 취하는지는 심연수 기행시를 연구하는 데 있어 키포인트가 된다."라고 설명한다. 혹은 "심연수의 작품에서 기행시조들은 심연수의 민족성을 연구하는 데 큰 몫을 감당하고 있고, 또한 매우 중요한 자료이다. …(중략)… 심연수의 시조들은 비슷한 시기에 창작된 『근대시조선』에 실린 시조들과 비교해 봐도 작품성에서 별반 차이를 느낄 수 없다."(이상 김해응)라고 주장한다. 그런데 이러한 선행 연구자들의 주장은 다음에 인용된 작품의 대략적 의미만 파악해보더라도 명백한 모순임을 알 수 있다. 더 나아가, 이 지점에 이르면 기존 논의의 이 같은 진술은 매우 무책임하기까지 한 것으로 여겨진다.

> 國都(국도)의 얼굴에는 웃음이 넘쳤어라
> 街頭(가두)에 가고 오는 五族(오족)의 웃음소리
> 이 아니 王道樂土(왕도낙토)가 다른 데 없으이다

大同街(대동가) 아스팔트 남으로 뻗쳤으니
南方(남방) 瑞祥(서상) 들어옵시다 이 나라 서울

大滿洲(대만주) 도읍터에 吉祥(길상)이 내리소서.

—「신경」(1940.5.19) 전문

인용한 작품은 심연수 시인이 1940년 5월 19일, 즉 수학여행 기간 중에 창작한 기행시조이다. 이 시에서 시인은 주로 1940년대 만주국의 수도 '신경'을 형상화하고 있다. 그런데 이 시에서 그려지는 '대만주'의 도읍터 '신경'의 모습은 "국도의 얼굴에는 웃음이 넘쳤어라/가두에 가고 오는 웃음소리"가 상징하듯이 그야말로 "왕도낙토가 다른데 없"는 풍경이다. 또한 이 시의 2연에서, "이 나라 서울"에는 "南方(남방) 瑞祥(서상) 들어"온다거나 "大滿洲(대만주) 도읍터에 吉祥(길상)이 내리소서."라는 축원에서 알 수 있듯이 이 시의 서정적 주체는 앞서 인용한 「대지의 젊은이들」처럼 만주국의 지배사상에 동화되어 있다.

왕도낙토를 표방하는 만주국의 건국이념 중에서도 민족협화, 즉 오족협화는 일본군의 만주국 건설 당시의 핵심사상이다. 그것은 만주인, 일본인, 조선인, 러시아인(백계), 몽골인의 다섯 민족이 아시아 협동권을 이루어 왕도에 따라 통치되는 안락한 땅을 만들자는 일제의 왜곡된 지배 이데올로기이다. 이 점은 일본이 대륙침략을 위한 전초기지로서의 만주국을 건설한 이후, 1940년을 전후하여 만주국의 건국이념을 왕도낙토에서 대동아공영으로 옮겨가고 있다는 사실에서도 확인된다. 결과적으로 아시아 태평양 전쟁이 진행됨에 따라 만주국은 그때까지 일본에 '협력하는 존재에서 봉사하는 존재'로 변화해가는 것이다. 따라서 만주국이 내세우는 왕도낙토, 오족협화의 지배이념을 수긍하는 것은 곧 민족문학의 논리와는 전혀 다른 입장에 놓이게 된다.

「신경」이 심연수의 초기 작품이고, 따라서 2장에서의 언급처럼 이 시기 시인의 역사의식과 현실인식의 치열성이 확보되지 않았다는 점을 감안하면, 인용 시편 그 자체를 두고 새삼스럽게 문제 삼을 것도 없다. 그러나 위의 시편을 포함한 심연수의 기행시조를 두고 '민족시인', 또는 '저항시인'이라고 평가하는 선행 연구자들의 주장은 결코 가볍게 지나칠 사안이 아니다. 왜냐하면 다음의 대목에 오면 이러한 선행 연구들은 더욱 더 심각한 문제를 노출하기 때문이다.

> 그렇다면 우리는 한 가지 중요한 사실을 발견할 수 있었다. 바로 노산의 뒤를 이어 계속 전통장르의 시조를 창작해 간 사람은 바로 심연수라는 것이다. 심연수의 기행시조들은 바로 1940년 암흑기에 쓰여진 것이기 때문이다. 즉 시조문학의 맥을 이은 심연수의 기행시조는 근대시조사에서도 공백기를 채울 수 있는 중요한 위치를 차지할 뿐만 아니라 민족문학의 전통을 보존하려는 노력은 민족시인이라는 심연수의 위상확립에 일조를 한다. 왜냐하면 심연수의 전체작품 중에서 민족적 정서와 조국애가 가장 강하게 나타나는 작품들은 역시 수학여행 중에 지은 기행시조들이기 때문이다.
>
> ―김해웅, 앞의 책, 33쪽

인용문에서 보여지듯이 이 글의 논자는 "심연수의 전체작품 중에서 민족적 정서와 조국애가 가장 강하게 나타나는 작품들은 역시 수학여행 중에 지은 기행시조들"로 규정한다. 또한 당시 심연수 시인이 "기존 창작형식인 자유시를 쓰지 않고 시조 형식을 취"하는 이유를

"심연수 본인의 민족 정체성 확인을 위한 자발적인 추구라 할 수 있었다."라는 주장을 반복적으로 제기한다. 그리고 급기야는 심연수 시인을 인용문에서처럼 "바로 노산의 뒤를 이어 계속 전통장르의 시조를 창작해 간 사람"으로 평가한 후, "시조문학의 맥을 이은 심연수의 기행시조는 근대시조사에서도 공백기를 채울 수 있는 중요한 위치를 차지할 뿐만 아니라 민족문학의 전통을 보존하려는 노력은 민족 시인이라는 심연수의 위상확립에 일조를 한다."라고 강조한다.

이 과정을 통해서 인용 글이 도달한 지점은 다름 아닌, 문학사의 왜곡이다. "『근대시조선』에 실린 시조들과 비교해 봐도 작품성에서 별반 차이를 느낄 수 없다."라는 이 글의 주장에는 노산 이은상과 가람 이병기 등의 시조세계와 만주국의 왜곡된 지배 이데올로기를 내장한 심연수의 「신경」을 대등한 것으로 파악하고자 하는 어떤 불합리한 의도가 숨겨져 있는 것이다. 동시에 습작시절 심연수 시인이 창작한 70여 편의 기행시조와 『근대시조선』을 동격으로 간주함으로써, 그를 '민족시조시인'의 맥을 잇는 적자로 추대하거나 혹은 한국근현대시조사의 근거 없는 계보학적 지형도 그리기를 시도하여, 궁극적으로는 심각한 문학사적 왜곡을 범하고 있는 것이다.

시 해석에 나타난 의미의 과잉과
의도적 오류의 문제

한국의 현대시가 안고 있는 시의 철학성과 사상성의 빈약함에 비추어
1940년대 활동했던 심연수 시인이 단순히 서정적 감상주의가 아닌 보편적

세계주의나 철학적 보편주의로 진행할 가능성을 <세기의 노래>, <지구
의 노래>, <우주의 노래>, <인간의 노래>, <인류의 노래>와 같은 시
편들을 통해 시사적 의미가 크고 밝은 것으로 평가할 수 있다.

―엄창섭, 「심연수 시문학의 조명과 틀짜기」,
『심연수의 시문학 탐색』, 제이앤씨, 2009, 36쪽

  "한국 현대시의 철학성과 사상성의 빈약함"에 대한 논의는 이 글의
일차적인 관심사가 아니다. 위의 인용문에서 필자가 주목하는 것은
심연수의 시가 "보편적 세계주의나 철학적 보편주의로 진행할 가능
성을 보여준다"라는 평가에 대한 부분이다.

  19세기 말부터 일본은 탈아입구脫亞入區를 표방해 서구 근대를 모방
한 뒤, 다시 아시아의 계몽을 빌미로 식민지 침탈에 나서고 있었다. 이
런 일본에게 있어서 세계주의 내지는 보편 철학은 곧 아시아에서 자
신들의 제국주의적 세력 확장을 합리화하는 의도와 무관하지 않았다.
반면에 식민지 조선의 지식인들에게 이는 전혀 다른 의미를 함축한
다. 조선 스스로 자신의 전통을 부정하도록 유도하고, 조선인으로 하
여금 중국 중심주의의 오랜 관행을 거부하게 하며, 일본의 뒤를 따라
서구적 근대화를 이룸으로써만 일본의 지배를 벗어날 수 있다는 착각
으로 유인하여 근대화에 앞선 일본에 의한 조선의 지배를 암묵적으로
받아들이게 하는 효과를 지니고 있었던 것이다. 그것은 결과적으로
만주국의 오족협화나 왕도낙토는 일본의 아시아 지배를 보편으로 승
인하는 단계에 이르게 하는 것이다. 따라서 만주국의 국책이념을 부분
적으로 수용하는 1940년대 심연수의 시편들과 다소 추상적이고 관념
적인 성격이 강한 「세기의 노래」, 「지구의 노래」, 「우주의 노래」, 「인
간의 노래」, 「인류의 노래」와 같은 시편들을 세밀한 검증 없이 "보편

적 세계주의나 철학적 보편주의로 진행할 가능성"을 언급하는 일은 의미의 과잉이라는 차원에서 다시 검토되어야 한다.

이외에도 심연수의 시 연구에 나타난 또 다른 심각성은 '의도적 오류' 혹은 '고의적인' 작품 훼손의 문제와 관련되는데, 가령 아래와 같은 글이 여기에 해당한다.

> 하소연과 공허한 삶의 넋두리, 그리고 비분을 절제된 감정없이 토해내기도 한 심연수 시인의 시편을 통해 삶의 고뇌와 혼적은 민족의 수난으로 핏줄의 끈끈한 층위, 그리고 정신적 기후로 해석된다. 그의 시 <돌아가신 할아버지>에서 '할아버지'는 평생을 가난 속에 살다간 단순한 실존적 인물의 명징에 머물지 아니한다. 바로 '펄럭이는 흰 옷'의 상징은 슬픈 조선의 얼굴이며 '놈들의 총에 맞아/객사하신 나의 할아버지시여'라는 시행은 상상력의 자유로움 마저 상실한 불행하고 병약한 우리 역사의 편린이다. …(중략)… 그의 내면인식으로 고향의 개념은 정서적 량감(量感)으로서 일제에게 강탈당한 한국적 공간임을 이역에 머물고 있으면서도 <기행시초편>이나 <시편>의 작품을 통해 보다 이를 명증하여 주고 있다.
>
> —엄창섭, 위의 책, 27쪽

인용문에서 대상으로 삼은 작품 「돌아가신 할아버지」는 전 97행으로 이루어진 장시이다. 이 시의 화자는 할아버지의 죽음에 대한 안타까움과 아쉬움을 비교적 솔직하고 직설적인 언어로 표현한다. 이 시에서 시인은 "할아버지의 할아버지 적부터/물려주신 가난에 쌓여 지내시며 자손에게까지 끼칠까봐 애쓰신" 할아버지에 대한 시인의 연민과 슬픔, 한편으로 "무능하고 불효한 미욱한 자손"으로서의 죄책감을 드러내고 있다. 이 작품을 통해서 독자는 시인의 진솔한 감정과 당시 재만 조선인들의 궁핍과 가난한 삶, 문명 이기에 대한 비판을 우회적으로 감지할 수 있다. 그러나 여기서 더 나아가 이 시를 일제와 조선의 민족모순 차원에서 해석하는 데는 많은 무리가 따른다. 더군다나 이 과정에서 시 본문의 내용을 훼손하는 "의도적 오류" 혹은 일종의 "고의적 반칙"을 범한다면 이는 연구자의 윤리적 태도의 문제를 의심하지 않을 수 없다. 본고가 확인한 바로는, 이 시의 어느 곳에도 인용 글이 지적한 "펄럭이는 흰 옷"과 "놈들의 총에 맞아/객사하신 나의 할아버지시여"라는 시행을 발견할 수 없는 것이다. 이는 연구자의 단순 착오일 수도 있으나 이 시구의 존재유무에 따라 시적 주제 및 시의 전체적인 구도가 달라질 수 있다는 사실을 염두에 두면, 보다 신중한 접근이 요구된다고 하겠다. 참고로 「돌아가신 할아버지」의 전문을 다소 길더라도 인용하여 아래에 제시하기로 한다.

꿈에서 꿈生으로 돌아가신/가엾은 우리 할아버지/할아버지의 할아버지 적부터/물려주신 가난에 쌓여 지내시며/자손에게까지 끼칠까 봐 애쓰신 일/나는 차마 눈을 뜨고는/보기 어려운 때가 많았나/돌아가시던 그날 식전까지/수고를 모르시고 도우시다가/자손을 위하여 길바닥에서/객사하신 나의 할아버지시여/왜 그만 이 세상을 그렇게/오셨다 가시는지요/자손된 봉양을 못한 저희들을/용서하여나 주서요./마지막 돌아가시는 그 운명도/헐벗고 굶주렸으나 수둑한 자손을 두시고/외로이 부탁의 유언도 못하시고/단 한 분이서/운명을 하시다니/돌아가시다니 돌아가시다니/그 현대가 낳은 魔物 때문에/몸이 떨리고 치가 갈리우는 그 악마/그러나 원수의 그 놈을 차 던지지 못하고/도리어 그 혜택을 받으려는/넋 없고 맥 빠진 자손이오니/훗날의 할아버지 자손들에게/볼 면목이 없는가 하외다./할아버지! 할아버지는/그래도 저희들을 크게 믿고 바랐으리다/사랑했으리다/그러나 그 공 그 바람을 알지 못하고 저버린/말 못할 이 놈들이 되었으니/하늘이 무섭고 땅이 두렵습니다./아하! 잊을 수 없는 그날/미친 바람이 阿修羅같이 휩쓸던/몸서리치는 스산한 가을 아침 날/길 둑에 엎어지신......!/아하! 나는 지금도 아니 영원히 슬픔의/심정을 잊지 못 하겠소/너무도 원통하고 애통하여/퀭해진 눈물도 나지 않던 충혈된 눈으로/할아버지를 보던 일을/그 일때 묻은 두 손을/북두갈구리처럼 굵어진 손매도/괭이와 호미와/낫자루에/구리 못처럼 박혀진 손바닥에 못/일감에 달아 이지러진 손톱/찬 얼음 섞인 흙물과 서리바람에/터어 벌어진 손등과 팔목/닳아 터진 열 손가락에/헌 옷을 찢어 감자풀로 배접한/진흙투성이 된 헌 버선과 꾸여진 짝 고무신/아하! 이 손이 이 팔이 이 버선과 이 옷이/누가 늙으신 분이라 할까/어느 나라 늙은이가 뉘 집 늙은인가/이렇게 참혹하게 일을 할까/할아버지시여! 할아버지시여!...../모든 것은 저희들이 불찰이오니/이제 와서 울며 슬퍼하고 후회한들/돌아가신 할아버지께/무슨 한 푼어치의 소용이 있을까요!/아! 그 뿐인가/한 분이 피우시는 몇 춤의 담배/하나이면 몇 해를 쓰실 대도 못 사드려/서리 맞은 순초와/물줄 없는 깨어진 대가 아니었던가/그 성냥이 넉넉지 못해 아끼시어/기음매시던 눈물과 땀에 젖은 손으로/전은 부쇠를 어두우신 눈으로/논두렁에 치시다가/왼쪽 엄지가락이 터져 피까지 나신 일/아하! 그 때는 응으로 웃으며 나무랐다./그뿐인가

— 「돌아가신 할아버지」(1941.3.21) 전문

'일본대학' 졸업일자와 학병 문제의 실증적 고찰

심연수 문학 연구의 동향, 특히 그의 시에 나타난 민족의식과 항일 정신에 대한 논의의 대부분은 시인의 일본 유학시절을 전후한 작품들에 집중되는 양상을 보인다. 여러 가지 이유가 있을 수 있겠으나, 근본적으로는 이 시기의 시편들이 이전에 비해 상대적으로 시의 내용과 형식 측면에서 안정감을 보여주는 데서 기인한다. 그런데 이러한 논의의 연장에서 심연수 시인과 윤동주를 곧바로 비교하는, 다소

성급한 연구방법론은 마땅히 지양되어야 한다. 더욱이 두 시인의 <전기적 유사성>을 근거로, 구체적 작품을 매개하지 않은 상태에서 그들의 시적 현실인식을 단순 비교하는 것은 논의 자체가 무의미할 수 있다.

한편 심연수의 시에 나타나는 항일, 반일 정신을 꾸준하게 포착하려는 일부의 연구는 그 한 증거로 시인이 "일제의 학병강제징집을 피해 다니다가 1943년 7월 13일 졸업을 하고 그해 겨울 나진항을 거쳐 만주 용정으로 귀환"한다는 사실에 주목한다. 이후 학병을 거부한 시인이 녕안현 신안진 등지에서 소학교 교사로 근무하면서 학생들의 민족혼과 반일사상, 독립의식을 깨우치고, 결국 그것이 원인이 되어 두 차례 유치장에 구속된다는 것이다. 가령 다음의 인용 글은 대표적인 사례에 해당한다.

> 열혈의 청년 심연수는 마침내 1943년 7월 13일 세계2차 대전으로 인해 6개월 앞당겨 대학 졸업을 마치게 된다. 그는 일본 지바현 등지에서 일제의 학병강제징집을 피해 숨어 지내다가 그해 겨울 라진항을 거쳐 귀향하고, 다시 귀가 며칠 후 일제의 강제 징집을 피하기 위해 공무원증을 위조하여 유년시절에 몸담았던 녕안현 신안진으로 피신하게 된다.
>
> —엄창섭, 최종인, 『심연수 문학 연구』, 푸른사상사, 2006, 84쪽

> 심연수는 1943년 7월 일본대학을 졸업하고, 용정으로 돌아온 심연수는 학도병 징발을 피해 신안진으로 간다.
>
> —최종인, 「심연수 시문학 연구」, 관동대 박사, 2006, 68쪽

본고는 시인의 친지 및 주변 인물들의 구체적 증언을 통해 전해지는 이 같은 삶의 궤적에 관한 진술에 대해 별다른 이의를 제기할 생각

이 없다. 다만 이 지점에서 '역사적 사실' 또는 실증적 접근의 차원에서 간략하게 두 가지 문제를 점검하고자 한다.

첫째는 일본대학 문예부의 졸업일자의 문제이다. 심연수 시인의 1943년 일본대학 문예부 졸업 일자를 언급한 연구 논문의 대부분은 시인의 졸업 일자를 7월 13일로 못 박고 있다. 그러나 필자가 이 글을 준비하는 과정에서 일본대학 교무처에 다양한 경로를 통하여 문의한 결과, 1943년 7월 13일에는 그 어떤 졸업식도 일본대학에서 진행된 바가 없다. 뿐만 아니라 당시 일본의 다른 대학들도 7월에는 졸업식을 거행하지 않았다. 1943년 당시 일본의 주요 대학들의 졸업식은 대부분이 9월 25일 혹은 26일에 거행된 것이다. 가령 9월 25일에 졸업식이 있었던 대학교는 동경대학, 메이지대학(가령 1943년 9월 25일 메이지대학을 졸업하고 학병으로 끌려간 작가 이병주의 경우가 그 예에 해당한다(이병주의 메이지대학 졸업일자는 김윤식의 『이병주와 지리산』, 국학자료원, 2010, 393쪽을 참조할 것). 김윤식이 제시한 1943년 메이지 대학의 졸업장에는 졸업 일자가 9월 25일로 분명하게 기록되어 있다) 등이었으며, 9월 26일에는 와세다대학의 졸업식이 진행된 것으로 파악되었다. 물론 심연수가 다녔던 일본대학의 졸업일도 다른 대학과 마찬가지로 9월 25일이었다. 이러한 사실을 놓고 보면 기존의 심연수 문학 연구자들은 실증적인 연구 측면에서도 분명한 한계를 보이고 있는 것으로 간주된다. 더욱이 위의 인용 글에서 말하는 것처럼 "세계 2차 대전으로 인해 6개월 앞당겨 대학 졸업을 마치게 된다."라는 식의 진술은 당시 일본 내 주요 대학들이 '공유'하고 있던 졸업 일자를 염두에 두었을 때, 전혀 근거가 없는 것이라고 할 수 있다. 더욱이 졸업이 6개월 앞당겨졌을 경우를 가정하더라도 졸업식은 3월에 진행되어야 하는 것이다.

이 장에서 본고가 역사적 사실과 실증적 접근의 차원에서 두 번째로 문제 삼는 부분은 심연수 시인의 '학병 거부' 문제이다. 본고가 심연수 시인의 일본대학 졸업 일자를 중요시하는 이유도 궁극적으로 이것과 관련이 있다. 기존의 연구에 따르면 심연수 시인은 1943년 7월 13일 일본대학을 졸업하고 일제의 강제징집을 피해서 만주 용정으로 돌아온 것으로 알려져 있다. 그런데 여기서 한 가지 의문이 드는 것은 일제의 학병제도 시행시기이다.

일본 육군성이 조선학생의 징병유예를 폐지하고 학병제를 강제 실시한 것은 1943년 10월 20일이었고 징집영장이 나간 것은 동 11월 8일(문과계 대학 및 전문 고등학교 해당, 사범계 및 공과계는 제외)이었고 일제히 입영된 것은 1944년 1월 20일이었다. 당시 재학생 총 5천 명 중 4,385명이 입대했다.

－김윤식, 「상하이, 1945년 조선인 학도병」,
『이병주와 지리산』, 국학자료원, 2010 참조

일제가 전쟁수행을 위해 일본인의 학병을 동원한 것은 1943년이었고, 조선인 자원입대를 허용한 것은 1938년 4월이었고, 조선인 학병 입영을 각의에서 결정한 것은 1943년 10월이었다. 국내외의 사범계 및 이과계를 제한 문과계 대학, 전문, 고등학교 재학 중의 조선인 학생(문과계, 이과계, 사범계 포함 7천2백 명 추산)에 징집영장을 발급한 것은 동 11월 8일이었고, 그 중 총 4385명이 일제히 입대한 것은 1944년 1월 20일이었다.

－김윤식, 『일제말기 한국인 학병세대의 체험적 글쓰기론』,
서울대출판부, 2007 참조

김윤식 교수가 여러 지면을 통해서 거듭 밝히고 있듯이, 일제가 조선학생의 징병유예를 폐지하고 재학징집연기임시특례법을 공포한 것은 1943년 10월 2일이며, 이후 학병제를 강제 실시한 날짜는 1943년 10월 20일이다. 그리고 징집영장은 같은 해 11월 8일에 발부되었다. 그렇다면 여기서 우리는 한 가지 이상한 점을 발견할 수 있다. 일제가 징병제를 실시한 날짜가 1943년 10월 20일이라면 1943년 7월에 일본 대학을 졸업한 심연수 시인이 '학병 징발을 피해' 다녔다는 선행 연구는 논리적으로 모순이다. 시기적으로 보아 심연수가 졸업할 무렵인 7월은 학병제가 실시되지 않았으며, 1943년 7월에 졸업한 심연수 시인에게 적어도 동년 11월 8일까지는 강제징집 영장이 통보되지 않은 것이다. 따라서 이 문제와 관련해서도 선행 연구자들의 보다 구체적이고 다각적이면서도, 논리적인 접근 태도가 요구된다고 하겠다. 예를 들어 이 문제와 관련해서는 학병세대의 당사자인 김준엽의 기록을 참조하여 논의를 전개해 볼 수도 있을 것이다. 김준엽은 그의 자서전에서 "1943년 여름 방학을 고향에서 지내고 동경으로 돌아 왔는데 9월 초에 개학이 되자 조선인 전문 대학생들도 학병으로 징집한다는 소문이 파다하였다. …(중략)… 재빠른 조선인 학생 가운데는 학병을 피하기 위하여 고향으로 일찌감치 돌아가 만주나 깊숙한 산속으로 숨어버리기도 했다."(김준엽, 『장정1—나의 광복군 시절』 전4권, 나남, 1987, 24~25쪽 참조)라고 적고 있다. 이는 학병제도 실시 이전부터 일본 내의 조선인 유학생들이 동요하고 있다는 사실을 짐작하게 한다. 심연수 시인의 경우에도 이와 같은 시대적 상황을 적용해서 이해해 볼 수 있을 것이다.

심연수 문학의 올바른 이해를 위하여

이상에서 이 글은 재만 시인 심연수 시 연구에 나타난 몇 가지 문제를 검토해 보았다. 심연수는 2000년대 이후 한국과 중국의 학계에서 집중적인 조명을 받고 있는 시인이다. 그럼에도 불구하고 이제까지 전개된 선행 연구는 1) 전기적 사실에 대한 기록과 시적 진실 사이의 모순, 2) 문학사적 왜곡, 3) 시 해석에 나타난 의미의 과잉과 의도적 오류, 4) 실증적 고찰의 미숙 및 실증주의적 연구 방법론의 부재 등 여러 가지 측면에서 많은 한계를 노출하고 있다. 특히 기존의 연구는 심연수 시인을 민족시인 또는 저항시인으로 기정사실화하며 논지를 전개한 측면이 없지 않다. 또한 이 과정에서 연구자들은 세부적인 작가작품론을 매개하지 않은 채 소문과 추정, 구술과 기억의 파편들로 재구된 전기적 사실에 의존하는 듯한 혐의가 강하다. 이에 따라 앞으로의 연구는 실증적 자료-이와 관련해서 필자는 최근 일본대학의 교무처를 통해 <소화 18년 9월 9일>에 발행된 일본대학의 졸업앨범을 확보했다. 이 자료에는 당시 <간도성 연길현 태평촌>을 주소지로 한 '文'예부 졸업생 심연수의 이름과 사진이 또렷하게 새겨져 있다. 따라서, 통상적으로 졸업앨범이 졸업식 이전에 간행되는 것을 염두에 둘 때, 심연수 시인의 졸업일자는 최소한 1943년 9월 이후가 분명해지는 것이다-를 바탕으로, 보다 체계적이고 객관적인 작품 분석을 수반하며 전개되어야 할 것으로 여겨진다.

한편, 최근 전개되는 심연수 문학 논의는 그의 시가 자연친화 사상에 기반을 둔 귀농의식의 성향이 강하게 나타난다는 점을 지적한다. 심연수 시세계의 귀농의식과 관련해서는 다음과 같은 사실을 각별히 유념할 필요가 있다. 1930년대 이후 일본의 식민주의적 담론 속에서 만주국은 낙후한 아시아의 국가들을 '문명'의 길로 계몽해나갈 신생 국가로 표상된다. 이들 국가에게 만주국은 아시아인들의 종족적 사명감을 고취시켰고, 만주국에 거주하는 여러 민족들은 만주국에 의해 기획된 농본주의적 이념에 근거한 개척의 사명에 고무되어 있었다. 그 결과, 이 시기 광활한 만주 공간은 더 나은 삶의 터전을 찾는 식민지 조선인들에게도 기회의 땅이자 돌아가야 할 '새로운 고향'으로 인식되었다. 이는 일본이 내세우는 아시아주의, 오족협화의 이상에 의해 동양적 대주체, 다민족 복합국가의 국민을 상상할 수 있는 공간으로 만주가 수용되고 있었음을 알 수 있다. 농본주의적 이념에 근거한 만주 공간이 일본에게 확장과 팽창의 개념에 근거하고 있었다면, 조선인에게 만주는 그것에의 동일성에 기반을 두고 있었던 것이다. 따라서 앞으로의 논의에서 심연수 시에 나타나는 '귀농의식'의 문제는 복합적이고 중층적인 의미망 안에서 견인되어야 할 것이다. 이와 관련된 세부 논의는 추후의 과제로 남겨두기로 한다.

이천 년대 시단의 장르 분열적 징후와 표지

김중일과 김이듬의 시를 중심으로

이천 년대 시단의 풍경

이천 년대 이후 한국시단에서는 일군의 젊은 시인들의 실험시 경향에 대한 찬반 논쟁이 본격화되었다. 뉴웨이브, 전복, 분열, 낯설게 하기, 다른 서정, 탈脫서정 등의 개념이 포괄하는 의미의 영역을 추구하며 진행되어 온 이들 시에 대해 한쪽에서는 '전위의 미학' 혹은 '미래파' 등으로 명명하며 "이들의 작품이 가까운 미래에 우리 시의 분명한 대안이라는 것을 인정할 날이 올 것"(권혁웅)으로 확신하거나 우리 시사의 획기적인 전환점으로 평가하며 긍정적으로 수용했다. 그러나 또 다른 편에서는 '요령부득의 장광설', '소통부재의 시', '그들만의 리그', '절망적인 히스테리', '시류 추수' 등의 불온한 현상으로 평가절하하고 애써 외면해왔다. 90년대를 전후하여 점화되고 2000년대 들어 본격적으로 전개된 이 논쟁은 재래적인 전통서정시의 문법으로는 21세기적인 새로운 도시의 정서와 체험을 온전히 담을 수 없으며, 그로 인해 새로운 시대에는 새로운 어법과 새로운 양식이 필요하다는 신진 시인들의 문제의식에서 출발한다. 그 결과 급진적이고 파편화된 언어로 무장한 이들 시와 시인은 장르 일탈의 요소들을 선보이며 내용과 형식 차원에서 기존 시 양식의 과감한 '해체'와 '파괴'를 시도해왔다. 아울러 그것은 기성에 대한 저항과 자기 정체성에 대한 강박이라는 이른바 세대 논쟁을 불러오기도 했다.

그런데 여기서 한 가지 유의할 사항은 이러한 일련의 문학사적 사건들이 비단 시의 영역에서만 일어나지 않았다는 점이다. 즉 문학 장르의 해체적 징후는 정도의 차이는 있으나, 모든 문학 양식에서 공통적으로 목격되는 형국이다. 이 점은 그간에 근대문학의 적자로 군림해왔던 소설 장르도 예외가 아니다. 가령 기존의 근대적 재현 서사의 엄숙성과 경직성을 거부하며 전설, 민담의 설화적 요소와 전傳, 서書, 판소리, 하물며 '소문'의 양식에 이르기까지 이야기의 흔적을 탐사하며, 과격하지는 않으나 다양하게 소설 장르의 형식실험을 도모해 온 성석제의 경우는 그 한 예에 해당한다. 이렇게 볼 때 결국 21세기를 전후한 한국문학의 한 특성은 그 어느 시기보다도 각각의 장르마다 분열적 징후들이 다양한 방식으로 나타난다고 규정할 수 있다. 그리고 이러한 사실은 근자에까지 이어진 시 양식의 상징적 '해체' 작업이 젊은 시인들의 개별적인 욕망과 단독자적 의지에서 촉발된 것이라기보다는, 문학예술 전반의 변화에 대한 시대정신의 요청이 개입되었다는 사실을 우회적으로 짐작하게 한다. 특히 이 사안은 앞으로의 연구에서 비중 있게 다루어질 필요가 있다. 왜냐하면 그간에 한국 문단에서 시와 소설 장르의 개별 권역에 관한 세부 견해들은 무수히 생산되었지만, 장르의 시대통합론적 관점에서 접근한 연구는 많지 않기 때문이다.

> 장르는 인식적 틀이다. 장르의 이런 인식적 가치는 철학적 사유를 요청한다. 그러나 역사적 장르에서 느낄 수 있는 것처럼 우리의 문학 장르에는 언제나 시대적 아픔이 진하게 배어 있어 장르사회학의 관점을 보다 요청하고 있다.

> 장르 연구가 가장 문학적이라 할 때 이것은 배타적인 연구를 뜻하지 않는다. 왜냐하면 장르 연구는 문학작품에 초점을 두면서도 심리학 · 언어학 · 사회학 · 철학 등 관련 보조과학의 업적에 많은 도움을 받고 있기 때문이다.
> ─김준오, 「머리말」, 『한국 현대 장르 비평론』, 문학과지성사, 1990

김준오에 따르면 장르 혹은 장르종에 관한 연구는 동시대의 사상사적 배경과 철학적 사유에 대한 온전한 이해를 동반할 때 비로소 가능하다. 그의 이 말은 곧, 장르 변화의 핵심 동력이 시대의 주요 담론과 밀접하게 연관되어 있음을 지시한다. 데리다의 해체 개념을 적극적으로 수용한 1960년대 이후의 프랑스 시편들에서 해체적 징후들이 빈번하게 발견된다거나, 또한 포스트모더니즘 사조가 전사회적으로 확산되었던 1950년대 미국에서 예술 전반에 걸쳐 위반과 전복의 흔적들이 확연하게 나타났다는 사실은 이를 입증하는 적절한 예들이다.

이러한 사정은 한국 문단의 경우에도 동일하게 적용될 수 있는데, 해체주의와 포스트모더니즘 사조가 적극적으로 소개된 90년대를 전후한 무렵부터 제기된 주요 문학 논쟁들을 환기한다면 이 점을 이해하기란 어렵지 않을 것이다. 물론 이보다 앞선 1930년대의 이상이라든가, 전후시기의 김수영, 김경린, 조향, 김춘수 같은 전위적 시인들이 없었던 것은 아니다. 또한 70~80년대의 최승호, 최승자, 이성복과 황지우, 기형도 같은 시인들의 경우에도 각각의 독특한 방식으로 문학의 고유한 영역을 개척해 나갔다. 그러나 이들의 시작기법을 그 시대의 지배적 양식이라고 보기에는 많은 무리가 있는 것이 사실이다. 왜냐하면 이들의 작품기법은 분명 각자의 미학적 성취를 획득했음에도 불구하고, 전 문단적으로 공유되었다거나 문학사적 연속성을 획득했다고 보기에는 어려운 까닭이다.

따라서 문학 장르 연구에 관한 고찰은 불가피하게 각각의 시기를 관통하는 철학적 사유의 흐름에 대한 검토가 선행되어야 한다. 특히 그것이 현대시의 장르 해체라는 문제를 주제로 삼을 때는 더더욱 그러하다. 왜냐하면 언어로 구성된 시양식의 존립근거는 역설적이게도 기존 언어문법의 해체에 있으며, 이른바 해체론 이후 시대의 중심 사유는 언어철학에 대한 회의에서 비롯되기 때문이다. 시 장르의 기본적인 존재양식은 그간에 우리가 주목해 온 탈근대적 특성들과 양립하기 어렵다는 여러 평자들의 지적은 이러한 맥락에서 동의할 수 있을 것이다. 이에 따라 이 글에서는 먼저 포스트모더니즘 혹은 광의적 의미에서 해체론 시대의 언어철학과 시 장르의 본질적 관계를 대략적으로 점검하고, 이후 개별 시인들의 구체적 작품세계를 분석하기로 한다.

장르 해체의 철학적 전조(前兆)

시는 '시적'인 언어로 구성된 문학예술 양식이다. 시의 구조에 있어서 문학적 상식에 속하는 이 진술은, 그러나 오늘날 시 장르의 본질적 성격을 규명하는 중요한 언어철학적 의미를 내포하고 있다. 현대 철학의 특징은 '언어에의 전환'이라고 할 수 있을 정도로 언어의 문제는 현대 철학의 주된 흐름 가운데에서도 핵심 주제에 해당한다. 야스퍼스의 『언어』, 하이데거의 『언어에의 도상에』, 가다머의 『진리와 방법』, 비트겐슈타인의 『논리 철학 논고』, 데리다의 『그라마톨로지』 등 현대 철학의 주요 논자들이 언어와 관련된 저작을 남기고 있다는 사실은 이를 예증한다. 또한 이들 외에도 대부분의 현대 사상가들의 철학적 물음이 언어와 깊은 관련을 맺고 있다는 사실을 감안하면 현대 철학에서 언어가 차지하는 비중은 가히 지배적이라 할 수 있다.

현대 철학이 이처럼 언어의 문제에 주목하는 것은 오늘날 철학의 당면 과제와 언어가 밀접하게 연관되어 있기 때문이다. 주지하듯이 현대의 철학은 새로운 시대에 부응하는 사유에의 전환을 요구받아 왔다. 플라톤 이래의 서구 형이상학적 전통은 서서히 종말을 고하고 있으며, 이에 따라 철학자들은 동일성 담론 이후의 새로운 철학적 대안을 마련하느라 분주하다. 90년대를 전후하여 한국 사회에서 본격적으로 논의되기 시작한 이른바 포스트모더니즘 철학의 성행은 이러한 담론 인식의 결과이다.

서구 형이상학의 전통에 대한 회의에서 비롯된 포스트모더니즘 철학은 보편적 이성 중심의 사유 비판을 근간으로 한다. 포스트모더니즘은 이제까지 철학적 논의과정에서 규정된 '진리'에 대한 전면적 재

검토를 뜻한다. 동시에 그것은 근본적으로 그것은 서구 형이상학의 해체를 의미한다. 포스트모더니즘으로 대변되는 철학적 패러다임이 기존의 형이상학적 전통에 기반 한 여타의 철학들과 결별을 선언하는 것도 이 지점이다. 그로 인하여 오늘날 철학은 인식론, 존재론, 윤리론 등 모든 철학적 방법론의 영역에서 사유의 전회를 감행하고 있다.

사유의 전환이 심각하게 제기되고 있는 현 시점에서 언어에 대한 관심이 새삼 환기되는 근본적인 이유도 바로 여기에 있다. 일반적으로 철학의 사유체계는 언어의 문제에 직결되어 있기 때문이다. 전통적 형이상학의 진위 명제가 존재 대상에 대한 인식주체의 언어판단으로 결정되고, 그 판단과정의 유일한 접근통로가 언어였음을 고려하면 이러한 사실은 쉽게 확인된다. 따라서 모든 철학적 판단과 인식은 언어적 구성물에 지나지 않으며, 이런 측면에서 언어 철학은 철학적 사유체계 그 자체를 의미한다고 할 것이다. 철학은 "언어로 인한 우리의 지적인 당혹감과 싸우는 것"이라는 비트겐슈타인의 지적도 이러한 맥락에서 설득력을 가질 수 있다.

전통적 서구철학의 한계는 언어와 대상 존재, 즉 사유와 존재의 관계가 왜곡되어 있다는 데 그 한 원인이 있다. 전통적 철학에서 '언어'는 이미 존재 이전에 주어져 있으며 존재의 본질은 이 주어진 규정적 '개념'에 의해서만 파악된다. 이로 인하여 형이상학적 전통에서 인식주체의 존재 사유는 '존재자'에 대한 '개념 규정'으로만 머무르게 되고, 존재의 본질적 의미는 은폐되고 망각된다. 서구 형이상학의 역사는 이처럼 존재 망각이 심화되는 과정인 것이다. 이에 따라 현대 철학에서는 존재의 본질적 의미를 상실한 기존의 언어(사유)체계를 거부하고 사유와 존재, 언어와 존재 사이의 정당한 관계를 수립하기 위한 다양한 철학적 작업이 모색되고 있다. 플라톤과 소크라테스에서 헤겔에 이르는 기존의 사유 양식을 해체하고, 그 기원으로 돌아가 철학의 제 문제를 점검하는 철학적 시도들은 이러한 노력의 일환이다. 이런 의미에서 오늘날 철학은 크게 보아 '해체주의'적 관점에 서 있다고 말할 수 있으며 궁극적으로 그것은 새로운 언어, 새로운 사유, 새로운 양식의 개방이라고 할 수 있다.

현대 언어 철학과의 관련성 속에서 오늘날 시적 언어가 지니는 중요한 의미도 바로 여기서 찾을 수 있다. 이성적 · 개념적 언어로 축조된 현대 세계에서 시는, 시적 언어는 새로운 사유의 언어로써 서구 형이상학의 한계를 직시하고 나름의 비판적 역할을 수행하고 있는 것으로 판단되기 때문이다. 일반적으로 시적 언어는 과학 · 개념적 언어로 규정된 현실의 언어와 달리 함축적이고 내포적인 언어 기능을 특징으로 한다. 단적으로 말해서 시적 언어는 일상의 문법적 차원에서 소통되는 과학 언어와 분명하게 구분된다. 그러나 이 말의 의미는 결코 시적 언어가 일상 사회에서 소통되지 않는다는 것을 뜻하지는 않는다. 옥타비오 파스의 지적대로, '시인이 속한 집단이 무엇이든지 간에, 시인의 언어는 집단의 언어'인 까닭이다. 다만 여기서 말해두고자 하는 것은 현실 언어에서 일탈한 시적 언어의 주된 기능은 기본적으로 대상(존재)의 본질적 의미를 드러내는 동시에 아울러 존재 고유의 의미를 끊임없이 '생성'하여야 한다는 것이다. 이 점에서 시적 언어의 근본 성격은 현실 언어의 문법 체계로부터 일탈하려는 데 있으며, 일상 언어적 기능, 다시 말해 단순한 정서적 표현 도구 및 기호의 전달 수단 이상의 의미를 지닐 수 있다. 언어 철학적 측면에서 볼 때, 시적 언어는 존재를 '존재'하게끔 하고, 존재의 본질적 의미는 시적 언어를 통해서 발현될 수 있는 것이다. 시어가 지닌 이러한 고유한 기능이야말로 대상 존재에 본질적 의미를 부여하고자 하는 현대 언어 철학의 최종적 의도와 일차적으로 부합한다. 현대 언어 철학적 담론의 자장 안에서 시적 언어, 더 나아가 시 장르가 지니는 진정한 의미도 여기서 자연 발생한다.

이상과 같이 정리해보면, 21세기를 전후하여 현대시에서 나타나는 장르 해체적 징후와 흔적들은 대부분의 경우에 해체론 시대의 '인식적 틀' 혹은 동시대의 철학적 사유와 유사성을 띠며 전개되고 있음을 알 수 있다. 보편 이성에 기초한 동일성 담론이 아닌 '차이'의 강조, 근대적 인식 주체에 대한 회의, 기성언어에 대한 불신, 이분법적 사고의 극복과 경계의 사유, 새로운 양식의 개방 등이 그 구체적 항목들이다. 이것들은 시인들의 작품에서 환각적 세계에의 추구, 불연속적 언어의 활용, 서정적 주체의 분열 등의 방식으로 구체화되어 나타난다. 이 점은 다음에 살펴볼 젊은 시인들의 작품 분석을 통해서 거듭 확인할 수 있을 것이다.

마법의 시간과 환각의 세계

현대시의 장르 해체적 징후와 그 구체적 양상을 검토하고자 할 때, 우선적으로 환기되는 용어는 '일탈 · 분열 · 몽환 · 환각 · 감각' 계열의 시어들이다. 동시대의 문학적 담론에서 이것들이 지니는 의미는 본래적 내용과 그 차원을 달리한다. 가령, 동시대 시인들이 활용하는 '분열 · 몽환 · 환각' 속에는 기존 서정시의 개념적 사유를 벗어나 새로운 미학적 경험을 추구하고자 하는 의지가 담겨있다고 할 것이다.

2007년『국경꽃집』을 간행한 김중일 시인은 이 시기의 다른 어느 시인들보다도 이러한 시적 분위기를 적극적으로 차용한다. 특히 그의 시편들은 일견, 초현실주의 화가 살바도르 달리Salvador Dali의 강렬한 작품 「기억의 고집(The Persistence of Memory)」(1931)을 연상케 할 정도로 몽환적이며 환각적이다. 이미 잘 알려져 있듯이 달리의 「기억의 고집」은 사물의 실재를 낯설게 변형 · 배치함으로써 세계에 대한 근본적 반성을 시도하고 있다. 깎아지른 듯한 절벽의 해안가, 성장을 멈춰버린 건조하고 앙상한 나뭇가지, 정체불명의 죽은 생물체와 칙칙한 상자, 그리고 몇 개의 흐물거리는 낡은 원형 시계들의 제시를 통해 그는 몽환적이면서도 감각적인 이미지를 강조한다. 또한 전반적으로 불길하고 기괴한 분위기를 연출하여 현대 문명의 어두운 이면을 침묵의 언어로 전달한다. 「기억의 고집」이 분출하는 섬뜩함과 음산함은 현대적 일상의 우울한 초상에 다름 아닌 것이다. 매우 추상적이고 난해한 「기억의 고집」이, 달리의 축 늘어진 시계가 여전히 우리의 기억을 자극하는 것은 바로 이러한 사정에서 기인한다. 본고가 김중일의 시에서 전위적 화가 달리를 떠올리는 이유는 그의 몇몇 시가 달리의 회화적 기법을 적극적으로 차용하는 까닭이다. 이 둘은 시와 회화라는 장르적 차이를 보이고 있음에도 모종의 혈연성이 발견되는데, 어쩌면 그것은 가시적이거나 개념화된 현실의 시공간을 끊임없이 해체하고, "흐물흐물 녹아내리"(「15층의 Y」)는 "마술의 시간"(「마술사와 모자」)과 몽환적인 시적 공간을 운용하는 시인의 독특한 상상력 때문일지도 모른다. 일상의 '시곗바늘'이 정지된 현실과 가상의 '국경' 지대에서 다소 <불편>한 시선으로 "모두의 원형을 기억하"(「Sorrow shadow」)려는 시인 의식은 흡사 20세기 전위 작가의 그것을 닮아 있는 것이다.

김중일의 시세계는 사실 당혹스럽다. 시집에 실려 있는 적지 않은 시편들의 의미 윤곽이 좀처럼 파악되지 않는 탓이다. 여기에는 물론 분명한 이유가 있다. 우선 "너무 오래되어 흐릿해진 상형문자처럼"
(「두근거리는 신전」) 불투명한 시어들은 그의 시에 대한 손쉬운 접근
을 사전에 차단한다. 또한 과감한 비유와 생략을 동원한 표현 기법은
시의 이해와 감상의 장애 요소로 작용한다. 그것뿐만이 아니다. 시집
의 곳곳에는 생소한 이미지와 이질적인 상상력이 결합한, 아주 이상
하고 신기한 사건과 장면들이 자주 목격된다. 가령, "기억의 저층에
거대한 뿌리를 두고, 집집마다 내걸린 시계들 한가운데로 가지를 뻗
고 있"(「시간의 동력」)는 '플라타나스'라든지 "부서진 철모를 옆구리
에 끼고 일용할 기억을 사기 위해 도열해 있"(「슬픈 모자를 쓰고 잠들
다」)는 '죽은 군대'의 형상, 혹은 "꽝꽝 얼어버린 시곗바늘을 입김으
로 녹이고 있"(「담장 속으로」)는 '죽은 할머니'의 모습 등이 그것이다.
이외에도 김중일의 시세계에는 기존의 시적 공간에서 우리가 경험해
보지 못한 '마법'의 세계가 도처에 펼쳐져 있다. 공룡이 출몰하는 마
을(「공룡」)과 구름이 구워지는 도시(「구름이 구워지는 상점」), '기적
의 혈맹단원들'이 부유하는 제국(「기적의 혈맹단원들」)과 "일식을 틈
타 분홍빛 밤의 점령군이 들이닥치"(「Sweet lime village」)는 국경 부근
등등이 그것이다. 그럼에도 한 가지 주목할 점은 시인이 축조한 이 마
법의 세계 모두는 현대인의 일상과 밀착되었거나, 우리 삶의 방향으
로 '창窓'을 내고 있다는 사실이다. 그 세계는 지금 삶과 죽음, 과거와
현재, 의식과 무의식, 기억과 망각, 꿈과 현실, 가상과 실재 사이에서
기우뚱한 균형을 잡으며 "하루에도 열 두번씩"(「나는 국경꽃집이 되
었다」) 수축과 팽창 작용을 거듭하고 있다.

다시 마술의 시간은 시작되었다
오늘밤, 하늘은 마술사의 높고 깊고 뾰족한 모자

온종일 모자를 찾아 헤매던 마술사는 지금
어디에 있나, 나는 반지하 방의 봉창을 열었다
닫는다 그때마다 잘린 발목들이
막다른 골목으로 들어와 모자 속으로 사라지고

　　　　　　　　　　　　　　－「마술사와 모자」 부분

이 저녁, 도시는 잠시 청동기로 돌아간다

빠르게 녹청(綠靑)이 끼는 도시에서
나는 날마다 돌아온다
수세기의 대기를 가르며
기억 속으로 멀어졌다 되돌아오는 부메랑이 되어
나는 돌아온다 오늘도

　　　　　　　　　　　　　　－「저녁의 청동기」 부분

　　김중일의 시에서 "마술의 시간"이 시작되는 지점은 주로 '밤' 또는
'저녁' 무렵이다. 그의 시집에 밤과 저녁을 지시하는 시어들이 빈번하
게 나타나는 것도 이와 무관하지 않다. 흔히 밤과 저녁은 반성과 성찰,
나아가 철학과 사색의 시간대로 알려져 있다. 따라서 김중일의 시가
이 밤과 저녁의 지분持分을 다량으로 보유하고 있다는 것은, 어떤 측
면에서 현재 그의 시가 자기 삶의 정체성과 세계의 모순성에 대해 적
극적으로 탐색하고 있다는 의미로 받아들일 수 있다. 모종의 '마법'에
걸려든 위의 시들은 이 같은 사실을 쉽게 확인시켜준다. 인용시는 각
각 마술사의 '모자'와 '청동기'로 비유된 밤과 저녁을 시간적 배경으로
한다. 이곳에서 화자들은 '하루'를 고독하게 되돌아보며 삶의 의미를
견인하고 있다. 그러나 "세상 곳곳 틈틈이 스며 있는 그림자 같은 이
름"(「하루」)의 '하루'를 대하는 화자들의 태도는 공히 비관적이다. "잘

린 발목"과 "녹청 끼는 도시"와 같은 상징적이면서도 그로테스크한 대목은 이 점을 우회적으로 보여준다. 여기서 제공된 문구들이 구체적으로 무엇을 의미하는지는 여전히 분명하지 않다. 다만 작품의 전체적인 성격을 감안하면, 그것이 억압적 삶의 구조에서 파생된 고통스러운 현실의 형국과 별개가 아님을 어렵지 않게 추론해 볼 수 있다. 다음의 인용시는 이런 사실을 보다 구체적으로 제시해준다.

그날 여자는 둥근 어항 하나를 안은 채 그만 발을 헛디뎠습니다 계단 밑으로 굴러 떨어진 어항 속에는 작고 예쁜 금붕어가 살고 있었습니다 칼집 같은 아가미에 메스가 꽂힌 채 물속에서 뒤척거리고 있었습니다 금붕어는 온몸을 꽉 쥐고 있는 물이, 더러운 침낭이 역겨워서 온종일 뻐끔뻐끔 구역질을 하고 있었습니다 금붕어가 할 수 있는 건 어항 밖을 바라보며 하는 헛구역질뿐이었습니다 금붕어에게는 어항 밖의 거대한 어항도, 자신의 깨지지 않는 어항도, 무서웠습니다 금붕어는 예쁜 수초와 작은 풍차가 수놓인 두꺼운 물을 머리끝까지 끌어올렸습니다 벌벌 떨며, 얼마나 지났을까요 어지럽게 벽에 부딪히던 박쥐 같은 손전등 불빛이 여자의 더러운 외투 위로 날아들었습니다 여자의 작은 손엔 반쯤 팔린 껌박스가 쥐여져 있었습니다 그때였습니다 지하도 바닥에 동전 몇 개가 양막처럼 부풀어오른 공중으로 반짝 떠올랐습니다 아무도 눈치채지 못했습니다, 하늘에는 이미 깨지지 않는 어항이 휘영청 떠 있었습니다

—「깨지지 않는 어항」 전문

「깨지지 않는 어항」에는 의외로 다정한 목소리의 화자가 시의 전면에 등장한다. '—습니다'와 같은 이야기체 종결어미의 연속적 사용은 이러한 화자의 특성을 효과적으로 드러내준다. 그러나 이런 화자의 어조는 시상이 전개될수록 오히려 이 시의 '울적'하고 심란한 분위기를 극대화하는 데 일조한다. 상냥한 화자에게서 흘러나오는 이야기는

뜻밖에도 '무섭'고 비참한 내용을 담고 있는 것이다. 그 이야기란, 이를테면 이런 것이다. 임신한 여자의 배를 암시하는 '둥근 어항'과 현대 생활세계를 은유화한 "어항 밖의 거대한 어항", 그리고 하늘에 '휘영청' 떠 있는 또 하나의 어항(달) 속에 갇혀 살아가는 금붕어(태아)가 있다. 세 개의 어항은 "작고 예쁜" 금붕어(태아)는 물론 지하도 계단에서 껌을 팔다 굴러 떨어진 임산부에 의해서도 결코 '깨지지 않는' 공간이다. 하여 그곳을 살아가는 존재들은 '더럽고', '역겹고', '어지럽고', '무섭고', "온종일 뻐끔뻐끔 구역질"이 나더라도 어항 속에서 벗어날 수 없다. 물고기가 물을 떠나 살 수 없듯이 어항 속의 삶은 현재 그들에게 주어진 운명의 형식이기 때문이다. 결국 이 시는 '깨지지 않는 어항'의 표면 위에 건조하고 삭막한 현실을 중첩시킴으로써 오늘날 현대인이 처해 있는 상황을 환기하는 것으로 볼 수 있다. "깨지지 않는 어항", 즉 현대의 일상에는 고통과 상처, 고독과 불안이 부유하고 있음을 이 시는 새롭고 낯선 환각의 세계를 통하여 전언하고 있는 것이다.

불연속적 언어와 서정적 주체의 분열

시집 『별모양의 얼룩』에 이어 2007년에 간행된 김이듬의 『명랑하라 팜 파탈』은 "결백하기 위하여 모순투성이의 인간이"(「유령시인들의 정원을 지나」) 된 존재들에 관한 기록이다. 억압적인 상징질서 체계에서 자기의식의 결백성을 추구하기 위하여 위반과 탈주를 감행하며 스스로 모순투성이 인간이 되어가는 위험한 존재, 위악적 삶을 '뻐딱하게' 응시하며 지독한 부정과 역설의 언어로 자신들만의 자화상을 그려내는 소외된 존재가 바로 그 대상이다. 김이듬은 이런 유형의 인간 존재들을 팜 파탈로 새롭게 명명하고 그(그녀)들의 '기약 없는' 삶을 특유의 자폐적이고 불연속적인 언어로 밀도 있게 형상화한다.

김이듬의 시에서 주로 여성화자로 설정된 팜 파탈들의 삶은 규정적 권력기제에 정면으로 저항하는 탓에 수난의 연속이다. 뿐만 아니라 왜곡된 "서열과 위계"(「안녕」) 질서로 구조화 된 부조리한 현실을 버텨내야 하기에 그들의 내면은 온통 어둡고 메말랐다. 비동일성의 고통과 자기분열의 경험을 감수해야 하는 까닭이다. 그러나 인간 정신의 자유로움과 육체적 감각의 '진실'을 마음껏 향유할 수 있다는 측면에서 팜 파탈들의 삶은 분명 매혹적이다. "그가 본 그녀가 나였을까? 네가 알고 있던 모든 게 나였을까?"(「항상 엔진을 켜둘게」)와 같이 자기 정체성의 혼란을 겪을지언정, 우울과 강박으로 얼룩진 상처와 결손의 세월을 보낼지언정, 그들은 "언제나 헬렐레한 리듬 속에서" '진짜' 삶의 "불가시선을 느끼"(「헬렐레할래」)기 때문이다. 그래서 김이듬 시의 분열된 서정적 주체들은 현대적 일상인homo quotidianus의 안정적인 삶을 포기하고 고독한 모순투성이 인간, 즉 팜 파탈의 존재로 살아가는 것을 조금도 주저하지 않는다. "마음껏 메마르고 신나게 어두워지리라. 흥청망청 삶을 다 사용할 테다"라는 시인의 육성은 이러한 팜 파탈들의 분열적 심리 상태를 집약적으로 보여주는 일종의 선언적 자기고백에 다름 아니다.

#1
어느 날, 이곳에 늙지도 젊지도 않은 여자가 나타났습니다.

#2
그 여자는 할 말이 하나도 없었습니다. 만약 입을 연다면 두더지 같은 잡설만 튀어나와 풀밭의 여기저기를 쑤시고 다닐 겁니다. 그녀는 배가 고 프지 않고 단지 피로합니다. 공식행사는 자정에 있습니다. 모두 다 서로에 게 관심이 없습니다.

…(중략)…

#8
급하니 빨리 빨리 빨아

#9
그녀가 만난 유령들은 광인들에 가까웠고 초년에 자살한 사람들이 많 았습니다. 어쨌든 간에 그녀는 지상에는 없는 아름다운 언어로 욕설을 했 고 어쩔 수 없을 정로의 연민에 가득 찬 눈으로 번번이 여자를 떠나보냈습 니다. 어쨌든 자살하지 말라. 노란4H연필로 노트 첫 장에 글씨를 씁니다. 유령 마야코프스키의 것인지 바하만의 것인지 모르지만 슬쩍했나 봅니다. 결백하기 위하여 모순투성이의 인간이 될 것입니다.

　　　　　　　　　　　　　　　　　　 － 「유령시인들의 정원을 지나」 부분

브레히트는 "방법들은 소진되고 자극들은 약화된다. 새로운 문제 들이 부상하여 새로운 기교를 요구한다. 현실은 바뀐다. 현실을 재현 하기 위한 재현의 수단도 또한 바뀌어야 한다"라고 언급한 바 있다. 여기서 그가 말하는 '새로운 문제들'의 부상으로 인한 '방법' 혹은 '수 단'의 교체란 시 양식의 차원에서 보면 새로운 형식미학과 사유에의 전환이라고 할 수 있다. 그리고 그것은 앞서 살펴본 대로 김이듬 시인 에게는 불연속적 언어의 적극적 활용과 서정적 주체의 분열의식을 통 한 새로운 시작법의 수용으로 나타난다. 아울러 시인은 반역과 일탈, 위반과 거부의 시적 몸짓을 통해 현실부정의 정신을 지속적으로 표출 한다. 이 점은 위의 인용시를 살펴봄으로써 쉽게 확인할 수 있다. 일상적 문법의 차원에서 바라보면 기존 전통 서정시의 모든 영역에서 위반과 탈주를 시도하는 팜 파탈들의 행위는 철저하게 '악마적'이다. 아버지와의 근친상간, 노골적인 성애의 묘사, 죽음에의 유혹, 자학과 착란의 징후, 제도적 편입의 거부 등등 사회적으로 금기시된 불온한 상상을 일삼는 그들은 마치 악마와 계약을 맺은 존재들인 듯하다. 그러나 팜 파탈들은 '유니폼'을 입은 듯 획일적인, 그래서 불평등하고 모순된 우리 사회의 규율적 요소들을 오히려 거침없이 폭로하고 비판한다. "찬송가 책을 넘기면 왜 모든 책장은 불편한 방향으로 넘겨야 하는지 왜 모든 시계와 문고리까지 반대로 돌아가는지 정말로 천치와 악마들은 모두 왼손잡이일까"(「왼손잡이」)라고 의뭉스럽게 되묻는 장면과 "천사들은 고작 인생을 찬미하라 두려워하거나 근심하지 말라 순경도 안 입는 유치한 유니폼을 걸치고 고무동력기 같은 걸 쥐곤 불화살이니 뭐니 씨부렁대기는"(「유니폼은 싫어요」)의 대목은 오늘날의 사회에 대한 이들의 적대심과 거부감을 여과 없이 보여준다. 이런 그들이, 반역과 부정의 정신으로 충만한 팜 파탈들이 사회가 승인하는 "보편적으로 착한 어투"(「평균율」)를 흉내 내며 따라할 리 만무하다. 그들은 지금 인용 시에서처럼 위선적 현실의 "전통과 제도"를 향해 "지상에는 없는 아름다운 언어로 욕설을" 해대는 중이다. 하물며 그들은 생명의 근원이자 존재의 모태인 '엄마'마저도 "역겨운 이름"(「이바지」)으로 기억한다.

> 누가 누구에게 이바지 할 수 있을까
> 여자와 둘이 살았을 때 매일 밤 우리는 한 침대에서 잤다
> 나의 식구, 동료, 말벗, 엄마라는 역겨운 이름으로
> 긴 여행에서 돌아온 내가

같이 늙어갈 수 없는 내가
서리 내린 자작나무 숲 긴 의자에서 머리를 빗겨주었다
깊숙이 빗을 꽂았다 숲이 사라졌다
방문객들은 정치(定置)한 이바지를 나눠 먹고 축배를 제안했을 것이다
넌 그들이 돌아갈 때까지 나를 책이 있는 방에 가두어놓았다
그러곤 깜빡 잃어버린 지갑을 찾았다는 듯 감격적으로
나를 꺼내 끌어안았다 일러바치지 않을게
최대한 여리게 보이려고 나는 조금 웃었다

—「이바지」 부분

　　한편, 현실 부정과 자기 결백의 차원을 넘어 팜 파탈들은 종종 자신들의 삶의 방식을 타자들에게 적극적으로 권유한다. 그들이 부르는 노래에 간혹 권유형의 대화체와 산문체가 발견되는 것도 이러한 사정과 무관하지 않다. 가령 시집 『명랑하라 팜 파탈』의 맨 앞에 놓인 「세이렌의 노래」를 들어보자. 이 시의 시적 화자 세이렌은 수많은 팜 파탈들 중의 하나이자, 그들의 분신이다. 이 시에서 세이렌은 "들리지? 내 목소리. 이리 따라와 넘어와 봐"(「세이렌의 노래」)라고 유혹하며 '너'와의 동행을 요구한다. 금지와 욕망, 일탈과 경계, 결핍과 혼돈, 강박과 히스테리 같은 생경하고 도발적인 단어들에 무제약적으로 노출된 자신들의 그 "기약 없는 땅으로" 타자를 유혹하는 것이다.

　　불길하고 우울한 지대로 타자를 유혹한다는 점에서 김이듬의 팜 파탈은 여전히 악마적이다. 팜 파탈은 "이상한 영혼에 감염"(「달리는 집」)된 이 유혹자들은 "고독하게 수행되는 끝없는 이동"(「명암」)을 즐기는 위협적인 존재임이 분명하다. 그러나 팜 파탈의 유혹은 궁극에는 "파격적으로 균형 잡힌"(「침묵의 복원」) 삶을 보장할 수 있기에 매혹적이다. 세이렌의 노래는 현실의 제도적 야만에 대한 경보(사이렌)

일 수 있기에 아름답다. 이런 맥락에서 김이듬의 시세계에서 팜 파탈이라는 호칭은 어쩌면, 역설적이게도, 본원적 삶의 고유한 가치를 복원하기 위해 고통스러운 삶의 행로를 운명적으로 선택한 인간에게 주어진 최대치의 찬사였을지도 모르는 것이다.

장르 해체의 가능성과 한계

이상에서 살펴보았듯이 90년대와 이천 년대를 전후해서 나타난 문단의 장르 해체적 징후와 그 표지들은 대개의 경우, 이른바 '해체론 시대'의 인식 구조의 변화 혹은 동시대의 철학적 사유와 유사성을 띠며 전개된다. 예를 들면 현대 생활세계를 '불편'한 시선으로 바라보는 김중일 시인에게 그것은 마법의 시간 혹은 환각의 세상에 대한 제시를 통해서 나타난다. 의식과 무의식, 기억과 망각, 꿈과 현실, 가상과 실재 사이의 경계에서 무한 상상력을 발산하는 김중일의 시적 공간은 그 자체로 오늘날의 왜곡된 현실 담론에 대한 부정이고 저항이다. 이러한 시적 경향은 김이듬의 경우에도 마찬가지로 발견된다. 특유의 자폐적이고 불연속적인 언어를 밀도 있게 행사하며 서정적 주체의 분열을 감내하는 그녀의 시쓰기는 위계 없는 질서세계를 꿈꾸는, 그리하여 본원적 삶의 가치를 환기하고자 하는 '아름다운 팜 파탈'의 노래인 것이다.

사회 역사적 비평이 반권위주의 · 반전통주의 태도를 지녔듯이 오늘의
예술가들을 사로잡고 있는 분위기는 정치적 · 도덕적 · 지적 권위에 대한

불신이다. 이 불신의 분위기는 필연적으로 문학적 표현의 권위(예컨대 장르에 대한 권위)에 대한 불신을 자극하여 장르의 변화를 가져온다.

이런 반권위적 · 반전통주의 태도의 극단적 형태가 전통 장르를 근본적이고 급진적으로 파괴하는 장르해체 현상이 빚어지는 것이다. 그러므로 장르변화는 물론 장르 해체는 무엇보다 사회 · 역사적 비평의 안목이 절실히 요청된다.

―김준오, 앞의 책, 198쪽

이를 다시 김준오의 논의를 빌려 종합하면, 오늘날 젊은 시인들을 사로잡고 있는 불신의 분위기는 그것이 무엇이든지 간에 "필연적으로 문학적 표현의 권위에 대한 불신을 자극하여 장르의 변화를 가져"온 것으로 이해된다. 특히 이천 년대 들어 시 장르에 관한 연구는 암묵적으로 시적인 것의 '근원'에 대한 첨예한 비평적 물음을 통해 서정 · 다른 서정 · 시적인 것 · 주체의 균열 · 감각의 분배 등의 개념들을 동반하며 구체화된다. 그리고 최근까지도 이러한 징후는 시와 정치라는 화두를 앞세우며 '정치한' 이론투쟁과 철학적 사유의 공방을 적극적으로 유도하고 있는 양상이다.

21세기의 새로운 시공간에서 장르 해체의 징후 혹은 새로운 장르종種의 생성은 그야말로 자연스러운 일일 것이다. 이런 측면에서 근년의 젊은 시인들이 각자의 개성 있는 상징체계를 마련하고 이를 통해 차이의 스펙트럼을 보여주며 생산해 낸 시편들은 나름의 의미를 부여할 수 있다. 특히 이 과정에서 "감각으로 사유하는 종들"의 개체성과 유형학에 대한 동시적의 탐구의 필요성은 자명해 보인다.

한편, 그렇다고 해서 기성의 시 양식에 대한 무조건적인 거부행위도 결코 용납될 수 없다. 어느 시대이건 서정시의 존재론은 다양한 음역을 확보할 때, 그 가능성을 확인할 수 있기 때문이다. 비유적으로 말해 그것은 전통서정시의 계보이든, 전위적 형식의 시이든, 혹은 또 다른 양식의 시편이든 전체(합창)의 한 부분(파트)로 인정해야 한다. 이러한 연장선상에서 "리얼리즘적인 시를 쓰지 못하는 시인은 시인이 아니다. 그러나 리얼리즘 시만 쓰는 시인도 시인이 아니다."라는 오래전 멕시코의 시인 옥타비아 파스의 말은 다른 각도에서, 진지하게 경청할 필요가 있을 것이다.

이천 년대 북한 문예지의 유형

2000년대 간행된 『조선문학』을 중심으로

21세기와 북한 문학의 유형

북한의 공식적인 문예월간지 『조선문학』이 1946년 창간된 『문예전선』을 기원으로 삼고 있다는 것은 이미 잘 알려진 사실이다. 이 점은 얼마 전에 누계累計 700호를 맞이한 『조선문학』의 지면을 통해서도 분명히 확인할 수 있다. 이 잡지의 2006년 4월호에는 김철의 「『조선문학』 잡지 발행 700호에 부치여」, 김병훈의 「『조선문학』 잡지가 걸어온 영광에 찬 로정을 돌이켜보며」, 최학수의 「생활과 투쟁의 교사, 창작의 요람 『조선문학』 잡지」, 오영재의 「『조선문학』 잡지는 문학의 저수지이며 얼굴」 등의 글이 각각 특집으로 기획되어, 현 단계 북한에서 『조선문학』이 지니는 위상과 역할, 그 기원적 성격을 빼곡하게 기록하고 있다. 이 중에서도 특히 김철의 글은 "오늘에 짐작되는 것이지만『문화전선』, 그 이름은 위대한 수령 김일성 동지께서 주체 35(1946)년 5월 24일 북조선 각도 인민 위원, 정당, 사회단체 선전원, 문화인, 예술인 대회에서 하신 연설 불후의 로작 '문화인들은 문화전선의 투사로 되어야 한다'에서 옮겨온 것이다."라고 밝힘으로써 이 잡지의 기원적 성격 및 북한문학의 혁명적 전통을 직접적으로 제시한다. 그의 이 글은『조선문학』이 '위대한 김일성 수령'의 '그 가르침을 따라'『문예전선』에서『문학예술』로, 다시 현재의 그것으로 제호를 바꾸었으면서도, 1946년 이래 북한 조선작가동맹 중앙위원회의 유일한 기관지로서 당의 입장을 지속적으로 대변하고 있음을 강조하고 있는 것이다.

이는 현재 남한에서 발간되는 문예잡지의 숫자가 대략적으로 300여 권 내외에 해당한다는 사실을 염두에 둘 때 많은 것을 환기한다. 남북한에서 일 년 단위 문예잡지의 간행 숫자가 지니는 상징적 의미는 물론이거니와『조선문학』이 당의 기관지라는 특수성 등은 미학적 자율성의 측면과는 무관하게 시기별 당의 정치 사업에 철저하게 종속되어 선전선동의 기능을 강조하는 오늘날 북한 문학의 폐쇄성 및 획일성을 극명하게 보여주는 것이다. 실제로 그 간에『조선문학』은 수령형상화문학과 주체문학론을 비롯한 시대별 창작방법론을 제기하며 북한 문예의 거울이자, 산실로써 기능해왔다.『조선문학』에 대한 검토는 곧 해방 이후 북한 문학사 전체에 대한 연구라 할 정도로 매우 중요한 의미를 지니고 있는 것이다. 특히 남북한의 분단으로 인해 북한문학에 대한 다양한 연구 자료를 접하기 어려운 현 시점에서 월별로 발간되는『조선문학』에 대한 구체적 점검은 절대적으로 필요한 절차이다. 어떤 측면에서 그것은 21세기 북한문학을 이해하는 데 있어 유일한 통로로 작용할 수 있는 까닭이다. 이에 따라 여기에서는 2000년 대 이후에 간행된 『조선문학』 잡지의 유형적 고찰을 통해 궁극적으로 현 시기 북한 문학의 특성에 대해 살펴보고자 한다. 『조선문학』의 월별 주제와 혁명구호의 상관성, 당의 정책과 『조선문학』의 수용 양상, '추억에 남는 시' 난欄에 대한 유형적 고찰이 그 구체적 항목인데, 이러한 필자의 검토 작업은 21세기 북한문학사의 이해를 위한 예비적 자리에 위치한다.

시적 주제와 혁명구호의 상관성

김일성의 동상이 무려 35,000여 개에 달한다는 북한에서, 그 동상의 숫자만큼이나 혹은 그것보다 훨씬 더 자주 목격할 수 있는 것이 이른바 '혁명구호'이다. 평양 시내에 위치한 공공기관의 건물 외벽은 물론 지방 소도시의 평범한 거리, 하물며 최북단 함경도의 산악 지대에 이르기까지 북한 사회 전역은 혁명적인 구호들로 가득 차 있다. 뿐만 아니라 북한에서 혁명구호는 사소한 일상의 생활 영역에서도 쉽게 발견된다. 가령, 인민 대중들이 흔히 이용하는 기차나 버스 혹은 신문과 잡지 등에는 전투적이고 혁명적인 구호들이 어김없이 등장한다. 이 글이 대상으로 하는 『조선문학』도 예외가 아닌데, 대부분의 경우에 문예지의 목차 상단에는 항상 굵은 활자의 혁명구호들이 선명하게 새겨져 있다. 이런 맥락에서 북한은 가히 사회 전체가 구호로 이루어진 '구호의 사회'이며 전 세계적으로 예를 찾아보기 어려운 '구호의 나라'라 할 것이다.

북한을 '구호의 사회' 또는 '구호의 나라'라고 지칭할 때 단순히 그 것은 겉으로 드러난 일시적 사회 현상만을 의미하지 않는다. 북한의 혁명구호는 단선적이고 표층적인 차원을 넘어 사회 내부의 구조적 질 서와 밀접하게 연관된다. 『로동신문』에 실려 있는 다음의 사설은 이 러한 사실을 분명하게 보여준다.

> 혁명적 구호를 제시하여 인민 대중의 무궁무진한 힘과 지혜를 최대한 으로 발양시킴으로써 혁명과 건설에서 승리를 이룩해 나가는 것은 우리 당의 전통적인 대중령도 방식이다. 우리 혁명 력사는 혁명적 구호와 더불 어 전진하며 승리하여 온 과정이라고 말할 수 있다. 우리 당은 혁명의 매 시기, 매 단계마다 언제나 혁명적 구호를 제시하고 대중을 혁명에 준비시 키고 투쟁에로 불러 일으켜 왔다.
>
> ─「혁명적 구호로 대중을 불러 일으키는 위대한 령도」,
> 『로동신문』, 2003.5.26, 2면

북한의 혁명구호는 '혁명의 매 시기, 매 단계마다' 제기된 북한의 정 치사상과 이념을 단적으로 보여주는 상징적 기표이다. 아울러 북한에 서 혁명구호는 김일성 주체사상과 '북한식' 사회주의적 교양을 인민 대중들에게 직접적으로 전달하는 방법적 통로이기도 하다. 대부분의 경우 북한의 교조주의적 사상과 주요 정책 사업은 혁명구호를 통하여 인민 대중들에게 구체적으로 제시된다. 이제까지 북한 당국은 혁명구 호를 통하여 체제의 정당성과 시대사적 필요에 따른 당의 정치 과업 을 인민 대중들에게 선전하고 각인시켜 왔다. 이로 인해 대다수 북한 의 인민들은 "당 중앙 위원회 구호를 심장으로 받들고"(「백두의 혁명 정신으로 강성대국을」, 『로동신문』, 2003.5.26, 6면), 혁명구호에 부 여된 정치적 과제를 무의식적으로 실천해 나간다. 혁명구호는 북한의 인민들에게 일종의 자기세뇌 작용을 일으키고 있는 것이다. 이처럼 북한에서 혁명구호는 당과 인민을 연결하는 중요한 소통 수단인 동시에 인민 대중들을 강력하게 통제하는 윤리·도덕적 틀로서 기능한다. 북한 사회 전반에 만연하는 혁명구호가 단순히 일시적 현상의 차원을 넘어 사회·정치사적 범주에서 적극적으로 이해되어야 하는 이유도 바로 여기에 있다.

북한의 혁명구호는 사회·역사적 전환기마다 당의 정책에 민감하게 반응하며 새로운 형태로 제시되어 왔다. 북한 '혁명 역사'의 기원이라 할 수 있는 항일 무장 투쟁기에는 "무장은 우리의 생명이다! 무장에는 무장으로!"의 혁명구호가 널리 선전되었다. 이는 당시 김일성이 이끌던 항일 무장 투쟁의 대열에 인민 대중들의 참여를 권고하는 것으로, 일제 강점기 김일성을 위시한 '조선 혁명군'의 투쟁 방식을 극명하게 보여준다. 이후 평화적 민주 건설 시기(1945.8~1950.6)와 조국 해방 전쟁 시기(1950.6~1953.7), 천리마 운동 시기(1960년대)에는 각각 "토지는 밭갈이하는 농민에게!", "모든 힘을 전쟁의 승리를 위하여!", "천리마를 탄 기세로 달리자!" 등의 구호가 제시되어 시기별 북한의 핵심 정책 이념을 뚜렷하게 표출하고 있다. 90년대 이후에도 북한은 "우리식대로 살아 나가자", "사회주의 조국은 필승불패이다", "수령 결사 옹위 정신", "고난의 행군을 낙원의 행군으로 힘차게 이어 나가자", "오늘을 위한 오늘에 살지 말고 래일을 위한 오늘에 살라" 등의 전투적이고 혁명적인 구호들을 지속적으로 생산한다. 이 혁명구호들 역시 동구권 사회의 몰락과 구소련의 해체로 인해 정부 수립 이후 최대의 위기를 겪은 90년대 북한의 실상과 밀접하게 관련되어 있다. 그 중에서도 90년대 북한 혁명구호의 출발점에 놓여 있는 "우리식대로 살아 나가자"는 현재까지도 여전히 유효한데, 이는 미국 등 자본주의 국가들의 '고립 압살' 정책으로 인해 심한 몸살을 앓고 있는 오늘날 북한의 현실을 여실히 대변해준다.

이러한 혁명구호는 주체사상과 사회주의적 이론에 입각한 당의 지침을 시기별로 부각한다는 점에서 북한 문학과 유사한 성격을 보인다. 정치적 이념과 미학적 실천을 동일시하는 북한 문학의 특성상, 문학 작품의 주제는 당의 정책방향에 필연적으로 종속될 수밖에 없기 때문이다. 더욱이 구호의 본질적 속성이 대중의 선전선동에 있다는 것을 고려하면, 인민 대중들의 '혁명적 사상 감정' 유발을 궁극적 목표로 삼는 북한 문학과의 유사성은 더욱 분명해진다. 따라서 북한의 혁명구호와 문학은 주제와 기능적 측면에서 일정한 상관성을 지닌다고 할 수 있다. 2000년대 북한에서 유행하는 혁명구호와 『조선문학』에 실린 시작품을 통해서 이를 살펴보기로 한다.

① 오, 허나 무등산기슭에/연분홍 진달래를 피우기에는/여기에 슴배인 피 너무도 짙고/유보도가에 청춘들을 부르기엔/너무도 차거운 살풍이/이 땅우에 휘몰아 치거니// 보라 오늘도/나어린 두 소녀를/장갑차로 깔아 죽인/아메리카 식인종들이/뻐젓이 활개치며/광주의 더운 피 식지 않은/이 땅을 우롱하고 있다

　　　　　　　　　　　　　-리광선, 「5월이 부르는 노래」, 『조선문학』, 2003년 5월호

② 초불이 탄다/방울 방울 가슴 찢는 피눈물인듯/방울 방울 초불이 녹아 곡성을 터친다/신효순 심미선 꽃나이 열네살/그 혼을 불러 몸부림친다// 바다가 기슭이 있다면/초불의 바다는 그것을 모른다/어찌 더 참고 견디랴/어찌 더 이상 죽음으로 모욕을 참고 넘어서랴// 내 조국의 남녀아/네가 말해다오/살인자가 무죄로 되는 세상이/우리가 탯줄 묻은 이 땅이란 말이냐// 미국은 하늘도 아니다/미국은 하느님도 아니다/두 눈도 감겨 주지 못한 열네 살 꽃망울들/그 순진한 가슴을/장갑차의 무한궤도로 짓뭉갠/미국은

이 세상 악마이다// 악마는 죽어야 한다/원통하게 가버린 민족의 혼을 부르는/저 초불의 바다가 하늘이다/이 준엄한 심판의 하늘 앞에서/미국놈들아/십자가에 못 박히라/아, 저 초불의 바다가 력사의 십자가다!

—홍현양, 「초불의 바다」, 『조선문학』, 2003년 5월호

2000년대 이후 북한의 혁명구호에 나타난 주목할 만한 특징은 '미제'에 대한 적개심을 강하게 환기한다는 것이다. "핵 선제 타격", "미제는 조선의 국력을 똑바로 보라!"(『조선문학』 3월호 표사) 등이 그것인데, 이 구호들은 미국에 대한 울분과 적대감을 노골적으로 드러내면서도, 한편으로 북한의 막강한 군사력을 대내외적으로 선전하고 있다는 점에서 눈길을 끈다. 미국에 대한 북한의 적대적 태도는 사실 그리 새로운 것이 아니다. 한국 전쟁 당시, 혹은 그 이전부터 북한은 미국을 남북한 <공공의 적>으로 규정하고 '미제 타도'를 주장해왔다. 북한의 입장에서 미제국주의야말로 분단을 야기한 실질적 장본인이며 사회주의 국가 건설에 있어 가장 큰 장애물로 인식되는 것이다. 이에 따라 북한 당국은 이미 오래 전부터 혁명구호를 동원하여 인민들의 반미사상을 고취시켜 왔다. 지금까지 북한에서 '미제타도'의 구호는 혁명구호의 역사와 그 맥을 같이한다고 해도 무방할 정도이다. 그렇다면 북한의 인민 대중들 사이에 이처럼 미제에 대한 전통적 경계심이 충분히 형성되어 있음에도 불구하고, 이천 년대 들어 북한의 혁명구호가 반미사상을 새삼 강조하는 까닭은 무엇인가.

이러한 원인으로는 이 시기의 국제적 분위기 및 핵문제와 관련된 미국의 강경대응 방침을 들 수 있다. 90년대 이후 북한은 미국이 주도하는 국제 사회에서 핵무기와 같은 대량 살상 무기 보유국으로 지목되어 비난여론에 직면하고 있다. 이로 인해 북한은 국제적으로 고립

상황에 처해 있으며, 국가적 위기감은 점차 고조되고 있다. 북한은 이 모든 사태를 여전히 미국을 비롯한 제국주의자들의 봉쇄책동 탓으로 돌리고 있다. 이러한 현실에서 북한이 실질적으로 할 수 있는 일은 자주국방의 대외적 선전과 함께, 대내적으로는 반미사상을 재차 강화하는 것이다. 수년 전부터 북한이 조심스럽게 핵 보유설을 흘리고 있는 것도, 미국을 겨냥한 혁명구호들이 한층 강도를 높여 가는 것도 이러한 사정과 무관하지 않다. 앞서 언급한 반미 혁명구호들은 이 같은 북한의 현실을 집약적으로 반영하고 있는 것이다. 북한의 혁명구호에 강도 높게 투사된 반제·반미의 주제의식은 이 시기에 발표된 시작품들에서 쉽게 발견된다. 위의 인용 시들도 이러한 측면에서 접근이 가능하다.

9연 50행의 장시 형태로 구성된 위의 ① 시는 80년 5월 남한에서 발생한 광주항쟁을 중심소재로 다루고 있다. 80년대 이후 북한시에는 남한의 반정권 투쟁을 찬양하고 고무하는 작품들이 자주 등장한다. 특히 『조선문학』을 비롯한 북한 문예지의 매년 5월호에는 '5월 광주'의 역사적 사건을 형상화 한 작품들이 집중적으로 소개되고 있다. 추측하건대, 남한의 정권과 관련된 비극적 사건들은 상대적으로 북한 체제의 우월성을 입증하는 좋은 단서로 활용될 수 있는 것이다. 2003년 『조선문학』 5월호에 게재된 이 시도 「5월이 부르는 노래」라는 제목에서 엿볼 수 있듯이, 광주항쟁을 소재로 하는 이른바 '북한 5월 시'의 연장선상에 있다고 할 수 있다. 그러나 「5월이 부르는 노래」는 기존 북한시의 유형과 약간 다른 면모를 보여준다. 이제까지 광주항쟁을 매개로 한 북한시가 전반적으로 남한 사회의 구조적 모순을 드러내는데 치중하고 있었다면, 이 시의 경우 반제·반미 사상의 주제의식을 중점적으로 표출하고 있는 것이다. 이러한 사실은 시의 5연에서

'미군 장갑차 사건'과 연계하여 미국을 '아메리카 식인종'이라는 원색적인 비유로 묘사하는 대목에서도 단적으로 확인된다. 이는 종전 북한 5월 시의 경향과 변별되는 가장 특징적인 점이다.

몇 해 전 남한에서 발생한 미군 장갑차 사건은 ②의 시에서 보다 구체적으로 다루어진다. 인용한 시 「초불의 바다」는 이 사건의 여중생 희생자를 추모한 남한의 촛불 시위를 소재로 해서 쓴 작품이다. 이 시에서 시인은 '천만개'의 '초불'을 천만개의 '분노한 심장'과 '민족의 혼을 부르는 불'로 형상화한다. 두 여중생의 죽음을 애도하는 남한의 촛불 행진에 시인은 정서적으로 동참하고 있는 것이다. 그러나 시 ①의 경우와 마찬가지로 이 시의 주제가 궁극적으로 지향하는 바는 반미사상의 고양이다. 이 시에서 시인은 남한에서 진행된 촛불 행진에 민족적, 역사적 의미를 부여하면서도, 한편으로 이 사건이 미제국주의자들에 의해 자행되었다는 점을 놓치지 않고 있다. 그리하여 이 시에서 미국을 '살인자', '악마', '미국놈' 등의 과격하고 극단적인 시어로 표출한다. 이는 최근 혁명구호의 성격을 감안해볼 때, 현재『조선문학』과 북한시의 '일치된' 주제의식이 어디를 향하고 있는지 분명하게 보여준다 하겠다.

이상에서 살펴본 것처럼 북한시는 각 시기별로 제시된 혁명구호와 일정한 상관성을 지닌다. 아울러『조선문학』의 주요 특징 중 하나는 월별단위로 형성된 하나의 공통주제를 반복한다는 것이다. 가령 앞에서 살펴본『조선문학』'5월호들'과 마찬가지로, '4월호들'에는 시대별 당의 정책방침을 노골적으로 표출하는 작품들과 함께 김일성의 생일을 기념하여 그의 가계에 초역사적 의미를 부여한다거나 혹은 사회주의 조국 건설에 헌신적으로 이바지한 김일성의 업적을 찬양하는 수령형상화문학 작품들이 집중적으로 실려 있다. 이처럼 비슷한 시기에 발표된 북한시와 혁명구호는 그 내용과 기능에 있어 유사한 양상을 보이고 있는 것이다. 차이점이 있다면 혁명구호가 추상적이고 관념화된 용어를 자제하고 단순하고 직설적인 표현으로 만들어지는 데 비해, 북한시는 장르적 특성에 부합하는 형식 요소를 미미하게나마 유지한다는 사실뿐이다. 그러나 그나마도 북한시가 극단적이고 원색적인 단어들을 사용하여 시적 주제의식을 부각시키고 있다는 점에서 혁명구호와 온전하게 구분된다고 말하기는 어렵다. 극도로 제한된 소재와 주제, 또한 목적 지향적인 기능시의 역할에 치중하는 한 북한시는 '구호 문학'이라는 인식에서 벗어나기 어려운 것이다. 북한시가 획일적, 도식적, 체제 종속적이라는 혐의를 아직도 지울 수 없는 것도 이러한 사정과 결코 무관하지 않다. 미적 자율성, 혹은 예술의 형상성을 논하기에 북한시는 여전히 많은 한계를 보이고 있는 것이다. 결국『조선문학』에 나타난 북한시와 혁명구호의 상관성은 북한시의 한계를 적나라하게 보여주는 것에 다름 아니다. 궁극적으로 북한시는 혁명구호와의 동반자적 관계를 청산할 때, 바로 그 지점에서 보다 새로운 변화를 기대할 수 있는 것이다.

한편, 이외에도『조선문학』에 게재된 북한 시와 혁명구호의 상관성은 여러 각도에서 다양하게 확인할 수 있다. 1998년 이후 북한의 핵심 정책 이념으로 손꼽히는 선군정치의 구호와 이를 형상화 한 선군혁명문학은 대표적인 예이다. 현재 북한에서 선군혁명문학은 북한시의 왜곡된 전통인 김일성·김정일 부자에 대한 우상화 작업을 함께 수행하고 있다는 점에서 특히 인상적인데, "천출명장 김정일 장군님의 선군정치를 일심단결로 받들자!"의 혁명구호는 이러한 맥락에서 파생된 것이다.

당의 정책과 『조선문학』의 수용 양상

북한 문학이 김일성 주체사상과 사회주의 이념을 기반으로 한, 각 시기별 정책 과제에 민감하게 반응한다는 것은 주지의 사실이다. 이제까지 소개된 북한 문학 작품들의 주제적 특성은 이 점을 분명하게 반영한다. 가까운 예로 90년대 이후의 북한 문학은 당의 주요 정치 이념인 붉은기 사상과 고난의 행군, 강성대국과 선군 정치사상 등을 작품의 주제에 적극적으로 수용하며 창작되어 왔다. 이 시기에 발표된 문학 작품들은 장르를 막론하고, 90년대 북한 사회가 직면한 정치적 현안들과 밀접한 관련을 맺고 있는 것이다.

그 결과 이 시기를 전후한 『조선문학』에는 선군 정치사상을 형상화한 시편들이 압도적으로 많이 실려 있어 눈길을 끈다. 이는 급박하게 돌아가는 국제적 여건과 무관하지 않은데, 현실 정세 변화에 발 빠르게 대처하는 북한 시의 특성을 고려하면 이러한 현상은 당연한 결과라고 할 것이다. 선군정치사상이 『조선문학』 문예지의 전면에 배치된 북한시의 양상은 현재 북한이 당면한 최우선의 정치적 과제가 무엇인가를 우회적으로 파악할 수 있게 해준다. 아울러 이 같은 사실은 궁극적으로 문학예술의 영역에서 대사회적 기능을 특별히 중시하는 북한 문학의 성격을 압축적으로 보여주는 좋은 사례에 해당한다.

나에게/어머니가 지어준 이름이 있지만/지금도 병사시절 내 이름처럼/외우며 사는/나의 총번호 ×××//흐르는 세월 속에/그 얼마나 많은 수자와 부호들이/행복한 나의 생활 속을 스쳐갔던가…/허나, 너만은 잊혀지지 않아//군복을 벗었다고/어찌 헐하게 너를 잊으랴/원쑤들이 퍼붓는/고립과 압살, 제재의 그 모진 줄폭탄에/가정과 일터 어디라 없이/보이지 않는 파편들이 박혀있는 이 땅우에서//한순간도/안정과 평화의 숨쉴 수 없어/손에 쥔 것 무엇이든 잡는 것마다/복수의 총 아니면 살수가 없어// …(중략)… 정녕/칼로 베일 수 없는 물처럼/나와 내 이름을 가를수 없듯이/병사 시절이 끝났다고/이 몸과 나의 총을 가르지 못한다//지구상에 미제가 남아있는 한/더 달리는 못살아/나는 총/총은 바로 나/이 몸은 그대로 살아 숨쉬는 복수의 총대//오, 다시금/나의 뼈에 새겨넣는다/조국이 나에게 준 혁명의 총번호×××/너를 잊으면 너를 잊으면/내 이름을 원쑤에게 빼앗기겠기에/어머니 지어준 이름 앞에 너를 먼저세우며 산다/나의 이름처럼, 나의 이름처럼……..

-박현철, 「나의 총번호」 부분,
『조선문학』, 2003년 12월호

이미 잘 알려져 있듯이 선군정치사상은 군대의 위상을 강조하고 이를 통해 선대의 혁명과업을 완성해 나가자는 북한식 통치 이데올로기를 의미한다. 북한은 1998년을 전후하여 선군 정치를 당의 핵심 정책 이념으로 표명하기 시작한다. 이 시기에 북한이 선군 정치를 표방한 이유는 무엇보다도 경제 위기와 체제 모순의 한계를 혁명적인 군인 정신으로 극복하고자 하는 데 있다. 1998년 이후 북한 사회는 식량난과 경제적 위기가 극에 달했던, 이른바 '제2의 고난의 행군' 시절에서 어느 정도 벗어나고 있기는 하나 여전히 국가적 차원에서 문제의 본질을 해결하지는 못하고 있다. 이에 따라 체제 붕괴의 위기를 사상 강화로 돌파하게 되는데, 이것이 바로 인민군대를 전위로 삼아 혁명적 동지 의식을 강조한 선군정치사상으로 제시되는 것이다. 선군 정치는 지금까지도 북한 정부의 핵심 정책으로 자리 잡고 있다. 특히 근자에는 인민군대의 중요성을 한층 더 강화하는 양상을 보이는 바, 이로 인해 근래에 들어『조선문학』은 선군 혁명 사상의 문학적 주제를 표나게 지향하고 있다.

인용 시는 제목에서 드러나듯, 총대문학 즉 선군 혁명 사상을 노래한 작품이다. 이 시의 전반적인 내용은 화자와 '총'의 '운명적' 관계를 지속적으로 부각하며 인민 대중들의 반제 반미 사상을 강조하는 것으로 이루어져 있다. 이 시에서 화자와 총, 다시 말해 '나와 총'은 결코 분리될 수 없는 대상이다. 마치 '나에게 어머니가 지어준 이름처럼' 화자에게 '총은 바로 나'이고 '나'는 곧 '총'과 같은 존재로 인식된다. 이 시의 화자가 "정녕/칼로 베일 수 없는 물처럼/나와 내 이름을 가를 수 없듯이/병사시절이 끝났다고/이 몸과 나의 총을 가를 수 없"다고 주장하는 데에는 분명한 이유가 있다. 시에 진술된 표현을 그대로 따르면, '지구상에 미제가 남아 있는 한' "조국이 나에게 준 혁명의 총번호 ×××/너를 잊으면 너를 잊으면/내 이름을 원쑤에 빼앗기"기 때문이다. 그래서 이 시의 화자는 '군복을 벗'고 일상생활을 하면서도 '혁명의 총번호'를 '다시금 나의 뼈에 새겨 넣'으며 살아갈 것을 굳은 결의로 다짐하고 있는 것이다. 결국 위의 시는 '나의 총번호'를 매개하여 인민대중들의 반미 의식과 전통적 혁명 정신을 고취시키고 있다. 이 작품에서 총 혹은 총대 정신은 "원쑤들이 퍼붓는/고립과 압살, 제재의 그 모진 줄폭탄에/가정과 일터 어디라 없이/보이지 않는 파편들이 박혀있는 이 땅"에서 북한 인민들을 지켜낼 수 있는 유일한 방편으로 제시된다.

  거듭 강조하지만, '총대'로 상징되는 선군 혁명 철학은 최근 북한의 정치·경제·사회·문화를 실질적으로 주도하는 강력한 지배 담론으로 기능한다. 이런 까닭에 현재 북한 문단에는 선군정치의 시대정신을 형상화하는 작품들이 속출하고 있다. 특히 『조선문학』에 게재된 반 수 이상의 작품들은 총대정신을 위주로 한 '선군혁명문학'으로 분류될 수 있다.

이 땅에 쇠가 많아서/어머니들이 포를 만들었던가/내 조국에 무기가 모자라/어머니들이 푼전을 모아 바쳤던가//얼마나 좋으랴/그 좋은 쇠붙이로 가마를 부었으면.../쇠좋은 밥가마를 보면/이리 쓸고 저리 만져보는 맘을 가진 녀성들일진대/또 얼마나 좋으랴/그네며 철봉대를 더 놓아주었으면.../웃고 떠드는 아이들의 노는 소리에/온갖 피로 다 풀리는 정을 가진 어머니들일진대...//허나 더 크고 좋은 가마는 훗날에 걸자/원쑤가 눈앞에 있거니/청맑은 아이들의 웃음을 뺏기지 않으려/오늘은 포, 포를 만들잔다/그래서 무섭게 맘을 먹은 어머니들이다/딸애의 댕기를 사려다 그만두고 가마에 안치려던 쌀도 줌으로 덜어냈다//그렇다, 어머니들이 포를 만들었다/내 조국에 수천 문의 포가 있다해도/어머니들이 욱벼르는 포가 있어/초소에 총잡은 병사들 많아도/어머니들이 지켜야 할 세계가 있어/오늘은 포신을 높이 들었다/우리《녀맹호》는 미제와 따로 결산할 것이 있다!!

−도명희, 「따로 결산할 것이 있다」 부분,
『조선문학』, 2004년 3월호

위의 인용시 역시, 선군 혁명 사상을 주제로 한 최근 북한 시 창작의 연장선상에 놓여 있는 작품이다. 전 4연으로 구성된 이 시는 내용 전개상 3연 '허나'의 접속 부사를 경계로 1, 2연과 3, 4연으로 나누어 정리할 수 있다. 먼저 1연과 2연은 평범하고 소박한 어머니의 모습을, '어머니'라는 시어가 환기하는 모성성과 여성성을 동반하며 전하고 있다. 1, 2연에서 어머니는 "쇠 좋은 밥 가마를 보면/이리 쓸고 저리 만져보는 맘을 가진 녀성", 혹은 "웃고 떠드는 아이들의 노는 소리에/온갖 피로 다 풀리는 정을 가진" 일상적인 존재로 일단 그려진다. 이 시에서 어머니는 그저 '아이들의 놀이터에 그네며 철봉대를 더 놓아주었으면......' 하는 바람과 '그 좋은 쇠붙이로 가마를 부었으면......' 하는 소망을 지닌 지극히 평범한 여성의 이미지로 묘사되고 있는 것이다. 시인은 이러한 어머니들의 소망과 바람의 정도를 말줄임표 부호를 사용하여 효과적으로 드러낸다. 그러나 1, 2연에서 어머니들의 소원은 끝내 이루어지지 않는다. 그녀들 스스로가 개인적 차원의 '욕망'을 자제하고, '훗날'을 기약하며 "푼전을 모아" "포를 만들"기 때문이다.

3연과 4연은 어머니들의 이런 행동에 대한 원인을 규명하는 내용이 주를 이룬다. '이 땅'의 어머니들이 '더 크고 좋은 가마는 훗날에 걸'고 '오늘은 포, 포를 만들자'고 '무섭게 맘을 먹은' 이유는 '원쑤가 눈앞에 있'는 까닭이다. 미제의 위협으로부터 '청맑은 아이들의 웃음을 뺏기지 않으려' 하기에, 즉 '어머니들이 지켜야 할 세계가 있'기에 그녀들은 "딸애의 댕기를 사려다 그만두고/가마에 안치려던 쌀도 줌으로 덜어내"어 '포'를 만들고 '포신을 높이 들었다.' 이 시에 등장하는 어머니들은 그녀들만의 방식으로 '미제와 따로 결산할 것이 있'었던 것이다. 결국 이 시는 가족과 자식을 향한 어머니의 지고지순한 사랑을 전제하면서도, 한편으로는 그 사랑을 유지하기 위한 실천적 무기로써 '포'의 중요성을 강조한다. 이 시에서 '포'를 준비하는 어머니들의 행위는 선택적 동기가 아니라 필수적 요인인 것이다.

이 같은 사실은 같은 『조선문학』 지면에 실려 있는 이 시인의 또 다른 시에서도 확인할 수 있다. 도명희 시인의 「어머니와 포」는 어머니의 '사랑' 앞에 '포'가 놓여야 하는 근거, 이유를 보다 구체적으로 제시한 작품이다. 이 시에서 시인은 '그렇게 어울리는 말이 아님'에도 불구하고 "정겨운 어머니란 말을/포, 포라는 말과 나란히 놓"을 수밖에 없는 사정에 대해 '신천 땅이 보여준 피의 교훈'을 예로 들어 설명한다. "어머니의 사랑이 아무리 크고 뜨거웠어도/총을 든 승냥이들(미제)앞에서는 무력했음"을 상기하고 있는 것이다. 그리하여 시인은 미제에 의해 '악의 축'으로 규정된 현재 북한의 상황에서 '어머니의 사랑 앞에

포/포가 있어야 함을' 강력하게 주장한다. 시인의 말에 의하면 어머니의 사랑은 오직 '포', 혹은 '총대'가 지시하는 선군 정신으로만 수호할 수 있다. 이와 같이 이즈음 북한시에서 선군을 중심으로 한 총대 철학은 "억만년 인류가 그리고 찾고 찾던/삶의 위대한 만능보검"(김경기, 「총대는 말한다」)으로 인식된다.

분노의 총탄을/침략자들에게 안기며/한 군인은 말하더라/평화롭고 즐거웠던/바그다드의 아침이/화약내 풍기는/아침으로 되었다고//한걸음, 두 걸음의 양보가/원쑤들에게/얼마나 아름다운 아침을 빼앗겼는가고/땅을 치며 통분해하던 말이/왜 그리도 내 가슴을 쳤던가//가슴아픈 그 목소리 새겨들으며/내 여기 조선에 와/평양에 들어서니/아, 평양은// …(중략)… 얼마나 아름다운 평양의 아침인가/맑은 공기, 따뜻한 해빛/광장을 나는 흰 비둘기떼/대동강반에 찰싹이는 은빛물결/환희와 즐거움에 넘쳐/사람들은 밝게 웃으며 걸어간다// …(중략)… 위대한 령장을 모시지 못한다면/환희와 기쁨의 아침도/원쑤들에게 빼앗기게 된다고/피의 교훈으로 새겨주는 아침의 거리여//부러워라/아름다운 평양의 아침이여/위대한 김정일장군님을 모시여/선군의 총대 속에/더욱 더 아름다워지고/더더욱 환희로운 기쁨에 넘친/오, 사랑하는 수도의 아침이여!

 —김동철, 「아침에 대한 생각」 부분,
『조선문학』, 2003년 12월호

인용시는 전쟁의 참혹함이 아직 가시지 않은 이라크의 수도 바그다드와 미제 침략의 위기 상황을 넘긴 평양의 모습을 대비한 작품이다. 전 11연으로 구성된 위의 시는 6연을 기점으로 전반부는 바그다드, 후반부는 평양의 아침 풍경을 각각 묘사하고 있다. 이 시에서 시인이 바그다드와 평양의 '아침'을 동시에 조명하는 이유는 간단하다. "한 걸음, 두 걸음의 양보가/원쑤들에게" "평화롭고 즐거웠던/바그다드의 아침"을 빼앗겨 버렸다는 점과 "위대한 김정일 장군님을 모시여/선군의 총대속에/더욱더 아름다워지고/더더욱 환희로운 기쁨에 넘친/오, 사랑하는 수도의 아침"을 맞이할 수 있었다는 사실을 단순 비교함으로써, 김정일의 통치력과 선군 사상의 우월성을 대내외적으로 선전, 과시하기 위함이다. 이를 통해 결과적으로『조선문학』은 김정일에 대한 충성심과 선군 혁명 사상을 한층 더 강화하며 동시대의 정책 현안을 적극적으로 수용하고 있는 것이다.

『조선문학』의 '추억에 남는 시'란

　북한의 조선작가동맹 중앙위원회 기관지인『조선문학』에는 간혹, '추억에 남는 시'라는 이름의 특별한 난欄이 별도로 마련되어 있다. '추억에 남는 시'라는 명칭이 환기하듯이 이 난은 말 그대로 북한의 작고 시인 혹은 원로시인들의 오래 전 작품을 '추억'하려는 의도에서 준비된 지면이다. 여기에 수록된 작품들은 대개가 당의 이념에 충실하면서도 비교적 높은 수준의 시적 형상성을 유지하고 있어서 그동안 북한의 문학사에서 적극적으로 평가되어 왔다는 공통점을 지닌다.『조선문학』의 '추억에 남는 시' 난에서 거론되는 시인과 시편들은 그야말로 자타가 공인하는 북한 시문학의 대표적인 작가 작품들인 것이다. 이천 년대 들어 이 지면을 통해 소개된 작품으로는 최영하의「젖줄기」를 비롯하여 리찬의「생각」, 정서촌의「조선」, 김상오의「나의 조국」, 김철의「어머니」등을 들 수 있다. 주지하듯이 이들은 공히 시기별 북한시사에서 중요하게 다루어지는 작품들이다.

『조선문학』의 '추억에 남는 시' 난과 관련해서 한 가지 더 지적해야 할 사항은 이 지면에 게재된 작품들의 주제적 특성이 앞서 언급한 각 월호 잡지의 '월별 기획', 더 나아가 매 시기별 북한당국이 제기하는 문제의식과 무관하지 않다는 점이다. 이는 '추억에 남는 시'의 선정 작업이 단순히 과거의 '좋은' 작품을 선별하는 데서 그치는 것이 아니라, 당 차원의 정치적 현안을 선전 선동하는 북한 문예 정책의 연장선상에 놓여 있음을 보여준다. 이러한 사실은 잡지의 월별 핵심 내용과 거기에 실려 있는 '추억에 남는 시'의 주제를 비교해 봄으로써 쉽게 확인할 수 있다. 예를 들면 『조선문학』 2003년 9월호는 주로 '조선민주주의 인민 공화국 창건 55돐'을 기념하는 내용들로 구성되어 있다. 한광춘의 「장군의 나라」, 오필천의 「공화국 기발」, 김석주의 「나의 조국이라 부를 때」, 윤경남의 「조국을 안고 살라」 등의 시편들과 고철훈의 「조국이여, 진정 너는 무엇이기에」(평론), 「조국은 진정 무엇이였던가」(작가들이 남긴 말)와 같은 산문들은 그 구체적 항목에 해당한다. 이 제목들에서 알 수 있듯이 『조선문학』 9월호의 주된 성격은 조선민주주의 인민공화국의 혁명적 전통성과 조국에 대한 충성심을 강조한 것으로 규정할 수 있다. 그런데 이 잡지의 '추억에 남는 시' 난에는 김상오의 「나의 조국」이 실려 있다. 1979년에 발표된 김상오의 「나의 조국」은 시제에서 연상되는 것처럼 시인의 조국에 대한 '긍지'와 '솟구치는 그리움'을 격정적인 감정으로 노래한 작품이다. 따라서 이 시가 '조선민주주의 인민 공화국 창건 55돐'을 기념하는 지난번 잡지의 '추억에 남는 시'로 추천된 것은 결코 우연이 아니다. 김상오의 이 시는 잡지의 기획 의도에 적극적으로 부응하고 있는 것이다. 결국 '추억에 남는 시'의 선정 기준은 작품 자체에 대한 판단이라기보다는 외부적 필요성에 의해서 매겨진다고 할 수 있다. 『조선문학』의 '추억에 남는 시' 난은 과거의 작품을 단순히 '추억'하는 차원이 아니라 궁극적으로 목적문학 또는 실용문학적 기능이 강조된 북한의 문예 정책과 밀접하게 연관되어 있는 것이다.

'추억에 남는 시'로 선정된 다음 두 편의 시를 소개하기로 한다. 김상오의 「나의 조국」과 김철의 「어머니」(『조선문학』, 2003년 10월호)가 그 대상일진대, 이와 아울러 박세영의 「산제비」(1936)도 함께 다루게 될 것이다. 여기서 박세영의 「산제비」를 다시 읽어 보려는 데는 두 가지 이유가 있다. 하나는 박세영의 「산제비」가 그 동안 북한 시단에서 다양한 경로를 통하여 여러 차례 '추억'되고 있었다는 점이고, 다른 하나는 이 시기 『조선문학』 9월호에 실린 「<애국가>에 깃든 사연」이라는 글이 북한 애국가의 작사가인 박세영 시인을 새삼 추억하게 한 것이다. 작품의 원래 발표 순서에 따라 박세영의 「산제비」, 김상오의 「나의 조국」, 김철의 「어머니」 순으로 살펴보기로 한다.

멧돼지가 붉은 흙을 파헤칠 제/너이는 별에 날러 볼 생각을 할 것이요/갈범이 배를 채우려 약한 짐승을 노리며 어슬렁거릴제/너이는 人間의 서글픈 소식을 傳하는/이 나라에서 저 나라로 알려 주는/千里鳥일 것이다//山제비야 날러라/화살같이 날러라/구름을 휘정거리고 안개을 헤처라/땅이 거북등같이 갈러졌다/날러라 너이들은 날러라/그리하여 가난한 農民을 위하여/구름을 모아는 못올까,/날러라 빙빙 가로 세로 솟치고 내닫고/구름을 꼬리에 달고 오라.//山제비야 날러라/화살같이 날러라/구름을 헷치고 안개를 헤처라.

—박세영, 「산제비」 부분

9연 40행의 장시 형태로 쓰여진 위의 시는 박세영의 대표작 「산제비」이다. 첫 시집의 표제작이기도 한 이 시는 박세영의 시를 논할 때

반드시 거론될 만큼 그의 시의 정점에 놓여 있는 작품이다. 이 시에서 산제비는 지상의 삶을 살아가는 존재들, 즉 멧돼지·갈범·짐승들과 대립되어 현재 세계의 유일한 자유 존재로 그려지고 있다. 뿐만 아니라 인용 시에서 그것은 '더 이상 오를 수 없는 곳'인 가상 세계 '상상봉'까지도 주저 없이 날아오르는 '자유의 화신'으로 상정된다. 산제비는 어떠한 억압과 구속에도 얽매이지 않는 자유정신의 표상물인 것이다. 시인은 시 전체에 비상과 하강을 반복하는 산제비의 모습을 유연하게 형상화함으로써 '자유실현의 의지'라는 이 시의 주제를 분명히 한다. "산제비야 날러라/ 화살같이 날러라/ 구름을 휘정거리고 안개를 헤쳐라"와 같은 시구의 반복적 진술은 시인의 소망을 분명하게 보여주는 대목이다. 이러한 사실은 인용시의 셋째 연에서 "거북등 같이 갈라진" 이 땅의 절망적 삶을 살아가는 '가난한 농민'을 등장시킴으로써 보다 구체적 상황으로 표출된다. 이 시는 이처럼 일제 강점기의 모순되고 억압적인 삶을 살아가던 민중들의 자유 실현 의지를 그들의 실제 생활상과 결부시켜 실감나게 표현하고 있는 것이다. 「산제비」가 박세영의 다른 시들에 비해 유독 주목받는 이유도 이 같이 현실의 리얼리티를 확보하고 있으면서도 동시에 서정시의 특성을 그대로 간직하고 있다는 데서 그 원인을 찾을 수 있다. 이 때문에 「산제비」는 그 동안 북한의 시문학에서 중요하게 다루어져 왔다. 특히 『조선문학 통사』는 이 시를 시집 『산제비』에서 중심적 위치를 차지하는 작품으로 규정하고 이 시가 자유, 이상, 혁명의 도래에 대한 동경을 상징적 수법으로 노래하며, 당대 현실의 계급 모순을 천명하고 있다고 서술하고 있다. 또한 시속에 "가장 고상한 감정들과 혁명적 사상"을 드러내어, "현실에서 산생되는 생동한 감정이 생활 자체의 힘과 충실을 보여주고 있다"며 높이 평가한다. 「산제비」는 이념적 지향점을 뚜렷하게 지니고 있으면서도 서정성을 잃지 않는 박세영 시문학의 뚜렷한 성과물인 것이다. 비교적 초기 시에 해당하는 박세영의 「산제비」가 이후의 북한 문학사에서 자주 회자되는 이유도 바로 여기에 있다. '미제의 대조선 적시정책'에 대해 최근 불편한 심정을 감추지 못하는 북한에서, 박세영의 「산제비」는 외세에 대한 자주실현의지를 '고상하게' 표출한 상징적 작품으로 새삼스럽게 추억되고 있는 것이다.

조국이여, 진정 너는 무엇이기에/너의 한치 땅을 위해/애어린 청춘들 웃으며 꽃처럼 졌고/쓰러지면서도 못잊어/두 팔 가득 너를 그러안고 갔더냐//한줌 흙 속에/너를 싸안고 간 투사들도 있더라/한떨기 진달래꽃향기에/눈감고/너의 모습 그려본 너대원도 있었더라/아마도 조국은 어머니......//그렇다. 조국은/더없이 신성하고 숭엄한 그 무엇/위대하신 수령님 한 생을 바치시는/겨레의 삶이며 그 무궁한 미래/죽어서도 안기여 사는 영원한 품//그것은 그대를 바라보는 깊은 눈동자/맑은 거울앞에서처럼/부끄럼없이 그 앞에 서기 쉽지 않으리/오직 그의 영광속에 그대의 삶이 있고/그를 저버림은 곧 그대의 죽음인/조국이란 그러한 것//뜨거운 심장없이 안을 수 없고/진실한 사랑없이 부를 수 없는/위대하고 신성한 이름......./조국을 사랑한다고 말하지 말라/조국에 그대의 심장을 주기 전에는!

—김상오, 「나의 조국」 부분

놓치면 잃을 듯/떨어지면 숨질 듯/잠결에도 그 품을 더듬어 찾으면/정겨운 시선은/밤 깊도록 내 얼굴에 머물러 있고/살뜰한 손길은/날이 밝도록 내 머리를 쓰다듬어주나니/이 어머니 정말/나를 낳아 젖 먹여준 그 어머닌가......//내 조용히 눈길을 들어/어머니의 모습을 다시 쳐다보노라/그러면... 아니구나!/이 어머니/나 하나만이 아닌/이 땅우의 수천만 아들딸들을/어엿한 혁명가로 안아 키우는/위대한 어머니가 나를 굽어보나니 …(중략)… 송구스러워라 이 어머니를/나에게 젖조차 변변히 먹여줄 수 없었던/한 시골 아낙네의 이름과 나란히 한다는 것은/그러나 어이하리/당이여 조선로동당

이여/어머니란 이 말보다/그대에게 더 어울리는 뜨거운 말을/이 세상 어느
어머니도/나에게 가르쳐주지 못했거니...

—김철, 「어머니」 부분

박세영의 「산제비」가 외세에 대한 '자주실현의지'를 강하게 드러
낸 작품으로 북한 문학사에서 기억되고 있다면, 김상오의 「나의 조
국」과 김철의 「어머니」는 조국(당)과 수령에 대한 찬양과 충성심을
밀도 있게 형상화한 작품으로 이제까지 인정받고 있다. 「나의 조국」
과 「어머니」가 근자에 들어 『조선문학』의 '추억에 남는 시' 난에서 연
속적으로 소개되고 있다는 사실은 시사하는 바가 크다. 왜냐하면 두
작품은 미제의 침략책동 정책에 맞서 '위대한' 조국의 의미를 되새기
고 당과 수령을 중심으로 "사회주의 전취물을 굳건히 수호해나가"고
자 하는, 현 단계 북한시의 지향점을 선명하게 보여주는 것으로 판단
되기 때문이다.

김상오의 「나의 조국」에서 조국은 "언제나 나의 심장에 가득 차 있
어/기쁨과 아픔/그 모든 운명을 함께 사는" 존재이며 "지혜와 힘과 뜨
거운 열정을/있는껏 다 쏟아 바"쳐야 할 대상으로 그려진다. 아울러
이 시에서 그것은 "죽어서도 안기여 사는 영원한 품"이자 "그를 저버
림은 곧 그대의 죽음"일 정도의 절대적인 존재로 인식되고 있다. 시인
은 이 같은 사회주의 국가의 위상, 즉 '나의 조국'의 의미를 영탄법과
돈호법, 반복법과 문답법 등의 시적 장치를 통하여 효과적으로 드러
내고 있다. 이로 인해 김상오의 「나의 조국」은 "조국애를 노래한 우수
한 작품으로서 시대의 주도적인 감정을 깊이 있게 형상화한 본보기"
라는 김정일의 찬사를 동반하며, 현재까지도 북한시의 걸작으로 손꼽
히고 있다.

김철의 「어머니」는 조국(당)에 애정과 충성심을 진솔하게 표현한 작품이다. 1981년에 발표된 이 시는 '조선 노동당'을 어머니의 존재에 비유하여 당에 대한 고마움과 흠모의 감정을 부각한다는 점에서 인상적이다. "그러나 어이하리/당이여 조선로동당이여/어머니란 이 말보다/그대에게 더 어울리는 뜨거운 말을/이 세상 어느 어머니도/나에게 가르쳐주지 못했"다는 인용시의 마지막 부분은 그 비유의 절정에 해당한다. 김철의 「어머니」는 현재 북한 송가시의 전형으로 여전히 주목받고 있다. "당에 대한 송가는 「어머니」에서와 같이 꾸민 데가 없고 현란한 표현도 없지만 생활적으로 표상되고 모든 사람에게 지난날의 체험을 깊이 되살려 주는 진실한 감정을 펼쳐 줄 때 그 어떤 정치적 내용도 형상적으로 소화할 수 있다."는 김정일의 지적은, 김상오의 「나의 조국」의 경우와 마찬가지로 북한 시사에서 이 시가 차지하는 비중을 여과 없이 보여준다 하겠다. 이상에서 살펴보았듯이 김상오의 「나의 조국」과 김철의 「어머니」는 "조국은 더 없이 신성하고 숭엄한 그 무엇"이며 '거인'과도 같은 존재임을 수준 높게 형상화 한 작품들이다. 따라서 이 시들이 지난『조선문학』의 '추억에 남는 시' 난에 차례로 실려 있다는 사실은 이천 년대 북한시의 동향을 파악할 수 있는 중요한 단서로 작용한다. 이들『조선문학』의 추억에 남는 시편들은 심각한 체제 모순의 위기와 국제적 고립으로 인해 한계 상황을 맞고 있는 북한에서, 인민대중들의 혁명적 사상 감정을 유발하고 이를 통해 내부적 결속력을 다지려는 최근 북한시의 당면과제를 명징하게 보여주고 있는 것이다.

이처럼『조선문학』의 '추억에 남는 시' 난에 게재된 작품들의 주제적 특성은 각 월호 잡지의 '월별 기획', 더 나아가 매 시기별 북한당국이 제기하는 문제의식과 무관하지 않다. 이는 '추억에 남는 시'의 선정 작업이 단순히 과거의 좋은 작품을 선별하는 데서 그치는 것이 아니라, 당 차원의 정치적 현안을 선전 선동하는 북한문예정책의 연장선상에 놓여 있음을 분명하게 보여준다고 하겠다.

제2부

'생각 못 했던 생각'의 시학

황동규의 근작 시세계

1.

　황동규 시의 오래된 독자라면, 그의 첫 시집『어떤 개인 날』(중앙문화사, 1961)에 실려 있는 일련의 겨울시편을 기억할 것이다. 청춘기 시인의 방황과 좌절, 열정과 용기를 "한겨울의 꽝꽝한 얼음장"(「겨울노래」)의 표정으로 보여주었던 그 시편들 말이다. 문단데뷔 이후 시인이 쓴 첫 작품 「겨울노래」를 비롯해서 「한밤으로」, 「달밤」, 「기도」, 「얼음의 비밀」, 「눈」, 「겨울날 단장」 등으로 이어지는 이 시들은 차갑고 막막한 겨울의 이미지를 활용하여 젊은 시인의 우울한 내면풍경과 전후시대의 비극적 이미지를 적극적으로 환기한다는 공통점을 지닌다. 일찍이 평론가 김현이 겨울의 추위를 대동한 시인의 불안 의식, 즉 마음의 상처와 울음은 황동규 초기시의 생명력이라고 규정한 이유는 이러한 사정과 무관하지 않다. 뿐만 아니라 '겨울의식과 동토凍土의식' 혹은 '비극과 대결하려는 지적 의지'라는 뒤따른 평가들도 같은 맥락에서 이해가 가능하다.

　눈과 얼음의 이미지를 동원하여 '울울한 적막'과 '막막함'(「기도」)의 정서를 정열적으로 표출하던 젊은 시인의 겨울노래는 이후의 시집들에 오면 점차 잦아드는 양상을 보인다. 주지하듯이 황동규의 시세계는 데뷔작 「시월」, 「동백나무」, 「즐거운 편지」에서 최근의 작품들에 이르기까지 시기별로 다양한 시적 변모 양상을 보여준다. 먼저 그가 신인 무렵에 쓴 시편들은 과감한 상징과 묘사를 동반하여 실존적 개인의 불안한 내면세계를 탐구한다. 이후의 시세계에서는 대사회 편향적인 성격을 드러내는데, 이 무렵 그의 시는 개인적 차원에서 사회 역사적인 차원으로 나아가 삶과 세계의 진상을 날카롭게 통찰하고 있다. 80년대 무렵부터 발표된 황동규 시인의 시편들은 동양적 사유체계에 대한 깊은 관심을 직접적으로 드러낸다. 특히 무려 14년에 걸쳐 씌어진 70편의 『풍장』(문학과지성사, 1995) 연작은 선禪사상을 비롯한 동양 사상에 크게 경도되어 있다. 이른바 '동서양 철학의 접점'이라고 명명할 수 있는 이 시기 시적 변화의 계기에 대해서 시인은 한 산문 글을 통해서 다음과 같이 밝힌바 있다. "80년대 초 아직 한글로 된 서적이 서점에 출몰하기 전 나는 학교 동료인 심재룡 선생에게 빌린 영어판 『조주록』, 『벽암록』들을 읽기 시작했다. (......) 선은 어렸을 때부터 기독교 교육을 받은 내 마음의 자물쇠들을 많이 벗겨 주었다."라는 내용이 그것이다. 이 같은 황동규 시의 변모 양상은 그의 독특한 '극서정시劇抒情詩' 이론과 '여행'을 본격적으로 매개(사실 이 지점에서 그의 시는 일단 하나의 원환을 완성한다)하며 이어지는 시집들인 『악어를 조심하라고?』(1986), 『몰운대행』(1991), 『미시령 큰바람』(1993), 『외계인』(1997), 『버클리풍의 사랑 노래』(2000), 『우연에 기댈 때도 있었다』(2003), 『꽃의 고요』(2006, 이상 문학과지성사), 『겨울밤 0시 5분』(현대문학, 2009) 등에 지속적으로 나타난다. 그리고 지난번 발표된 『사는 기쁨』과 근작 시편들에는 이러한 시세계의 특성이 심화, 확대된다.

이렇게 볼 때 시력 50년이 훌쩍 넘는 황동규의 시세계는 변화와 지속의 변증을 통해 전개되어 왔다고 할 수 있다. 그의 시는 시적 구성 원리의 방법을 끊임없이 모색하면서도 시의 영토 안에서 자기 자신과의 대화, 또는 삶과의 대화를 지속적으로 수행하고 있었다. 다만 여기서 한 가지 지적해두고 싶은 것은 시작의 출발 단계에서부터 시적 변화의 모험을 유쾌하게 감행해 온 황동규의 시는 최근에 이르러 '깨달음' 혹은 '거듭나기'의 시학으로 명명되는 내재적 지속성의 측면이 보다 강화되어 나타난다는 사실이다. 이 같은 판단은 그의 시가 선사상과 동서양 철학의 접목적 사유, 극서정시 이론, 일상의 규범을 벗어나 지각의 갱신을 이룩하려는 일종의 '정신적 가출'로서의 여행 등 시인 고유의 창작 '장치들'을 직간접적으로 변함없이 작동하고 있으면서도, 한편으로 서정적 주체의 깨달음 또는 거듭남의 시적 의미는 보다 다채로운 방식으로 분출한다는 점에서 연유한다. 황동규 후기 시세계의 키워드라고 부를 수 있는 '홀로움', '환함'과 같은 시어가 이 과정에서 견인된 것임은 물론이다.

한편, 세월의 흐름에 따른 정서적 안정, 사회의식 고조, 선禪사상을 포함한 동서양 철학에의 관심, 자기갱생의 시적 의지 등 여러 가지 내재적인 원인들을 순차적으로 제시할 수 있겠으나, 그것들의 세부 내용은 이 글의 최종적인 관심사가 아니다. 여기서 무엇보다도 분명히 할 것은 한국현대시사의 독자적인 맥락을 형성한 시집을 발간하는 동안, 황동규의 시세계는 "그 동안에 눈이 그치고 꽃이 피어나고 낙엽이 떨어지고 또 눈이 퍼붓고"(「즐거운 편지」) 있는 균형 잡힌 사계의 감각을 대체로 유지하고 있었다는 사실이다.

그런데, 최근 황동규의 시가 다시 겨울을 향하고 있다. 1958년『현대문학』지에 미당 서정주의 추천을 받아 문단활동을 시작한 시인은 55년의 길고 긴 시작詩作의 뒤안길에서 이제는 돌아와 다시, <겨울> 앞에 서있는 것이다(시인이 의도하지는 않았겠지만, 지난번 간행된 『겨울밤 0시 5분』과『사는 기쁨』에 실려 있는 반 수 이상의 작품이 가을에서 겨울로 가는 길목, 혹은 겨울의 시간대를 배경으로 하고 있다는 사실은 주목할 만하다). 물론 이 말은 새삼스럽게 근자에 발표된 그의 적지 않은 작품들이 겨울을 시공간적 배경으로 삼거나 겨울 관련 시어들과 이미지를 종종 차용한다는, 단순한 사실을 지적하는 것이 아니다. 결론부터 말하자면 이즈음 황동규의 시에서 겨울은 어느덧 "삶의 가을"(『사는 기쁨』표사)을 맞이한 시인이 향하는, 눈꽃같이 황홀하고 얼음장처럼 투명한 마음의 지대를 비유적으로 일컫는다. 그곳에서 시인은 "황국 냄새와 이지러진 달이/마음을 다 거덜내도록 내버려둔"(「맨가을 저녁」) 채, "생각 못했던 생각"(「아픔의 맛」)에 잠기거나 특유의 시적 감각과 느낌과 상상력을 부리며 '삶의 맛'을 만끽하고 있다. 지금 황동규의 시는 "삶의 끄트머리"에서 "사는 기쁨"으로 충만한 시인의 겨울맞이가 한창인 것이다.

2.

　근년에 발간된 황동규의 시집들에는 시간의 흐름에 따라 노화가 진행된 육체의 상태를 보여주는 시편들이 제법 많다. 시집에서 시인의 육체는 "더할 나위 없이 날씨 좋은날"에도 "감기 재직 중"(「사자산(獅子山)」일지)이거나, "감기 달래며 임플란트 시작"(「토막잠」)하고, "전화 통화 도중 그 이름이 증발"(「시네마 천국」)하는 기억력의 '막장'을 경험한다. 또 "망막이 뿌예지는 막막한 하강"을 체험하는 것도, "언제부터인가 세상의 수군수군들이 귀 방충망에 걸러지는" 듯한 난청과 발뒤꿈치의 당김과 등의 통증을 느끼는 것도 역시 시인의 몸이다. 시인 스스로가 "감각 반납(返納) 수순인가?"(「서방정토」)라고 자문할 정도로 그의 육체는 "칠십대 중반"이라는 나이에 의해 풍화작용을 겪고 있다.

> 칠십대 중반까지 과히 외롭지 않게 살았으니
> 그간 소홀했던 옛 음악이나 몰아들으며
> 결리는 허리엔 파스 붙이고
> 수박씨처럼 붉은 외로움 속에 박혀 살자.
> 라고 마음먹고
> 남은 삶을 달랠 수 있을까?
> …(중략)…
> 느낌과 상상력을 비우고 마감하라는 삶의 끄트머리가
> 어찌 사납지 않으랴!
> 예찬이여, 아픔과 그리움을 부려놓는 게 신선의 길이라면
> 그 길에 한참 못 미치는
> 아이들의 웃음소리 간간이 들리는 곳에서 말을 더듬는다.

벗어나려다 벗어나려다 못 벗어난
벌레 문 자국같이 조그맣고 가려운 이 사는 기쁨
용서하시게.

—「사는 기쁨」 부분

　인간의 육체가 감각과 느낌은 물론 꿈과 상상력과 정신의 거소라는
점을 상기할 때, 삶의 좌표가 막막한 하강 국면에 접어든 황동규의 시
는 응당 비애와 허무의 기록으로 남을 법하다. 그것이야말로 상식적
수준에서 보면 감각 반납 수순의 최종단계에 해당하는 까닭이다. 시
인의 말마따나 누군들 "느낌과 상상력을 비우고 마감하라는 삶의 끄
트머리가/어찌 사납지 않으랴!"
　그런데 황동규의 시는 이 같은 일상의 <상식>에서 벗어나 있다.
그의 시는 지금 허무와 상실의 정서 대신 기쁨의 감정을 기록하느라
분주하다. 인상적인 것은 그 벗어남의 방식인데, 인용시의 경우 빛나
는 단 한 문장으로 제시된다. 작품의 말미에 놓인 "용서하시게"가 바
로 그것이다. 황동규 시의 탁월한 언어감각과 작품 운용의 묘미를 극
단적으로 보여주는 이 부분은 전 5연 94행으로 이루어진 작품 전체의
행간을 다시 읽게 하는 힘을 지닌다. 과감하게 하자면, 첫 연의 "걸리
는 허리엔 파스 붙이고/수박씨처럼 붉은 외로움 속에 박혀 살자./라고
마음먹고/남은 삶을 달랠 수 있을까?"라는 함축적 질문에서부터 마지
막 연에 이르는 모든 시적 진술들은 이 한 문장과 밀접하게 연계된다
고 해도 크게 무리가 아니다. 아울러 시인의 "벗어나려다 벗어나려다
못 벗어난 벌레 문 자국같이 조그맣고 가려운 이 사는 기쁨"은 "용서
하시게"라는, 황동규만이 구사할 수 있는 독특한 어법을 통해 더 큰
의미의 진폭을 가져 온다.

환절기, 사방 꽉 막힌 감기!/꼬박 보름 동안 잿빛 공기를 마시고 내뱉으며 살다가,/체온 38도 5분 언저리에서 식욕을 잃고/며칠 내 한밤중에 깨어 기침하고 콧물 흘리며/소리 없이 눈물샘 쥐어짜듯 눈물 흠뻑 쏟다가,/오늘 아침 문득/허파꽈리 속으로 스며드는 환한 봄 기척.//이젠 휘젓고 다닐 손바람도 없고/성긴 꽃다발 덮어주는 안개꽃 같은 모발도 없지만/오랜만에 나온 산책길, 개나리 노랗게 울타리 이루고/어디선가 생강나무 음성이 들리는 듯/땅 위엔 제비꽃 솜나물꽃이 심심찮게 피어 있다./좀 늦게 핀 매화 향기가 너무 좋아 그만/발을 헛디딘다./신열 가신 자리에 확 지펴지는 공복감, 이 환한 살아있음!/봄에서 꽃을 찾을까, 징하게들 핀 꽃에서/봄을 뒤집어쓰지./광폭(廣幅)으로 걷는다./몇 발자국 앞서 뜨는 까치도 광폭으로 뜬다./이 세상 뜰 때/제일로 잊지 말고 골라잡고 갈 삶의 맛은/무병(無病) 맛이 아니라 앓다가 낫는 맛?/앓지 않고 낫는 병이 혹/이 세상 어디엔가 계시더라도.

　　　　　　　　　　　　　　　　　　　　　－「삶의 맛」 전문

　"벌레 문 자국같이 조그맣고 가려운 이 사는 기쁨"이야말로 황동규 시인이 느끼는 삶의 참 '맛'이다. 그래서 이즈음 황동규 시세계는 '환하다.' 도처에서 '삶의 맛'이 저절로 샘솟는다. "괜찮은 삶"에 대한 이야기가 그의 시편에서 넘쳐난다. 젊은 시절의 시인이 "모든 것이 쓰러져버리는 이름"(「얼음의 비밀」)이라고 불렀던 외로움이 "홀로됨을 통한 외로움의 환희", 즉 '홀로움'의 정서로 승화된 지도 이미 오래이다. 그의 근작 시집들은 이러한 시적 분위기를 시시각각으로 전달한다. 시집에는 일상의 삶과 마주한 시인의 '환하고', '황홀하고', '살가운' 표정이 생생하게 그려져 있다.
　인용시에서 시인은 환절기 감기에 걸려 "꼬박 보름 동안" 고생한다. 이 상황을 그는 "38도 5분 언저리"의 체온과 "며칠 내 한밤중에 깨어 기침하고 콧물 흘리며/소리 없이 눈물샘 쥐어짜듯 눈물 흠뻑 쏟다"라고 직접적으로 제시하기도 하지만, "사방 꽉 막힌 감기!" "잿빛 공기를 마시고 내뱉으며 살다"와 같이 재치 있고 군더더기 없는 표현을 동원하여 실감나게 전달한다. '신열 가신' '오늘 아침'에 문득, 시인은 모처럼의 산책길에 나선다. 그리고 거기서 만난 개나리 생강나무 제비꽃 솜나물 꽃 매화꽃과 같은 자연 생명체의 '음성'을 들으며 "환한 봄 기척"을 감지한다. 시상의 전개가 여기까지라면, 이 시는 사실 그다지 새로울 것이 없다. 봄의 생동감과 생명의 역동성을 세련되고 균형 있는 언어로 형상화한 시편들은 이전 황동규의 시세계에서 자주 만날 수 있었기 때문이다. 따라서 이 시의 진정한 묘미는 작품의 후반부를 읽고 난 후에야 비로소 찾을 수 있다.

"이 세상 뜰 때/제일로 잊지 말고 골라잡고 갈 삶의 맛은/무병(無病) 맛이 아니라 앓다가 낫는 맛?"이라고 시인의 표현을 빌리어 말하자면, '앓음'을 경험한 시인의 삶에는 간절함과 절박함이라는 삶의 '양념'이 추가로 배어있는 까닭이다. 절실하고 간절한 삶일수록 더욱 소중하고 아름다운 법이다. 시의 '문법' 대로라면 그 삶의 맛은 최소한 '무無', '없음'은 아니기에 "이 세상 뜰 때/제일로 잊지 말고 골라잡고 갈" 생의 본원적 감각에 해당한다. 결국 시인에게 '삶의 맛'이란 다름 아닌 굴곡 있는 삶 그 자체이다. 동시에 "이 환한 살아 있음" 또는 <살맛!>을 느낄 수 있는 삶의 의미 있는 순간들이다. 이처럼 「삶의 맛」에는 삶의 근본 원리에 대한 시인의 '환한' 깨달음이 담겨 있다. 거기에는 시인이 체험한 살맛나는 세상의 이야기 펼쳐져 있다.

이 대목이 특히 인상적인 것은 황동규 시인이 일찍이 "의식 있는 사람이 겪는 경험을 새겨놓을 수 있는 서정시"를 쓰고자 했던, 그리하여 작품 안에서 서정적 주체의 진정한 변화와 '기적'을 연출하고자 했던 '극서정시'의 한 장면을 투명하게 보여주는 것으로 여겨지기 때문이

다. 전통적인 서정시는 대상의 순간적이고 정태적인 상태의 포착을
통해 영원을 갈구한다. 서정시의 본질은 순간의 미학, 즉 정지된 시간
의 풍경을 지향한다고 할 수 있다. 이에 반해 황동규 시인이 오랫동안
공들여 온 극서정시는 말 그대로 극을 내장한 서정시이다. 즉 서정시
에 극적 구조를 끌어들임으로써 시적 반전이나 시적 화자의 깨달음
혹은 '거듭나기' 등과 같은 시적 변화를 유도하는 양식이다. 극서정시
의 도입 이후, 황동규의 작품 세계가 극적인 구성을 통해서 시의 질적
변화를 도모하고 있다는 것은 주지의 사실이다. 물론 이러한 변화는
그것이 단순히 시적 방법론에 국한되는 것이 아니기에 가능하다. 황
동규 시인에게 '변화'는 그의 시와 삶에 동시적으로 적용되어 왔다. 일
상의 곳곳에 숨어 있는 "의미 있는 일" "숨은 '극'을 시를 통해 발견하
고자 하는 그의 극서정시는 삶에 대한 통찰력과 이를 통한 시인 자신
의 깨달음과 거듭남이라는 실천적 의지를 동반하지 않으면 성립되기
어려운 양식이다.

바로 오른편 슬래브 문 위에 호박꽃 하나가/엽기적으로 싱싱하게 피었
다./방금 꽃가루 잔뜩 묻힌 벌 하나가 기어 나와/무엇에 취한 듯 잠시 비틀
거린다./나도 잠시 비틀거린다./아 날개가 있었지,/슬쩍 펼쳐보고 벌이 날
아오른다./사방에 널려 있는 저 예쁘고 흔하고 환한 잡것들!/과연 앞으로
우린 얼마나 꽃 피우고 벌 나비를 불러/삶의 맛을 제대로 축낼 수 있을 것
인가?

― 「저 흔하고 환한!」 부분

아직 햇빛이 닿아 잇는 피라칸사 열매는 더 붉어지고/하나하나 눈인사
하듯 똑똑해졌다./더 똑똑해지면 사라지리라/사라지리라, 사라지리라 이
가을의 모든 것이,/시각을 떠나 청각에서 걸러지며.//두터운 잎을 두르고
있던 나무 몇이/가랑가랑 마른기침 소리로 나타나/속에 감추었던 가지와

둥치들을 내놓는다./근육을 저리 바싹 말려버린 괜찮은 삶도 있었다니!/무엇에 맞았는지 깊이 파인 가슴도 하나 있다./다 나았소이다, 그가 속삭인다./이런! 삶을, 삶을 살아낸다는 건..../나도 모르게 가슴에 손이 간다.

–「삶을 살아낸다는 건」 부분

　인용 시편들에서도 '삶의 맛'과 "괜찮은 삶"의 이야기는 계속된다. 「저 흔하고 환한!」은 시인이 오랜만에 방문한 "산책길 골목"에 대한 소묘이다. 시인이 들어선 골목은 우리 주변에서 쉽게 발견할 수 있는 장소이다. "새로 얼굴 내민 간판", "장미 하나 외롭게 피어있는 담" "담들 위로 고개 내민 꽃나무", "슬래브 문 위의 호박꽃" 등등. 그야말로 평범하고 흔한 일상의 풍경이다. 그러나 이 시에서 '흔한' 골목은 일순간 '환한' 장소로 변모한다. 시제가 지시하듯이 "저 흔하고 환한" 골목으로 거듭난다. 일상의 흔한 풍경이 갑작스럽게 환한 삶의 세계로 바뀔 수 있는 원인은 비교적 자명하다. "자기만의 길이와 폭과 분위기를 가지고 살"(「낯선 외로움」)아가는 존재를 있는 그대로 인정하고, 동행하려는 시인 마음의 의지가 발현된 것이다. 아니, 어쩌면 시인에게 저 골목은 애초부터 '환한' 골목이었을지도 모른다. 살맛나는 세상과 삶의 맛은 항상 우리 곁에 있다고, 각자가 마음먹기에 달렸다고 그는 오래전부터 우리에게 말해왔다. "사방에 널려 있는 저 예쁘고 흔하고 환한 잡것들!"처럼 자칫 모순어법으로 보일 수 있는 시구가 그의 시에서 만큼은 "삶의 맛을 제대로 축내"며 자연스럽게 어우러질 수 있는 이유도 이와 무관하지 않다. 시인에게 "삶을 살아낸다는 건" 그것이 무엇이든지 어떤 생명이든지 간에 나름의 '자기 정당성'과 존재 이유를 확보하고 있다면 그 자체가 "괜찮은 삶"의 행위로 인식되는 것이다. 비록 그것이 "깊이 파인 가슴"을 지닌 존재, 이 가을이 지나면 곧

세계에서 사라질(살아질) "잡것들"일지라도 말이다. 그래서 시인은 지금 이 순간에도 그들의 "괜찮은 삶"과 대면할 때에는 겸허한 마음으로 "나도 모르게 가슴에 손이 간다"라고 고백한다.

3.

　일상의 곳곳에서 "이 환한 살아 있음"의 '맛'을 만끽하며 시적 사유의 원숙한 경지를 보여준 황동규 시인은 간혹 "혼잣말로, 이제 삶의 비밀은/삶에 비밀이 없다는 것이다, 라고 타이르듯 속삭인다."(「그게 뭔데」) 또 가끔씩은 "한창 때 좀 넘겼으면 어때?"(「이 저녁에」), "꽃들의 생애가 좀 짧으면 어때?"(「살구꽃과 한때」)라며 세상을 향하여 말을 건네거나, "눈앞에 캠프파이어가 불타는 삶이 꼭 있어야 하겠나?"(「내비게이터 끈 여행」), "영원 쪽에서 보면 지금 여기도 영원"(「영원은 어디」)임을 떠올리며 자기성찰의 시간을 보내기도 한다. 이러한 시인의 행위에는 언뜻언뜻 '허전한 따스함'과 너그러움의 정서가 동시에 스쳐 지나가기도 한다.

> 형광등 수명이 다돼서 그런가, 새것으로 갈아야?/의자를 옮기려다 생각한다./혹시 시력 낮춘 건/졸아드는 에너지 아껴 쓰려는 몸의 지혜가 아닐까.
> 　　　　　　　　　　　　　　　　　　　　　　　－「이 저녁에」 부분

> 허나 같이 살다 누가 먼저 세상 뜨는 것보다/서로의 추억이 반짝일 때 헤어지는 맛도 있겠다./잘 가거라.
> 　　　　　　　　　　　　　　　　　　　　　　　－「이별 없는 시대」 부분

가만 인간에게 혼이 있다면/혹 저 형상을 띠지는 않을까?/찾기 전에는
있는 줄 모르고,/혼 같은 건 없다!고 대놓고 말해도 흔들림 없이/꼿꼿한 자
세로 하늘 한 곳을 향해 매달려 있을.

―「혼」 부분

그래, 상스러움도 모시고 살자.

―「몰기교(沒技巧)」 부분

　이런 시적 분위기와 삶을 대하는 시인의 태도는 그의 젊은 날과 비
교할 때 매우 낯설고 이질적이다. 더 나아가 상반되기까지 하다. 서두
에서 언급했듯이 청춘기 황동규의 시는 고뇌와 불안, 방황과 정열, 외
로움과 허무의식으로 점철되어 있다. 적어도 『어떤 개인 날』 시절의
그의 시는 분명 그랬다.

너의 집 밖에서 나무들이 우는 것을 바라본다.
얼은 두 볼로 불 없이 누워 있는
너의 마음가에 바람 소리 바람 소리.
내 너를 부르거든
어두운 뒤꼍으로 나가
한겨울의 꽝꽝한 얼음장을 보여다오.

―「겨울 노래」 부분

　너의 일생에 이처럼 고요한 헤어짐이 있었나 보라/자물쇠 소리를 내지
말아라/열어두자 이 고요 속에 우리의 헤어짐을//한시/어디 돌이킬 수 없
는 길가는 청춘을 낭비할 만큼 부유한 자 있으리오/어디 이 청춘의 한 모퉁
이를 종종걸음칠 만큼 가난한 자 있으리오. 조용하다 지금 모든 것은.

―「한밤으로」 부분

외로움의 정서에 대한 강력한 자기 부정과 세계의 형상에서 "나무들이 우는 것"을 바라보는 시인의 태도는 이제까지 우리가 읽어 온 시편들의 분위기와는 너무나 다른 것이다. 왜냐하면 근년의 시인은 "외로움을 통한 혼자 있음의 환희 '홀로움'"(「버클리 시편1」)의 정서에 이미 도달한지 오래이거나, "세상살이 손잡이" "그동안 너무 붙들고 살았"음을 자각하고 이제 "그만 손 놓고 살자!"(「시인의 가을」)라고 스스로에게 다짐하는 중이다. 또한 세상을 향해 냉소를 날리는 대신, "무언가 간절히 기다리고 있는 사람"(「겨울밤 0시 5분」)과 "세상에 헛발질해본 사람"(「늦가을 저녁 비」)을 배려하면서 그들의 삶을 다독이거나, "지금까지 바른 느낌과 따스한 느낌 가운데 하나를 고르라면/늘 바른 느낌이 윗길이라고 생각하며 살아왔지만/이 허전한 따스함이 지금/식어가는 마음의 실핏줄을 다시 뎁혀주고"(「묵화이불」) 있음을 이해하고 있다.

그렇다면 「한밤으로」의 경우는 어떠한가. 이 시의 화자는 고요한 겨울밤을 배경으로 '너'와의 이별을 준비하며 우리의 '헤어짐'에 대하여 말하고 있다. 일반적으로 헤어짐의 단어에는 슬픔과 아쉬움의 감정이 묻어나기 마련이다. 그럼에도 이 시에서 '너와 나'의 헤어짐에는 결코 그러한 정서가 스며들지 않는다. 「한밤으로」에서의 헤어짐은 '정열적인' 화자에게 새로운 출발을 의미하기 때문이다. 하지만 우리가 주목 하고자 하는 것은 이것이 아니다. 이 작품에서 우리가 얻고자 하는 정보는 '고요'의 상태이다. 「한밤으로」에서 고요는 사전적 풀이대로 "모든 소리들이 입다문" 공간이다. "지금 모든 것은" '조용한' 시간이다. 세상의 모든 소리가 차단되고 온갖 움직임이 정지된 시공간. 그래서 이 시에서 고요는 적막과 상실, 소멸과 부재의 상태를 지시한다. 그런데 황동규의 최근 시에는 "이런 고요"도 있다.

이상한 마을에 왔다.
며칠 내 낙엽을 쓸어 담다가
하루아침 찬비 맞고 생(生) 몸이 된 완산 화암사
적묵당 툇마루에 비치는 하늘
가을의 끄트머리답게 너르게 밝고 캄캄한 하늘
무량전 처마 공포(栱包)들 일제히 고개 숙이고
하나같이 혀를 아래로 내려뜨렸다.
고요!
생각나면 이는 바람 소리와
바람 소리에 찢기지 않는 새소리.
오래 앉아 있던 산이 상체를 들려다 말고
물들은 멈추기 싫어하는 기척을 낸다.
있는 것과 가는 것이
서로 감싸고도는 고요,
때늦은 수국과 웃자란 풀들이 마음대로 시들고
사람들이 목젖에서 끄집어내며 여미는 소리
문득 빈 말이 된다.
눈 크게 뜨고 귀 세우지 않아도
여기저기서 달라붙어오는 감각,
이 세상 것들, 우연히 지나치는 사람 얼굴의 표정 하나까지
무한대(無限大)로 살가워진다.

소리 없이 박주가리가 씨앗 주머니를 연다.
역광 속에서
촉 달린 광섬유 시침(時針)들이
섬세하고 투명하게
빛 그림자 춤을 추고 있다

-「이런 고요」 전문

　인용한 황동규의 시에서 고요의 정체는 적막과 상실, 또는 텅 빈 부

재의 공간을 의미하지 않는다. 그의 시에서 고요는 "이는 바람 소리와 /바람 소리에 찢기지 않는 새소리"가 들려오고, "오래 앉아 있던 산이 상체를 들려다 마"는 움직임이 포착되며, "물들은 멈추기 싫어하는 기척을 내"는 공간으로 제시된다. "이런 고요" 속에서 오히려 "사람들이 목젖에서 끄집어내며 여미는 소리"는 "문득 빈 말이 되"기도 한다. 우주적 질서에 따라 "있는 것과 가는 것이/서로 감싸고도는" 조화로운 세계. 자연 생명체(박주가리)의 '씨앗'이 "역광 속에서" "섬세하고 투명하게/빛 그림자 춤을 추고 있"는 축제의 풍경. "환해진 외로움"(「홀로움은 환해진 외로움이니」) "적막, 속의 황홀"(「낯선 외로움」)과 같이 자칫 모순어법으로 보일 있는 수사들이 자유롭게 소통되는 지대. 침묵이 말이 되고, 말이 '빈 말'이 되며 "고요도 소리의 집합 가운데 하나가 아니겠는가?"(「꽃의 고요」)와 같은 형이상학적 물음이 거부감 없이 수용되는 "이상한 마을". '문득', '잠깐 동안'의 감각이 상상력을 자극하여 영원성의 의미를 생성하는 시간. "이런 고요"란 그야말로 일상의 모든 질서와 경계가 허물어진 상태가 아닐 것인가. 그렇다고 해서 이 말은 최근 황동규의 시가 초월의 상태를 지향한다는 뜻은 아니다. 오히려 그의 시는 "용서하시게"라는 겸양과 자족의 음성이 들어 있는 「사는 기쁨」에서 살펴보았듯이 그 어느 때 보다도 세상의 가장 낮은 자리에 내려와 있다. 그렇다면 이 의미의 역전현상을 어떻게 설명할 수 있을 것인가. 앞서 살펴본 초기 시의식과 확연한 차이를 보이는 이 문제를 단순히 세월의 흐름이라는 측면에만 기대어 이해하기는 매우 어려워 보인다. 왜냐하면 "이런 고요"의 상태와 "이상한 마을"의 풍경이 '삶의 끄트머리'에 서 있는 모든 '대가급' 시인들에게 공통적으로 발견되는 것은 아니기 때문이다.

여기서 일단 우리는 "눈 크게 뜨고 귀 세우지 않아도/여기저기서 달라붙어오는 감각,/이 세상 것들, 우연히 지나치는 사람 얼굴의 표정 하나까지/무한대(無限大)로 살가워진다."라는 시인의 목소리를 기억해 두기로 하자. 또한 다음에 오는 시편들도 꼼꼼하게 읽어두기로 하자. "생각이 있다는 것 자체가 유머러스"하다고 생각하며, "생각을 조금 흔들"어 "생각 못 했던 생각"을 하는 황동규식 <생각들> 말이다(이 제껏 여러 평자들이 말한 것처럼 발상의 전환 혹은 시적 인식 태도의 변화라고 불러도 상관없겠다. 다만 내 생각으로는 그냥 황동규 식으로 <생각 못 했던 생각>이라고 부르는 것이 가장 적절할 듯하다). 삶을 대긍정하는 시인의 이 음성과 <생각들>에는 '깨달음'과 '거듭남'을 통해 현재 그가 다시금 새롭게 향하는 겨울, 그 눈꽃같이 황홀하고 얼음장처럼 투명한 마음의 지대로 가는 비밀지도가 숨겨져 있을지도 모르니까 말이다.

> 내 핏줄에도 얼음이 서걱대지는 않나?
> 텔레비전 켜논 채 깜빡깜빡 조는 초저녁에
> 잠깨어 손가락 관절 하나 꼼짝하기 싫은 새벽에
> 그리고 이 술병, 마저 비울까 말까 저울질하는 바로 지금!
> 생각을 조금 흔든다.
> 그래, 뾰족한 얼음 조각들이 낡은 혈관 녹 긁으며 흐르면
> 시원치 않겠나?
>
> — 「겨울을 향하여」 부분

> 뿌리 뽑혀도 남는 생각이여
> 나무에게도 추억이 있다고 생각 못 했던 생각이여
>
> — 「아픔의 맛」 부분

> 생각이 있다는 것 자체가 유머러스해진다.
>
> — 「돌담길」 부분

푸른 연민의 시학

신달자의 시세계

"나는 오랫동안 내 시에서 내 불행을 저울질하느라 애를 썼다."
－신달자, 「증오와 연민 사이에서－시를 위한 아포리즘」 부분

마음의 심우도(尋牛圖)

신달자의 시는 오랜 세월동안 '증오'와 '연민' 사이에서 서성거려 왔
다. 첫 시집『봉헌문자』(현대문학사, 1973)를 간행한 이후,『겨울축제』
(조광출판사, 1978),『고향의 물』(서문당, 1982),『모순의 방』(열음사,
1985),『아가』(행림출판사, 1986),『아가2』(문학사상사, 1988),『새를
보면서』(문학세계사, 1988),『시간과의 동행』(문학세계사, 1993),『아
버지의 빛』(문학세계사, 1999),『어머니, 그 삐뚤삐뚤한 글씨』(문학수
첩, 2001),『오래 말하는 사이』(민음사, 2004),『열애』(민음사, 2007)
에 이르기까지 그녀의 시는 삶의 비극적 무게를 측정하는 언어의 저

울이자 마음의 도구로 작용했다. 이런 까닭에 상당수 그녀의 시는 상처와 통증, 자책과 회한과 같은 우울한 단어들에 여지없이 노출되어 있다. 지난 40여 년간 시적 주체의 진술함을 동반하며 서정 정신의 강렬함을 유감없이 발산하던 신달자의 시편들은, 자신의 고독한 삶에 대한 일종의 시적 간증이자 시인 영혼의 처절한 고백이었던 셈이다.

근년에 발표된 신달자의 여러 시편들도 여전히 증오와 연민 사이에서 진동한다. 그러나 이전과 달리 그녀의 근작 시들은 미움과 증오, 상처와 통증보다는 연민의 정서에 훨씬 더 가깝게 다가서 있다. 연민은 최근 신달자 시세계의 전반을 감싸 안은 두터운 외피이자 그녀 시의 핵심 정서이다. 지금 신달자의 시는 '연민'과 목하, 열애 중이다.

일반적으로 연민pity은 동정sympathy 혹은 공감empathy과 특별한 구분 없이 사용된다. 그러나 생철학의 영역에서 그것은 인간 삶의 윤리적 기초가 되는 본능적 감정으로 규정된다. 이는 연민이라는 감정이 타인의 고통에 대한 정서적 이끌림의 차원을 넘어서고 있음을 암시한다. 하이데거 식으로 비유하자면 그것은 인간 존재의 '근본 기분' 같은 것이다. 특히 동정이나 공감과는 달리 연민이 간혹 자기 자신(자기연민)을 대상으로 한다는 점을 감안하면, 이것은 단순히 정서적 감응의 문제라기보다는 삶을 긍정적으로 바라보려는 실존의 본능적 자세와 직결된다고 할 수 있다.

신달자 시의 연민 역시, 궁극적으로 시인 삶의 태도와 밀접하게 관련된다. 최근 신달자의 시에서 감지되는 연민은 상처와 통증의 세월 혹은 세계의 쓸쓸한 풍경에 대한 감정의 즉자적 반응이 아니다. 오히려 그녀의 시에서 연민은 일시적인 감정의 동요가 완전히 사라진 후에 나타난다. 고독과 부안, 상실과 허무, 죽음과 이별 등 그 동안 신달자의 시세계를 지배하던 단어들은 시인의 마음속에서 충분한 시간 동안 곰삭혀져서, 비로소 연민의 정서로 거듭나고 있는 것이다. 따라서 신달자 시의 연민은 주어진 대상에 따라 '그때그때마다'(하이데거) 피동적으로 경험되는 감정의 침전물이 아니다. 그것은 "내게 주어진 생의 요철을 단 한 번도 건너뛴 적이 없"(「정오의 바늘」)는 자가 세계와 맞서는 적극적인 방식이며, "앞으로 다시 몇몇 백 년/벼랑 위의 생을 다짐"(「벼랑 위의 생」)하는 존재의 능동적 감정의 통로이다. 동시에 그것은 열두 번째 시집을 상재하는 동안, "세상사 두루 본 생의 이력으로" "열두 대문을 열고 다시 열두 계곡을 휘돌아/다시 일천 대문을 밀며 더 깊어지는 눈(眼)"(「사리舍利」)을 소유한 시인이 보여주는 자각적 삶의 철학이기도 하다. 이를 신달자 시인 특유의 자각적 연민이라고 불러도 좋겠다.

> 사나운 소 한 마리 몰고
> 여기까지 왔다
> 소몰이 끈이 너덜너덜 닳았다
> 미쳐 날뛰는 더러운 성질
> 골짝마다 난장쳤다
> 손목 휘어지도록 잡아끌고 왔다
> 뿔이 허공을 치받을 때마다
> 몸 성한 곳 없다
> 뼈가 패였다
> 마음의 뿌리가 잘린 채 다 드러났다
> 징그럽게 뒤틀리고 꼬였다
> 생을 패대기쳤다
> 세월이 소의 귀싸대기를 한 사흘 때려 부렸나
> 늙은 악마 뿔 삭아내리고
> 쭈그러진 살 늘어뜨린 채 주저 앉았다 넝마 같다

핏발 가신 눈 꿈벅이며 이제사 졸리는가
쉿!
잠들라 운명

–「소」부분

　「소」는 신달자의 많은 시편들 중에서도 삶을 대하는 시인의 현재적
태도와 연민의 밀도가 가장 집약적으로 발휘된 작품이다. 시상의 표
층적 전개는 비교적 간결하다. 시인의 고단한 인생사를 상징하는 "사
나운 소 한 마리" "손목 휘어지도록 잡아끌고" "여기까지 왔다"는 것
이다. 그러나 이 시는 투명한 시어의 탄력적인 운용방식과 구성의 함
축성으로 인해 "몸 성한 곳 없"고 "뼈가 패였"으며 "마음의 뿌리가 잘
린 채 다 드러난" 시인 생의 통증이 생생하게 전달된다. 「소」가 그려
낸 풍경에는 이제껏 시인이 지나온 세월의 고통과 쓸쓸함이 소금처럼
녹아 있는 것이다. 이렇게 보면 「소」는 신달자의 여느 시편들처럼 상
처와 통증의 감각 지대에 놓여 있다고 할 수 있다. "징그럽게 뒤틀리
고 꼬인" 생을 복기하는 행위는 그 자체만으로도 고통스러운 일에 해
당하기 때문이다. 그럼에도 이 시에서 시인은 자신의 "생을 패대기쳤"
던, 그 "미쳐 날뛰는 더러운 성질"의 소를 미움과 증오의 궁극 지점으
로 몰아가지 않는다. 오히려 생의 '악마'같은 존재였던 소는 여기서 연
민의 대상으로 설정된다. 가령 "늙은 악마 뿔 삭아 내리고/쭈그러진
살 늘어뜨린 채 주저앉았다 넝마 같다/핏발 가신 눈 꿈벅이며 이제사
졸리는가"의 시구라든지 "지금은 눈물 그렁그렁 보기 불쌍하다"와 같
은 시인의 숨겨진 독백은 이를 여실히 증명한다.
　그렇다면 생의 "골짝마다 난장쳤"던 '사나운 소'에 대한 시인의 원
망과 아쉬움은 어떻게 가엾고 '불쌍'한 마음, 즉 연민의 정서로 전이될

수 있었을까. 어떤 이유에서 시인은 자신의 "지랄 같은" 운명 앞에서 이처럼 의연해질 수 있었는가. 그것은 우선적으로 시간(세월)의 의미를 환기해 봄으로써 가능하다. 이 시에서 '세월'과 '늙음' 혹은 '쭈그러진' 등의 시어들은 단순히 직선적 시간의 진행만을 지시하지 않는다. 그것은 시인에게 삶의 고유한 이치와 원리를 탐구하고 성찰하는 터닝 포인트로 작용한다. "시간의 톱날처럼 강한 것은 없다. 그것은 생명까지도 운명까지도 잘리게 한다."는 인생의 이치를 이 시기에 시인은 새삼 인식하고 있는 것이다. 따라서 「소」에 짙게 드리워진 연민의 정서는 자책과 회한, 동정과 공감 따위의 감정과는 애당초 거리가 멀다. 그것은 삶의 본질적 요소들과 소통하는 원초적 감정으로서 시인의 자각적 태도에서 기인한다. 결국 신달자 시인의 연민은 오랜 세월동안 내면의 자기정화를 거친 존재의 시적 윤리이다. 나아가 그것은 현재 시인 마음의 심우도尋牛圖에 다름 아니다.

이젠……

삶과 대면하는 신달자 시인의 담대하면서도 원숙한 의식, 이른바 자각적 연민의 정서는 물론 저절로 얻어지지 않는다. 그러기까지 시인은 40여 년 "먹장가슴"의 세월을 절대적으로 버텨 왔다. 근년에 발표된 신달자의 시집들에 세월·인생·운명·시간·낡음과 같은 시어들이 보다 많이 환기되는 근본적인 이유도 바로 여기에 있다.

　　너무 늦게 왔다

정선 몰운대 죽은 소나무

내 발길 닿자

드디어 마지막 유언 같은 한마디 던진다

발 아래는 늘 벼랑이라고

몸서리치며 울부짖는 나에게

몇몇백 년

벼랑 위에 살다 벼랑 위에서

죽은 소나무는

내게

자신의 위태로운 평화를 보여주고 싶었나봐

죽음도 하나의 삶이라고

하나의 경건한 침묵이라고 말하고 서 있는

정선 몰운대 죽은 소나무

서 있는 나무 시체는

죽음을 딛고 서서

따뜻하고 깊은 목숨으로

내 마음에 돌아와

앞으로 다시 몇몇백 년

벼랑 위의 생을 다짐하고 있다.

―「벼랑 위의 생」 전문

인용시는 「벼랑 위의 생」이라는 시제와 달리, 작품 전체에 마음의 <평화>가 은은하게 깃들어 있는 작품이다. 그것은 이 시가 치열했던 지난날의 정신적 방황과 깊은 내면의 정화를 거치고 난 이후에 쓰여졌기 때문이다. 먼저 이 시의 전반부에는 "발아래는 늘 벼랑이라고/몸서리치며 울부짖"던 '나'의 모습이 어른거린다. 그러나 시적 화자는 곧, "몇몇 백년/벼랑 위에 살다 벼랑 위에서/죽은 소나무"의 모습에서 "위태로운 평화"라는 생의 미덕을 발견한다. 생의 극단에 놓인 죽음마

저도 "하나의 삶이라고/하나의 경건한 침묵이라고" 말하는 '소나무'의
몸짓은 시인으로 하여금 삶의 궁극적 의미를 깨닫게 하는 것이다. "너
무 늦게 왔다"는 화자의 나지막한 고백은 이 모두를 함축하는 대목이
다. 화자의 이 읊조림에는 자각적 연민의 정서가 강하게 환기된다. 그
리고 거기에는 "앞으로 다시 몇몇 백 년/벼랑 위의 생을 다짐"하는 진
지한 삶의 자세가 담겨있다. 결과적으로 이 시에서 "죽음을 딛고 서서
/따뜻하고 깊은 목숨으로/내 마음에 돌아"온 소나무는 시인의 의식이
투영되어 있는 시적 상관물이다. 이런 측면에서 「벼랑 위의 생」은 현
재 시인의 심리적 자화상이다. "벼랑 위의 생을 다짐"하는 나무의 모
습에서 신달자 시인의 "따뜻하고 깊은" 마음의 풍경을 엿볼 수 있다.

"죽은 소나무"의 "마지막 유언"과도 같은 시인의 '다짐'은 다음의
시편들에서도 들을 수 있다.

영하 20도
오대산 입구에서 월정사까지는
소리가 없다
바람은 아예 성대를 잘랐다
계곡 옆 억새들 꼿꼿이 선 채
단호히 얼어 무겁다
들수록 좁아지는 길도
더 단단히 고체가 되어
입 다물다
천 년 넘은 수도원 같다
나는 오대산 국립공원 팻말 앞에
말과 소리를 벗어 놓고 걸었다
한 걸음에 벗고
두 걸음에 다시 벗었을 때

드디어 자신보다 큰 결의 하나
시선 주는 쪽으로 스며 섞인다
무슨 저리도 지독한 맹세를 하는지
산도 물도 계곡도 절간도
꽝꽝 열 손가락 깍지를 끼고 있다
나도 이젠 저런 섬뜩한 고립에
손 얹을 때가 되었다
날 저물고 오대산의 고요가
섬광처럼 번뜩이며 깊어지고
깊을수록 스르르 안이 넓다
경배 드리고 싶다.

—「침묵 피정」 전문

　일전에 필자는 신달자 시인의 말言語에 대한 관심은 단순히 현실 언어의 존재 조건을 모색하는 차원을 넘어, 실존적 삶에 대한 확인 행위로 확대된다고 언급한 바 있다. 다행히도 이 진술은 지금도 유효해 보인다. 여전히 시인에게 말은 세계 내의 타자들과 교감하고 그 세계를 이해하는 유일한 접근 통로로 인식되기 때문이다. 「침묵 피정」 연작은 '진정한 말言語'에 대한 자각을 통해 생의 참된 의미를 가늠해 보려는 시적 사유의 여정이다. 아울러 이 시는 "가슴 안에서 꽝하고 울려오는/삶 속의 돌다리 같은 소중한 말"(「여보! 비가 와요」)들을 기억해 내며 삶의 본질에 육박해 들어가려는 시인 '결의'의 흔적이다.

　한편, 「침묵 피정」은 시인의 감정을 실제로 고백하는 것처럼 차분한 독백조로 진행되고 있다. 그럼에도 화자의 의지는 단호하고 강렬해 보인다. 이는 '나'라는 일인칭 화자가 청자를 향해 단정적으로 말하는 방식을 선택했기 때문일 것이다. 그것은 또한 현재 시인의 정서가 안정된 중심을 찾았음을 의미한다. 이러한 시인의 정서에는 현실 언어 이전의 기원적 삶에 대한 무한한 긍정과 간절한 열망이 동시에 자리 잡고 있다. 이 시의 "이젠"은 삶을 바라보는 시인의 태도가 변모하고 있음을 궁극적으로 내포하고 있는 것이다. 이즈음 연민을 동반한 그녀의 시에서 삶과의 깊이 있는 교감과 따뜻한 감성이 더욱 느껴지는 것도 여기서 비롯된 것이리라.

그리하여, "이젠" 시인은 말한다. "생의 가설무대를 허물어 예쁜 집 다시 짓겠다/이마로 박박 얼음 문질러 화끈한 불꽃 활활 켜고 사라진 가을을 헤집어 너를 찾겠다."(「얼음신발」) "상처와 놀겠다"(「열애」). 이처럼 이 가을, 신달자의 시에는 오래 전 어느 봄날의 오후처럼 맑고 투명하고 푸른 연민의 정서가 감돌고 있다. 다시금, 시인의 몸에는 '지독한' 시의 피가 맺히고 있다.

맑은 하늘에서
푸른 면도날이 떨어져
나의 어디를 스쳤을까
혀끝을 내어미는 꽃나무처럼
나의 몸에 피가 맺히고 있다
몰매를 맞아 허약해진 귀여
그치지 않는 초인종 소리에
방향도 찾지 못해
문이라는 문은 모두 열고 있는
봄날의 오후에

―「조춘」 전문

어느 먼 기억들이 사는 집

박주택의 시세계

어느 먼 기억들이 사는 집

박주택의 두 번째 시집 『방랑은 얼마나 아픈 휴식인가』(문학동네, 1996)의 자서에 놓여 있던 인상적인 문구를 기억한다. <모든 신은 아니지만 많은 신들이 사라져 갔다.> "세상의 고단함과 외로움의 휘황한/고적을 깨달은 뒤/시간의 기둥 뒤를 돌아오며" 그 시절 그는 이렇게 말하고 있었다. 이후 시인은 『사막의 별 아래에서』(세계사, 1999)와 『카프카와 만나는 잠의 노래』(문학과지성사, 2004)에서 각각 <모든 존재하는 것들의 사이에는 불화가 있다>는 사실과 "모든 것에서 배운 것은 환멸과 허무 뿐"임을 확인하고, 다시 세월이 흐른 지금 새 시집 『시간의 동공』(문학과지성사, 2009)에서 다음과 같이 읊조린다.

"이토록 생을 그르친 까닭은 흙을 딛고 올라서는 것들에게서/꿈을 볼 수 없었고 가지 않은 길에 날개가 있었다고/믿었기 때문이다"(「주름의 수기」).

시인을 둘러싼 실존적 정황들이 지난 세월동안 적지 않은 변화를 겪었음에도 불구하고 그의 시는 이렇듯 상실과 회한 혹은 존재의 결핍과 불안을 목격하는 지점에서 여전히 서성이고 있다. 이로 인해 새 시집에서도 '허무의 족보'(「꽃」)를 운명처럼 간직한 박주택의 시편들에는 비극적 세계 인식과 도저한 폐허의식이 낙인처럼 찍혀 있다.

삶의 고유성을 관장하던 가상의 신神이 부재하는 세계, 그리하여 상처받은 세계 내의 존재들이 불화와 반목을 거듭하고 있는 상황을 견디기 위해 오래 전 박주택 시인이 선택한 방법 중의 하나는 기억이다. 시인은 그동안 현실과 환상의 경계를 넘나드는 입체적 상상력을 바탕으로, 순정했던 삶에 대한 기억을 자극하며 '저 오랜 투병의 가슴'으로 불모한 일상의 사막을 버겁게 가로질러 왔다. 1986년 <경향신문> 신춘문예 당선작인 「꿈의 이동 건축」에서부터 지난번 시집에 이르는 그의 시세계에, 과감한 비유와 상징을 동반한 신화적 초월 공간과 함께, 기억의 흔적들이 빈번하게 발견되는 것도 이러한 사정과 무관하지 않다.

> 문을 닫은 지 오랜 상점 본다
> 자정 지나 인적 뜸할 때 어둠 속에 갇혀 있는 인형
> 한때는 옷을 걸치고 있기도 했으리라
> 그러나 불현듯 귀기(鬼氣)가 서려오고
> 등에 서늘함이 밀려오는 순간
>
> 이곳을 처음 열 때의 여자를 기억한다

창을 닦고 물을 뿌리고 있었다
옷을 걸개에 거느라 허리춤이 드러나 있었다

작은 이면 도로 작은 생의 고샅길
오토바이 한 대 지나가며
배기가스를 뿜어대는 유리문 밖

어느 먼 기억들이 사는 집이 그럴 것이다
어느 일생도 그럴 것이다

-「폐점」 전문

　박주택의 시에는 기억들이 모여 산다. 그의 시는 가히 기억의 시학
이라고 할 만큼 지속적으로 기억을 분출하고 있다. 통상적으로 기억
이란 지나간 시간의 육체와 대면하는 일이다. 기억하기는 과거의 시
간을 전제하지 않고는 실행될 수 없다. 하지만 박주택의 시에서 기억
은 단순히 과거 시간으로의 회귀를 지시하지 않는다. 그의 기억은 과
거에 대한 체험이자 현재적 경험이며, 미래에 일어날 일들과 마주하
는 선험적 사건이다. 박주택의 기억이 이처럼 '전방위적'(근원적) 시간
성을 확보할 수 있는 이유는 그가 과거와 현재, 나아가 미래의 시간을
상호 관계시키는 외성의 형식을 중시하는 까닭이다. 즉 시인의 기억
에는 언제나 이미 지나간 시간이자 동시에 영원히 도래하는 무형의
시간성이 잠복하고 있다. 시인에게 모든 존재는 "시간의 육체"(「시간
의 육체에는 벌레가 산다」)에 다름 아니며 모든 "존재하는 것들의 육
체"(「점자」)는 "시간의 흙에 악착같이 뿌리를 내리고 있는"(「頑命」)
형국으로 인식되는 것이다. 애당초 박주택의 시를 기억의 시학으로
각별히 기억하고자 하는 것도 이와 관련이 있다. 그것은 그의 시가 기

억이라는 단어를 자주 호출하기 때문만은 아니다. 앞서 살펴보았듯, 박주택의 시는 '기억'을 매개하며 <존재와 시간(성)>에 관한 본질적인 문제를 함의한다. 이는 시 양식의 장르적 기반을 환기하는 것으로, 궁극적으로 박주택의 시작詩作 혹은 그의 시적 사유가 존재론적 차원에서 마련되고 있음을 암시한다.

인용시는 이러한 박주택 시세계의 특성을 이해하는 데 단초를 제공하는 것으로 여겨진다. 시의 표층적 전개는 다음과 같다. 이 시의 화자는 "문을 닫은 지 오랜 상점"을 바라보며 기억 속으로 '시간여행'을 떠난다. 그 여행은 순전히 화자의 '기억'에 의존하고 있음에도, 분명 과거에로의 여행이 아니다. 화자에 따르면, 「폐점」에는 '한때' "이 곳을 처음 열 때의 여자"가 <있었다>. 그리고 "자정 지나 인적 뜸할 때"인 현재의 폐점에서는 여자의 부재로 인해 "불현듯 귀기(鬼氣)"가 <서려온다>. 이어서 마지막 연에 이르면 화자는 '유리문 밖'에서 "어느 일생도 그럴 것이다"라고 추측한다.

이 시에서 우리의 관심사는 당연히 한 여자의 존재나 부재 상황이 아니다. 또한 그간에 박주택의 많은 시들이 심미적 언어로 밀도 있게 그려냈던 삶의 적막하고 쓸쓸한 풍경에도 관심이 없다. 인용시에서 무엇보다도 주목을 요하는 것은 비동일성 시간의 동시성이다. 「폐점」에는 '창'과 '유리문'을 경계로 '본다', '기억한다', '있었다', '~할 것이다' 등의 복합적 시제가 공존한다. 이 사실은 존재하는 모든 것은 순환적 시간의 흐름을 따라 훼손과 소멸, 재생을 거듭한다는 시인의식을 드러낸다. 아울러 시인이 기억을 통해 생의 존재론적 근원과 궁극에 다가서고 있음을 우회적으로 보여준다. "어느 먼 기억들이 사는 집이 그럴 것이다/어느 일생도 그럴 것이다"의 부분은 이를 압축하는 대목이다. 이 시에서 "작은 이면 도로 작은 생의 고샅길"은 어느 순간 "어느 일생" 전체의 문제로 확산되고 있는 것이다. 이것이 바로 박주택 시세계의 "어느 먼 기억들이 사는 집"의 현주소이다. 결국 박주택의 시에서 기억은 의식/무의식의 차원을 떠나 어떤 형태로든 시인의 의도가 개입되어 있다고 할 수 있다. 그의 시에서 기억은, 기억의 시학은 그 자체가 하나의 기호이고 상징이었던 셈이다.

기다림의 시간들

오래 전 조정권 시인은 「속박과 순례」(『꿈의 이동건축』 해설)에서 박주택의 시적 사유가 "80년대의 여러 유형화된 감성과는 다른 감성" 임을 발견하고, 「파행」의 예를 들며 그의 시를 "사회적 환경과는 관계 없이 우주적인 자연 질서와 인간 존재의 내면적 어둠을 들여다보는 거의 고독하기까지 한 공상의 세계"로 규정했다. 물론 이 글에서 그가 말하는 고독은 단순히 홀로됨 혹은 외로움의 의미를 넘어선다. 릴케 의 경우처럼 그것은 세계로부터 분리되어 자신의 모든 것을 '내면적 생활'에 집중시키는 상태를 뜻한다. 그러므로 이 고독의 세계는 시적 사유가 녹아드는 공간, 자기 확인의 자리 혹 예술의 공간이라도 불러 도 좋을 것이다.

이 '내면적 생활'의 어느 하루를, 그 시절 시인은 "신의 가슴에 용서 받는 벌로/잠들지 못하는 날"(「나는 무신론자가 아니다」)로 표현한 바 있다. "나는 무신론자가 아니다"라는 첫 시집에서의 고백은 결코 과장 이 아니었던 것이다. 이 점에서 그는 일단 '시적 유신론자'이다. 그런 데 시인의 의식 속에서 간헐적으로 출현하는 구원적 존재, 즉 신神은 구체적으로 무엇을 의미하는 것일까. 그의 시에서 '숨은 신'의 정체는 여전히 명확하지 않다. 다만 이제까지 그의 시가 조성해 온 분위기와 근자에 쓴 '기도문'과 '수기'의 내용을 감안하면 그 실체를 짐작하는 것은 별로 어려운 일이 아니다. 아마도 그것은 삶의 본래성과 경건한 비의를 강조하고 전우주적 생명성의 회복을 염원하는 시인 마음의 맥락과 유사할 것으로 추정된다. 가령 "마음의 극한이 만들어 낸 저 아름다운 것들"(「사유지에서」)과 "마음에 고여 오는 것들"(「주름의 수기」) 등은 그 구체적 목록에 해당한다. 이 시들은 공히 시인의 내밀한 마음 상태를 현상하는 데 주력한다.

한편, 신이 부재하는 시대일수록 신적인 것의 존재를 더욱 찾는 법이다. 마찬가지로 상실의 시대일수록 그리움과 기다림의 정서는 고조된다. 박주택이 기다림의 의미망을 견고하게 구축하는 것도 이 순간이다. '광기와 수치'로 점철된 "비천한 생애의 지도"(「생애의 지도」) 위에 선 시인의 '마음'은 신화적 질서 세계에 대한 기다림의 정서를 적극적으로 추동하고 있는 것이다. 그의 시가 전반적으로 고독과 설렘, 불안과 기대 심리의 이중적 분위기로 주조되어 있는 까닭도 바로 여기서 비롯된다. 그의 시에서 그리움으로 얼룩진 기다림의 정서는 신화적 공간 회복의 꿈을 향한 시인의 간절한 열망과 동일선상에 놓여 있는 것이다. 그리고 이 점은 결과적으로 이제까지 그의 시쓰기를 지속적으로 가능하게 한 동인動因이기도 하다.

> 운명을 하나씩 네 속에 가두고 이별을 피워 올리는 곳
> 네가 길이라고 타이른 수많은 기다림이 좀이 슨 채 울음을 터뜨린다
> 창에 수의가 어른거린다
>
> ─「판에 박힌 그림」 부분

그러나 여기까지 왔다, 고독은
나를 물의 노예로 만들었다, 또한 나의 동쪽은
기다림이 완성된 후에도 다시 기다림을 계속하고

― 「물의 긴 수生의 골짜기」 부분

그 무렵 잠에서 나 배웠네
기적이 일어나기에는 너무 게을렀고 복록을 찾기엔
너무 함부로 살았다는 것을, 잠의 해안에 배 한 척
슬그머니 풀려나 때때로 부두를 드나들 때에
쓸쓸한 노래들이 한적하게 귀를 적시기도 했었지만
내게 病은 높은 것 때문이 아니라 언제나 낮은 것 때문이었다네

― 「카프카와 만나는 잠의 노래」 부분

인용시들에 이르면 박주택 시인의 기다림은 이제 한계 상황에 도달한 듯하다. "不正이 否定을 이기는 것들과 內通한"(「개」) 현실에서, 이제껏 시인 스스로 "길이라고 타이른 수많은 기다림이 좀이 슨 채 울음을 터뜨리"고 있는 것이다. 인용시에서 현재 시인이 바라보는 세계상, 즉 "판에 박힌 그림" 속에는 "기다림의 문장들이 실명한 채 바람에 나부끼"고 있다. 또한 시인의 내면 풍경이 집약적으로 반영된 이 '그림'에는 기다림의 "창에 수의가 어른거린다." 이러한 사실들은 그동안 박주택 시세계의 핵심 의미망을 형성했던 기다림의 정서가 급속히 분열되고 있음을 암시해준다. 시인에게 더 이상 기다림의 자세는 '교활한 신화적인 것'(롤랑 바르트)이 범람하는 현실 삶의 궁극적 대안으로 받아들여지지 않는 것이다. 이로 인해 박주택의 시는 기다림의 운명을 거부하고 다시 새로운 변화의 가능성을 모색하고 있다.

나머지 인용 시편들은 이러한 변화의 징후를 보다 다양한 방식으로

보여주는 작품이다. 「물의 긴 수生의 골짜기」는 세계상을 통한 시인의 심리 상태를 간접적으로 드러낸 앞의 인용한 시와는 달리 차분한 독백체의 형식을 취하고 있다. 여기서 화자인 '나'의 고백에 따르면 '나'는 "기다림이 완성된 후에도 다시 기다림을 계속하고" '고독'하게 '여기까지 왔다.' 마치 '유적의 생애'와도 같은 나의 삶은 '기다림'에 의지하며 '불안한 평온'을 유지한 채 살아 온 것이다. 그러나 이어지는 작품에서 시인은 이러한 자신의 삶이 "기적이 일어나기에는 너무 게을렀고 복록을 찾기엔/너무 함부로 살았다는 것을" 깨닫는다. 스스로의 기다림이 환멸의 현실을 잊기 위한, 일종의 환각에 불과했다는 사실을 이즈음 그는 자각하고 있는 것이다. 인용시의 마지막 대목에서 "내게 病은 높은 것 때문이 아니라 언제나 낮은 것 때문이었다네"라는 시적 화자의 진술은 지난 삶을 수동적으로 해석하며 살아 온 데 대한 시인의 탄식으로 읽을 수 있다. 그리하여 이제 시인은 그 오랜 방황으로 점철된 기다림에서의 탈주를 시도하고, "아직도 과거의 포로인 廢墟의 주변"에서 벗어나 "시간의 육체"에서 진정한 삶의 가능성을 새롭게 타진한다.

기억에 바치는 조사(弔辭), 망각에 대한 헌사

속도와 망각의 관계가 느림과 기억의 관계와 정비례한다는 사실을 언급한 밀란 쿤데라를 굳이 떠올리지 않더라도, '시간 경영'의 효율성과 망각의 왜곡된 가치를 수용하는 현실의 질서체계에서 기억의 행위는 일종의 모반일 수 있다. 시간의 유적지를 느린 발걸음으로 답보하는 기억의 행위는 <모든 물화는 망각이다>라는 말로 현대사회의 특성을 묘사한 아도르노의 명제를 정면으로 위반하기 때문이다. 후기산업사회 들어 <기억의 시학>으로 대변되며 줄곧 논의되어 온 문학 작품들은 이러한 사유의 연장선상에서 매우 긍정적 의미를 획득하고 있다. 박주택 시세계의 주제 구성 원리 역시 이 지점에서 멀리 떨어져 있지 않다. 하지만 그의 기억은 표면적으로 망각과 대립적 관계에 놓이지 않는다는 점에서 이보다 훨씬 복잡한 양상으로 전개된다.

> 아직도 자신을 먼지로 가두고
> 手中의 손금들은 운명처럼 얽혀 있는데
> 이름도 없이 곁을 스쳐가 초라한 소문으로
> 흩어져 있는 수많은 기억들이여
>
>   ―「기억에 바치는 弔辭」 부분

> 불면하는 거리, 간판은 자신을 알리기 위해
> 옆을 물리치고 사람들은 깊은 곳에서 흐르는 잔잔한 물을
> 감춘 채 흐른다 그렇다면 여기서 죽고
> 아파트 공터에서 죽고 술집에서 죽고 시간과 자책과
> 연민에서 죽고 바닷가에서 죽은 우리는
> 어떤 죽음으로 저것들과 마주해야 하는가
>
> 죽은 물고기처럼 물이 가는대로 흐른다
> 죽은 물고기는 물이라는 것을 잊은 채 흐른다
> 망각이란 이런 때 필요할 것
> 그러나 망각은 묻힌 것까지 꺼내 그림자를 만든다
>
>   ―「망각을 위한 물의 헌사」 부분

누군가는 시인의 싸움은 망각과 싸우는 것이라고 했다. 또 물리적인 세계에서 그 싸움은 일방적이라고도 했다. 그렇지만 시인은 패자의 운명을 감수하고라도 싸움에 임해야 한다. 그들은 저주받은 운명의 소유자인 탓이다. 일반적 의미에서 망각은 시간의 단절이다. 망각은 의식의 분열이다. 하여, 망각은 거부의 대상이다. 박주택이 이 모든 사정을 모를 리 없다. 그럼에도 그의 시는 망각을 승인한다. 이러한 의미의 역전현상을 어떻게 해석해야 할까. 박주택에게 망각은 항일적으로 거부해야 하는 부정적 단어가 아니다. 시인에게 망각은 고정불변의 개념이 아니며 시간의 흐름 속에서 순간순간 새로운 의미가 부여되는 것으로 인식된다. 그것은 시간의 단절을 통해, 역설적으로 시간과 관계하는 또 다른 통로일 뿐이다. 이런 측면에서 박주택의 시에서 기억과 망각은 일종의 '동반자적' 관계를 형성한다. 즉 "거리에는 열매가 썩어 기억을 지배한다/시간은 망각을 가르치고 망각은 평안을 가르쳤다"(「소금의 포도」)의 대목과 "오래 살던 곳을 되짚는 일이란/잠든 망각을 그리움으로 완성시키는 것/현재의 자신과 과거의 자신이 싸우며 나지막하게 떠는 것"(「저수지에 비친 시」)과 같은 기억과 망각의 변주과정이 무난하게 이루어진다. 마찬가지로 위의 시들에서 제시되듯, 그의 시에 기억에 바치는 조사弔辭와 망각에 대한 헌사가 나란히 공존할 수 있었다. 박주택의 시세계가 엄숙하고 장대하면서도 한편으로 역동적이고 날렵한 징후를 보이는 근본적인 이유도 이 "운명이 먹어치우는 시간들"(「생애의 지도」)을 기억과 망각의 변주로 재구하는 유연한 사유에서 비롯된 것이리라(이 글은 기존에 발표된 원고를 대폭 수정/보완하여 이형기문학상 수상자특집 작품론으로 사용된 것임을 밝혀둔다).

우공이산(愚公移山)의 시학

이도윤의 시세계

"홀려 있었다/몸은 병들었으나/꿈은 편안했다"
—「무엇·2」부분

'홀림'의 세월

이도윤 시인은 '말言語'에 '홀려' 사는 존재이다. 그는 "말에 홀려/단지, 언어에 홀려/그리 몇 십 년을 살아"(「무엇·1」)왔다. 이도윤에게 말은 "끝없이 삼켜"도 충족되지 않는 생의 그 '무엇'이다. 그에게 말은 아무리 붙잡으려고 해도 붙잡히지 않는 삶의 그림자처럼 인식된다. 그러나 분명한 것은 이도윤은 말을 옥타비오 파스Octavio Paz의 언급처럼 삶의 유일한 실재이거나 적어도 우리의 실재를 표현하는 유일한 증거로 파악한다. 하여 그에게 말은 불모한 일상의 '비천함'을 견디게 하는 일종의 '마지막 잎새'와도 같다.

이도윤의 삶이 말과 존재의 불가분한 관계를 절대적으로 상정하고 있다는 것, 그의 언어가 우리 삶에 정신적 위안으로 작용한다는 점에서 그는 분명 시인의 자질을 지니고 있는 듯하다. 아니, 이제껏 '비천할지라도' 말에 "홀려야만 살 수 있었다"라는 그의 고백을 염두에 두면, 어쩌면 그는 시인이라는 슬픈 천명天命을 타고 났을지도 모른다. 비루한 일상의 '텅 빈' 기표(개념)들과 씨름하며 고독하게 '불면의 밤'을 지새우는 불우한 존재. 이 과정을 "몸은 병들었으나 꿈은 편안했다"(「무엇·2」)라고 말하는 기막힌 존재. 이 불우하고 기막힌 운명의 존재들이 바로 시인인 까닭이다. 이런 측면에서 말에 홀려 생의 '몇 십 년'을 결핍과 상실의 시간으로 지내 온, 그럼에도 또 다시 자기모멸의 과정을 감내하며 스스로 말을 찾아나서는 이도윤은 천생 시인이다. 그에게 시란 이처럼 고통스러운 세월을 통과한 후에 얻어진 언어의 <꿈>이자, 삶의 결정체이다.

그렇다면 이도윤 시인에게 시란 구체적으로 무엇일까. 그가 말하는 시의 정체는 가령 이런 것이다.

詩는 한없는 외로움이라서
밀고 밀려가는 강변북로를 바라보며
석양에 차를 끓일 때면
홀로 남은 나를 동무로 여겨 온다

詩는 한없는 슬픔뿐이라서
초승달에 나를 빌며 숨죽여 울 때면
눈물로 내 얼굴을 만져준다

詩는 한없는 뜨거움이라서
마음과 마음을 하나로 섞어

땀이 되어 흐르기도 하고
詩는 가난한 숨결
詩는 은장도의 정직
詩는 한없는 맑음이라서
내 홀로 불면의 별을 셀 때면
하늘에 누워 반짝인다.

                            -「시(詩)는」전문

　이도윤에게 시詩는 그 자체로 한없는 '외로움'과 '슬픔', '뜨거움'의
정서적 대상이다. 또한 그에게 시는 '순결'과 '정직', 그리고 '맑음'의
마음이다. 그는 시를 인간 정서의 총체이자 마음의 복합체로 이해한
다. 그리고 이러한 사실은 현재 그의 시가 인간 삶의 가장 가까운 자리
에 놓여 있음을 암시한다. 일상에 밀착해서 사람들의 외롭고 슬픈 현
실을 위무하고, 뜨겁고 순결한 삶의 순간들을 정직하고 맑게 드러내
주는 <동무>같은 존재야말로 바로 시인 이도윤이 생각하는 시의 참
모습인 것이다. 이 점은 인용시를 통해서 분명하게 확인할 수 있다.
　위의 시에서 '시詩'는 항상 생활 세계에 머물면서 시적 화자인 '나'와
정서적 일체감을 보여준다. 뿐만 아니라 '시詩'는 사람들의 "마음과 마
음을 하나로 섞어/땀이 되어 흐"거나 그들과 함께 뜨겁게 호흡한다.
이 시에서 시인은 '시詩'를 의인화함으로써 삶의 동반자로서 시의 역
할을 분명하게 강조한다. 결국 이도윤에게 시詩는 복잡다기한 삶의 표
정이며 언어로 그리는 마음의 얼굴에 다름이 아닌 것이다.
　삶의 주변을 서성이며 인간 마음의 결정結晶을 추출하는 시작詩作방
식은 이도윤 시의 오래된 특징이다. 1985년 <시인> 제3집에 「달」등
8편의 시를 발표하며 작품 활동을 시작한 이래 지금껏 시인은 '외로
움'과 '슬픔'과 '뜨거움', '순결'과 '정직'과 '맑음'의 마음을 그 자신의

시에 투명하게 담아내고 있다. 이를 이도윤 시 특유의 마음의 현상학이라고 이름 붙일 수 있을 것인데, 그동안 시인은 이러한 마음의 현상 과정을 통해 스스로의 내면을 "내 홀로 불면의" 밤을 지새우며 고양시켜왔다. 이번에 발표된 신작 시편들도 대부분 이러한 시작 태도의 연장선상에 있다. 이런 맥락에서 이 작품들은 최근 이도윤 시인의 마음의 형상이라고 할 것이다.

우공이산(愚公移山)의 시학

『산을 옮기다』(시인, 2005)는 이도윤의 두 번째 시집 제목이다. 첫 시집 『너는 꽃이다』(창비, 1993) 이후 12년 만에 출간된 이 시집은 변화와 혁명의 불꽃이 점차 사그라지던 시기로부터, 월드컵 열기의 "뜨거움이 새 세상을 낳"(「뜨거움이 새 세상을 낳는다」)는 이천 년대에 이르기까지의 시인의 마음을 담고 있다. 시집은 크게 세 가지 측면에서 주목할 수 있다. 먼저 시집의 제2부를 구성하는 「거침없이 가자, 대한의 아들아」를 비롯한 다섯 편의 시. 이 시들은 2002년 월드컵 경기 당시의 국민적 영광과 감격을 실시간으로 기록한 거의 유일한 문학으로, 지금까지도 독자들의 기억 속에 뚜렷하게 남아 있다. 특히 텔레비전 방송으로 소개되기도 했던 이들 작품에는 역사적 현장의 생생함과 '사건'의 구체성이 각인되어 있다. 둘째로는 책 '구성'의 화려함을 들 수 있다. 『산을 옮기다』는 고은, 김지하, 백낙청 등 현재 우리 문단의 '최고수'들이 적극적으로 '가담'한 시집이다. 이들은 각각 시집의 제호 글씨, 해설, 표사를 담당하였는데, 이로 인하여 이 시집은 한 때

문단의 집중적 관심의 대상이 되기도 하였다.

그러나 무엇보다도, 이 시집의 가장 중요한 성격은 "민중시인" 이도윤의 모습을 재발견하는 데 있다. 시집이 보유한 '월드컵'의 뜨거운 함성과 책 '외피'의 화려함은 단지 부수적 사인들에 불과하다. 이 시집에서 시인은 "대한민국 정치"(「무엇 · 3」)가 이전 시대와 마찬가지로 모순의 굴레에서 벗어나기 못했다고 판단한다. 그래서 시인은 21세기에도 "대한민국은 반드시 손수건을 가지고 살아야만" 하는 "슬픔을 즐기는 나라"(「무엇 · 4」)로 인식한다. 이에 따라 시인은 예전부터 자신이 지녔던 부정과 반역의 시 정신을 바탕으로 이 땅의 부조리한 정치 현실에 적극적으로 대응해 나간다. 이는 곧 그의 시가 시를 통한 정치, 즉 김지하의 표현을 따르면 시정時政의 차원에 이르고 있음을 의미한다.

이러한 시적 경향은 다음에 인용된 「대선 · 1」에서도 드러난다.

어린 찻잎에 누래진
이빨을 드러내놓고
아직도 여위어져야만 하는가
증오심도 없이 투표장 가는 길
밤새 마신 찻잎 위로
나는 휘청거린다
선거 때마다 나는 지구에서
다른 별로 순례를 거듭 한다
나는 나의 등을 보지 못함으로

오늘 초롱한 별은
그의 땅에서 패배자다
나는 무엇하러 투표장에 서있는가
내가 딛는 별의 빛은 소멸하고

어둠뿐이다
다른 별에게만
나의 지상은 찬란하다

―「대선·1」 전문

  이 시의 화자는 "투표장에 서있"다, 여기서 그는 "초롱한 별"(빛)의
소멸, 즉 자신이 발 딛는 이 "땅"의 현실의 "패배"를 목격한다. 이 시에
서 "오늘" "그의 땅"이 패배한 이유는 구체적으로 드러나지 않는다.
하지만 "나는 무엇 하러 투표장에 서있는가"라는 화자의 자조적 질문
을 상기하면 그 원인을 추측하기란 어렵지 않다. 어쩌면 그것은 왜곡
되고 모순된 정치 논리가 여전히 '건재'하는 현실임에도 불구하고 아
무런 문제의식도 "증오심도 없"는 선거, 혹은 "선거 때마다" 정치적
무관심으로 일관하는 오늘날의 슬픈 정황에서 기인하는 것으로 볼 수
있다. 나아가 그것은 "다른 별에게만/나의 지상은 찬란하다"라는 구절
에서 보이듯이 거짓과 맹목과 위선으로 얼룩진 현재 한국 사회의 심
각한 한계를 보여주고자 하는 시인의 의지와도 무관하지 않은 것으로
여겨진다.
  한편, 진실이 은폐되었다는 인식이 보편화된 시대에는 떠나간 대상
과 잊혀진 세계 혹은 사라진 가치에 대한 기억 자체가 부분적이나마
정치성 또는 저항성을 지닌다. 이번 이도윤의 작품들 중에서는 「김장
김치」가 여기에 해당한다. "전차도/지게꾼도/80년 봄의 푸른 함성도
사라지고/칼바람이 노숙자를 대합실에 밀어 넣은 깊은 밤/김장김치는
/버스를 타고/달린다"(「김장김치」)라고 노래한 이 시는 우선 '난곡 같
은 일상에서 이제는 사라져간 과거 세계의 정겨운 풍경 및 '푸른' 역사
의 흔적을 기억해낸다. 이 과정에서 시인은 "소금 절은 얼굴"들의 누

추하고 "깊은 주름"진 삶을 애잔하게 부조하고 있다.

　이처럼 최근 이도윤의 시는 모순의 역사와 억압적 현실을 반성의 일차 대상으로 삼아 우리 시대의 저항 담론을 다양한 경로를 통하여 지속적으로 모색하고 있다. 이번에 그가 발표한 시들 역시 이러한 시인 의식과 연계되어 유연하게 창조되고 있다. 뿐만 아니라 최근 그의 시는 <오늘>의 현실 상황에 적정하게 반응하는 비판적 사유로 새롭게 채워지고 있다. 그럼에도, 이와 같은 그의 시는 역사와 정치에의 관심과 부정의 변혁의 문학정신이 급속하게 퇴조하고 있는 이 시대에 자칫 무모해 보일 수도 있다. 욕망과 개인, 분열과 일탈 등의 미시적 개념들로 넘쳐나는 동시대의 현실 공간에서 이런 시인의 이런 행위는 그 자체로 어리석고 우둔할 수 있는 것이다. 그것이 비록 아름다운 세상에 대한 시인의 간절한 열망과 인간의 삶에 대한 무한한 신뢰와 사랑을 바탕으로 하고 있을지라도 말이다. 그러나 『열자』, 「탕문편」에서 우공이산愚公移山이라고 했던가. 어리석은 사람이 산을 옮기는 법이다. "일생동안 자신을 물들이"(「만져지지 않는 사랑」)는 꽃과 같이, "가난한 순결"과 "은장도의 정직"(「시(詩)는」)으로 자신의 시세계를 고집스럽게 추구하는 그의 시심은 충직스럽기만 하다. 이런 의미에서 지난 번 『산을 옮기다』는 시인의 이런 행보와 관련하여, 다소 변용해서 이해해도 크게 무리가 없을 듯하다.

　나는 지금, 시집 『산을 옮기다』에서 우공이산愚公移山의 마음을 이어가는 시인의 우직함과 뚝심을 본다.

부디 철들지 마시라

바람으로 왔구나
내 생의 비참함이 여기에 있다
눈물의 달콤함을 알아버린 나이
구멍 난 폐를 눌러가며
담배가 늘어버린 나의 입술
무엇을 사랑하고
미워할 것인가
마른잎처럼
단순해져야겠다는 다짐
흔들리고 흔들리면서
하늘은 멀기만 한데
사소하게 왔구나
용감하게 여기까지 왔구나

—「지천명(知天命)」 전문

　이 시는 시인의 감정을 차분한 독백조에 의탁하여 진행하고 있다. 그럼에도 지천명을 맞이하는 화자의 '다짐'은 견고하게만 느껴진다. 이렇게 되기까지 시인은 "구멍난 폐를 눌러가며" "생의 비참함"을 얼마나 견뎌 온 것일까. 지천명의 세월, 그것은 이 시인이 삶의 순리를 터득하는 배움의 시공간이었던 것이다. "흔들리고 흔들리면서"도 "마른 잎처럼 단순해져야겠다는 다짐", 이 '철없는' 다짐이 시인이 알아낸 하늘의 이치이다. 그리하여 시인은 지금 철저하게 자신을 비움으로써 하늘의 이치를 깨달아가고 있는 중이다.

　용감한 시인의 영혼이여! "부디 철들지 마시라"(「불혼」).

낯선 시간의 콜라주

선안영의 시세계

　선안영 시인의 첫 시집 『초록 몽유』(고요아침, 2008)를 꼼꼼히 읽다 보면 유독 시간 관련 시어들이 빈번하게 등장함을 확인할 수 있다. 「고요한 시간」, 「겹의 시간」, 「시간의 동심원」, 「은유의 시간 뒤편」, 「모서리 시간」, 「시간 위의 뻐꾸기」 등과 같이 시제에서 '시간'이라는 단어를 직접적으로 호명하는 경우는 물론이거니와, "궂은 길 걸어온 시간 밖으로"(「우울한 판화」), "직립했던 통뼈의 시간들"(「번개 치다」), "잊혔던 저 시간의 바깥"(「촛불은 혼자 탄다, 그것은 시중드는 것을 필요로 하지 않는다」), "만성이 된 견딤으로/오로지 탈탈 꼬인/저 시간의 뿌리들"(「드디어 화분이 깨어지다」)처럼 시집의 구석구석에는 시간의식을 드러내는 시편들이 밀도 있게 배치되어 있는 것이다.

　서정시가 장르의 속성상 시간성의 문제에 민감하게 반응하는 양식이라는 점을 염두에 두면, 선안영의 시세계의 이러한 특성은 그다지 특이할 만한 일이 아닐지도 모른다. 시는 다양한 시간 유형과의 대면을 미학적 전제조건으로 삼는 것이고, 그렇기에 모든 서정시는 일상의 시간이 갖는 근원적 동일성이 파괴되는 순간에 획득되는 예술인 까닭이다. 따라서 선안영의 시가 시간을 적극적으로 활용하고 있다는 것은 전혀 이상한 일이 아니다. 오히려 이 사실은 이제까지 그녀의 시가 서정시의 미학원리를 충실하게 수행하고 있음을 투명하게 보여주는 일에 해당한다. 다만, 여기서 한 가지 흥미로운 점은 선안영의 시는 자주 다양한 시간 유형을 자신의 시공간에 중첩시킨다는 것이다. 시인이 의식했든 그렇지 않든지 간에 그녀의 시편들은 기억과 추억 혹은 과거와 현재의 시간을 시적 상상력의 지대에 집결시킨 후, 이들을 상호 '대질'시키는 방식으로 현실 세계의 모순성과 복잡성을 표출한다. 그것은 마치 회화의 콜라주 기법처럼 본래 상관관계가 없는 대상들을 전혀 다른 방식으로 결합시킴으로써 미학적 효과를 거두는 양상이다. 이전 시인의 표현을 빌려서 말하자면 "적(敵)이 된 시간과 공간"(「검은 건반」)을 절묘하게 병치하여 시적 효과를 거두는 형국인데, 이 과정에서 시인은 삶의 본래성 혹은 인간 존재의 고유성을 궁극적으로 탐색하거나, 이제는 훼손되고 사라진(사라져 가는) 삶의 소중한 덕목들을 적극적으로 복원하고자 한다.

이렇게 보면 선안영의 시세계에서 '시간 상상력'은 시인의 주제의식을 전언하기 위한 고도의 전략이자 시적 장치라고 할 것이다. 특히 이때 선안영 시의 시간 배열은 어떤 형태로든 시인의 의도가 개입되어 있다는 점에서 그 자체가 하나의 기호이고 상징인 셈이 된다. 하여 이제 우리는 이 같은 선안영 시 특유의 시작詩作 기법을 <낯선 시간의 콜라주>로 명명하기로 한다.

엔진소리 뽕짝 노래 요란한 군내버스

급커브를 돌아서자 비닐봉지가 슬몃 터져

게워낸 붕장어 떼가
환호작약 펄떡인다.

잡으려는 손 밖으로 한없이 미끄러지고
―딸년이 애를 배 이것을 멕일란디……

틀니가 덜컥 빠져서
바닥에서 웃고 있다.

악착같은 손아귀에 잡힌 꼬리 들썩이며
불콰해진 시간을 황홀하게 달려간다.

직진의 봄길 밖으로
숨 차오른 군내버스

                              ―「낯선 콜라주」 전문

　　<낯선 시간의 콜라주> 기법은 최근에 발표된 위의 시에서도 여지
없이 발휘된다. 이러한 특성을 반영하듯이 인용시의 제목은 '낯선 콜
라주'이다. 그런데 사실 이 시는 시제가 지시하는 의미와 달리 우리에
게 별로 낯설지 않다. "급커브를 돌아서"는 "숨 차오른 군내버스"의
모습과 "엔진소리 뽕짝 노래 요란한 군내 버스" 안의 소묘는 지방 중
소도시의 어느 한적한 길목에서 흔히 만날 수 있는 광경이다. 여기에
'붕장어'가 담긴 '비닐봉지'를 안고 있는 시골 아낙네의 소박한 형상이
오버랩 되면 「낯선 콜라주」가 묘사하는 풍경은 차라리 익숙하고 친밀
하기까지 하다. 더욱이 '뽕짝 노래'와도 같이 이 시에서 흘러나오는 네

박자의 정겨운 호흡률은 시의 구조는 물론 정서적 분위기에도 평안함과 안정감을 가져오고 있다.

　그런데도 왜 시인은 시제를 '낯선 콜라주'라고 했을까.

　그 하나의 실마리는 이 시에 사용된 이질적 시간의 충돌, 또는 시간의 중층적 구성에서 찾을 수 있다. 인용시에는 서로 다른 시간들이 병치되어 있다. 일상의 '불쾌해진 시간'과 임신한 '딸년'을 걱정하는 '황홀한' 모성의 시간이 그것이다. 시인은 '불쾌해진 시간'으로 표상되는 일상의 공간에 "딸년이 애를 배 이것을 멕일란디……"라는 어머니의 목소리를 '슬몃' 삽입함으로써 모성성의 시간을 작동시킨다. 이 시에서 시인은 '요란한' 일상성과 둥근 모성성의 모순 관계에서 발생하는 불일치성을 환기함으로써 현실 생활세계의 고단함을 우회적으로 드러내고 있는 것이다. 동시에 삶의 생동감이 마비된 건조한 세계를 '환호작약 펄떡'이는 충만한 모성애로 감싸 안는다.

　'불쾌해진 시간' 속을 운행하던 군내버스가, 서정적 주체의 마음이, 일순간 '황홀하게 달려' 갈 수 있었던 이유도 바로 여기에 있다.

　　　지난 밤 신발 잃고 꿈속을 헤매이면
　　　운세가 사납다는데 벗어놓은 신발처럼
　　　잎새 둘
　　　물웅덩이 가에
　　　가만 놓여 있었다.

　　　창문 틈새 기어들며 바람 종일 울던 날
　　　누군가 목을 맸다는 둥근 매듭 스카프
　　　목숨이
　　　발버둥치는
　　　그 파동에 숨 막힌 밤

꽈악 묶인 매듭을 애써서 풀어본다.
목 조이는 주름 접힌 시간들이 풀려서
꿈꾸던
다른 몸으로
만화방창 우거지게

― 「슬픈 매듭」 전문

 「슬픈 매듭」은 시상의 전개가 매끄럽다. 뿐만 아니라 우리 일상의 주변에서 길어 올린 소박한 시어들의 탄력적인 운용방식도 자못 인상적이다. 그러나 무엇보다도 「슬픈 매듭」이 우리의 관심을 환기하는 것은 시인의 숙성된 시(공)간 상상력을 바탕으로 한 탁월한 작품 구성 능력에 있다. 전3연으로 구조된 이 시에는 각각의 연마다 서로 다른 시간대가 공존한다. "신발 잃고 꿈속을 헤매이"던 '지난 밤'의 시간(1연)과 '누군가'의 "목숨이/발버둥치는/그 파동에 숨 막힌 밤"의 시간(2연), "목 조이는 주름 접힌 시간들이 풀리"는 때(3연)가 그것이다. 각각의 시간들은 다시, "벗어놓은 신발처럼/잎새 둘/물웅덩이 가에/가만 놓여 있"는 불길한 <꿈>의 공간과 "누군가 목을 맸다는" <현실>의 공간, 그 '누군가'의 몸이 "꿈꾸던 다른 몸으로 만화방창 우거지"는 또 다른 <꿈>의 공간으로 변주된다. 즉 이 시는 개별 존재의 '사나운' 운명에 대한 '지난 밤'(과거)의 예고와 암시 → '막힘'과 '묶임', '울음'과 '맺힘'으로 얼룩진 "바람 종일 울던 날"(현재)의 실존적 사건 → 생명의 '만화방창'한 '꿈'(미래)에 대한 기원과 축원으로 연결되는 시간이동과, 꿈夢 → 현실 → 꿈理想으로 이어지는 공간이동이 복합적으로 구성되어 종국에는 내용과 형식의 일치를 이끌어 내는 것이다. 과감한 상징과 비유, 도치 등의 화려한 수사적 장치를 동원하여 시상의 빠른 전개를 보여주는 이 작품이 시종일관 팽팽한 긴장력과 형식차원의 견고함을 유지할 수 있는 것은 이런 사정과 무관하지 않다. 또한 "목숨이 발버둥치는" "슬픈 매듭"의 이야기를 모티프로 한 이 시가 전반적으로 차분한 분위기를 이어가면서 구조의 안정성을 확보할 수 있었던 결정적 원인도 여기서 비롯된다.

한편, 이 시에 제시된 '누군가'의 죽음이 실제 사건인지 아닌지의 여부는 여전히 우리의 관심사가 아니다. 「슬픈 매듭」에서 우리가 새롭게 주목하고자 하는 것은 '목숨'을 대하는 시인의 태도이다. 나아가 '생명'을 향한 선안영 시의 철학적 사유의 문제이다. 가령 이 시에서 시인은 자칫 단편적일 수 있는 일상의 파편화된 '죽음'의 사건을 꿈夢—현실—꿈(동경)의 시공간을 경유하여 전우주적 사건으로 심화/확대한다. 이 과정에서 시인은 과거/현재/미래 시간을 자유롭게 넘나드는 역동적 상상력의 운동을 통해 "꽈악 묶인" 생명의 '매듭'을 순조롭게 풀어간다. 이때가 바로 「슬픈 매듭」에 숨겨진 엄청난 비밀, 곧 "둥근 매듭"에 부여된 메타포의 의미가 본격적으로 작동되는 순간이기도 하다. 이러한 시인 상상력의 행보가 우주생명의 순환체계에 대한 폭넓은 이해와 <생명시학>에 관한 철학적 사유를 항상 동반하고 있음은 물론이다. 그러기에 선안영의 「슬픈 매듭」은 "목 조이는 주름 접힌 시간들이 풀려서/꿈꾸던/다른 몸으로/만화방창 우거지"는 자연 생명의 본래적 풍경을 효과적으로 연출할 수 있었다.

분명, 선안영 시세계의 한 특성은 다양한 시간 유형을 자신의 시공간에서 충돌, 융합, 조화시키는 고유한 상상력의 구조에 있다. 그래서 그의 시에는 때때로 삶과 죽음의 시간이 동시적으로 놓여 있거나, 과거와 미래, 기억과 현재의 풍경이 중첩되며, 가끔씩은 일상의 시간이 미세하게 '현상'(「춘니」)되는 광경이 목격되기도 한다. 이를 두고 우리는 <낯선 시간의 콜라주>로 명명해왔는데, '은유의 시간', '모서리 시간', '겹의 시간'들은 이제껏 시인이 수집한 '낯선' 시간의 목록들이다. 이번에 시인은 자신만의 시간 목록에 '미망의 시간'(「대숲을 지나며」), '주름 접힌 시간'(「슬픈 매듭」) 등을 새롭게 추가하고 있다. 그리고 이 시간들에는 변함없이 상처와 소외의 흔적들이 묻어난다. 기실 상처와 부재의 시간들을 경험하며 이를 치유와 소통의 공간으로 재구성하는 시작태도는 선안영 시의 오래된 특장이다. 이런 측면에서 그의 시는, 혹은 선안영의 <낯선 시간의 콜라주>는 궁극적으로 생명의 시학, 복원의 시학이라 할 것이다.

범종소리의 무게로 살아가기

강세환의 시세계

시인의 통사(通史), 혹은 통사(痛史)

강세환 시인은 첫 시집 『월동추』(창작과비평사, 1990)에서 "겨울 언 땅에서 일어나는 월동추처럼 살고 싶다"(「월동추」)라고 차분하지만 단호한 어조로 말한 바 있다. 첫 번째 시집을 간행할 무렵, 시인은 '이 풍진 세상'(「이 풍진 세상」)에서 "이제 더 실패할 수도 없는 청춘"(「검은 눈물」)의 슬픔과 한을 담아 이처럼 진술하고 있었던 것이다. 이후 그는 두 번째 시집 『바닷가 사람들』(창작과비평사, 1994)에서 "답답한 가슴은/언제나 시인의 몫"(「香湖里」)임을 깨달으며, 다시 시간이 흐른 지금 『상계동 11월 은행나무』(시에, 2006) 앞에서 읊조린다. "삶이란 때로 잘못 들어갔던 뒷골목 같은"(「어떤 겨울나무」) 것, "문득 여기서

속된 생의 한 획을 툭 긋고 싶다"(「수평선」)라고. 지난 십여 년의 세월 동안 적지 않은 변화를 겪었음에도 불구하고, 강세환 시의 외피는 이처럼 여전히 허무와 상실과 부재와 고독으로 둘러쌓여 있다. 그로 인해 이번 시집에서도 그의 시편들에는 전반적으로 쓸쓸하고 우울한 분위기가 감지된다.

> 국회 광주 특위에서도 많은 말들이 있었지만/어머니는 말씀을 하지 않았다/증인으로 채택되지도 않았고/어머니는 어느 추모회에도 참석하지 않았다/물론 시위에도 가담한 적이 없었고/돌을 한번 들어 사람에게 던진 적도 없었다/아들 이름 석자는 비문에 새기지도 않고/어머니 가슴에 꼭꼭 새겨두었다
>
> —「침묵」 부분

> 너의 한이 떠나가는구나 저기/너의 눈물이 떠나가는구나 저기/겨울 샛강에서 이 애비의 가슴에/한점 눈물을 묻고 떠가는 너에게/이 애비는 정말 아무 할말이 없데이
>
> —「다시 샛강에서」 부분

분명, 강세환의 첫시집 『월동추』는 "현실문제에 대한 순결한 고뇌"(「후기」)를 담은 시인 내면의 고통스러운 흔적이었다. 이 시집은 '헐벗은 절망'(「이젠 아무도 기억하지 않아요」)과 "온갖 설움과 서러움"(「오월 서시」)으로 가득 찬 1980년대 한국 현대사의 일그러진 얼굴을 생생하게 부조한다. 굳이 아리스토텔레스의 『시학』 부분을 환기하지 않더라도, 강세환의 첫시집은 시(문학)가 역사보다 더 구체적이고 보편적이라는 사실을 투명하게 입증하고 있다. 이런 측면에서 『월동추』는 80년대에 의해 쓰여진, 80년대에 바쳐진, 80년대의 노래라고 할 것이다.

시집에는 국회 광주특위 청문회가 열릴 때까지 "아들이름 석자"를 "가슴에 꼭꼭 새겨" 두었던 어머니(「침묵」)와 "한점 눈물을 묻고 떠가는" 아들을 보낸 저린 가슴의 '애비'(「다시, 샛강에서」), '이승의 넋을 버리고 간 사람들'(「강을 건너리라」)이 등장한다. 아울러 시집의 곳곳에는 "진혼가 가락과 함께"(「이젠 아무도 기억하지 않아요」) 방황하는 시인의 영혼이 자주 발견된다. 시집 속의 '등장인물'들은 이 시기 시인에게 <살아남은 자>의 죄책감과 안타까움, '초라함'과 '부끄러움'을 불러오는 궁극적 동인動因으로 작용한다. "그대 젊은 가슴의 생애로/우리 곁을 떠나던 날/나는 추운 땅에 남아 혼자 손을 흔들었다/그대 산산이 부서진 이름으로/우리 곁을 흩어져 떠나던 날/나는 초라한 몸으로 남아 비틀거렸다"(「겨울꽃」)의 시구는 이 같은 시인의 심리 상태를 우회적으로 보여준다. 따라서 시인은 그들을 바라보며, 아니 그들과 함께 암울하고 참담했던 1980년대의 한국 현대사를 날 선 언어로 빼곡하게 기록한다. 결국 80년대를 배경으로 한 강세환의 시, 그가 묘사한 80년대의 통사通史는 곧 통사痛史에 다름 아니다.

이렇게 보면 표제시에서 "겨울 언 땅에서 일어나는/월동추처럼 살고싶다"는 시인의 읊조림에는 결코 조그마한 과장도 없어 보인다. "살아 있는 굴욕과 치욕"(「오월 서시」)으로 몸부림치는 시인에게 "크게 품은 한도 없이/겨울을 지나 봄이 오는/그냥 제 땅에서 봄이 되는/월동추"야말로 동경의 대상으로 인식될 수 있는 까닭이다.

  겨울 언 땅에서 일어나는/월동추처럼 살고 싶다/들녘에서 별 탈 없이 봄을 맞이하는/월동추처럼//크게 품은 한도 없이/겨울을 지나 봄이 오는/그냥 제 땅에서 봄이 되는/월동추처럼//봄이 오는 그저 평범한 봄 뜰에/끄억끄억 눈물도 없이/거침없이 솟아나는/월동추처럼//그렇게 봄이 되고/제 때

찾아 봄이 오는/겨울 땅 살아있는/월동추처럼

―「월동추」 전문

　　전 4연의 비교적 단순 구조로 쓰여진 인용시에서 시적 화자의 소망
은 단 한 문장으로 압축된다. '월동추처럼 살고 싶다'가 그것이다. 화
자는 이 시의 각 연을 통해 월동추와 같은 삶에 대한 의지를 반복적으
로 표출한다. 따라서 '월동추'가 지닌 상징적 의미는 이 시의 전언과
동궤에 놓여 있다고 할 수 있다. 시인의 설명에 따르면 "월동추는 들
녘에서 겨울눈을 맞으며 자라나 봄이 되면 제일 먼저 밥상에 오르
는", 그 흔한 봄채소이다. 그것은 "크게 품은 한도 없이" "그저 평범한
봄 뜰에"서 "그렇게 봄이 되"는 식물의 하나이다. 그렇다면 "월동추
처럼 살고 싶다"라는 시적 화자의 소망은 매우 소박하다. 또한 그것
은 일견 평범하다. 그러나 이 소박함과 평범함은 "사람 죽인 법이" 횡
횡하던 80년대 '추운 땅'의 현실을 염두에 두면, 역설적으로 시의 화
자에게 가장 간절한 소망일 수 있다. 대자연의 순리에 따라 '그저 평
범한 봄뜰에'서 자라나는 월동추의 모습이야말로, 시인에게는 최대
치의 희망사항이며 이상적 삶의 양태가 될 수 있는 것이다. 그저 평
범하게 사는 것, 소박하게 살아내는 것은 이 시기 시인이 추구하는
이상 세계이자, 그가 "마침내 가고 싶은 나라"(「마침내 가고 싶은 나
라」)였던 것이다.

　　긴급조치 9호가 내려진 골목길을 걸어/눈 한점 없는 지상의 길을 걸어/
몸을 감추며 나는 비겁하게 살았다/경월소주가 유일한 나의 안식이었으며
/통금 시간을 넘어 바람부는 거리를 지나/점점 무거워지는 침묵을 감당할
수 없었다//겨울강은 흘러가고 세상은 어둡고 겨울밤은 몹시 추웠다/한 편

의 시를 읽기엔 지겹도록 거친 바람이 불었고/나는 차라리 부끄럽게 울고
싶었다/나는 너무나 작은 짐승이었다/그땐 정말 그랬다

—「겨울강은 흘러가고」 부분

이와 같이 강세환의 초기시는 한국 현대사의 '불편한' 진실을 구체
적 경험과 사실적 묘사를 동원하여 우리에게 제시해준다. 그리고 그
것은 폭력으로 점철된 과거의 역사에 대해 사뭇 진지한 성찰의 시간
을 가져온다. 다만, 첫시집에 실려 있는 그의 몇몇 시들은 한국 현대사
에 내재한 복합적 모순까지 깊이 있게 다루지는 못하는 듯하다. 특히
상투적 비유와 익숙한 이미지로 구조된 이 시들은 대상에 대한 시적
진술의 지나친 단순성으로 인하여 긴장력의 이완이 감지된다. 어쩔
수 없이 그의 초기시는 감정의 직접적 표현과 주제 전달의 효용성을
우선시 했던 저 '80년대 문학'의 한계를 부분적으로 노정하고 있는 것
이다. 이 점은 강세환의 시가 격정의 시대를 숨 가쁘게 지나왔음을 감
안하더라도, 여전히 아쉬움으로 남아 있다.

바닷가의 사람들

두 번째 시집을 간행할 무렵, 강세환의 시는 끊임없이 바닷가를 배
회한다. 유년의 우울했던 가족사를 회상할 때는 물론 '젊은 날의 삽
화'를 소묘할 때도, 하물며 '시인 노릇'에 대한 어려움을 하소연 할 때
도 그의 시는 바닷가를 벗어나서 쓰여진 적이 없다. 오히려 이 시기
강세환의 시에 등장하는 각각의 사실적 체험들은 바닷가의 이미지와

조응할 때 더욱 생생하게 독자에게 전달된다. 이러한 시인과 바닷가의 지속적인 연관성은 "이 시집의 정신적 배경인 강원도 바닷가는 나의 문학의 지뢰밭"이며 "내 문학의 본적지다."라는 시인의 말을 염두에 두면, 그의 시는 이미 습작 시절부터 바다를 향해 열려 있었다고 할 것이다.

> 어판장은 삶의 전선이다/바다는 차라리 삶과 죽음의 상설무대다/죽음과 삶이 뒤바뀌어/바다로부터 미처 돌아오지 못한/죽은 어부가 파도 되어/한평생 남의 배만 타다 죽은/어부의 원혼이 거친 파도가 되어/밀려온다 밀려간다//명태가 나야 바닷가 사람들/줄줄이 벌어먹고 살 텐데/지겹게 오징어만 사시사철 잡힌다고/난전에서 오징어회를 썰어 파는/어부의 아내 혹은 그 미망인이/짜증스럽게 불평한다
>
> —「눈물의 바다」 부분

강세환 시인에게 바다(바닷가)는 원시적 생명력이 충만한 자연도 낭만적 이상이 가득한 동경의 세계도 더 이상 아니다. 시인에게 바다는 '삶의 전선'이며 "삶과 죽음의 상설무대다." 현실의 삶이 바닷가로 대체된 공간, 바로 이 시기 강세환의 시공간이자 시인 삶의 실존적 배경이다. 이런 이유로 시집에 실려 있는 대부분의 그의 시는 바닷가를 배경으로 할 뿐만 아니라, 삶의 많은 부분들은 바다의 이미지로 전이되어 나타난다. 그로 인해 시인이 삶이 그의 시편들에 육화되어 나타날수록 그가 그려낸 바닷가 풍경은 짙은 삶의 빛을 더해간다.

강원도 주문진의 바닷가 마을에서 태어난 시인은 시작 초기부터 불우한 유년시절의 기억들을 바다로 몰고 간다. 이 무렵 강세환 시의 바다는 유년의 암울했던 삶을 환기시켜주는 주술적 대상과도 같다. 바다는 유년의 소외된 삶에 대한 정직한 자기 응시가 가능한 공간으로

'허름한' 삶의 풍경이 조목조목 자리하고 있는 것이다. "잠수병에 걸린 늙은 아버지"와 "아픈 허리 퉁퉁 부은 다리로" "횡계 진부 장평으로/명태 오징어 가자미 팔러 가"는 어머니, "하루 종일 마루 끝에 앉아/오징어 무거리를 찢어야 하는 누님"을 소재로 한 유년기 시인의 「가족 일지」와 이후 시인 삶의 바다는 결코 풍요롭지 않다. 따라서 이 시기의 고난 했던 삶과 "젊은 날 나의 바다"(「나의 바다」)를 반영하는 그의 시에는 도처에 '슬픔'과 '아픔', '분노'의 응어리가 "부평초처럼 둥둥 떠다닌"(「船窓」)다. 그리고 그것들은 그의 시편들에서 자주, 술기 절은 '비린내'와 '어둡고 쓸쓸한' 이미지로 표출된다.

> 어판장 구석에 쭈그리고 앉아/비린내 맡으며 소주 마신다/울릉도에서 돌아온 오징어잡이 박씨와/오징어다리 씹으며/밤늦은 부둣가에서/쓸쓸하게 소주를 털어넣었다/…(중략)…/바다는 오늘도 잠들지 않는다/비린내 나는 사람들이 살아가는/어판장에서 술취한 눈으로 바다를 본다/술에 취해야 잠들 수 있는 바다/술 마셔야 잠들 수 있는 바닷가 사람들의/슬픈 생애가 이곳에 남아 있다/어둡고 쓸쓸한 어판장에서/벽에 써놓은 표어를 뒤집어 읽어본다
>
> ─「주문진 어판장에서」 부분

　시인에게 술에 절은 비린내로 진동하는 그 어둡고 쓸쓸한 바다는 '젊은 날의 바다'이며, 나아가 인생의 바다이다. 이 시기 강세환의 시가 바다라는 거대한 자연 공간을 배경으로 하면서도 나름의 시적 구체성을 유지할 수 있는 까닭은 그의 시 속에 "바닷가 사람들"의 표정이 꿈틀거리며 살아 있기 때문이다. 그 바닷가에는 "이념보다 명태를 소중히 여기던 뱃사람들"(「거진, 1968년」)과 "양미리를 구워"내는 선술집의 "못생긴 주인 여자"(「선술집」)가 살고 있다. 또한 "어판장 근

처 대폿집으로 술사러 가"는 "어부 김씨 아들"(「어부의 집, 1970년」)
과 "그곳에 닻을 내리고/바다에 인생을 맡겨놓은 사람들"(「바다 詩」)
의 삶이 어우러져 있다. 이처럼 시인에게 바다는 현실의 풍경이 구체
적으로 펼쳐지는 장소이며, 따라서 삶의 실존은 바다와 등가관계를
이룬다. 『바닷가 사람들』에는 "험한 세월을 견뎌" 온 시인의 동선과
함께 우리 삶의 모습이 소금처럼 녹아 있는 것이다.

> 허름한 영혼 밟으며/나는 바다로 간다/눅눅한 마음/무릉계곡 혹은 화진
> 포/바람 부는 바닷가 그 어디쯤에 풀어놓으리라
>
> —「그리운 바다」 부분

"눅눅한 마음"과 "허름한 영혼"으로 "한 평생 삐걱대며 살아가는 사
람들"(「겨울, 주문진」)을 찾아 바닷가로 떠난 시인. 그 사이, 시인의
바다 너머로 세월이 흐른다.

생의 갓길에 서서

끊임없이 『바닷가 사람들』의 주위를 서성이던 강세환의 시적 기제
들은 세 번째 시집 『상계동 11월 은행나무』에 이르면 다시 일상의 주
변으로 복귀한다. 12년 만에 발표한 이번 시집에서 시인은 사실적 체
험을 바탕으로 쓸쓸하고 적막한 삶의 의미를 되뇌고 있다. 여기서 한
가지 유의할 점은 삶을 대하는 시인 인식이 이전과는 다른 양상을 보
인다는 것이다. 이제까지 강세환의 시는 삶의 부정적 요소와 세상의

부박한 풍경을 집중적으로 조명해 온 측면이 없지 않다. 그러나 이번 그의 시집은 삭막한 세계의 양태들을 적극적으로 성찰하면서도, 한편으로는 삶을 대긍정하려는 시적 태도의 변화된 모습을 보여준다. 그리고 간혹 그것은 다음의 시편들처럼 사람과 세상과 삶에 대한 연민의 정, 혹은 깨달음의 정서로 나타난다.

마른 갈대처럼 바싹 마른 노인이/마당가 양지 바른 한 쪽 끝에서/허름한 나무의자를 수선하고 있었다/한참 손질하다 여기저기 들여다보는/노인의 양미간이 퍽 인간적이었다/ …(중략)… /흔들리는 생에 나는 마음이 끌렸다/살아있는 것은 조금씩 흔들리고 있었다/살아있는 것은 조금씩 떨고 있었다/선선한 바람도 알맞게 불고 있었다/가시 같은 잘 마른 갈대 같은 세월이/가다 서다 잠시 걸음 멈춘 듯하다/생의 한 쪽이 저리도 단순한 것을

―「세월」 부분

상계동 동막골 빈 골짜기에도 봄은 깊어 가는데/곡우(穀雨)날 봄비가 어깨를 툭 친다/더러 그렇게 쬐끔 비우고 살아 보라고/그렇게라도 비워야만 비워지는 거라고

―「지갑」 부분

괴롭고 외로웠던 젊은 날을 뒤적거릴/고만한 나잇값을 하고 있는가/산사자(山査子) 붉은 알맹이들이/늦가을 하늘에 빗대고 있는 늦은 오후/첫눈이라도 한바탕 거든다면/외롭고 괴로운 그 과거를 잊어도 좋으리

―「산사나무 옆에서」 전문

새 시집에서 우선적으로 눈에 띄는 것은 과거, 늙음, 낡음, 저물녘, 어스름 등 시간 개념과 관련된 하강 시어의 사용이 빈번하다는 사실이다. 가령, "늙어간다는 것은 출렁이는 수평선 같은"(「수평선」), "인

적마저 끊긴 어스름 저녁 무렵"(「미황사 저녁 무렵」), "다만 허름한 의자에 앉아/들바람 꺾어지는 들녘을 물끄러미 바라보리라"(「허름한 의자에 앉아」) 등이 여기에 해당한다. 그런데 강세환의 시에서 이 시어들은 단순히 물리적 시간의 진행만을 의미하지 않는다. 시인이 나이가 들어간다는 것, 더 나아가 세월의 흐름은 시인 스스로의 삶을 회고하고 성찰하는 계기로 작용한다. 최근 강세환의 시가 '생의 갓길에 서서'(「갓길에 서서」) 인생을 복기하는 듯한 느낌이 자주 드는 이유도 이러한 사정과 무관하지 않다. 또한 근자에 쓰여진 그의 시가 "괴롭고 외로웠던 젊은 날을 뒤적거릴/고만한 나잇값을 하고 있는가"라는 질문을 가끔씩 던지는 원인도 이런 연유에서 기인한다.

　위의 인용시편들 역시 모두 이러한 맥락에서 접근이 가능하다. "허름한 나무의자"를 수선하는 "바싹 마른 노인"의 <인간적> 작업에서 "생의 한 쪽이 저리도 단순"하다는 이치를 깨닫는다거나, 우연한 사건을 계기로 "더러 그렇게 쬐끔 비우고 살아 보라고/그렇게라도 비워야만 비워지는 거라"고 속삭이는 봄비의 목소리를 너그럽게 수용하는 행위 등이 바로 그것이다. 삶을 대하는 이 같은 태도는 현재 시인의 정서가 안정된 중심을 찾아가고 있음을 의미한다. 뿐만 아니라 이러한 시인의 정서에는 삶에 대한 무한한 긍정이 자리 잡고 있다. 이즈음의 그의 시에서 삶과의 깊이 있는 교감과 따뜻한 감성이 느껴지는 것도 여기서 비롯된 것이리라. 물론 삶을 바라보는 이 같은 시인의 성숙한 인식이 저절로 얻어진 것은 아니다. 그러기까지 시인은 "가시 같은" 과거의 <세월>을 절대적으로 필요로 했다. 『상계동 11월 은행나무』에 늙음, 낡음, 황혼 등의 시간 관련 어휘가 많이 발견되는 보다 근본적이 이유도 여기에 있다. 시간, 그것은 시인이 삶을 대하는 태도, 마음과 시, 이 모두를 바꾸어 놓은 것이다. 그리하여, 어쩌면 시인은 지금 "범종 소리처럼 무겁지도 가볍지도 않게/그만한 무게로 사는 법 문득 터득"(「백양사 보리수 아래서」)하고 있을지도 모른다.

시간의 설법과 방하착(方下着)의 시심

최준과 이명수의 시세계

시간의 설법 – 최준의 경우

　2000년대 이후, 최준 시인은 꽤 오랜 기간 동안 동남아시아의 낯선 나라에 머무르고 있었다. 1990년『문학사상』신인상 및 1995년 <중앙일보> 신춘문예 시조 당선으로 문단에 데뷔한 이래, 활발한 시작 활동을 보여주었던 시인이 갑작스럽게 낯선 땅으로 생활의 근거지를 옮겨간 이유는 자세히 알려져 있지 않다. 다만, 가족사의 급작스런 변화로 인해 불가피하게 한국을 떠나갔으며, 그곳에서도 그가 시 쓰기를 소홀히 하지 않았다는 사실이 간간이 풍문으로 전해졌을 뿐이다. 그러던 중, 몇 해 전 시인이 돌아왔다. 돌아오기가 무섭게 그는 지난 오년 여 공백기의 문학적 갈증을 단박에 해소라도 하려는 듯이 예의

왕성한 시작 활동을 재개하고 있다. 특히 근자에 그는 자신이 한때 머물렀던 남국의 풍경을 적극적으로 동반하며 만만찮은 시적 사유의 지평을 선보이고 있다.

매표소에서 머리를 잃어버렸다.
화산재 속에서 천 년을 견딘 부처들

처음 자리로 돌아와 앉아
없는 머리로, 몸통만으로 관광객들을 설법하는
무수한, 무량한 돌덩어리들

천 년 벽 속을 걸어가고 있는 코끼리에 기대 앉아
기타 치는 늙은 악사를 이해할까

바위벽에 새긴 경전을 천 년 동안 배회하고 있는 코끼리를
어떻게 길들일까

머리 없는 부처들의 목에서 태어난 검은 새들이
노을 반대쪽 하늘로 날아오른다

천 년을 노역 중인 현지인 인부들
이십 년째 사원을 복원하고 있는
영국인 전문가를 떠나고

2만 루피아 목각 코끼리
털 없는 엉덩이 쓰다듬으며 내려선 돌계단

머리를 돌려받고
매표소 지난 지 오래지 않아

부처 사라진 하늘에서
색색 사리들 쏟아지기 시작했다

—「사원 보로부두르」 전문

　이전 최준의 시는 평범한 일상의 가장 가까운 자리에서 씌어졌다. 일상의 주변을 배회하며 삶의 존재론적 의미와 가치를 질문하는 시 작 방식은 기실 최준 시의 오래된 특징이다. 일전에 그가 상재한 시집 『개』와 『나 없는 세상에 던진다』에 수록된 대부분의 작품들은 이러 한 사정을 투명하게 보여준다. 이 시집들에서 이제까지 우리가 주목 했던 점은 시적 대상에 대한 시인의 예민한 관찰력과 적확한 묘사력 이다. 그의 시는 일상의 풍경들을 예각화하며 삶의 제반 양태들을 다 양한 시적 통로를 통해서 제시하고 있었다. 이번에 발표된 최준의 시 는 타국 생활의 흔적을 고스란히 간직하고 있다. 그의 시구를 빌어 비 유적으로 말하자면, "마루 밑 풍경"을 응시하던 시인의 시선이 보다 확대된 세상으로 옮겨간 것이다. 물론 이러한 사실은 시인의 경험과 시의 상관성에 비추어 본다면 별로 크게 주목할 일도 아닐 것이다. 그 러나 최준의 경우, 시선의 이동이 곧 시적 사유의 확장과 밀접하게 연 계되고 있다는 점에서 각별한 주의를 요한다.

　위의 인용시에서 화자는 인도네시아에 위치한 오래된 사원 앞에 서 있다. 세계 최대 불교 유적지로 알려진 "보로부두르" 사원에서 화자는 "머리를 잃어버리"고 "화산재 속에서 천 년을 견딘 부처들"이 "관광객 들을 설법하는" 장면을 목격한다. 그러나 이 시에서 방문객들을 설법 하는 것은 비단 "천년을 견딘 부처들"만이 아니다. 사원의 바위벽에 새겨진 "경전"은 물론 "천 년 벽 속을 걸어가고 있는 코끼리", 하물며 "없는 머리로, 몸통만" 남은 "무수한, 무량한 돌덩어리들"마저도 심층적 차원에서, 모두가 배움과 경청의 대상으로 파악된다. 이 시에서 보로부두르 사원에 남겨진 천 년 시간의 '잔해'들 모두는 설법의 주체로 설정되어 있는 것이다.

「사원 보로부두르」에서 천 년 시간의 '잔해'들을 설법의 주체로 읽어 낼 수 있는 이유는, 그것들이 천 년의 세월에 대한 근원적 기억을 환기하고 "복원"하기 때문이다. 그리고 그 기억은 소위 현대적 일상인의 계량화되고 규율화 된 "머리"로는 재생하거나 추적할 수 없는 성질의 것이다. 도입부의 "매표소에서 머리를 잃어버렸다"는 진술과 작품 후반부의 "머리를 돌려받고/매표소 지난 지 오래지 않아/부처 사라진 하늘에서/색색 사리들 쏟아지기 시작했다"는 표현은 이러한 의미의 연장선상에서 이해된다. 결국 이 시의 서정적 주체는 보로부두르 사원의 풍경을 목도하고 그 천 년의 세월 속으로 잠행하여 시간의 설법을, 그 무량한 침묵의 말을 듣고 있는 것이다.

　　그녀가 보이지 않아 세상이 텅 비었네
　　세 달째 투숙객이 없는 호텔

　　파도 들락거리는 로비 탁자 위에
　　낯선 세상 하나 버려져 있네

　　너무 넓은 탁자는 피로해 지나온 길을
　　반짝거리고 앉은뱅이 눈높이에서
　　시간을 멈추게 하네

　　탁자의 나이테 새겨진 밀림과 바다의 배후에
　　허공이 있네 별들 떠 있네

무너지려는 모래무덤을 점프하며
바나나 숲 가로질러
102호 객실 유리창을 뚫고 달아난 애인

아, 수평선 너머로 간 게 아니었나 탁자 모서리
먼발치에 돌아서 우네 배고픈
파도소리와 그녀의 울음소리
아주 넓은 탁자를 멀미나게 하네

인도양은 갈치를 잡아 올리는 달빛

비린내가 풍길 때마다 탁자는 일렁거리고
몽유 환자처럼 혼자 잠들 수 없어
탁자 위에 엎드려 밤새 엿보고 있네

그녀에게는 없는 신기한 무늬들

듣고 있네 탁자에 새겨진
해독되지 않은 물결 음악들

  −「뽈라부아라뚜 해안의 고양이」 전문

　시간 속으로의 잠행을 통하여 근원적 기억을 환기하는 시인의 모습은 위의 시에서도 확인된다. 이 시의 화자는 한적한 해안의 호텔에 놓인 "탁자"를 바라보고 있다. 그러나 이 시에서 화자의 시선에 곧바로 포착된 것은 단지 탁자만이 아니다. "넓은 탁자"에는 "탁자의 나이테에 새겨진 밀림과 바다"가 펼쳐져 있으며, "배후"에는 "허공"과 "별들"이 떠 있다. "세 달째 투숙객이 없"어 "파도 들락거리는" 호텔 로비의 탁자 위에는 "낯선 세상 하나가 버려져" 있는 것이다. 여기서 한 가지 주의할 점은 '들락거리다', '일렁이다'의 유동적 이미지와 "밀림", "바다", "은갈치", "비린내" 등과 같은 생명의 원초적 이미지를 간직한 그 "낯선 세상"이 일상의 "시간을 멈추"는 순간에 발견된다는 것이다. 이러한 사실은 「뽈라부아라뚜 해안의 고양이」에 등장하는 "낯선 세상"(그러나 매우 친밀하고 친숙하게 느껴지는 공간)이 시간에로의 잠행을 통하여 도달할 수 있는 세계임을 알 수 있게 한다. 그리고 이는 시간의 재구를 통해 본원적 삶의 기억력을 자극하려는 시인의 의도와 무관해 보이지 않는다. 이국의 정취와 풍경을 대상으로 한 이번 최준의 신작시들이 이른바, 평면적 기행기 혹은 단순한 풍물시로 전락하지 않는 원인도 이러한 사정에서 비롯된다.

이처럼 최근 최준 시인의 시 쓰기는 시간의 문제에 적극적인 관심을 보이며 진행되고 있다. 그것이 과거의 순환적 시간이든, 미래 시간이든 혹은 현재의 순간이든지 간에, 그는 현재 다양한 시간 유형을 시적 상상력의 범주 안에서 창조하고 있는 듯하다. 그런데 사실, 어떤 측면에서 시인이란 시간을 발견하는 자들이다. 그들의 시간은 통속적인 시간 질서를 해체하고 시의 영토에서 다시금 통합 · 분할된다. 이 과정에서 그것은 가끔씩 시간의 정지를 통해 다채로운 순간의 풍경을 연출하기도 한다. 시인의 시간 혹은 시적 시간이란 이와 같이 시인들만의 방식으로 운용되는 시간이며, 동시에 그것은 그들에 의해 재편된 일상의 시간들이기도 하다. 따라서 시적 시간이란 항시 일상적 시간이 갖는 근원적 동일성이 파괴되는 순간에 동시적으로 획득된다. 결국 한 편의 시에 나타나는 시간은 어떤 형태로든 시인의 의도가 개입되어 있다는 측면에서 그 자체가 하나의 기호이고 상징일 수 있는 것이다 다시 말하지만, 이번 최준의 신작시는 주로 시간의 발견을 통해 시의 '의미'에 도달하고 있다. 앞서 언급한 「뽈라부아라뚜 해안의 고양이」, 「사원 보로부두루」 외에 인도네시아의 전통적인 악기와 그림자 인형극을 소재로 한 「반둥, 밤, 반둥」, 시상의 매끄러운 전개가 돋보이는 「9월」, 시적 대상을 예리하게 관찰하고 얻어낸 함축 시어의 유연하고 탄력적인 운용 방식이 자못 인상적인 「순다족 여자」 등의 시편들이 여기에 해당한다. 이들 작품은 시간의 일시적 정지를 통해 순간의 미학을 보여주거나, 혹은 추억(기억)의 이름으로 지난 과거의 시간을 현실에 소환하는 방식으로 각각의 시간 유형을 마련하고 있다. 이 과정에서 궁극적으로 그의 시는 현재적 삶의 기원적 의미를 견인하고 있다.

하루 두 번
도심 속 호수를 산책하는 물고기
비늘이 없다

물에 베인 발바닥, 상처가 없다

나이보다 오래 닫혀 녹슨 수문을 지나
박쥐들의 숲으로 들어갔다가
바닥 드러날까 걱정되는 수면을 바라보다가

아이의 자전거에 길을 내어주기도 한다

바퀴 없이, 지느러미도 없이

나무처럼 풀처럼 언어로 걸어가지 않는
외계 물고기의 시간

아름답다 호수가 진흙 붉게 잔뜩 흐려 있어도

수면 위를 잘도 숨 쉬는 아가미
숲 너머에서는 호수가 보이지 않는다

에어컨과 수족관의 집에 돌아와
호수를 상상하는 물고기

안약 찾아 주방을 뒤진다
마호가니 장롱 서랍 속으로 들어간다

어디다 뒀지? 잃어버린 눈알 찾을 수 없어

아침의 길을
다시 헤엄치는 저녁

　　　　　　　　　　　－「흐린 눈알 물고기－근황」 전문

　한편, "나무처럼 풀처럼 언어로 걸어가지 않는 외계 물고기의 시간"
이란 또 어떤 것일까. 「흐린 눈알 물고기」는 부제에서 암시되듯이 시
인의 '근황'을 소개한 작품이다. 따라서 이 시에 등장하는 "수면 위를
잘도 숨쉬는", "비늘" 없는 물고기의 존재는 다름 아닌 시인 자신이다.
시의 내용에 따르면, 이즈음 시인은 "하루 두 번 도심 속 호수를 산책"
한다. 이 시간 동안 그는 "바퀴 없이, 지느러미도 없이/ 나무처럼 풀처
럼 언어로 걸어가지 않는 시간"을 보내고 있다. 분명한 사실은 이 시
간을 시인은 "아름답다"라고 단언한다는 점이다. 이 대목이 무엇을 의
미하는지는 작품 속에서 명확하지 않다. 그러나 "숲 너머"의 "에어컨
과 수족관의 집"과 "호수"가 암시하는 의미의 대립 관계를 감안하면
그 뜻에 접근하는 일은 별로 어렵지 않다. 아마도 그것은 이기적 문명
의 논리에 길들여진 오늘날의 현실에 대한 반성적 성찰, 혹은 고정관

념과 편견으로 가득 찬 세계(언어)에 대한 전복적 사유와 밀접하게 연관된 것으로 해석할 수 있을 것이다. 지금 시인의 물고기는 이제껏 그가 "지나온 길"과 "지나오지 않은 길", 즉 "두 개의 길" 사이에서 "헤어치고" 있는 것이다.

> 길은 두 개//지나온 길과/지나오지 않은 길
>
> —「반둥, 밤, 반둥」 부분

방하착(方下着)의 시심으로 여는 세상
— 이명수의 경우

근자에 한 시인은 이명수의 시세계를 가리켜 '방하착方下着의 세계인 영토'라고 부른 바 있다. 집착과 탐욕으로 얼룩 진 일상의 '헛된 마음'을 내려놓고, 인생의 참된 의미를 적극적으로 탐색하는 이명수의 시 정신을 그는 이렇게 표현한 것이다. 실제로 지난 삼십여 년의 세월 동안 쓰인 이명수의 시편들은 '비움과 버림'의 마음 혹은 무착無着의 시심詩心을 견지하며 인생의 근원적인 문제를 유연하게 환기하는 양상을 보여준다. 특히 이 과정에서 시인은 '길 떠남'의 방식을 통하여 인간 삶의 보편적 주제들을 간결하고 정제된 언어로 투명하게 노래하고 있다.

'비움'과 '버림'이라는 자기부정의 논리를 통해 삶의 이치를 자각하고, 역설적으로 인생의 소중한 덕목들을 차곡차곡 채워가는 시적 경향은 사실 이명수 시의 오래 '전통'이다. 쓸쓸함과 적막감, 상실과 부재의 정서를 밑그림으로 거느린 그의 다섯 번째 시집 「울기 좋은 곳을 안다」에 삶의 고유한 온기가 어렴풋이 느껴지는 것은 바로 이러한 사정에서 기인한다. 또한 시집 전반에 "그래, 길은 어디나 낯익은데 집은 왠지 낯이 설어"(「모노드라마─숙명宿命」)라고 읊조리며 숙명처럼 길을 나서는 고독한 순례자의 모습이 자주 오버랩되는 이유도 이와 무관하지 않다. 이번 시집에서 시인은 "내 속에 달라붙은 탐진치貪瞋癡"(「방하착方下着」)의 비움과 버림, 즉 방하착과 무착의 사유야말로 이즈음 자신 시의 핵심 원리로 작용하고 있음을 분명하게 보여주고 있는 것이다. 이명수 시인이 이처럼 소유의 가치가 중시되는 자본주의 현실에서 '집을 버리고' 마음을 비우며 지속적으로 길 떠남을 감행하는 원인은 비교적 분명해 보인다. '빈집을 들고' 동시에 나를 비울 때 비로소 자아를 포함한 세계와의 진정한 소통에 도달할 것으로 기대하는 것이다. 지난번 간행한 시선집에서 시인은 이것을 두고 "하나를 위해 열을 버리"는 행위 혹은 "집을 버리면 세상이 보인다" 등의 시구로 표현한 적이 있다. 그러나 다시 강조하지만, "하나를 위해 열을 버리는" 시인의 계산법, 또는 "집을 짓되 집이 되면 집에서 떠나"는 행위란 현실의 질서 차원에서 보면 일견 무모한 행동일 수 있다. 현대 물질문명의 시각에서 바라볼 때, 이 같은 시인의 행보는 한낱 시대착오적인 무모한, 일종의 '낭만'에 불과한 것이다. 그럼에도 이명수 시인은 이 낭만의 정신을 오늘날의 삶의 신성한 가치를 환기하는 매개적 통로로 인식한다. 그의 시는 이런 종류의 사유와 정신이야말로 현실자본주의 체계에 의해 속박된 일상의 돌파구를 찾아줄 하나의 상징적 의미로 인식한 것이다. "사는 일이, 시 쓰는 일이 백수광인에게 길을 묻는 것과 무엇이 다르랴"라고 되묻던 시인의 독백에는 이러한 시인 삶의 태도가 압축적으로 제시되어 있다.

금번『울기 좋은 곳을 안다』에서도 시인은 비움과 버림의 철학을
기반으로, "몸의 기억"을 재생하며 마음의 순례를 거듭하고 있다. 이
러한 시적 순례를 두고 가끔씩 시인은 '몸 바꾸기'라고 명명하기도 한
다. 이명수 시인의 "몸 바꾸기"란 가령 이런 것이다. "차를 버리고 맨
몸으로 가기/지하철 한두 대 떠나보내고 타기/휴대폰 울려도 모른 척
하기/오늘 약속한 글을/한 며칠 미루어 두기/그래서 욕먹어도 그냥 웃
어넘기기//내가 쓴 시가/세상에서 볼품없는 글로 묻혀도/좋다고 생각
하기/그리고/글 쓸 때는 글이 되기/술 마실 때는 술이 되기"(「몸 바꾸
기」 부분) 등등. 시인 자신의 말마따나 "쉬운 것이 옳은 것이라 했던
가." 이명수 시인에게 몸 바꾸기는 이렇듯 "몸 풀고 마음 풀고/몸 가는
대로" 마음의 여유를 갖으며 살아가는 일이다. 현재 시인은 "그렇게
예민성 지배"에서 벗어나, 그 "어떤 것에도 얽매이지 않는, 두려움 없
는 삶"을 시도하는 중이다.
  한편, "뒤로 걷기"는 이명수 시인이 수행하는 시적 순례의 또 다른
이름이다. 「뒤로 걷기」라는 시제가 환기하듯이 이 시에서 화자는 "고
개 떨구어 허둥지둥 내닫던/길 지우고/그리웠던 내 등 뒤를 이제야/돌
아"본다. 거기에는 부분적으로 자책의 의미가 내포되어 있다. 물론 여
기서의 자책은 시인이 지나온 세월의 길, 시간의 길에 관한 것이다. 그
러나 이때의 자책은 단순히 삶의 회의를 불러오는 것에 그치지 않는
다. 오히려 "고개 들어/멀리 온 길 발아래 두고/뒤로 걷는다/뒤축 세워
아슴한 길 끝에/준길 두고/숨 고르며 걷는" 그 순간들은 시인으로 하
여금 본원적 삶의 존재 방식을 깨우치는 계기로 작용한다. 시간의 풍
화작용을 겪고 난 후에 얻어진 이명수의 이 시는 마치 "오래된 미래로
한 발 내려서듯" 자기 정체성 회복을 위한 기회로 설정되어 있는 것이
다. 그러기에 그것은 "일종의 자기 탐구의 시간적 제의"(유성호)의 의

미를 동반한다. 동시에 그의 시편들은 그야말로 숨고를 틈도 없이 앞만 보고 달려가는 현대인들에게 반성적 성찰을 요구하는 강한 메시지를 담고 있다.

결국 이렇게 볼 때, 이번 이명수의 시집 『울기 좋은 곳을 안다』는 몸의 기억을 들추어내고 삶의 흔적을 더듬어 나가, 거기에서 인생의 의미를 성찰하는 순례자의 여정이라고 말할 수 있을 것이다. 새 시집에서 시인은 '비움'과 '버림'의 윤리를 소유한 순례자의 마음으로, 방하착과 무착의 시심으로, 시로 여는 세상을 만들어 가고 있는 것이다.

> 먼 길 가려면 몸이 가벼워야 한다는데
> 60여 년을 나는 그렇게 살았나 봅니다
> 등에 진 배낭이야 내려놓으면 그만이지만
> 등짐보다 더 무거운 게
> 내 속에 달라붙은 탐진치貪瞋癡
> 아니겠습니까 탐, 진, 치
> 이제라도 턱, 내려놓아 버릴까요
>
> —「방하착方下着」 부분

농(弄)의 언어 혹은 위반의 진실

김미숙의 시세계

1.

　첫 시집 『피는 꽃 지는 잎이 서로 보지 못하고』(2000)에서부터 『저승 톨게이트』(2010)에 이르는 김미숙 시인의 시적 도정은 현대문명의 저급한 논리가 지배하는 일상의 현장에서 삶의 부박함과 황폐함, 인간성 상실의 상처와 그 징후들을 지속적으로 견인해 온 여정으로 규정할 수 있다. "막막한 세상바다"(「개헤엄으로 바다를 건너다」)를 개헤엄 치듯 허우적거리며 건너온 이전의 시세계가 그러하거니와, "뜨거운 소금밭 세상"으로 비유된 현실을 마치 "한 마리 등 굽은 새우가 되어" "오늘도 꽁지 바둥바둥 걸어가"(「외도에서 길을 찾다」)는 시인의 모습이 그러하다. 시력 10여 년에 이르는 김미숙의 시쓰기 작업은 얼핏 보면 사소한 일상의 풍경에 대한 단순한 소묘처럼 보이지만, 실상 그녀의 시는 이기적 문명의 도구화된 기제들에 의해 억압되고 훼손된 삶의 고유성과 본원적 생명력을 끊임없이 환기하고 있는 것이다. 특히 이 과정에서 시인은 자주 농弄의 언어를 구사하는데, 이는 궁극적으로 김미숙의 시세계를 관통하는 주제의식과 밀접하게 연관된다.

통상적으로 농弄의 언어는 진실의 언어와는 거리가 멀다. 굳이 사전을 뒤적거리지 않더라도, 농弄은 실없이 하는 우스갯소리 혹은 장난으로 하는 말 등으로 이해된다. 어떤 의미로 사용되든지 간에 농의 언어는 진실의 언어를 교란하는 지점에 위치한다. 아울러 진실을 등지고 있다는 점에서 일단 그것은 시적 언어와 무관하다. 시의 영토에는 기원적으로 진실의 언어만이 존재하기 때문이다. 하지만 농의 언어는 때때로 위반의 진실을 내포한다. 더욱이 오늘날과 같이 허구적인 권력 장치가 전방위적으로 작동하는 세계에서 그것은 더 한층 진실의 농도濃度를 더해간다. 각박한 현실일수록 농의 언어는 숨겨진 의미의 진폭을 확장하는 까닭이다. 따라서 김미숙 시인이 농의 언어를 통해 시적 재미와 웃음을 유도하고 있다는 사실은 시 읽기의 즐거움, 또는 예술의 쾌락적 기능과 같은 차원과는 거리가 멀다. 농의 언어로 구성된 김미숙의 시는 우울함으로 채색된 우리의 현실과 한바탕 정면으로 벌이는 일종의 진실 게임인 것이다. 농의 언어로 무장한 김미숙의 시에 삶의 소중한 덕목들이 덕지덕지 묻어나는 이유도 바로 이 때문이다.

김미숙 시세계의 이러한 양가적 성격, 즉 농弄과 진실의 대립적 이중구조는 그녀의 시가 보여주는 중요한 양식상의 특징이다. 특히 이 모순 구조는 그녀 시의 핵심 요소인 풍자와 해학을 유발하는데, 언어유희, 고전 시가 및 기성시의 해학적 패러디, 엉뚱하고 기발한 상상력

등 김미숙 시세계의 전용 코드와 어우러져 그녀의 시에 경쾌하고 활달한 기운을 불어넣는다. 이로 인하여 김미숙 시세계의 표층에서는 자주 웃음이 번져 나온다. 김미숙 시의 즉자적인 특성은 바로 이 같은 해학성의 테두리 안에 놓여져 있다. 그러나 김미숙의 시가 정면으로 마주하고 있는 것은 여전히 현실세계의 부조리와 타락한 인간성 회복의 문제이다. 작품의 표면에 드러나는 재미와 웃음의 요소는 이 시대의 모순성을 보다 극적으로 견인하기 위한 방법적 장치에 지나지 않는다. 따라서 김미숙의 시에 내장된 실존적 고뇌의 표정을 외면하고 농의 언어로 굴절된 슬픔의 은유를 느낄 수 없다면, 그녀의 시는 단순히 무료함이나 달래는 '그렇고 그런' 많은 시들 가운데 하나에 불과하게 된다. 능청스러운 말놀이의 감각, 질박한 육두문자의 의도적 사용, 의뭉스러우면서도 천진난만한 시적 변용, 전통서정시의 내재성과 초월성을 일탈한 가벼운 유희정신 추구 등의 시적 장치들은 각각의 작품에 침전되어 있는 세계의 비극성과 연계될 때, 비로소 김미숙 시의 온전한 이해에 도달할 수 있다. "더러워 못 살겠다 아우성치는 인간세상"(「하느님 노릇도 이젠 못해 먹겠다─저승사자 10」)에서 김미숙의 시에 나타나는 농의 언어 또는 해학적 요소들은 결과적으로 짙은 페이소스를 은폐시키는 시적 퍼포먼스, 즉 고독한 실존의 우울한 몸짓이었던 것이다.

2.

　근자에 발표된 두 권의 시집들 역시 여전히 시인 특유의 농의 언어가 동원되고 있다. 이 시집들에서 시인은 풍자와 해학의 수사적 장치를 본격적으로 가동하며 현실자본주의 세계의 위악성을 거침없이 드러낸다.

　술 한 잔 걸치고 보니 뚜벅뚜벅,/계단으로 발자국 올라오는 소리/두 잔 마시니 2층까지 다가온다//'그래, 오늘이 내 차례군'/남은 한 잔 들이켜니 문 앞에 뚝, 멈춘 발걸음/아차! 아직 유서를 못 썼는데//인터넷으로 주문을 하니 옵션 다양하다/카드 한도까지 긁으니 유통기한 사흘 늘려 주는데/2초 만에 도착한 맞춤 유서/내 방을 지나치는 발자국 소리/덕분에 오늘은 간신히 넘긴다//남은 유통 기한 감사하며 자세히 보니/날짜 훨씬 지난 딱지 위 덧붙인 가짜 유통 기한/방부제로 연명되는 내 가짜 인생//그래도 살아남은 게 어딘가/개똥밭에 굴러도 이승이 낫다는데/어차피 진짜보다 가짜가 더 판치는데

　　　　　　　　　　　　　　　　　　　　－「맞춤 유서－저승사자 2」 전문

　돈이 어딨냐고 화를 냈더니/저승에도 좋은 땅 많으니 투자나 하란다//기왕이면 하고 천당의 땅값 물었더니/웬만하면 돈 내고 천당으로 가려는 세상/거품 심해 매물 끊긴 지 오래고/앞으로는 지옥 부동산 개발되니/투자는 그쪽이 적격이라 유혹한다//조금은 비열하고 치사해도/사랑하는 사람들 어깨 슬쩍 밟고 오르면/지옥 어디쯤 알짜 땅 그린벨트 살수 있다고//사람들 지옥으로 몰리면/신흥시장 이런저런 펀드 쓸 만할 텐데/늦기 전에 나도/지옥부동산펀드나 창업해 봐야겠다

　　　　　　　　　　　　　　－「저승사자 술 고프다고 또 왔다－저승사자 4」 전문

김미숙 시인은 가끔씩 현대의 생활세계를 "야바위 세상길"(「탁발 승과 야바위꾼」)로 비유한다. 그녀가 말하는 야바위 세상이란 "멀쩡한 놈 뒤집고 돌리고 뒤통수치는" 세계이며, "어차피 진짜보다 가짜가 더 판치는" 현실이자, 자본에 대한 맹신이 정도를 넘어서 "웬만하면 돈 내고 천당으로 가려는 세상"이다. 다시 말해 그 세계는 천박한 자본의 논리가 전일적으로 횡행하는 공간이다. 그로 인해 그녀의 시에는 항상 세상을 향한 냉소와 독기가 서려 있다. 시인은 "방부제로 연명되는 내 가짜 인생"에 의혹의 눈길을 보내며 농의 언어를 통해 야유와 비판을 쏟아 내는 것이다.

농의 언어를 경유하는 이러한 작업에서 김미숙 시인이 즐겨 사용하는 시적 전략은 풍자와 해학이다. 위의 인용시편들은 이런 김미숙 시세계의 특성을 단적으로 보여준다. 먼저 「맞춤 유서」에서 화자는 생의 마지막 기록이라 할 수 있는 유서마저도 "인터넷으로 주문을" 한다. 화자에게 "2초 만에 도착한" 배송물에는 맞춤 유서와 함께 그의 "유통기한"을 "사흘 늘려" 준다는 고지서가 첨부된다. 화자의 삶은 그가 "카드 한도까지 긁은" '덕분에' "방부제로 연명"된 것이다. 그런데 이 희화화된 맞춤 유서 사건은 여기서 끝이 아니다. 화자가 "남은 유통기한 감사하며 자세히 보니" 그 남은 유통기한의 표식은 "날짜 훨씬 지난 딱지 위 덧붙인 가짜"였던 것이다. 결국 이 시는 "어차피 진짜보다 가짜가 더 판치는" 세계의 일그러진 단면을 재치 있게 형상화하고 있다. 그리고 이는 곧 현대 자본주의 소비양식의 허위성을 폭로하는 것에 다름 아니다. 이 시에서 그것은 해학과 풍자, 은유와 환유, 상징과 반어의 레토릭을 동반하며 독자에게 생생하게 전달된다. 시인은 '유서'라는 어휘가 환기하는 비장함과 인간 존재의 개인적 존엄 및 삶의 엄숙함과 경건함에 "맞춤 유서", "유통기한", "인터넷 주문", "방부제" 등의 속화된 용어를 의도적으로 대입하고 배치함으로써 결과적으로 비극적 효과를 유발한다. 작품 말미에 "그래도 살아남은 게 어딘가/개똥밭에 굴러도 이승이 낫다는데"라는 시적 화자의 독백, 즉 "살아남은" 자의 목소리에 삶의 비애감과 씁쓸함, 현대적 일상인homo quotidianus의 비굴한 표정이 빠르게 오버랩되는 것도 이런 사정에서 연원한다.

두 번째 인용한 시 「저승사자 술 고프다고 또 왔다」도 시장자본주의의 경박성과 타락한 산업사회의 심각성을 겨냥한 작품이다. 시의 화자는 지금, 저승사자와 흥정중이다. "저승에도 좋은 땅이 많으니 투자"하라거나, "기왕이면 하고 천당 땅값"을 묻거나, "거품 심해 매물 끊긴지 오래"이고 "앞으로는 지옥 부동산 개발되니/투자는 그쪽이 적격"이라는 정보 등이 화자와 저승사자 간에 오고 간 대화 내용이다. 이 시에서 화자의 관심은 온통 '돈'과 '부동산'과 '매물'과 '펀드 투자'와 '창업'에 쏠려 있다. 시의 화자는 자본의 확충과 투자의 성공을 위해서라면 "사랑하는 사람들 어깨 슬쩍 밟고 오르"는 "비열하고 치사한" 행위 따위는 전혀 문제가 되지 않는다. '천당'과 '지옥'마저도 투자의 대상으로 설정한 이 시에서 이른바 사용가치는 이미 오래전에 교환가치 체제로 대체된 까닭이다. 해학적 감각으로 구성된 이 시는 물론 터무니없는 과장과 비약으로 이루어져 있다. "지옥 부동산 펀드 창업"이라니, 어디 가당키나 한 일일 것인가. 그러나 이 시에서 시인은 엉뚱하고 기발한 상상력을 통하여 상업자본주의의 교활성을 경계하고 오늘날 돈의 노예로 전락한 현대적 일상의 삶을 예리하게 풍자한다. 인용시에서 시인이 그려낸 화자의 모습은 인간과 삶의 총체성을 해체하고 헛된 욕망을 자기 증식하는, 그리하여 자본주의 윤리의 사각지대를 살아가는 현재 우리들의 모습과 어딘지 닮아 있는 것이다.

3.

    농弄의 언어, 해학과 풍자, 엉뚱하고 기발한 상상력 등의 시적 장치를 매개하며 제반 삶의 모순성과 인간성 상실의 문제를 극명하게 제시해 온 김미숙의 시가 보여주는 또 다른 시적 기법의 하나는 패러디다. 당장 떠오르는 이 계열의 시로는, 시인이 청마문학관을 방문했을 당시 그곳의 깃발 근처에서 씌어졌을 법한 "이것은 소리 없는 아우성"(「허공—청마문학관 깃발 근처에서」), 고려 충절지사 야은 길재가 창작한 시조를 천연덕스럽게 변용한 "오백 년 장터를 필마로 돌아든다"(「하동포구 가는 길」), 텔레비전 광고카피를 재현한 "연말에는 보일러/놓아드려야겠다"(「예우」), 우리에게 잘 알려진 기성시인의 시구를 패러디 한 "함부로 '개 같은 놈'이라고 욕하지 마라/네가 언제 진실로 개가 되어 본 적 있느냐" 등등이 있다. 이들 시편에서 김미숙은 기존의 문구들을 재활용하여 나름의 창조적 효과를 획득하고 있는데, 이는 철저하게 시인의 돋보이는 언어감각과 순발력, 위트에 의지하고 있다. 다음에 인용한 시는 이와 유사한 방식으로 생산된 작품이다.

    아직도 내 토끼는/달나라 계수나무 아래 잠들어 있습니다/MP3에 블루투스
    휴대폰 마이펫에 토끼까지 키우는데//그곳 방아 찧는 옥토끼/절구에 든 것이 감자떡인지/호박떡인지 궁금하지만/이제는 달나라에/토끼가 없다는 것도 이미 알았지만//세상은 온통 디지털로 돌아가고/나는 아직 아날로그 토끼/고철도 제값을 받는데/누가 나를 사지 않을래요?//반값에도 안 된다면/창고 대방출 기념으로/용왕 탐내던 싱싱한 자존심/간까지 덤으로 얹어

드릴게요//누가, 제발 나 좀 사 주세요, 네?

—「달나라와 아날로그 토끼」 전문

그동안 한국의 전통서정시 계보에서 '달'은 기원과 재생의 객관적 상관물로 표상되어 왔다. 달의 상상력은 여성성과 모성성 혹은 재생성과 주기적 순환성을 견인하며 많은 경우, 아늑함과 편안함의 정서를 유지했다. 특히 둥근 달의 부드러운 이미지는 동화적 상상력과 결부될 때 그것이 지니는 낭만적 효과를 극대화한다. 달의 동화적 상상력이 축조한 세계는 어쩌면 우리 모두가 꿈꾸는 순진무구함의 세계, 일찍이 가스통 바슐라르가 언급한 유년시절처럼 생애 최대의 풍경일지도 모른다. 하지만 위의 시 「달나라와 아날로그 토끼」가 묘사하는 '달나라'의 현실은 애당초 우리의 기대와는 너무도 거리가 멀다. 이 시는 표면상 달의 동화적 상상력이 전적으로 주도하는 가운데 씌어졌음에도 불구하고 "창고 대방출"과 같은 자본주의 생산/소비양식의 흔적들과 균열된 세계의 괴성 및 비명(누가, 제발 나 좀 사 주세요)이 난무한다. 시인의 상상력이 빚은 「달나라와 아날로그 토끼」에는 유년시절 동화 속의 '토끼'와 '절구'와 '계수나무'와 '방아 찧기' 대신에 "MP3에 블루투스", "휴대폰 마이펫의 토끼"가 들어서 있는 것이다. 그럼에도 시의 화자는 "아직도 내 토끼는/달나라 계수나무 아래 잠들어 있습니다"라고 읊조린다. 그러나 화자의 읊조림은 "온통 디지털로 돌아가"는 세상에서 상대적으로 공허해질 수밖에 없다.

이렇듯 세계의 궁핍화 현상이 가속화되는 현실세계에서 김미숙 시인의 달은 더 이상 무한한 상상력을 잠재한 순수 서정의 정서적 대상물이 아니다. 이제 달의 동화적 상상력과 낭만적 이미지를 말하는 것은 그야말로 '먼 달나라 이야기'에 불과할지도 모른다. 이런 맥락에서

「달나라와 아날로그 토끼」가 창출한 세계의 삭막한 모습은 결코 허상이 아니다. 시인 역시도 이러한 사실을 분명하게 인식하고 있다. 달의 상상적 공간을 옹호하면서도 한편으로 달의 '몰락'을 인정해야 하는 현실, 그러기에 이 시에서 동화적 상상력을 기대하던 독자의 정서는 일순간 슬픔으로 점철된다.

> 산더미 같은 짐 나 혼자 끌란다//반짝이는 내 코가 아름답고/나를 매우 사랑하고/길이길이 기억한다 해 놓고/그 박수 소리에 속아 이 썰매/칠십 년도 넘게 끌었다/무임금에 한겨울 혹독한 노동/내 코가 빨간 것은 늙고 병들었기 때문이지만/연금은 커녕 건강보험도 없다
>
> —「루돌프의 소원」 부분

> 너희들 빠른 것 좋아하지?//호랑이 담뱃불 끄기도 전에/여우 뛰고 토끼 뛰더니/짚신 벗은 사람들 광통신 컴퓨터로 달리고/고속도로보다 빨리 뛰는 고속철/빛보다/빨리 사라지는 사람들/나를 밀치고 뛰는 놈은 더 많지/지렁이, 개구리, 올챙이, 거북이까지/나는 아직 고향 길/절반도 못 갔는데/아니 반의반도 못 갔는데//앞서 간 놈들 다시 올까 기다려도/돌아오는 놈 본 적 없으니/결국은 결승점이 저승점인걸
>
> —「달팽이의 말씀—저승사자 18」 부분

> 문득 대낮처럼 타오르는 광란의 불빛/드디어 지옥 입구! 알 수 없는 안도감이 출렁인다/한때는 아파트 불빛보다 낡은 호롱불이 다정했고/도심 네온사인보다 산골 반딧불이 더 따스했는데/이제는 아늑한 산길보다/시끄러운 사바세상이 더 마음 편한 길인 것//나는 언제부터 화려한 천당보다/좁아터진 지옥이 더 편해지게 되었을까/익숙한 지옥길이 가끔은/차창 밖에서 부표처럼 흔들린다/아주 조금씩 이승의 가로등을 밀쳐 내면서
>
> —「요즘은 지옥이 더 편하다—저승사자 16」 부분

이 시의 화자는 '루돌프'이다. 시에서 루돌프는 원래 자신의 '주제가' 내용과는 다르게 인간에 대한 불만을 토로한다. 내용인즉, 인간들이 "나를 매우 사랑하고/길이길이 기억한다 해 놓고" "칠십년도 넘게" "무임금에 한겨울 혹독한 노동"을 시킨다는 것이다. 크리스마스 캐럴 송의 한 대목을 해학적으로 패러디한 이 작품은 앞서 살펴본 김미숙 시의 양식적 특징을 고스란히 드러낸다. 그러나 이 시에 대한 우리의 관심은 형식 차원에 머무르지 않는다. 무엇보다도 이 시는 시인이 그것을 의식했든 그렇지 않든지 간에, 근대 동일성 담론의 시각중심주의와 코기토의 자아중심주의에 대한 비판의 가능성을 열어놓고 있는 것이다. 주지하듯이 데카르트의 에고 코기토ego cogito 이후 인식의 지배를 추구하는 근대체제의 한 특성은 시각을 중시한다는 데 있다. 시각중심주의 체제에서 주체의 눈(이성)은 진위판단과 존재유무를 결정짓는 최상의 척도이다. 그러나 주체자의 눈은 자기의식의 명징성을 확보하는 과정에서 시선의 고착화 현상을 야기한다. 그 결과 주체인 나I와 눈eye 사이에는 종종 오류와 강제된 동일성 담론의 폐단이 놓이게 된다. 따라서 코기토의 시각중심주의를 벗어나는 것은 어떤 측면에서 근대 동일성 담론의 한계를 극복하는 일이 된다. 이렇게 볼 때 자칫 단순해 보일 수 있는 김미숙의 이 시는 근대적 주체의 전도된 사유 방식을 벗어나고 있다는 차원에서 중층적인 의미를 부여할 수 있는 것이다. 이외에도 최근 발표된 그녀의 시가 한동안 소외의 영역으로 밀려나 있던 '하찮은' 타자들, 예들 들면 달팽이, 지렁이, 올챙이, 개구리, 거북이, 모기, 토끼, 파리, 참새, 오징어, 장미, 비둘기, 공룡, 맘모스, 악어, 카멜레온, 문어, 사막 풍뎅이 등(이것들은 상호 연관된 이미지들이다)을 작품에 적극적으로 소환하고, 그들의 시선을 통해 세계의 풍경을 바라보고 있다는 사실은 이런 각도에서 주목을 요한다. 아울러 '저승사자' 연작으로 구성된 『저승 톨게이트』라는 시집의 제목이 환기하듯이, 삶과 죽음의 이분법적 사유를 무화시키며 자신의 생애를 삶과 죽음의 연속선상에서 통합, 공유하고 있는 이즈음 시인의 시편들은 역설적으로 최근 그녀의 시의식이 어디를 향해 나가고 있는지를 분명하게 보여준다고 하겠다.

4.

김미숙은 어느덧 네 권의 시집을 상재한 시인이다. 10년이라는 오랜 세월의 흐름을 감안하더라도, 이 네 권의 시집에 나타나는 시적 진전 양상은 그간에 그녀의 시적 사유와 탐구가 간단하지 않았음을 보여준다. 특히 농의 언어를 비롯한 언어(사유)에 대한 시인의 견고한 자의식은 "살아 있어도 죽은 듯이/서로 진심을 나눌 마음은 없고/꼬리 잘린 문자메시지들만/도깨비불처럼 오가"(「귀신도 문자로 통한다」)는 우리의 현실에 비추어 볼 때 분명 하나의 작은 위안거리임에 틀림없다. 그러나 아쉽게도, 농의 언어를 밑천으로 현대적 삶과 진실 게임을 벌이고 있는 시인의 시쓰기 작업이 시종일관 프로 게이머의 냉정한 시선을 유지하고 있지는 못하는 듯하다. 가끔씩 김미숙의 시에 보이는 불필요한 문장들과 유희적 언어에 대한 과도한 집착은 그녀 시의 '의미'를 스스로 희석시키는 요인으로 작용한다. 또한 몇몇 시편들에서는 시인의 정서를 절제된 상징체계로 환원시키지 못하고 시적 사유의 자기복제 행위가 나타나는 것도 사실이다. 농의 언어는 단순한 유희의 가벼움과 경박하고 섣부른 '수다'로 전락할 때, 그것은 <위반

의 진실>을 내포한 농弄이 아닌, 시의 농膿이 될 수 있다. 이제 새로운 계기를 맞이하여 김미숙 시인은 그 자신의 말마따나 "견뎌 온 세월의 무게만큼이나/가벼워진 날개를 달고"(「나비」), 다시 "느린 걸음으로 그 길"(「자서」)을 가야 할 때이다.

제3부

거대한 포옹과 '먼 곳'의 시학

김영남과 문태준의 신작 시집

거대한 포옹 – 김영남 시집 『가을 파로호』

비유해서 말하자면, 김영남의 네 번째 시집 『가을 파로호』(문학과지성사, 2011)는 어떤 <거대한 포옹>에 관한 보고서이다. "이것은 포옹에 관한 리뷰"(「찔레꽃 향기」)이다. 여기서 포옹이라 함은 물론 단순히 주체와 대상 간의 물리적 접촉만을 의미하지 않는다. 김영남의 시세계에서 그것은 오히려 정신과 마음의 차원에서 이루어진다. 다시 말해 그의 시에서 포옹은 시인 마음의 행위이자 서정적 주체와 대상사물간의 정서적 합일 상태를 지시하는 고도의 메타포이다.

새 시집에서 김영남 시인의 시적 포옹이 가장 많이 목격되는 장소는 단연, 자연이다. 시집의 목차가 전반적으로 목련, 수련, 동자꽃, 나

팥꽃, 튤립, 능소화, 호박꽃, 라일락꽃, 할미꽃, 종달새, 오리 등 자연
사물들로 채워져 있다는 점, 바다와 호수처럼 우리에게 익숙한 자연
공간이 빈번하게 등장하는 이유도 이와 무관하지 않다. 이번 시집에
서 시인은 이들과의 정서적 교감과 소통을 만끽하며 유쾌한 포옹을
감행하고 있다.

> 익숙한 포옹 끌어와 살펴본다/익숙한 포옹은 낯선 포옹 끌어안고 둥글
> 게 숨고/그 포옹에 넌 나쁜 놈이야 하는 말로 가득 차 있고//거기한번 들어
> 가본다/안에/어제 퇴근한 사무실, 아침에 들른 아이들 방/이들이 모두 있
> 다/평소처럼 자기 일에 몰두하며/알은체해도 쳐다보지 않는다/저희들끼리
> 만 웃고 말하며 나를 외면한다/아무리 너희 팀원이야 네 아버지야 해도 소
> 용없다//여기에서 난 잠시 의식을 잃는다/어디론가 실려가 실컷 두들겨 맞
> 고 내동댕이쳐진다/눈떠보니/누가 어루만지고 있다/한계령 안개가/산 정
> 상에서부터 바위, 넝쿨, 전망대에 선 애 옆구리까지 어루만져주고 있다//안
> 개가/내 사무실 팀원이고 우리 집 아버지였다/그동안 난/누구도 제대로 덮
> 어주고 껴안아준 적 없었다//계곡 민박 개집까지 안개가 내려가고 있다
>
> —「거대한 포옹」 전문

  인용시의 '익숙한 포옹'이 구체적으로 무엇을 의미하는지는 아직
분명하지 않다. 다만 그것이 '낯선 포옹'과 조우할 때 발생하는 시적
정황의 변화를 감지한다면, 그 의미를 파악하기란 그리 어려운 일이
아니다. 아마도 그것은 삭막한 도시적 일상을 살아가는 화자의, 그야
말로 '익숙한' 행위의 일종일 것이다. '그 포옹'의 공간이 "넌 나쁜 놈
이야 하는 말로 가득 차 있고" '평소처럼' '외면'의 몸짓들로 구성되어
있다는 사실은 이를 우회적으로 입증한다. 결국 이 시에서 '익숙한 포
옹'의 행위는 고정관념과 편견으로 가득 찬 사회 문법의 영역에서 행

해지는 시인의 관습과 사고를 대변한다 할 것이다.

　이 '익숙한 포옹'이 '낯선 포옹'을 '끌어안'을 때 일어나는 두 번째 상황의 변화는 3연에서 제시된다. 시적 화자는 그 순간을 "여기에서 난 잠시 의식을 잃는다"라며 암시적으로 표현한다. 이 의식의 결절점, 즉 "어디론가 실려가 실컷 두들겨 맞고 내동댕이쳐진" 시간과 "눈떠보니 누가 어루만지고 있"는 순간이야말로 화자가 포옹의 의미를 새롭게 경험하는 지점이다. 낯설고 이질적인 시간의 중첩지대에서 비로소 화자는 포옹의 참된 의미를 깨닫는 것이다.

　이런 화자에게 포옹의 또 다른 의미를 전달하는 대상은 다름 아닌 '한계령 안개'이다. 자연이다. 화자는 "계곡 민박 개집까지" 전해지는 대자연의 숨결을 느끼면서 익숙하지는 않지만 포옹의 진정한 의미를 온몸으로 느끼는 것이다. 그렇다고 해서 이때의 포옹이 곧바로 화자에게 <거대한 포옹>으로 승인되는 것은 아니다. 화자에게 한계령의 안개와 대자연의 기운이 <거대한 포옹>으로 인식되기 위해서는 "그동안 난/누구도 제대로 덮어주고 껴안아준 적 없었다"라는 자각의 단계가 필요하다. 결국 이 시는 '익숙한 포옹'이 <거대한 포옹>으로 승화되기까지의 과정에 대한 기록이라고 할 수 있다. 그리고 김영남의 시에서 <거대한 포옹>은 이처럼 시인 마음의 차원에서 비롯된다.

　김영남의 『가을 파로호』는 사실 다소 난해한 측면이 있다. 시집에 실려 있는 적지 않은 시편들의 윤곽이 좀처럼 파악되지 않는 까닭이다. 여기에는 분명 나름의 원인이 있다. 그것은 우선 그의 시가 오형엽의 지적대로 "비유의 비약과 문맥 사이의 여백이 가지는 간극으로 인해" 시적 전언을 온전히 파악하기 어려운 점에서 기인한다. 하지만 이 말은 한동안 우리 시단을 당혹스럽게 했던 일군의 전위적인 작품들처럼, 그의 시가 해독을 아예 불가능하게 한다는 것은 아니다. 김영남의 시는 분명 모호하고 난해하다. 하지만 동시에 그의 시는 생소하면서도 투명하고, 애매하면서도 따뜻하며, 차라리 친숙하기까지 하다. 이에 대해서는 두 가지 설명이 가능하다. 하나는 김영남의 시의 오래된 특장이라고 할 수 있는 과감한 비유와 상징을 동반한 발상의 신선함이 작품 운용 방식의 노련함과 조화를 이루고 있기 때문이고, 다른 하나는 이보다 더 근본적인 원인으로, 많은 경우 그의 시는 <거대한 포옹>의 상상체계로 수렴되는 까닭이다.

언어들이 언어들에게/고개 숙이는/정중함이다

— 「수련」 부분

바다가 난동을 피우고 있다/허나 바다 난동을 보아줄 이/아무도 없고, 나뭇가지만 바람에 크게 시달리고/난동은 더 큰 난동을 불러오고/작은 난동까지 합세하고 있는 것 보니/거의 폭동 수준이다 바다가 모두 난동에 참가했다는 게 두렵다/이런 현장에서 내가 배워야 할 일은/나도 난동에 참가해보거나/아니면 난동을 너그러이 수용해 보는 것

— 「바다의 난동은 일단 수용해보자」 부분

파도에게 박수 쳐 본 사람은 동의하리라./큰 거품이란 거품이 없는 거품이 진짜 큰 거품이고/파도란 싸우지 않고 전진하는 게 진짜 큰 파도라는 것을/ 절벽과 마주 앉아 한잔 크게 나누어보지 않으면 잘 모르리라.//보라, 저기 강진만 바다를/싸우지 않고 어깨동무하고 가는 것들을/모두가 역동이요 생산성이다./쉬는 사람 없는 취업률 100% 사회다.

— 「강진만」 부분

인용시편들은 <거대한 포옹>의 변형·전이된 형태이다. 이 시들에서 보이는 자연 사물의 '정중함'과 '수용'의 너그러운 마음, '어깨동

무'로 상징되는 상생의 정신과 같은 윤리적 덕목은 앞서와 마찬가지로 시인이 추구하는 <거대한 포옹>의 전제조건들이다. 이번 시집에서 김영남은 이러한 윤리적 덕목의 대부분을 자연에서 공수하고 있다. 이 과정에서 시인은 "장미는 가르친다 윤리 선생처럼. 상징에 깃봉 세우고 나의 깡통을 두드리며 가르친다"(「덩굴장미가 피어 있는 골목」)라며 구체적인 자연사물을 직접적으로 호명하거나, 그런 자연을 "형님! 형님 하고 불러보자."(「강진만」)며 제안을 하기도 한다. 아울러 그 자신이 그토록 오랫동안 고민하며 차출해 온 메타포도 이 <거대한 포옹>을 형상화하는 데 바치고 있다.

한 가지 유의할 사실은 김영남이 자연에서 견인하는 <거대한 포옹>의 전제조건들은 우리 삶의 본래성 혹은 인간의 고유성과 정확하게 일치한다는 점이다. 생명체에 대한 배려와 예의, "욕망은 순수하고 품위가 있어야 한다."(「고천암호 가창오리 떼 가창오리 떼」)라는 인간의 당위, "어미 소 혀의 어떤 보살핌이 곡진하게 숨어 있는"(「지독舐犢」) 충만한 모성적 세계에의 희구는 우리 삶의 본질적 양태이자 기원적 형식이 아니었던가. 이렇게 보면 결국 김영남 시인이 추구하는 <거대한 포옹>이란 "심플 젠틀 모던 이런 단어들"과 "너덜너덜한 생각"(「가을 파로호」)들로 얼룩진 자본주의적 일상세계를 탈주하여, 원시적 생명력의 온기를 환기하는 상상력의 운동이자, 나아가 삶의 고유성을 온몸으로 껴안는 일에 해당한다. 김영남식으로 표현하면 그것은 곧 모든 우주적 생명체가 "싸우지 않고 어깨동무하고 가는 것"이며 "모두가 역동이요 생산성이다./쉬는 사람 없는 취업률 100% 사회"로 진입하기 위한 '거대한' 시적 퍼포먼스이다. 김영남 시인이 주장하는 <거대한 포옹>에는 이처럼 거대한 역설이 숨겨져 있는 것이다.

한편, 궁극적으로 이 같은 시인의 <거대한 포옹>의 상상력은 우리 삶의 쌀쌀한 풍경 화사하게 바꾸어 놓고, "불안을 행복으로 바꾸" (「덩굴장미가 피어 있는 골목」)는 계기로 작용할 것이다. 하여, 지금 이 순간에도 시인은 <거대한 포옹>의 마음을 이끌고 자연에 기대어 현실의 "서글픈 이야기 하나 문질러 본다"(「성에꽃」).

> 이것은 포옹에 관한 리뷰
> 쌀쌀한 풍경 화사하게 바꾸어 놓고
> 앞에서 뒤로, 뒤에서 앞으로
> 가슴과 가슴, 뺨과 뺨 맞대고
> 썰렁한 옆구리 어루만져주는
> 네 눈 감아야 할 이유이고 사연
> 그 때 그 포옹이기까지
> 난 열차 타고 따뜻한 남쪽을 더 가야 할 것이고
> 누군 동생 찾아 산골짜기 헤매고 개울을 더 건너야 할 것이다
>
> —「찔레꽃 향기」 부분

'먼 곳', 갈 수 없는 그러나 가야만 하는
— 문태준 시집『먼 곳』

문태준 시인의 다섯 번째 시집『먼 곳』(문학과지성사, 2012)은 일관되게 어떤 한 지점을 가리켜 보인다. 시인이 "내가 세계로 나아가는 혹은 세계가 나에게 와닿는 초입"이라고 부르는 그 지점은, 항상 '먼 곳'에서 '되울려오는 것'에 대한 기다림의 정서로 가득하다. 이번에 시인은 최고조에 이른 서정정신의 투명함과 균형 잡힌 언어를 동원하여

그 지대를 밀도 있게 형상화한다.

일반적으로 기다림의 정서는 어떤 형태로든 이별을 전제한다. 아울러 기다림은 자주 그리움의 감정을 동반하기 마련이다. 이때, 기다리는 대상이 부재하거나 멀리 있을수록 그리움의 농도는 짙어간다. 마찬가지로 이별의 대상에 대한 간절함의 깊이가 더해갈수록 기다리는 주체의 심리적 거리감은 상대적으로 멀어질 수밖에 없다. 마치 각박하고 폐쇄적인 유형流刑의 삶을 살아가는 오늘날의 우리에게, 오래 전의 순정한 유년시절에 대한 기억이 그 어느 때보다 애틋하게 느껴지면서도 한편으로 요원해 보이는 것처럼 말이다. 이번에 시인 펼쳐놓은 '먼 곳'의 그 아름답고 조화로운 풍경이 우리시대의 독자에게 새삼 강렬한 인상으로 다가오는 것처럼 말이다.

그렇다면 문태준의 시세계에서 '먼 곳'은 어떻게 생겨나는가. '먼 곳'의 발생론적 구조에 대하여 시 「먼 곳」은 "오늘은 이별의 말이 공중에 꽉 차 있다/나는 이별의 말을 한움큼, 한움큼, 호흡한다/ 먼 곳이 생겨난다"라는 대목을 통해 제시한다. 또 "모두가 이별을 말할 때/먼 곳은 생겨난다/헤아려 내다볼 수 없는 곳"의 부분으로 설명한다. 이 시에 의하면 '먼 곳'은 일단 나를 포함한 우리 모두가 '이별의 말'을 경험할 때 생겨난다. 동시에 이별의 사건은 '먼 곳'을 상기시키는 계기로 작용한다. 그러니까 '오늘'(현실)과의 이별의 시간은 곧 "헤아려 내다볼 수 없는" '먼 곳'이 생겨나는 순간인 것이다.

한편, 그럼에도 '먼 곳'이 구체적으로 무엇을 지시하는지는 여전히 분명하지 않다. 물론 표층적 의미 그대로 읽어낼 수도 있을 것이다. 하지만 '먼 곳'이 "나를 조금조금 밀어내며" 생겨나는 상상적 행위의 주체임을 감안하면 사정은 조금 달라진다. 더욱이 이번 시집에서 '먼 곳'과 유사의미계열의 단어들이 차지하는 상징적 차원을 환기해보면 이

시어는 고도의 은유적 상상력을 동반하며 복합적으로 이해할 필요가
있다.

> 이제는 아주 작은 바람만을 남겨 둘 것
> 흐르는 물에 징검돌을 놓고 건너올 사람을 기다릴 것
> 여름 자두를 따서 돌아오다 늦게 돌아오는 새를 기다릴 것
> 꽉 끼고 있던 깍지를 풀 것
> 너의 가는 팔목에 꽃팔찌의 시간을 채워줄 것
> 구름수레에 실려가듯 계절을 살아갈 것
> 저 풀밭의 여치에게도 눈물을 보태는 일이 없을 것
> 누구를 앞서겠다는 생각을 반절 접어둘 것

> —「오랫동안 깊이 생각함」 전문

「오랫동안 깊이 생각함」은 시집에 수록된 전체 시편들 가운데 현
재 시인의 내면세계를 가장 직설적으로 드러내고 있는 작품이다. 먼
저 이 시의 도입부에 놓인 '이제는'이라는 부사에 주목하자. '이제는'
은 전체 시행의 어느 곳에 위치시키더라도 작품의 본래적 의미를 크
게 훼손하지 않는다. 아니, 오히려 각각의 연(행)에는 '이제는'이라는
부사가 생략되어 있다고 보아도 무방하다. 따라서 이 시의 주된 내용
은 시적 화자가 <이제는> "누구를 앞서겠다는 생각을 반절 접어"두
고 작은 바람, 새, 여치, 구름 등의 모든 자연 대상들과 소통하며 '꽃팔
찌의 시간'과 순환적 질서의 흐름에 따라 살아가겠다는 것으로 정리
된다.

이러한 시적 전언은 이번 문태준의 다른 시편들에서도 어렵지 않게
발견할 수 있다. 예를 들면 "오만하고 값싸고 변덕스런" 현실의 질서
체계를 부정하고, "부디 나를 풀잎 속에 가두어주소서/벌레 속에 가두

어주소서/바위 속에 가두어주소서"라고 호소하며 자연생명체와의 교
감을 꿈꾸는 「유형」이라든지, 울고 있는 여인의 모습과 '집'과 '무덤'
의 함축시어를 매개하여 "따라갔다 돌아오고" "따라 돌고 따라 흐르"
는 인생의 참된 의미를 적시한 수작 「강을 따라갔다 돌아왔다」가 그
것이다. 또한 늙은 어머니에 대한 기억을 반추하며 더없이 푸근하고
편안한 둥근 모성성의 세계를 그려낸 「어떤 부름」과 「어머니는 찬 염
주를 돌리며」 등의 시편들이 여기에 해당한다. 여기에 새와 나무와 시
인을 '출렁출렁하는' 우주적 리듬에 편입시켜 존재의 고유성과 개방
성을 드러낸 「아침」과 진정한 '말의 보살핌'을 받는 꽃(존재)의 모습
을 그린 「꽃들」도 빼놓을 수 없다.

> 새떼가 우르르 내려앉았다
> 키가 작은 나무였다
> 열매를 쪼고 똥을 누기도 했다
> 새떼가 몇발짝 떨어진 나무에게 옮겨가자
> 나무상자로밖에 여겨지지 않던 나무가
> 누군가 들고 가는 양동이의 물처럼
> 한번 출렁했다
> 서 있던 나도 네 모서리가 한번 출렁했다
> 출렁출렁하는 한 양동이의 물
> 아직은 좋은 징조를 갖고 있다

> —「아침」 전문

  이 과정에서 한 가지 짚어두어야 할 사항은 이들 작품을 통해 우리
는 일상의 "나를 조금조금 밀어내는", 다시 말해 그동안 시인의 "영혼
이 간절히 생각하는" '먼 곳'의 시적 의미를 대략적으로나마 파악할

수 있다는 사실이다. 그리고 그것이 비정한 삶의 현실에는 부재하지만 우리 모두의 마음 깊은 곳에 봉인되어 있는 신성한 공간임을 금방 알아차릴 수 있다. 결국 문태준 시인이 상정한 '먼 곳'은 '오랫동안 깊이 생각'한 존재만이 진입하는 상상력의 지대이다. 그 곳은 '꽃팔찌의 시간'이자 생명력이 출렁이는 <아침>의 세계이다. "내가 세계로 나아가는 혹은 세계가 나에게 와닿는 초입"이다. 바로 이 지점에 시인은 '먼 곳'이라는 저 "간단하고 순한 간판"(「꽃들」)을 걸어 두었던 것이다.

먼 곳, <이제는> 갈 수 없는, 그러나 <아직은> 가야만 하는.

> 모스끄바 거리에는 꽃집이 유난이 많았다/스물네시간 꽃을 판다고 했다/꽃집마다 '꽃들'이라는 간판을 내걸고 있었다/나는 간단하고 순한 간판이 마음에 들었다/'꽃들'이라는 말의 둘레라면/세상의 어떤 꽃인들 피지 못하겠는가/그 말은 은하처럼 크고 찬찬한 말씨여서/'꽃들'이라는 이름의 꽃가게 안으로 들어섰을 때/야생의 언덕이 펼쳐지는 것을 보았다/그리고 나는 그 말의 보살핌을 보았다

> —「꽃들」 부분

'한 줄'의 시학과 시간의 축지법

장석주와 최승자의 신작 시집

'한 줄'의 시학 – 장석주 시집 『몽해항로』

　장석주의 새 시집 『몽해항로』(민음사, 2010)는 여전히 '한 줄'의 강박에 시달리고 있다. 이 말은 새삼스럽게 시가 언어의 경제학이라는 단순한 장르의 형식적 특성을 환기하는 것이 아니다. 장석주에게 시는 인생의 "우연과 필연들, 지구 위의 강목과 속, 저 우주의 변주곡들"이 한 줄로 수렴되는 공간이다. 동시에 "나와 너, 초(秒)와 분(分), 불과 재, 붉음과 푸름"(시집 「자서」)을 압축적으로 현상하는 순간이기도 하다. 그에게 시쓰기란 이처럼 '한 줄'이 상징하는 언어의 미학을 통해 "궁극의 요약을 지향"하려는 일종의 강박 행위와 같다. 일전에 시인이 "단한 줄로 요약될 수 있는 그것보다 더 위대한 시는 없다"(「표사」, 『붕붕

거리는 추억의 한 때』, 문학과지성사, 1991)라고 선언했을 때, 그 말은 결코 과장이 아니었던 것이다.

가끔씩 시인은 '한 줄'의 시를 '기적'이라는 말로 또 다시, '요약'한다. 장석주에게 시가 기적일 수 있는 이유는, 오랜 기다림의 언어로 완성시킨 이 '한 줄'에 일상의 "거울의 뒷면 같은 진실, 더 큰 진실"(「바둑시편」)이 응축되어 있기 때문이다. 시인의 상상력이 추동하는 이 '기적'에는 모든 생의 존재론적 기원과 인생의 원리, 나아가 삶에 대한 태도의 문제가 집약적으로 내장되어 있다. 이를테면, 이번 시집에서 장석주 시인이 보여주는 삶을 대하는 태도란 이런 것이다.

> 가장 좋은 일은 아직 오지 않았을 거야.
> 아마 그럴 거야.
> 아마 그럴 거야.
> 감자의 실뿌리마다
> 젖꼭지만 한 알들이 매달려 옹알이를 할 뿐
> 흙에는 물 마른자리뿐이니까.
> 생후 두 달 새끼 고래는 어미 고래와 함께
> 찬 바다를 가르며 나가고 있으니까.
> 아마 그럴 거야.
> 물 뜨러 간 어머니 돌아오시지 않고
> 나귀 타고 나간 아버지 돌아오지 않고
> 집은 텅 비어 있으니까,
> 아마 그럴 거야.
> 지금은 탁란의 계절,
> 알들은 뒤섞여 있고
> 어느 알에 뻐꾸기가 있는 줄 몰라.
> 구름이 동지나해 상공을 지나고
> 양쯔강 물들이 황해로 흘러든다.

저 복사꽃은 내일이나 모레 필 꽃보다
꽃 자태가 곱지 않다.
가장 좋은 일은 아직 오지 않았어.
좋은 것들은
늦게 오겠지, 가장 늦게 오니까
좋은 것들이겠지.
아마 그럴 거야.
아마 그럴 거야.

―「몽해항로 6―탁란」 전문

  이 시의 화자는 현재 삶의 부재와 균열의 풍경을 목격하는 지점에
서 서성인다. 인용 시에 등장하는 대상존재들은 모두가 '결핍'의 상황
을 경험하고 있는 중이다. <감자>는 물기 없는 마른 흙 속의 "젖꼭
지만 한 알"로 존재하고, 이제 겨우 생후 두 달된 <새끼 고래>는 "찬
바다를 가르며 나가"야 하며, <집>은 "돌아오지 않는" 어머니와 아
버지로 인해 텅 비어 있다. 이런 탓에 인용 시에서 흘러나오는 전반적
인 정조는 일단, 쓸쓸하고 적막하다. 동시에 어둡고 무겁다. 화자의
말마따나 "좋은 일은 아직 오지 않"은 것이다. 그럼에도 불구하고 한
편으로 이 시는 세계에 대한 변함없는 믿음과 희망으로 가득 차 있다.
뿐만 아니라 화자의 심리상태는 설렘의 연속이다. 시의 도입부에서
"가장 좋은 일은 아직 오지 않았을 거야"라는 화자의 막연하면서도
조심스러운 기대감은 작품의 후반부에 이르면 어느덧 "좋은 것들은/
늦게 오겠지, 가장 늦게 오니까/좋은 것들이겠지/아마 그럴 거야/아마
그럴 거야"라는 대목이 보여주듯이 모종의 확신으로 거듭나고 있는
것이다.
  「몽해항로 6」의 묘미는 바로 이러한 상황의 기막힌 반전, 즉 이른

바 비동일성의 동시성에 있다. 특히 이 시에서 빈번하게 사용되는 '아마'와 '아직'의 부사어들은 상실과 희망, 부재와 충만, 혹은 결핍과 기대의 정서를 부단히 중개하며 이 모든 사태의 정황을 함축적으로 지시한다. 그리고 이는 궁극적으로 시인이 세상과 생명과 사람, 이 모든 것을 <아직> 포기하지 않았음을 의미한다. 작품 말미의 "저 복사꽃은 내일이나 모레 필 꽃보다/꽃 자태가 곱지 않다."의 부분이라든지 시의 중간 중간에서 "아마 그럴 거야"를 반복적으로 되뇌는 화자의 음성에는 인간의 삶에 대한 시인의 무한한 신뢰와 사랑이 흠뻑 배어 있는 것이다. 이 점은 이번 장석주의 시가 삶을 대하는 태도이자 인생의 "거울의 뒷면 같은 진실"에 대한 '요약'이기도 하다. 인용시에서 그것은 반전과 역설의 미학원리를 통해 우리에게 생생하게 전달되고 있다.

어딘가 모르게 쓸쓸하고 우울한 세상의 흔적들을 감지하고 대면하면서, 그럼에도 종국에는 지금-여기의 삶을 긍정하려는 시인의식은 사실 장석주 시의 오래된 특징이다. 데뷔 이래 시인은 현재적 삶의 중층적 모순들을 차분하게 지적하고 노출하면서도, 그것들에 직접적으로 대응하기보다는 안타까움과 연민의 정서를 동반하며 우리 인생의 진정한 가치 요소들에 대해 지속적으로 성찰해왔다. 이러한 그의 시 쓰기 방식은 이번 『몽해항로』에서도 예외가 아니다. 상승과 하강 또는 소멸과 생성의 이미지를 '악공樂工'의 연주와 접목하여 덧없는 "인생의 전부를 탄주"하고 있는 「몽해항로 1-악공(樂工)」, 자연 생명체와의 상상적 교감을 통해 생태적 상상력과 서정적 강렬함을 시집 전체로 발산하고 있는 「겨우」, 기우뚱한 '한 줄'의 균형을 유지하며 시(시인)의 '사명'을 밀도 있게 주문하고 그려낸 「시 1」 등은 그 중에서도 단연 돋보이는 작품들이라고 하겠다.

시간의 축지법
— 최승자 시집 『쓸쓸해서 머나먼』

장석주의 시가 한 줄의 미학으로 인생의 다채로운 국면을 함축적으로 요약하고 있다면, 최승자의 시는 "시간의 축지법"을 통해 시인을 둘러싼 제반 삶의 근원적 의미들을 견인한다.

"오랫동안 내 詩밭은 황폐했었다"(「내 詩는 지금 이사 가고 있는 중」)라는 시인 자신의 오래된 고백처럼 지난 세월동안 최승자의 시는 허무와 고독, 절망과 분노의 세계를 살아왔다. 현실 자본주의의 위악적 횡포와 부조리한 세계의 질서체제에 대한 도발적인 야유와 날 선 풍자는 일찍부터 그녀의 시세계를 규정해 온 키워드였다. 과거에 시인은 이 모진 체험의 시간들을 "칠십 년대는 공포였고, 팔십 년대는 치욕이었다."(「세기말」, 『내 무덤 푸르고』, 1993)라는 시구로 압축적으로 정리한 바 있거니와, 최근에는 "한 세월이 있었다/한 사막이 있었다//그 사막 한가운데서 나 혼자였었다"(「한 세월이 있었다」)라고 나지막한 음성으로 회고한다. 물론, 이번 『쓸쓸해서 머나먼』에도 지난 세월의 상처는 남아 있다. 그러나 새 시집에서 시인은 상처의 흔적들을 전경화하여 절망과 분노의 감정으로 표출하기보다는 세계와의 거리(시간)를 일정하게 유지하며 "담담하게, 밍밍하게"(「하늘 虛 한 잔」) 쓸쓸함의 정서로 그려낸다. 가령, 다음과 같은 시들이 여기에 해당한다.

먼 세계 이 세계
삼천갑자동박삭이 살던 세계

먼 데 갔다 이리 오는 세계
짬이 나면 다시 가보는 세계
먼 세계 이 세계
삼천갑자동박삭이 살던 세계
그 세계 속에서 노자가 살았고
장자가 살았고 예수가 살았고
오늘도 비 내리고 눈 내리고
먼 세계 이 세계

(저기 기독교가 지나가고
불교가 지나가고
道家가 지나간다)

쓸쓸해서 머나먼 이야기올시다

—「쓸쓸해서 머나먼」 전문

인류를 초월해 있는
영원성으로서의 시간

순간에서 영원으로라는
말 그대로인 어떤 초시간성

그런데 여기는 내가 천만억 년 조을던 곳
그런데 여기는 내가 천만억 년 하품하던 곳

그 자리에 아직도 진달래 철쭉 만발해 있다

"이 세상 어느 곳에든지 설움이 있는 땅은 모다 왕이로소이다"

—「그런데 여기는」 전문

새 시집 『쓸쓸해서 머나먼』(문학과지성사, 2010)은 말 그대로 "쓸쓸해서 머나먼 이야기"(「쓸쓸해서 머나먼」)이다. 아울러 시집에 게재된 시편들은 대개의 경우, 시간에 의한, 시간에 대한, "시간의 詩"(「어떤 풍경」)이다.

인용 시들은 이런 시인의 시간이 축조한 세계의 형상이다. 화자에 따르면 우선 '이 세계'는 "쓸쓸해서 머나먼" 세계이다. 하지만 '이 세계'는 화자가 언제든 '짬이 나면' 가볼 수 있는 가까운 세계이기도 하다. 화자에게 '이 세계'는 멀고도 가까운 거리에 위치하고 있는 것이다. 아울러 '이 세계'는 오늘의 시간이자 과거의 시간이며 동시에 미래의 시간이다. 따라서 '이 세계'에서 화자는 '삼천갑자 동방삭'과 '노자'와 '장자'와 '예수'를 동시에 만날 수 있다. 화자는 여기서 "역사의 시간"을 초월하며 자유롭게 시(공)간을 왕복, 횡단하고 있는 것이다.

그런데, 이러한 화자의 시간 의식은 어떻게 가능할까. 최승자의 시에서 이 같은 모순적 시간성은 어떻게 유지될 수 있는 것일까. 이 물음에 대한 시인의 대답은 한결같다. "시간은 늘 괴어 있"(「시간의 잿빛 그림자」)는 까닭이다. 두 번째 인용 시에 제시된 것처럼 "여기는" "인류를 초월해 있는 영원성으로서의 시간"이다. 뿐만 아니라 "여기는" "순간에서 영원으로라는 말 그대로인 어떤 초시간성"이 작동하는 상상의 공간이다. 다시 말해 현재 시인이 거주하는 '이 세계'는 "역사라는 시간"이 무화되고, "역사라는 무겁고 후덥지근한/공간성을 떨쳐 버"(「하늘 너머」)린 초역사성의 세계인 것이다. 따라서 이제 인류의 역사와 시간은 시인의 '시간'에 의해 재편된다. 예를 들면 "시간은 국가들이었고/제도들이었고 도덕들이었"(「시간은 武力일까, 理性일까」)다고 진술하는 부분이라든지, 시간 속에서 "사회가 획,/역사가 획,/문명이 획,"(「시간이 사각사각」) 지나가는 장면을 연상하는 대목이 여기에 해당한다. 이처럼 이번에 최승자 시인은 "시간 속을 아득히 달려" "시간의 축지법 속에서 꿈을 꾸"(「시간 속을 아득히」)며 "곰삭을 대로 곰삭은 잿빛"(「표사」) 세상을 바라보고 있다.

삶을 대긍정하는 순례자의 노래

박이도와 김미승의 시집

삭개오의 노래
— 박이도 시집 『삭개오야 삭개오야』

　오래 전, 평론가 김현은 박이도 시인의 시세계에 대하여 "이 절망의 시대에 항상 긍정의 세계관으로 '고귀한 생명의 탄생'을 목도한다"라고 언급한 바 있다. 특유의 기독교적 상상력을 바탕으로, 자연과 삶의 원리에 순응하며 인생의 참된 의미를 긍정적으로 탐색하는 시인의 시세계를 그는 이렇게 표현한 것이다. 실제로 지난 반세기의 세월동안 상재된 박이도의 시편들은 일상을 여유롭게 관조하는 시작 태도를 견지하면서도, 한편으로는 신앙생활을 통해서 얻은 체험을 종교적 이미지로 노래하거나, 또는 삶을 대긍정하며 인생의 가장 본질적인 문제를 유연하게 환기하는 양상을 보여준다. 그의 시는 우리의 주변에서 흔히 발견할 수 있는 일상과 자연의 평범한 풍경들을 소재로 삼아 고독과 사랑, 생명과 구원, 절대와 순수, 자유와 초월과 같은 인간 내면의 보편적 정서를 간결하지만 맑고 따뜻한 언어로 투명하게 노래하고 있는 것이다. 이 정서들은 공히 박이도 시세계의 전반을 감싸 안는 두터운 외피이자, 그의 시정신을 구축하는 핵심 요소들로 규정된다. 이런 까닭에 이제까지 박이도의 시는 "절대 순수와 자유의 시학"(홍용희), "순수 원형의 완성"(유성호), "빛을 캐는 갱부(坑夫)"(이재복), "생명과 자유, 사랑과 구원"(김재홍)의 공간, "초월과 신성의 세계"(정한용) 등의 현란한 수사를 동반하고 있다.

이번에 발표된 박이도의 새 시집『삭개오야 삭개오야』역시 기본적으로 이러한 시적 세계의 연장선상에 놓여 있다. 그러나 '신앙 시집'이라는 부제가 환기하듯이 금번 시집에는 유난히 종교적 색채가 강렬하게 발산된다. 1959년 자유신문 신춘문예에 「音聲」과 1962년 한국일보에 「황제와 나」로 문단에 데뷔한 이후, 시력 50년의 문학과 신앙의 흔적을 간직한 이 시집은 시인 "평생의 작업 중 신앙시와 그에 가까운 작품만을 모아" 만든 '결정 본'이자 시인 영혼의 고백이며, 시적 간증인 것이다.

왜 내 키가 작은가, 나는 후회하지 않는다
나무 위에 올라 바라보면 나는 다른 사람보다 더 멀리멀리 바라볼 수도 있다.
아무도 나무 위에 올라 예수를 보려는 사람은 없었다

오직 삭개오밖에는
묵시黙示의 말을 듣지 못했다

삭개오야 삭개오야

−「삭개오야 삭개오야」 전문

이번 시집의 표제작이기도 한 위의 시는 이러한 새 시집의 성격을 분명하게 보여준다. 이 시는 성경에 등장하는 인물 '삭개오' 이야기를 모티브로 하고 있다. 성서의 기록에 따르면 <여리고성의 세리장>인 키 작은 '삭개오'는 절대자와의 만남 이후에 세속의 부정적 요소들로 점철된 자신의 삶을 진정으로 회개하고 종교적 차원의 구원을 얻게 된다. 기독교적 신과의 조우 혹은 "묵시黙示의 말"을 들으며 '삭개오'는 자기 이름의 본래적 의미인 '맑고 깨끗한' 인간 존재로 거듭나고 있는 것이다.

얼핏 보면 이 시는 우리에게 이미 잘 알려져 있는 성경 이야기를 시적으로 변용하여 차분하게 전달하고 있는 것처럼 파악된다. 그러나 그간에 박이도의 시가, 특히 이른바 그의 신앙시가 종교적인 소재주의를 경계하고 '나와 하나님의 관계에 대한 성찰'을 지속적으로 시도하고 있었음을 염두에 두면, 인용시의 심층적 의미는 성서 이야기 그 자체의 전언에만 국한되지 않는다는 것을 쉽게 간파할 수 있다. 키 작은 '삭개오'의 형상에는 절대자를 향한 시인 자신의 내밀한 마음과 종교적 구원에의 의지, 삶에 대한 겸허한 자세가 복합적으로 투영되어 있는 것이다. 이런 측면에서 접근할 때, 인용시의 전반부에 위치한 "왜 내 키가 작은가, 나는 후회하지 않는다"의 대목은 낮은 자세로 끊임없이 '묵시의 말'에 귀 기울이는 실제 시인의 모습과 무관하지 않은 것으로 이해된다. 아울러 "삭개오야 삭개오야"라고 호명하는 마지막 부분은 '삭개오'와 같이 맑고 깨끗한 존재로 거듭나고자 하는 시인의 의지이자, 일종의 자기 주문의 과정으로 읽을 수 있다.

기독교적 세계관에 크게 의존하면서도 한편으로 사실적 삶(현실)에 대한 긍정적 이해와 인간의 내면에 잠재하는 고유한 마음의 형상을 집중적으로 견인하는 시작 태도는 사실 박이도 시의 오래된 특징이다. 시인 자신의 말마따나 "종교적 시선으로 투시하되 그것을 보편적인 인간의 정서와 인식으로 형상화하는 것"이야말로 지금껏 박이도 문학세계의 중요한 미덕으로 자리 잡고 있는 것이다. 이러한 사실은 다음의 시편을 통해서 어렵지 않게 확인할 수 있다.

볏단을 한 짐 진 함박웃음
태양을 닮아가는 구릿빛 얼굴로
감사의 기도를 드리는
축복받은 흥부 아저씨

서울의 바벨탑
빌딩마다 창을 부수고
거리거리에 떼로 몰려나와
사람마다 제 얼굴로 출연하고
사람마다 제 목소리로 나발을 부는데

그중에 가라지 같은 몰골
그중에 빈 꽹과리 같은 소리
그중에 예수의 탈을 쓰고
그중에 예수의 가성假聲을 내며
희희낙락하는 무리도 있구나

그 무리 중에 언뜻언뜻
내 얼굴이 보이고 내 목소리가 들리니
아, 내가 지금 어디로 따라가고 있는가

내가 지금 무엇을 외치고 있는가

진리를 핑계 삼고, 예수의 말씀을 빌려
자기중심으로 이웃을 단죄하는 세대여
환난과 우환이 넘치는 바벨탑
서울의 바벨탑이 기울고 있네

―「서울의 바벨탑」 부분

　시와 현실의 관계를 언급하는 데 있어서 반드시 그것이 극복과 지양의 논리를 내세우며, 부조리한 현실과의 긴장된 대결구도에서 접근할 필요는 없을 것이다. 흔히 한국 근현대시사에서 현대시의 현실 대응력을 논할 때, 순수와 참여라는 대립적 구도가 무의식적으로 전제되어 왔음은 주지의 사실이다. 그러나 박이도의 시는 근본적으로 이러한 경직된 대립구도 자체를 거부한다. 시인은 냉전 이데올로기 시대의 서슬퍼런 군사독재를 경험하고 소외받는 민중의 삶이 무방비적으로 노출되던 억압적 정황 속에서도, 현실에 대한 '즉자적' 대응을 자제하며 자신만의 독특한 시적 방식으로 타개 방법을 마련해왔다. 기독교적 상상력을 바탕으로 인간 삶의 고유한 원형과 순수의 세계를 적극적으로 기억하고 탐색하는 방법 혹은 종교와 문학의 변증법적 상상력에 기초한 세계 인식이 바로 그것이다. 이러한 그의 시의 성격은 데뷔작인 「황제와 나」에서부터 부분적으로 확인할 수 있다. "우리 황제의 눈은 멀었다"로 시작되는 이 시에서 시인은 '황제', '영토', '성밖', '피로', '황토', '이슬', '햇빛' 등 상징 시어의 뚜렷한 대위를 통해 현실의 모순 정황을 예각적으로 풍자한다. 동시에 시인은 현실 세계에 대한 직접적 부정의식을 배제하고, 자신이 추구하는 본래적인 순수세계와 내재적 초월의 공간을 우회적으로 제시함으로써 시적 의미 윤곽을 선명하게 보여준다. 시적 대상인 '황제'에 대한 연민과 동정의 감정을 동반하는 이 시는 결과적으로 박이도 시세계의 한 특장인 순수의 존재론과 구원적 상상력의 확대 가능성을 일찌감치 확보하고 있었던 것이다.

현실의 부조리한 상황을 섣불리 일탈하지 않으면서도, 이를 "조금 눈을 돌리고 마음을 넓혀"(시인 대담) 순수, 인생, 자연, 종교적 영역의 큰 틀에서 풀어내는 이러한 초기시의 특성은 이후의 작품들에서도 자주 살펴볼 수 있다. 가령 위의 인용시는 그러한 예에 해당한다. 이 시에서 공간적 배경인 '서울의 바벨탑'은 점차적으로 "기울고" 있다. "진리를 핑계 삼고, 예수의 말씀을 빌려/자기중심으로 이웃을 단죄하는 세대"들로 인하여 "환난과 우환이 넘치"기 때문이다. 시인은 이러한 서울의 모습을 '바벨탑'의 신화에 비유하여 설명한다. "빌딩마다 창을 부수고/거리거리에 떼로 몰려나와" 아수라장이 되어버린 도시의 형국은 시인으로 하여금 인간의 오만한 이성과 탐욕 탓에 무너져 버린 저 오래전 바벨탑의 모습을 연상하게 하는 것이다. 여기서 환난과 우환이 넘치는 바벨탑의 의미가 구체적으로 무엇을 지시하는지는 분명하지 않다. 다만 인용시의 서두에 제시된 "태양을 닮아가는 구릿빛 얼굴로/감사의 기도를 드리는/축복받은 흥부 아저씨"와 상호 공명하지 못하는, 즉 원형적 삶의 순결성이 훼손된 세계임은 분명하다. 이 시에서 '축복'받은 세계와 건강한 삶의 지대는 이제 시인과 우리의 "이웃"들에게는 정신적 위안과 초월의 공간으로만 기억되고 있는 것이다.

흙 묻은 발 냇물에 씻어주던/어느 여름날/논배미 물에 비친 학이/제 모습에 놀라 먼 산 너머/날아가는 모습만 바라보던 나/그 모습이 오늘은 어머

니 모습되어/날아가네/끝내 귓가에 지워지지 않는/한마디 어머니의 음성/
눈감으면 떠오르는 얼굴//어머니, 나의 어머니는/'항상 마음속에 예수님을
간직하라'고/말씀하셨건만

―「어머니」 부분

그때 정적을 깨는 새소리에/화답하듯/소슬바람이 분다/먼 바다의 파도
소리로/숲 속의 나뭇잎들을 떨구고//더 숨죽여 귀를 멈추면/산과 산이 손
뼉을 치듯/노을을 향해 어둠을 합창한다//자연을 보라/자연의 소리를 들어
보라/귀로 듣는 가을, 거기 내 하느님의 음성이 숨어있음을

―「귀로 듣는 가을」 부분

그렇다고 해서 시인 마음의 여정이 항상 상실과 부재의 경험으로만
얼룩져 있는 것은 아니다. 가끔씩 시인은 "눈 감으면 떠오르는 얼굴"
어머니의 존재와 대자연의 이미지를 상기하며 여성성과 모성성, 본원
적 생명력이 부유하는 정서적 세계를 창출해 낸다. 인용시에서 감지
되듯이 박이도 시인에게 "눈 감으면 떠오르는" 어머니와 "하느님의
음성이 숨어있는" 원형적 자연의 존재는 결핍된 세계를 보상하고 상
처와 고통의 경험적 공간을 충족시키는 영혼의 구원자이자 시인 마음
의 궁극적 지향점으로 나타난다. 이번 시집에 실려 있는 「못다 한 보
답」과 「가을 기도」, 「가을의 기원」은 어머니의 존재와 자연이 지닌
상징적 의미를 동반하며 마음의 안정된 중심을 찾고 있는 시인의 모
습을 유감없이 보여주는 시편들이다.

이상에서 살펴보았듯이 박이도의 신앙 시편들에서 성과 속 또는 실
존적 주체의 세계에 대한 고민과 종교적 상상력은 상호 이반離反하지
않고 매끄럽게 조응한다. 이번 그의 시집은 기독교적 세계관에 근본
적으로 기반하고 있으면서도, 그것이 종교적 영역으로 한정되는 소극

적이고 추상적인 시의식의 세계가 아니라 사실적 삶에 대한 이해를 바탕으로 발현되고 있는 것이다. 이 점은 현재 한국 근현대시사에서 그의 시가 종교적 소재주의 차원에서 단순히 논의되지 않는 결정적인 이유이기도 하다. 이런 맥락에서 "오히려 박이도의 시는 독실한 기독교적 신앙을 모태로 하여 그가 인간과 삶에 대해 보편적인 통찰을 행한 끝에 얻어낸 산물"(「시집 해설」)이라는 지적은 매우 적확한 것으로 평가된다.

어느덧, 시력 50년 동안 더 없이 맑은 시심詩心과 신앙심을 바탕으로 '순수의 성채'를 쌓아올린 박이도 시인은 종심從心의 나이에 이르렀다. 그러나 박이도 시인의 생물학적 나이는 그가 지나온 시작詩作의 세월과는 전혀 무관해 보인다. 최근에 그가 보여준 활발한 문단 활동과 두 권의 시집 간행 작업은 이를 여실히 증명한다고 하겠다.

사막을 '희롱'하는 낙타의 노래
— 김미승 시집 『아주 오래된 약속』

김미승의 첫 시집 『아주 오래된 약속』(고요아침, 2007)은 상실과 부재, 통증과 좌절의 세월을 건너는 시인 내면의 고통스러운 기록이다. 이번 시집에서 시인은 삶의 "텁수룩한 권태와 남루 사이로"(「달력」) 특유의 역동적 상상력을 분출하여 자신을 둘러싼 세계의 적막한 상황을 예리하게 포착하고 있다. 이런 까닭에 새 시집에는 "무릎 꺾이는 굴절의 날들"(「시지프스 운전면허」)을 견디며 불모한 일상의 '사막'을 버겁게 가로 지르는 시인의 모습이 자주 발견된다. 특히 이번에 시인의 의식은 대상 사물에 깊숙이 침투하여 독특한 방식으로 표출되고 있다. 이를테면 "속 쓰린 날들, 아프다고 아프다고/삐익삑"(「고장난 환풍기」) 소리 내며 돌아가는 환풍기의 모습과 "두 발엔 전족"(「분재」)을 한 분재, "사방이 벼랑인 도마 위를/배슬배슬 기어가"는 고추 벌레의 형상 등이 그것이다. 이 시들은 한결같이 고통과 아픔, 불화와 반목 등의 낯선 단어에 무방비적으로 노출되어 있는 시인의식을 적극적으로 대변한다. 그리고 그것은 은유와 환유 및 풍자의 미학적 장치들을 통해 우리에게 효과적으로 전달된다.

> 풋고추 썰다 소스라쳐 놀란다/벌레 한 마리도 놀라 사지를 뒤튼다/함께 얼얼하다/갑작스런 사태에 방향을 잃은/벌레는 도마 위에 기죽어 있다/동그랗게 몸을 말고/곰곰 고민에 갇혀 있다/어쩌다 고추밭에 떨어져/집을 지은 곳이 고작 고추 속이라니/녀석의 삶 얼마나 홧홧거렸을까/하나 매운 맛 단단히 보았을 테니/독하기로 치면 고추보다 더한 놈일 것이다/세상의 독기에 몇 번 뒤집히고 나면/내성의 몸피도 붙는 법 제법 살집이 있다/벌레는 다시 방향을 잡으려 안간힘 쓴다/어쩐지 낯설지 않은 저 모습이/징그럽다 짠해진다, 생각해보면/나를 살게 했던 건/세상의 매운 독기였을지 모르지/그 홧홧거림으로 지은 불혹의 집,/집을 잃었으니 이젠 해방이다!/벌레는 사방이 벼랑인 도마 위를/배슬배슬 기어간다
>
> ― 「집은 아프다」 부분

인용시에서 화자는 "갑작스런 사태에 방향을 잃은" "벌레 한 마리"의 "저 모습"이 "어쩐지 낯설지 않"다. "매운 맛 단단히 보았을" "녀석"의 "기죽어 있"는 모습이 흡사 자신의 삶을 연상시키기 때문이다. 시적 화자가 "짠해지"는 '생각'이 생기는 것도 이러한 사정에서 기인한다. "세상의 독기에 몇 번 뒤집히"거나 "다시 방향을 잡으려 안간힘

쓰"는 존재는 다름 아닌 자기 자신이었던 것이다. 결국 시제가 환기하는 집의 '아픔'은 현재 화자의 심리적 초상으로 읽을 수 있다.

평범한 일상의 순간에서 삶의 다채로운 의미를 우려내는 솜씨가 돋보이는 위의 인용시는 김미승의 시가 상실과 부재 혹은 존재의 결핍과 불안을 목격하는 공간에서 배회하고 있음을 투명하게 보여준다. 거듭 강조하지만 아픔과 통증은 김미승 시의 기원이자 내력인 것이다. 여기서 한 가지 주목할 것은 우리 삶의 일그러진 모습을 생생하게 부조하는 그의 시가 절망의 현실에서도 지속적으로 희망의 의지를 내비친다는 점이다. "예측할 수 없는 세상의 온도"(「자반고등어의 노래」)를 예민하게 감지하면서도, 이를 삶의 대긍정과 희망의 정서로 전이시키는 시적 방식은 사실 이번 김미승의 주요 시편들에서 나타나는 공통적 특징이다. 이로 인해 그의 시는 삶에 대한 부정의 태도보다는 긍정적 자세, 분노의 감정보다는 희망의 정서를 자주 보여준다.

> 언제부터인가 제게 알맞은 생의 더듬이 스스로 곧추세우며 건너온 난바다. 시시로 덮쳐오던 고래와 상어떼 그리고 포획의 그물에 휘말릴 때부터였나, 살면서 가장 소중한 것은 자리를 늘 바꾸며 돌아앉던 일. 그 빈자리마다 켜로 쌓이는 쓰라린 막소금, 되레 비린 삶의 방부제로 삼았지. 이젠 다만 기억할 뿐, 몸속으로 들어앉은 바다. 살이 문드러지고 뼈가 조각나고 목이 잘린 지금은 발효의 시간. 그러나 세상은 참 많이도 푸르렀었네, 어리굴젓, 까나리 젓, 바지락젓도 서로 끄덕끄덕 제 곰삭은 향기 하나로 남은 꿈들을 수긍한다. 시장 안이 떠들썩한 향기로 북새통이다.
>
> —「황혼 무렵」 부분

이 시 역시도 김미승의 대다수 시편들에서 보이는 것처럼 삶의 고난함과 '쓰라림'을 제시하고 있다. "켜로 쌓이는 쓰라린 막소금"과 "살이 문드러지고 뼈가 조각나고 목이 잘린 지금", "발효의 시간" 등은 그 구체적 항목이다. 그러나 이 시의 화자는 삶에 대한 애틋한 감정을 바탕으로 세계에 남아 있는 "꿈들을 수긍한다." 김미승 시인이 이처럼 그의 시에 긍정과 희망의 정서를 지속적으로 표출하는 이유는 여전히 구체적이지 않다. 다만, 순정한 삶을 지향하는 시인의 마음과 일상성의 폐해로 인한 오늘날 현실의 결핍적 상황을 교차시킨다면 그 원인을 추측하는 것은 그리 어려운 일이 아니다. 아마도 그것은 "흑백의 논리"로 "요약되어지는 세상"에 대한 반성, 혹은 "참 많이 푸르렀던" 시간의 지속에 대한 시인의 열망을 우회적으로 표출한 것으로 볼 수 있다. 이러한 우리의 추론은 다음의 인용시에 나타나는 화자의 의도가 더해지면 더욱 더 나름의 설득력을 얻을 수 있다.

> 내 생은 누구의 낚시 바늘에 꿰어/이 바다를 허우적거리고 있는지/기억의 편린을 더듬고 있을 때/난해한 암호로 내게 건네지는/세상을 여는 열쇠,/날래게 꼬리지느러미 흔들며/나의 전생을 놓여난다
>
> —「세상의 열쇠」부분

이번 김미승 시인의 시편들은 대부분의 경우에 우리에게 친숙한 세계의 풍경들과 삶의 평범한 제재들을 차용하여 투명하면서도 소박한 언어로 표현하고 있다. 그러나 이 같은 시적 대상의 익숙함과 표현의 소박함이 곧바로 시적 진부함을 의미하지는 않는다. 비록 몇몇 그의 시가 부분적으로 내용 전개의 단조로움을 노출하고 있기는 하나, 그의 시는 시인의 예민한 감성과 정제된 언어를 바탕으로 오늘날 일상인들의 건조해진 정서를 자극하기에 부족함이 없어 보인다. 예를 들어 일상적 삶의 지대에서 계발한 유연한 상상력을 매개로 '봄'의 "출

렁"거리는 생명력을 감각적으로 그려낸 「빈집의 집들이」, 어머니에 대한 '기억'을 대면하면서 "저마다 제 몫 다한 저 남루는 당당하다"라고 되뇌며 인생의 의미를 성찰하는 「하루치의 희망」 등은 여기에 해당한다. 대개의 경우 이 시들은 각박하고 외로운 삶이지만 그것을 긍정적으로 수용하려는 시인의 따뜻한 마음을 통하여 자연스럽게 발현되고 있다. 이렇게 보면 김미승 시인에게 아름다운 자연의 정경과 그리운 유년시절의 추억은 단순히 낭만적 동경의 대상이 아님을 알 수 있다. 아울러 사소한 일상의 영역은 물론 삶과 죽음의 그 서늘한 경계에서(「네가 우는 소리를 들었다」, 「어떤 베스트셀러」)도 시인은 삶의 무게를 측정하고 있다.

시인이 위치한 일상 세계의 부조리하고 결핍된 현상들을 지속적으로 포착하면서도 한편으로 현실 삶의 진정한 가치와 "목쉰 희망"(「전설은 유구하다」)에 대해 변함없이 기대감을 표출하는 시작 방식은 김미승 시의 한 특징이다. 이번에 시인은 우리 곁에서 소멸되어가는 소중한 삶의 가치와 점차 멀어져가는 안타까운 대상들을 소리 없이 마음으로 보듬어 안으며 고집스럽게 자신의 시작詩作을 운용하고 있다. 이런 의미에서 그의 시쓰기는 현대 세계에서 훼손되고 잊혀져간 존재 가치들을 적극적으로 기억하고, 이를 계기로 "세상을 여는 열쇠"(「세상의 열쇠」)를 재생 · "복사"하려는 마음의 작업이라 할 것이다. 우리 시대가 상실한 것들, 우리 삶에서 결핍된 존재야말로, 역설적으로 현재 김미승 시인의 마음과 시세계 모두를 강렬하게 추동시키는 핵심 인자들인 것이다. 그러나 이 같은 그의 시적 작업은 차이를 배제하는, 이른바 동일성 담론의 왜곡된 논리가 전횡하는, 그리하여 "허구헌날 허락된 굴레 안에서만"(「네가 우는 소리를 들었다」) 맴도는 "유령의 도시"(「그 섬에 가다」)에서는 자칫 무의미한 행위로 비춰질 수 있다.

"삶의 주파수"가 "수시로 어긋"(「하루치의 희망」)나는 세상에서 "스스로 경종을 울리며/슬픔의 압력으로 생을 취사하는"(「나는 압력밥솥이로소이다」) 시인의 행위는 결코 우리시대의 규율 체계가 용납할 수 없는 사안이며, 그 자체로 현실질서의 금기이고 위반인 까닭이다. 그것이 비록 삶의 시원을 향한 간절한 열망과 인간에 대한 무한한 신뢰와 사랑을 바탕으로 하고 있을지라도 말이다. 그리움이 사무치는 "내 유년의 뒷산"(「동글바위」) 추억과, 진정한 삶의 의미를 반추하며 "아득히 시조새 한 마리 날아 오르"(「아주 오래된 약속」)는 환각의 순간을 적시하는 그의 노래들은, 획일적 사고와 통제된 정체성만을 요구하는 이 시대에는 단지 연민과 슬픔의 감정에 불과한 것이다.

> 굳은살 박인 熱沙의 시간들/긴 목 늘어 빼고/무엇을 바라보는 것일까/제 몸이 바다인 낙타는//푸르르푸르르,/코를 벌름거리며/죽음보다 진한/물 냄새의 유혹에 전율하며/희롱하며/타클라마칸을 건너간다
>
> ─「낙타는 사막을 희롱하며 간다」부분

> 잎/다/진/겨울 메타쉐콰이아 나무/날 선 펜촉으로//눈/올 듯 말 듯/우중충 언 하늘에//뜨건 문장 하나/활활/새기고 싶은//시인이여,
>
> ─「메타쉐콰이아 1」전문

그럼에도 불구하고 시인은 "굳은살 박인 熱沙의 시간들"을 감내하고, 순정했던 삶에 대한 기억의 편린을 더듬으며 "제 몸이 바다"라는 사실을 변함없이 주시한다. 그러기에 시인은 지금 이 순간에도 사막 같은 일상을 <희롱>하며, "날 선 펜촉으로" "뜨건 문장 하나/활활/새기고" 있는 것이다.

복시(複視)의 상상력과 '비움'의 시학

이명수 시집, 『백수광인에게 길을 묻다』

1.

　이명수 시인은 독특한 복시안複視眼의 소유자이다. 첫 시집 『공한
지』(심상사, 1979)에서 『흔들리는 도시에 밤이 내리고』(둥지, 1991),
『등을 돌리면 그리운 날들』(푸른숲, 1998)을 거쳐 네 번째 시집 『왕촌
일기』(문학사상사, 2002)에 이르는 그의 시는 많은 경우 대상 사물의
중층적 의미 요소들을 '실루엣'처럼 간직하고 있다. 뿐만 아니라 그의
시눈詩眼은 자주, 현실의 이면에 존재할 법한 세계의 또 다른 형상들
을 예리하게 포착해낸다. 이런 까닭에 이제까지 발표된 그의 시편들
은 본원적 세계의 고유성을 지속적으로 환기하거나, 다채로운 삶의
의미를 적극적으로 견인하는 형국을 보여준다. 가령 눈발이 흩날리는

솔밭의 숨겨진 무덤에서 시인이 "푸른 윤곽 안에 지워진 목숨의 그림자"를 감지하고 한겨울의 마른 가지들 속에서 "불끈불끈 일어서려는 힘들"(「실루엣1」)을 적시하는 장면은 적절한 예에 해당한다. 이명수의 시는 복잡다기한 세계의 행간을 겹의 시선으로 음미하고 현대의 일상인homo quotidianus들이 망각했던 존재사물의 본래적 의미를 차분하게 반추하고 있는 것이다. 얼마 전 그가 상재한 『백수광인에게 길을 묻다』는 삼십 여 년에 걸친, 이 같은 시인의 시적 여정을 축약적으로 제시한다. 이 시선집에서 시인은 오늘날 삶의 실제에 대한 탐구는 물론, 서정적 주체와 적막한 세계와의 관계를 새롭게 모색하고 있다.

복시안의 시선으로 포착한 세계는 겹층의 의미망에 둘러싸이기 마련이다. 그리고 그것은 삶과 죽음의 문제라고 해도 예외일 수 없다. 이명수의 시에서 삶과 죽음, 생성과 소멸의 의미는 겹쳐지거나 포개어진 상태로 현상된다. 하여 그의 시세계에서 삶과 죽음 사이에는 그 어떤 모순이나 대립관계도 발생하지 않는다. "삶이 죽음을, 죽음이 삶을 껴안고 이웃해 살고 있는 외딴 마을"(「실루엣2」)의 모습이야말로 시인이 바라보는 생명 세계의 풍경인 것이다. 이번 시선집의 첫머리에 놓인 「후문後門」에서 죽음과 대면하는 시인의 태도가 '무심함'으로 일관하고 있는 이유도 이러한 사정에서 기인한다.

영안실 옆/흰 풀꽃, 강아지풀들이/무심히 꽃을 피우고 있습니다.//이들을 위해 마련된/후문이 열리고/떠나는 육신을/몇 마리 새들이 지켜봅니다//바람이 불어와/흰 풀꽃을 흔들고 있습니다./흰 꽃들이 흔들리고 있는 동안/나는 뿌리를 다스리며/정문을 나섭니다//한여름을 두고/흰 풀꽃, 강아지풀들이/무심히/무심히 서 있습니다.

—「후문後門」 전문

시제가 환기하듯이 이 시의 화자에게 죽음이라는 사건은 삶의 연속, 또는 삶의 '후문'에 다름 아니다. 마치 일몰 무렵의 "사라지는 빛"이 "살아나는 어둠"(「일몰日沒」)으로 거듭나는 것처럼 화자에게 죽음은 서로 맞물린 상태로 이어진 하나의 연결 고리로 인식된다. 따라서 죽음을 바라보는 시적 화자의 표정에는 슬픔과 고독, 두려움의 감정이 전혀 묻어나지 않는다. 마찬가지로 「후문」에 등장하는 "영안실 옆"의 생명체들은 "떠나는 육신을" 지켜보면서도 "무심히/무심히 서 있"을 수 있다.

죽음이라는 엄청난 존재론적 사건을 맞이하면서도 '흔들림' 없이 자신의 "뿌리를 다스"릴 줄 아는, 나아가 생의 실재적 의미를 되새기는 이 같은 시인의 시적 통찰은 복시안의 시선과 추상적인 사유체계를 배제한 감각적 직관의 단계에서 생성된다. 그리고 그것은 비교적 소박한 언어와 균형 잡힌 이미지를 통하여 우리에게 전달된다. 일상의 영역에서 길어 올린 유연한 상상력과 섬세한 감성을 바탕으로, 삶의 투박한 질료와 우리 주변에서 흔히 볼 수 있는 친숙한 소재들을 정제된 언어와 투명한 이미지들로 일구어내는 서정 정신의 풍요로움은 이명수 시의 오래된 미덕이다. 비록 몇몇 그의 시가 내용 전개의 단조로움과 시적 진술의 단순성을 부분적으로 노출하기는 하나, 대개의 경우 그의 작품에는 서정적 강렬함과 주제의식의 진솔함이 유감없이 발산되고 있다. 그래서 이명수의 시편들은 대체로 견고하다. 매끄럽고, 단아하다.

2.

  한편 이명수의 시에는 '근원적 고독'에 시달리는 인간 문제의 윤리적 성찰이라는 주제군이 뚜렷하게 형성되어 있다. 이러한 계열의 시에서는 자아와 세계의 일체감, 혹은 자기 동일성을 상실한 시적 주체들이 빈번하게 등장한다. '귀뚜라미'는 이를 상징적으로 지시하는 정서적 상관물이다. 이명수 시의 서정적 주체들은 간혹 "귀뚜라미 울음을 빌려" 결핍된 존재의 고독한 정서를 토로한다. "울어야 할 울음을 울지 못하는/그 울음을 대신 울어주는"(「귀뚜라미 울음을 빌려 1」)의 시구와 "내 영혼의 귀뚜라미"(「귀뚜라미 울음을 빌려 2」)의 부분은 이 점을 투명하게 반영한다. 한 가지 유의할 것은 그의 시세계에서 존재 고독의 극복 방식은 자기 내부의 공간으로 침잠하는 것이 아니라 '길 떠남'의 형식을 통해 외부세계로 확장된다는 것이다. 이는 한편으로 이미 예견된 결과라고도 할 수 있다. 왜냐하면 그동안 시인에게 "살아 있다는 것은 길을 가는 것"(「자서」)으로 인식되어 왔기 때문이다. 그의 시에 유독, "집을 버리"고 '길'을 떠나는 화자의 모습이 빈번하게 발견되는 것도 이러한 배경에서이다.

     집을 버리면 길이 보인다

                                 −「바람 기행 시편−훈련소 곁을 지나며」 부분

     집을 버리면 세상이 보이고/나를 버리면 돌개바람 같은 네가 보인다

                                 −「바람 기행 시편−바람아래」 부분

아들아 목수가 되어라/땅 위의 영광/하늘의 축복을 빌려/집을 짓는 목
수,/집이 되면 떠나는 목수가 되어라

　　　　　　　　　　　　　　　　　　　　　　　－「아들에게」부분

　시인의 길 떠남은 언제나 집을 '버림'으로써만 가능하다. 집을 버리
고 동시에 나를 '비움'으로써만 세상이 보이고, 그 안의 '타자'(너)를 만
날 수 있다. 마치 "상처에서 새살이 돋아나듯이"(상처에서 새살이 돋
아나듯이」) "하나를 위해 열을 버리"고 스스로의 마음을 비울 때 새로
운 세계의 질서 체계로 진입할 수 있는 것이다. 그러나 "집을 짓되 집
이 되면 집에서 떠나"는 행위란 자칫, <현실 원칙>의 차원에서 보면
'광인'의 행동일 수 있다. 현대 물질문명의 시각에서 접근하면 "하나를
위해 열을 버리는" 행보는 한낱 시대착오적이고 불합리한 '광기'에 불
과한 것이다. 그러나 이명수 시인은 이 광기를 강요된 합리성이 전일
적으로 지배하는 오늘날 우리 사회에 공동체적 삶의 신성한 가치를 환
기하는 소중한 덕목으로 기억하고자 한다. 그의 시는 이런 종류의 '광
기'야말로 왜곡된 자본주의 문명의 폭력에 속박당한 현실의 돌파구를
찾아줄 하나의 상징적 의미로 인식하는 것이다. 이에 따라 이명수의
시세계에서 이런 '광기'에 대한 시인의 애정은 전혀 식을 줄을 모른다.
다음의 인용시는 그것에 대한 시인의 애정지수를 분명하게 보여준다.

　하나를 위해/열을 버리는 이의 몸짓은 아름답다//춤 하나로 세상을 사는
이의 삶은/아름답고도 진실하다//하나의 몸짓 속에/백의 이야기를 머금고
있는 그대/말하지 않고 보여줄 뿐/줌으로써 받고/버림으로써 얻는다//무한
시공 속에서/언제나 춤을 추고/지금도 춤을 추는,/늘 다시 시작하고/새로
태어나는/그대,/지상에서/가장 아름다운 소리를 내는/그대 악기여,

　　　　　　　　　　　　　　　　　　　　　　　－「지금도 춤을 추는 이」전문

세계에로 '떠남'의 형식을 통해 자아와 세계의 분열양상을 극복하려는 시인의 노력은 '광기'의 혼적을 탐구한 시편들에서 보다 구체적으로 형상된다. 「병신춤 한마당」이나 「대학로의 광인狂人」, 「지금도 춤을 추는 이」 등이 여기에 해당한다. 흥미로운 점은 이 시들에 등장하는 인물들 모두가 '춤'을 추고 있다는 사실이다. 이 때, 그들의 '춤'은 일상적 세계에서 벌어지는 단순한 행위가 아니라, 세속적 삶의 질서를 거부하는 무언의 몸짓으로 제시된다. "하나의 몸짓 속에/백의 이야기를 머금고", "줌으로써 받고/버림으로써 얻"음을 연출하는 그들의 춤에는 '비움'과 '버림'이라는 인생 철학, 혹은 초월적 삶의 진리가 투영되어 있는 것이다. 시인이 「지금도 춤을 추는 이」의 춤사위가 "지상에서 가장" "아름답고 진실"하다고 말하는 원인도 바로 이 때문이다. 아울러 "신神을 만나러 갔"(「대학로의 광인狂人」)다는 진술도 이러한 연장선상에서 이해가 가능하다. "무한시공 속에서/언제나 춤을 추고" "늘 다시 시작하고/새로 태어나는/그대"의 춤은 분명 '비움'과 '버림'의 정신을 매개한 탈속의 몸짓에 다름 아니다. 결국 "사는 일이, 시 쓰는 일이 '백수광인에게 길을 묻'는 것과 무엇이 다르랴"(「자서」)라는 나지막한 시인의 고백에는 이와 같은 깨달음의 마음이 동행하고 있다.

3.

'비움'과 '버림'이라는 자기 부정의 논리를 통해 삶의 의미를 자각하고, 궁극적으로 세계를 긍정하는 시인 의식의 전개 과정은 다음의 인용시들에서도 찾을 수 있다.

독거미는 독을 먹고 산다/마음 자르는 비수 하나/품고 산다/독은 일용할 양식이지/독은 독獨이야/물을 마시고 술을 마시고/독을 만들거야/아름다운 죄/아름다운 독/독을 품고 독을 먹고/한겨울 순하게 살거야

—「독毒」 전문

빈집 하나 얻어놓고 비워둔 채/철이 바뀌었다/철모르고 살았구나/빈집에 돌아와 한동안/텅 비어 살아보자/저 텅 빈 것을 잘 보라/텅 빈 방처럼 나를 비워두어야/누군가 찾아오지 않겠나

—「텅 빈 · 왕촌일기」 전문

「독毒」을 삶의 이중성과 모순성에 대한 일종의 은유로 이해할 수 있다면, 위의 시는 크게 보아 인생의 의미를 깊이 있게 성찰한 작품으로 간주할 수 있다. 이 시에서 "독은 독獨이야"라는 화자의 읊조림에는 존재의 고독감과 결핍성이 배어있다. 그러나 초기시에서 "귀뚜라미"의 울음소리를 통해 스스로를 위로해야 했던 시적 화자는 이제 '독獨'마저도 "일용할 양식"으로 삼는다. "독을 품고 독을 먹"는 것은 삶의 이중성이며 모순의 논리이지만, 여기서의 모순성은 삶의 회의를 불러오는 것이 아니라 오히려 삶의 순정한 원리를 깨우치는 계기로 작용하는 것이다. 삶을 대하는 이러한 시인의 성숙한 인식이 저절로 얻어진 것은 아니다. 그러기까지 시인은 "시에 관해, 사람에 관해, 나에 관해"(「자서」) 진지하게 고민하고 헤매어 온 30여 년의 세월을 절대적으로 필요로 했다. 중기 시세계 이후 '해묵음', '낡음', '노을' 등의 시간 관련 이미저리가 많이 발견되는 보다 근본적인 원인도 여기에 있다. 시간, 그것은 이 시인이 삶을 대하는 태도, 마음과 시 이 모두를 바꾸어 놓았다.

두 번째 인용한 「왕촌일기」 연작에서 우리는 현재 시인의 내밀한

마음의 풍경을 엿볼 수 있다. 지천명의 나이에 이르러 시인은 '왕촌초당'이라는 이름의 '집'을 한 채 마련한다. 그러나 이 '집'은 시인이 변함없이 "떠나는 연습을 하는"(「남은 것으로 산다 · 왕촌일기」) 공간이라는 점에서, "텅 빈 것만이/빛이 되고 소리가 된다"(「풍경 · 왕촌일기」)는 측면에서 길의 연장 지점에 놓인다. 왕촌은 '집'인 동시에 '길'인 것이다. 따라서 시인은 "별볼일 없는 서울을 떠나" '왕촌'에 도달해서도 그의 시적 여정을 멈추지 않으며 생의 궁극적 의미를 꼼꼼히 기록한다. 이번 시선집의 마지막에 수록된 위의 인용시는 이 같은 시인의 마음을 실제로 전달하는 것처럼 차분한 독백조로 진행하고 있다. 그럼에도 화자의 의지가 강렬해 보이는 데 시적 화자가 청자에게 단정적으로 말하는 방식을 선택했기 때문이다. 그것은 또한 현재 시인의 정서가 안정된 중심을 찾았음을 의미한다. 이러한 시인의 정서에는 분명, 삶에 대한 무한한 긍정이 자리 잡고 있다. 이즈음의 그의 시에서 삶과의 깊이 있는 교감과 따뜻한 감성이 느껴지는 것도 여기서 비롯된 것이리라.

접목(接木)의 상상력과 이순(耳順)의 세계

박만진 시집,『접목(接木)을 생각하며』

이순(耳順)의 세계

박만진 시인의 새 시집『접목(接木)을 생각하며』(고요아침)를 읽는
내내 <이순(耳順)>이라는 단어를 떠올렸다. 비단, 시인의 '지긋한' 생
물학적 나이 때문만은 아니다. 이번 시집에는 세상을 향해 마음의 귀
를 열고 스스로 삶의 원리를 터득해하는 시인의 모습이 자주 발견된
다. 뿐만 아니라 자연 생명의 본원적 목소리에 귀를 기울이며 그 자신,
넉넉한 자연의 일부가 되어가는 시편들을 어렵지 않게 찾을 수 있다.
시집의 전반에 걸쳐 귀耳의 신체적 이미지와 청각 심상의 활용이 유난
히 도드라져 보이는 것도 이러한 사정에서 기인한다. 이즈음 그의 시
는 자연의 질서에 따라 세계를 이해하고 더 나아가 삶의 이치를 대긍

정하는, 이른바 이순耳順의 세계를 구축하고 있다.

이런 까닭에서인지 이번 박만진의 시는 일단, 서정시의 본래적 역할에 충실하다. 즉 이번에 그의 시적 상상력은 서정적 주체와 시적 대상물 사이의 무한한 소통 가능성을 여지없이 개방한다. 가령 "지팡이 도장을/꿍, 꿍, 찍으며/정상에 오르니/바위도 여기저기,/모두 귀를 여는구나"(「팔봉산」)의 대목이라든지, "솥 적다 솥 적다 소쩍새/울음소리에 덩달아 눈물, 우수수/낙엽 지는 바람 소리에 눈물,/큰 눈 내려 뒷산 기슭/잔가지 부서지는 소리에 눈물, 눈물......"(「간월암에서」)의 부분들은 그 한 예에 해당한다. 이 시들은 모두 "석유 먹은 듯"(「석유 먹은 듯」) 비틀거리는 세상에서 멀찌감치 비껴선 화자와 자연물의 동화 assimilation 상태를 보여준다. 시인은 "지금 알몸 이대로/길을 나서"(「날씨, 맑음」) 자연 사물에 말을 건네며 세계와 적극적으로 교감하며 소통하고 있는 것이다.

순정한 마음의 시평선(詩平線)

일상의 삶을 자연이라는 광범위한 세계와 결부시켜 구체적으로 이해하는 단계의 시쓰기란 고도의 훈련과 달관 없이는 이루어지기 힘든 작업이다. 분명, 근자에 자연을 대상으로 한 많은 시편들은 자연 상실의 불안감을 단순히 자연 예찬이라는 고전적 방법으로 왜곡되게 표출한다든지, 또는 인간의 자연 지배를 정당화하는 논리의 연장선상에서 자연 생명체를 <배려>하는 시적 경향을 노출하고 있다. 그러나 박만진 시의 경우에는 자연에 의탁하면서도 현실의 삶을 적시하고 있다는 점에서 기존의 시들과 엄격하게 구분된다. 자연과의 상상적 교감을 통한 그의 시는 삶의 원리를 이해하고 이순의 세계를 확보하기 위한 방법적 선택인 것이다. "짐짓 산들을 둘러보"며 "시중 이치를 깨닫"고 <개심>의 의미를 되뇌는 다음의 인용 시는 이 같은 박만진 시의 한 수준을 가늠하게 한다.

> 하늘이 열리고
> 덩두렷이 해 떠오를 때에
> 상왕산 품속에
> 개심사가 있노라
> 까깍거리는
> 까치들의 얘기,
> 귀동냥에
> 안개가 자욱하고
>
> 짐짓 산들을 둘러보아
> 오늘 문득 깨우침이듯
> 산의 높고 낮음이
> 사람들의 지위와 같다는
> 생각의 멀미에
> 출렁거리는 데
> 높은 산보다
> 낮은 산이
> 금새가 높다고 하는
> 시중 이치를
> 깨닫게 하고서는
> 뻐꾸기 울음소리
> 뚝 그치고

꿩, 꿩, 날아가고

－「개심사」 부분

　박만진 시인이 "예순을 바라보는 나이에" 자연과 밀착하여 자신만
의 이순의 세계를 구축해가는 이유는 비교적 자명해 보인다. 아마도
그것은 자연 생명력의 본성에 대한 그의 변함없는 신뢰감과 무관하지
않을 것이다. 박만진 시인에게 자연은 여전히 현대인들의 안식처이자
시인들의 영원한 고향이다. 90년대 이후, 우리 사회에 활발하게 제기
된 생태계의 위기에 대한 담론들도 최소한 그의 시에서만큼은 효율적
으로 소용되지 않는다. 오히려 그의 시는 자연의 전통적인 이미지를
적극적으로 환기하고 재활용함으로써, 자연을 충만감으로 가득 찬 장
소 혹은 절대 순수의 공간으로 꾸준하게 그려낸다. 이로 인해 자연을
매개하는 그의 시편들은 대부분 자연 상태에서 발원하고 자연으로 회
귀하는 양상을 보여준다.

　박만진의 시가 이처럼 <시중의 이치> 혹은 문명의 범박한 논리가
전일적으로 지배하는, 그리하여 "삶이 나를 속이고 또 속이는" 오늘
날의 상황에서 자연의 본래적 이미지를 지속적으로 고집하며 확대
재생산하는 데에는 그만한 이유가 있다. 자연의 본원적 의미에 대한
철저한 기억과 "깨우침"이야말로 부질없는 욕심과 헛된 욕망에 길들
여진 "말귀 어둔" 현대인들에게 때로는 "귀뚫이"(「귀뚫이 귀뚜리」)
로, 또 가끔씩은 삶의 "비결"과 "귀띔"으로 기능할 것으로 그는 판단
하는 것이다. 이 점은 이제껏 그의 시가 자연을 배경으로 시심을 풀어
놓는 궁극적인 이유이기도 한데, "부춘산 옥천암 옹달샘을 보아/지질
컹이 가난한 시인은/그 비결에 있어/귀띔이라도 듣고 싶으이"(「욕심,
자네는」)라는 낮지만 간절한 시인의 고백 역시 이러한 맥락에서 이해

할 수 있다. 현재 박만진 시인에게 자연은 삶의 "어긋난 상처"(「어긋난 상처」)를 반추하는 인생의 <거울>과도 같은 존재로 인식된다. 아울러 박만진 시의 자연에는 "가슴이 울울하여" "거울 속에서/우는 사내"(「우는 사내」)의 내면이 각인되어 있다. 그래서 그의 시는 지금 이 순간에도 자연을 바라보며 자연 생명체들과 함께 울고, 웃으며 호흡한다. 거기서 시인은 풋풋한 언어와 감각적인 이미지를 동원하여 대자연의 기운氣運과 삶의 의미를 가슴 벅차게 노래하고 있다.

> 덩두렷한 달에 빛이 넘쳐
> 세상이 온통 밝구나
> 오늘따라 달밤 달빛이
> 왜 이리도 아까운가
> 예순을 바라보는 나이에
> 예닐곱 살 아이 되어
> 이승의 아버지 어머니
> 그리움에 젖는구나
> 그림자 같은 풀숲에 귀 주자
> 쓰르르 쓰르르 쓸, 쓸,
> 너희가 그러하니
> 나 또한 쓸쓸하구나

—「풀벌레 소리」 전문

한편, 자연의 질서 속에 스스로를 편입시키고 이 과정에서 자연 생명체의 고유한 특성을 예민하게 포착하여 이를 일상의 쓸쓸함과 외로움 등의 분위기로 전이시키는 시적 경향은 이번 박만진의 주요 시편들에 나타나는 공통적 특징이다. 이로 인해 자연 사물을 대상으로 한 그의 시들에는 쓸쓸함과 그리움, 슬픔과 외로움의 정조가 많이 발견된다. 최근 박만진의 시는 모든 살아있는 것들의 역동성과 아름다움을 깊이 있게 인식하면서도 그것을 인생의 쓸쓸함 혹은 외로움 등의 정서와 연계하여 차분하게 그려내고 있는 것이다. 이러한 사실은 인용한 시를 통해서 쉽게 확인할 수 있다. 이 시의 서정적 주체인 '나'의 정서(그리움)는 자연사물(풀벌레)들과 동일시되어(쓰르르 쓰르르 쓸, 쓸) 정서의 중첩 현상(쓸쓸하다)을 투명하게 보여주고 있는 것이다. 적지 않은 그의 시가 '팔봉산'을 비롯해서 '상왕산', '간월암', '흑도黑島', '외도外島' 등의 자연 공간을 시적 배경으로 삼고 「풀벌레 소리」, 「까치집」, 「접목(接木)을 생각하며」, 「지렁이에게 묻다」와 같이 자연 생명체를 시적 소재로 다루면서도, 한편으론 외로움과 그리움, 슬픔의 정서를 환기하는 시어들이 빈번하게 출현한다는 사실은 이러한 사정과 깊이 관련된다. "입을 덜고자 하여/어렸을 때에/중이 될 번도 했던"(「개심사」) 유년 시절의 쓸쓸한 추억과 "예순을 바라보는 나이에/예닐곱 살 아이 되어/이승의 아버지 어머니"(「풀벌레 소리」)에 대한 그리움을 동반하며 투명한 언어로 삶의 소중한 가치와 자연 생명의 다채로운 표정을 그려낸 박만진의 시평선詩平線. 그것은 다름 아닌 자연 생명체들의 "참 마음"(「까마귀를 찾아서」)과 "돈벌이를 못하는 가난한 시인"의 순정한 마음이 빚어낸 안타깝고 쓸쓸한, 그러나 눈부시게 아름다운 이순의 세계였던 것이다.

이에 따라 박만진의 이번 시편들에서 흘러나오는 전체적인 곡조는 대체로 쓸쓸하고 적막하다. 동시에 아쉬움과 그리움의 정서가 묻어난다. 그러면서도 실낱같은 희망과 따뜻한 연민의 정이 느껴지는데, 어쩌면 그것은 박만진 시인이 사람과 자연, 삶과 시 이 모두에 대한 믿음의 끈을 변함없이 놓지 않았기 때문일 것이다. 허섭스레기를 태우다가 "아뿔사, 연기인지/안개인지/마당이 세상이/온통 자욱한 것이/내

탓만 같아서/내 죄만 같아서"(「허섭스레기를 태우다가」)라고 읊조리는 시인의 육성에 먹먹한 기대감과 함께 코끝 시린 애절함이 한꺼번에 묻어나는 이유도 바로 이 때문이다.

접목(接木)의 상상력

어렵사리 시베리아에 도착한 지 한 보름쯤 됐을까 하여 아비인 겨울이 뿔이 잔뜩 나 다시 찾아 나선, 봄이 좋아 봄날에 얼쩡거리던 꽃샘추위를 마저 데리고 간 뒤에 뉘 집 울타리인지 계절의 손이 노란 페인트칠을 한 모양입니다

그래요, 개나리꽃은 그렇다 치고 앞마당의 목련꽃이야말로 참 외롭습니다 아니, 목련꽃은 본디 꽃이 아니라 꽃봉오리, 그 처음부터 조용한 슬픔을 지그시 잘 참고 있었습니다

그리움이 번져 산에 산에 진달래꽃이 지천으로,

솔직히 내 꿍꿍이속은 흰 꽃과 분홍 꽃의 중매를 성사시켜 백년가약을 맺을 그들의 결혼식에 주례를 설까 골똘하고 있습니다만

저 목련꽃에 저 진달래꽃을 4월의 촛불이듯 켤 수만 있다면,

마음이 꽤 가난한 이들의 웃음에 온정이 더불어 활짝 필 것이고 희끄무레한 이 나라의 봄이 콧노래와 휘파람을 섞어 불며 한층 더 환해질 수가 있을 것입니다

―「접목(接木)을 생각하며」 전문

박만진의 시가 이순의 세계를 구축하는 과정에서 필수적으로 동반하는 시적 장치의 하나는 '접목의 상상력'이다. 최근 박만진 시의 핵심적 특장으로 여겨지는 접목의 상상력은 시적 대상의 인접체계와 유사

성, 시어 및 이미지의 연쇄작용을 기반으로 한다. 가령 인용시의 경우 겨울에서 봄 사이의 계절 감각은 <꽃샘추위>를 연상케 하고, 꽃샘추위는 다시 개나리, 목련, 진달래 등의 <꽃>으로 전이된다. 그리고 이 꽃들의 이미지는 외로움과 그리움의 정서를 자극하고 환기하여 흰꽃과 분홍꽃의 혼용상태, 즉 접목의 상상력을 불러온다. 그리하여 종국에는 "마음이 가난한 이들의 웃음에 온정이 더불어 활짝 필 것이고 희끄무레한 이 나라의 봄이 콧노래와 휘파람을 섞어 불며 한층 더 환해지"는 상황을 연출한다. 이를 도식화하면 대략, <꽃샘추위(겨울, 봄) – 꽃(개나리, 목련, 진달래) – 꽃의 서정(슬픔, 외로움, 그리움) – 내 꿍꿍이(접목) – 봄(웃음, 온정, 휘파람)>의 형국으로 제시된다. 이 시에서 시베리아의 겨울은 어느덧, 시인의 접목의 상상력 또는 시적 화자의 "꿍꿍이"에 의해 한층 환해진 봄으로 변화되어 있는 것이다.

여기서 알 수 있듯이 박만진의 시에 내장된 접목의 상상력은 시상의 전개를 한층 매끄럽게 한다. 또한 그것은 궁극적으로 박만진의 시가 안정된 중심을 찾아가는 데 크게 기여한다. 「접목을 생각하며」가 이번 새시집의 표제시로 등장한다는 사실은 이런 측면에서 의미 부여가 가능하다. 박만진의 시세계에서 접목의 상상력은 사유의 유연성과 시적 구조의 견고함 등 서정시 특유의 미학적 특성을 유감없이 보여주고 있는 것이다. 시상의 전개 및 그 구성에 있어서 이와 유사한 방식으로 구조된 작품으로는 「까치집」을 들 수 있다. 이 시는 <목련꽃 – 개나리꽃 – 진달래꽃 – 벚꽃 – 사람 – 까치집>의 풍경을 순차적으로 제시하여 "꽃샘추위 총총히 지나간 뒤"의 눈부시게 시린 봄날의 서정과 시적 화자의 내밀한 내면 풍경을 순조롭게 제시하고 있다.

떡갈나무 앞을 지날 때면 항상 배가 고팠다/쓰름매미로 매달려 울고 싶

은 한낮에/떡갈나무 앞에서 떡이 먹고 싶었다/떡이라는 이름자에 떡 생각
이 간절했다

—「아버지의 지게」 부분

잔잔한 말씀같은/잔디밭/금잔디를 보니/부모님/묘지가 생각되어라

—「잔디밭 스케치」 부분

말귀 어둔 중생들이/알아듣지 못하는구나/모두들 닫힌 귀를/열 생각을
하지 않고/귓불에 구멍을 뚫어/귀걸이만 걸고 있네/맞다, 맞다, 맞어/쇠귀
에 경 읽기지/귀뚜리 귀뚫이/귀뚜리 귀뚫이가 우네

—「귀뚫이 귀뚜리」 부분

　대상 사물의 특성을 세밀하게 파악하며 쓰여진 박만진 시의 언어
유희적 요소 역시, 이러한 연장선상에서 자연스럽게 견인된 것으로
파악된다. 예들 들면 재기발랄한 언어 감각을 보여주는 위의 인용시
구들이 그것이다. 인용 시들은 시적 소재의 근접 동음 체계 및 연쇄적
의미망을 확보하여 이를 언어 유희적 차원에서 적극 활용한다. 위의
시에서 떡갈나무와 떡은 "항상 배가 고팠"던 유년시절의 추억과 연계
된다. 두 번째 인용 시에서도 잔디밭은 "잔잔한" 부모님 말씀과 부모
님의 묘지로 시상을 옮겨간다. 마지막 인용 시에 등장하는 가을 밤의
귀뚜라미 소리는 "말귀 어둔 중생들"을 풍자적으로 묘사하는 데 제격
이다. 이 시들은 박만진 시의 경쾌하고 탁월한 언어감각을 상징적으
로 보여준다. 그렇다고 해서 박만진의 시에 나타난 언어 유희적 요소
가 단순히 섣부르고 맹목적인 '말장난' 그 자체를 의미한다는 것은 아
니다. 이 같은 시어의 <경제적> 활용은 서정적 주체와 시적 대상의
긴밀한 연대감과 정서적 일체감을 뚜렷하게 제시하여, 결과적으로 시

적 구조의 안정성을 획득하는 데 일조하고 있다.

한편 박만진의 시에서 자연사물과 일상의 '사건'들 역시 낭만적 동경의 대상이거나 단순한 시적 소재가 아님을 알 수 있다. 현재 그의 시는 <접목의 상상력>을 동원하며 사소한 일상의 "생강밭"(「생강밭에 대한 소고(小考)에」)서는 물론, "외로운 시인"이 사는 왕촌초당(「왕촌초당旺村草堂에서」)에서도, 하물며 하찮은 "농부의 큰 손"(「농부의 손」)을 바라보면서도 삶의 본질적 의미 혹은 <이순(耳順)의 세계>에 한 걸음 더 다가가고 있는 것이다. 박만진 식으로 표현해서, 이즈음 시인은 일상적 "안목의 한계"를 넘어서 "수평선 너머에도/더 큰 바다가 춤을 추고 있"다는 사실을 터득하고 있는 중이다.

　　　수평선은 바다를 바라보는
　　　멀미 앓는 그대의
　　　안목의 한계인 것을
　　　수평선 너머에도
　　　더 큰 바다가 춤을 추고 있지요

　　　　　　　　　　　　　　　　－「더 큰 바다의 노래」 부분

'마음의 사선' 혹은 '둥근 마음'의 작업

김경옥 시집, 『기러기의 죽음』

1.

　김경옥의 첫 시집 『기러기의 죽음』은 현대자본주의 문명의 이기적 논리가 횡행하는 일상의 한복판에서 삶의 경박함과 피폐함, 생명의 가치 훼손과 인간성 상실을 목격한 실존의 우울한 기록으로 읽혀진다. 부질없는 "욕망과 소비를 선동하던 시뮬라크르들"(「기러기 아빠처럼」)로 얼룩진 시집 속의 위악적인 세계가 그러하거니와, "나는/우리에 갇힌 한 마리 가축이다"(「귀가」)라는 위축된 시인 마음의 형상이 그러하다. 또한 "하수구 음식찌꺼기 화장지에 묻은 정액들 껌종이/뒤섞여 흘러가는 물소리"(「소음의 도시」)가 난무하는 작품 내부의 세속 도시 풍경과 "내 마음의 깊은 꿈자리 속에도/터치지 못하는 염증 몇

개 있다"(「염증」)라는 서정적 주체의 자괴감이 이를 입증한다.

「K씨의 아침」, 「폭주족」, 「서울의 멧돼지」, 「광고」, 「안약을 넣다」 등의 시제에서 확인되듯이 얼핏 보면 김경옥의 시편들은 평범한 일상의 풍경에 대한 단순한 소묘처럼 비춰질 수 있다. 그러나 실상 그의 시는 우리 주변의 익숙한 소재들과 자연 대상물을 매개하여 왜곡된 문명의 도구화된 기제들에 의해 억압되고 파편화된 삶의 진정성과 생명의 고유성을 생명력을 지속적으로 환기하고 있는 것이다.

이 과정에서 우리가 우선적으로 주목할 수 있는 것은 시적 대상물에 대한 시인의 예민한 관찰력과 섬세한 묘사이다. 이번 시집에서 시인은 일상의 현장을 생생하게 재현하며 삶의 구체적 풍경을 보여주거나 생의 중요한 순간을 부조하며 대상을 실감 있게 그려내고 있다. 물론 이런 사실이 그의 시가 단순히 사실적 묘사에만 충실하다는 얘기는 아니다. 그의 시는 정밀한 관찰과 묘사를 통해 부조리한 일상의 "오래된 습관"(「K씨의 아침」)에 가려져 있는 삶의 본래성을 드러내는 데까지 한 걸음 더 나아간다. 김경옥의 시에 보이는 예민한 관찰력과 섬세한 묘사력은 우리 삶의 기원적 성격을 투명하게 드러내기 위한 전제 작업의 일환인 것이다. 김경옥 시의 사실적 묘사가 단순한 객관화와 건조함으로 떨어지지 않는 이유도 여기서 기인한다고 할 수 있다.

누런색 축축한 담요 한 장이 개켜져 있다/조각조각 흩어지고 나니/몸통이었던 고깃살보다/껍질이 눈에 아프다/저 껍질 뒤집어쓴 소 한 마리/말없이 한 생을 살았으리라

─「소가죽」 부분

언젠가 스스로 뒤집어쓴 가죽/한번 들러붙으니 도무지 벗겨지지 않는
다/무어라 외쳐보아도/소 울음이 되어 나오던 말들/하늘 한번 보고/퍼런
무청 씹어보아도//눈자위 사선으로 처졌고/주름 잡힌 그 아래 검은 기미가
앉았다/광대뼈 둘러싼 얇은 가죽/얼굴 따라 패였을 마음 그늘도/하마 보일
듯싶다

―「가죽」 부분

어둔 땅 속/한 생을 살았을 목숨의 거처/짝을 찾아 울음통 눌러대는/매
미소리 어지러운 대낮/좌탈의 흔적에 자꾸만 눈이 간다

―「매미 허물」 부분

이러한 시쓰기 작업에서 김경옥 시인이 차용하는 시적 장치의 하나
는 '가죽'과 '껍질' 혹은 '거죽'과 '빈집'의 상상력이다. 김경옥의 시세계
에서 '가죽(거죽)'과 '껍질', '빈집'과 같은 일련의 시어들은 단순히 사전
적 의미로만 수용되지 않는다. 그의 시에서 이 시어들은 "말없이 한 생
을 살았"던 생명체의 고유한 흔적이자 "한 생을 살았을 목숨의 거처"
로 묘사된다. 동시에 상실과 부재, 소멸과 폐허의 이미지를 내장하고
있는 이것들은 시인에게 지난 세월의 고단함과 삶의 누추함을 함축하
고 있는 상징적인 기호로 인식된다. 이번에 시인은 이 같은 유사 이미
지 계열의 시어들을 활용하여 생의 무상함과 덧없음, 나아가 현재적
삶의 비루함을 밀도 있게 제시하고 있다. 특히 시집의 도입부에 놓여
있는 「소가죽」, 「가죽」, 「매미 허물」 등이 이와 관련된 시편들이다.

인용 시편들에서 시적 화자가 소의 "몸통이었던 고깃살보다/껍질
이 눈에 아프다"라고 읊조리거나, 매미의 "좌탈의 흔적에 자꾸만 눈이
간다"라고 고백하는 이유도 이러한 사정과 무관하지 않다. 아울러 위
의 시에 등장하는 시적 대상물인 소와 매미가 화자인 나의 의식 세계

로 매끄럽게 진입한다거나, "이제는 벗겨진 저 껍질"이 "무두질 마치고 염색공장을 돌면" 곧 "내 몸에 달라붙을 껍질"이 되는 경우처럼 화자의 분신으로 거듭날 수 원인도 궁극적으로 여기서 비롯된다. 현재 김경옥 시인에게 "한 때는 몸이었을"(「매미 허물」) 이 '흔적들'은 공히 지나온 세월과 현재적 삶의 의미를 반성적으로 성찰하는 계기로 작용하고 있는 것이다.

이로 인해 인용한 시에서 각각의 시적 주체는 내용 전개상 상호 교차되어도 무방한 동일자의 위상을 지니게 된다. "누런색 축축한 담요 한 장"으로 남은 소의 '한 생'과 "진흙이 가난처럼 묻어"있는 매미의 허물에는 "얼굴 따라 패였을 마음 그늘도/하마 보일 듯"한 현재 시인의 심정이 투사되어 있다. '아픔', '울음', '꺼칠함', '늙음', '갈라짐' 등으로 묘사된 이들의 흔적에는 이즈음의 우울한 삶을 바라보는 시인의식이 강렬하게 반영되어 있는 것이다.

2.

'가죽'과 '껍질'의 상상력을 통해 드러난 현실 세계에 대한 김경옥 시인의 반응은 이처럼 일단, 부정적이다. 그는 지금 자신을 둘러싼 세계가 폐허와 소멸, 소통의 부재와 단절 같은 절망적 단어들에 심각하게 노출되어 있다고 본다. 가령 이번 시집의 제목이기도 한 「기러기의 죽음」은 이 점을 보다 투명하게 보여준다. '기러기 아빠'의 허무한 죽음을 소재로 한 이 시에서 시인은 두 개의 죽음과 대면한다. "비닐장갑을 낀 경찰관"에 의해 '보름 만'에 발견된 인간 '기러기'의 죽음과

"겨울이 지나도록 돌아가지 못한" 철새 '기러기'의 죽음이 그것이다. 이 시의 구석구석에 놓여 있는 "밀린 국제 통화료 고지서"와 "허연 꽃"으로 표상된 곰팡이, "기러기 아빠"의 "위 속에서 검출된" "라면국물과 약간의 알콜" 그리고 기러기의 "몸 안에 쌓인 수은"이야말로 오늘날 우리 삶에 각인된 상처의 흔적이자 불결한 내용물이다. 동시에 그것은 삭막한 현대 생활체제의 생기 없는 '거죽'이자 우리 시대의 맨얼굴이기도 하다. 이처럼 시인은 이들을 죽음을 통하여 고립과 단절로 점철된 현대사회의 심각성과 산업 문명의 경박성을 강한 어조로 비판하고 있다. 그리고 이 같은 시인의 비판의식은 이 시와 유사한 사유의 전개과정을 보여주는 「기러기 아빠처럼」을 통해서도 지속적으로 제시된다.

기러기 아빠가 죽었다/죽음은 보름 만에 빈방에서 발견되었다/그렇게 죽고 싶다/창틈 새 테이프를 바르고 커튼을 내리고/출입문 위에 한 벌 더 벽지를 발라/누구에게도 들키지 않게//몸을 간질였던 피돌들은/잘린 동맥으로 조용히 빠져나간다/냉동실이 쏟아내는 하얀 냉기를 맞으며/몸은 뼛속까지 마른다/욕망을 감쌌던 거죽 부대는 터무니없이 쪼그라지고/나는 습기 한 점 없는 미라가 된다/끈질긴 이명처럼 나를 호출하던 통화음들이여 안녕,/전화를 해약하고/욕망과 소비를 선동하던 시뮬라크르들이여, 그만/구독사절을 써 붙이고/전기요금과 각종 공과금은/자동으로 납부될 것이니/냄새가 나가지 않으면 내 죽음을 탓할 이는 없다/서늘한 죽음을 깔고 자는 위층 여자와/푸석한 죽음을 덮고 자는 아래층 아이들이/나의 부재를 눈치 채기에는 너무 바쁘다/미라가 되어 함몰된 눈 아래로/습기 빠진 입술은 말려들어가고/허연 이빨만이 남아 비루먹은 생애를 증명한다/처음으로 문을 따고 들어오는 누군가에게/덜 닫힌 내 입을 스치는 바람이/무슨 소리를 낼 것이다

— 「기러기 아빠처럼」 전문

위의 시에서도 기러기 아빠의 안타까운 죽음이 재연되고 있다. '보름만의 발견' '빈방'과 같은 대목에서 상기되듯이 '기러기 아빠'의 죽음은 외로움과 고립감, 정서적 단절의식의 불길한 분위기에서 파생된 것으로 추정된다. 여기까지만 놓고 본다면 앞서 살펴본 「기러기의 죽음」의 전개과정과 별반 다를 바가 없다. 「기러기 아빠처럼」 역시 어느 일간지의 사건 기사에서 착상되었을 법한 현대인의 메마른 '죽음'을 통해 현대사회의 비극성과 핍진함을 직접화법으로 건조하게 전달하고 있는 것이다.

그런데 이 시의 구성 방식은 그렇게 간단하지가 않다. 시의 화자는 3행에서 "기러기 아빠"처럼 "그렇게 죽고 싶다"라며 극적인 반전을 시도하고 있는 것이다. 사실 이 시의 진정한 묘미는 바로 이러한 반전에 있다. 결론적으로 말하자면, 죽음을 경유하는 화자의 이 단호한 '선언'에는 엄청난 역설이 숨어 있는 것이다.

인용시에서 화자가 "그렇게 죽고 싶다/창틈 새 테이프를 바르고 커튼을 내리고/출입문 위에 한 벌 더 벽지를 발라/누구에게도 들키지 않게"라고 거리낌 없이 말하는 이유는 비교적 간단하다. 그것은 "냄새가 나가지 않으면 내 죽음을 탓할 이는 없다"라는 비정한 현실의 논리에서 연원한다. 또한 한편으로 그것은 "끈질긴 이명처럼" 쉴 새 없이 화자를 "호출하던 통화음들" 혹은 "소음의 도시"(「소음의 도시」)와 '안녕'(결별)하고, "욕망과 소비를 선동하던 시뮬라크르들"과 '그만'(절연)할 수 있다는 판단에서 비롯된다. 결국 이 시는 "서늘한 죽음을 깔고 자는 위층 여자와/푸석한 죽음을 덮고 자는 아래층 아이들이/나의 부재를 눈치 채기에는 너무 바쁜" 세계의 일그러진 단면을 밀도 있게 형상화한다. 그리고 이는 곧 현대 자본주의 생활체계의 타락성과 허위성을 폭로하는 것에 다름 아니다. 이 시에서 그것은 반전과 역설의

미학적 방법을 통하여 독자들에게 생생하게 전달된다. 시인은 '죽음'이라는 어휘가 환기하는 비장함에 "구독 사절", "자동 납부", "서늘한 죽음", "푸석한 죽음" 등의 이질적이고 속화된 용어를 의도적으로 대입하고 배치함으로써 결과적으로 비극적 효과를 유발하고 있는 것이다. 작품 말미의 "처음으로 문을 따고 들어오는 누군가에게/덜 닫힌 내 입을 스치는 바람이 무슨 소리를 낼 것이다"라는 화자의 진술 위에, "비루먹은 생애"의 비애감과 현대적 일상인homo quotidianus의 쓸쓸하고 우울한 표정들이 빠르게 오버랩 되는 것도 이런 사정에서 연원한다.

　한 가지 더, 이 시의 반전은 여기서 끝이 아니다. 화자의 "덜 닫힌 내 입을 스치는 바람이 무슨 소리 낼 것이다"의 부분에서 '무슨 소리'가 무엇을 의미하는지는 여전히 분명하지 않다. 하지만 이제까지 김경옥의 시세계에 누적된 시적 주제의식을 감안한다면 그 '소리'의 내용을 파악하는 것은 별로 어려운 일이 아니다. 아마도 그것은 헛된 욕망들이 부유하는 세계에 대하여 삶의 경건함과 인간 존재의 존엄성을 강조하는 맥락과 유사할 것으로 추측된다. 시인은 이 구절에서 작품 해석의 무한한 가능성을 열어놓음으로써 독자의 상상력을 자극하고 있는 것이다. 이는 현 단계 김경옥 시의 한 수준을 가늠케 한다는 측면에서 지적하지 않을 수 없다.

3.

　지금까지 김경옥 시인은 오늘날 삶의 실제에 대한 탐구는 물론, 서정적 주체와 적막한 세계와의 모순 관계를 다양한 경로를 통하여 복합적으로 제시해 왔다. 모순된 현실의 "완강한 체계들"(「서울의 멧돼지」)에 대한 그의 비판의식은 이미 여러 시편들을 통해 의식/무의식적으로 발현되고 있다. 이를 김경옥의 시어를 빌려 비유적으로 말해보면, "마음의 사선"을 긋는 행위로 표현할 수 있으리라. 그만큼 현실의 부정 상상력을 동반한 그의 시에는 어김없이 "마음의 사선"이 그어져 있는 것이다.

　그렇다고 해서 금번 그의 시집이 온통 우울한 "마음의 사선"으로만 채워져 있는 것은 아니다. 예를 들어 「잡」, 「책」, 「배」, 「정민이, 그 아이」 등의 작품에서는 엉뚱하고 기발한 상상력을 통해 경쾌한 언어유희를 선보이기도 한다. 그러면서도 우주적 생명체의 모성성과 역동성, 순진무구의 세계에 대한 아름다움을 맑고 투명한 언어로 노래한다.

　　젖을 빠는 강아지들 옆으로/배 늘어뜨리고 길게 누운 어미/보랏빛 잔주름 처진 뱃살 속에/유선 타고 젖들이 모이나 보다/도톰한 젖꼭지 허옇게 불어 있다//물렁한 살결 고랑고랑 숨을 쉬는 배/암컷들이 젖 물리고/새끼들 안아주는 곳/하얗고 보드라운 메기들 배는/저수지 바닥에 돋은 초록물풀들/오래오래 쓰다듬었으리/동박새 배아래 보송한 털들/털 아래 지날 때, 맑은 바람들 흐뭇했으리

　　　　　　　　　　　　　　　　　　　　　　　　－「배」 부분

한계효용은 체감한다/어떻게 쓰는 것이 효용을 키우는 것일까/많이도
아니고 돈이 백만 원쯤 생기면 어디부터 써야할까/화두 걸어놓고/아이들
말을 받을 때/너는 조금 부끄러워하며 인심도 좀 쓰고 라며 운을 떼었다/아
이들 자지러지게 웃음을 쏟아냈고, 웃음소리/콩알처럼 교실바닥에 흩어졌
지만/이어간 뒷말을 나는 기억하지 못하지만/인심도 좀 쓰고……//아빠가
없는, 그래서 늘 신세만 지는 너에게/마음의 빚은 고스란히 남아/둥근 마음
속에 키우는 풀들/말라가는 줄기/흠뻑 적셔주고 싶었겠지, 경제원칙을/벗
어난 대답에 친구들은 멋모르고 깔깔댔지만/네가 틀린 것이라 말하는 경
제학에 나도 동의할 수 없었다/교과서 뒤로하고/유리창 너머 하늘 쳐다보
았던가

—「정민이, 그 아이」 부분

이번 김경옥 시인의 시편들은 자주, 우리에게 익숙한 삶의 풍경과
자연 생명체 등의 평범한 소재를 차용하여 소박한 언어로 표현하고
있다. 그러나 이 같은 시적 소재의 평이성과 표현의 소박함이 곧바로
시적 단순함을 의미하지는 않는다. 비록 그의 몇몇 시가 부분적으로
내용 전개의 단조로움과 시적 진술의 상투성을 노출하고 있기는 하
나, 그의 시는 시인의 섬세한 감성을 바탕으로 오늘날 현대인들의 메
말라가는 정서를 자극하기에 부족함이 없어 보인다. 이를테면 일상의
영역에서 길어 올린 유연한 상상력을 무기로 '누런 어미' 개의 모성성
과 '메기들'과 '동박새'의 환한 생명력을 재치 있게 묘사한 「배」, '정민
이'라는 '둥근 마음'을 지닌 소녀의 답변을 들으며 "경제 원칙을 벗어
난" 인생의 참된 의미를 연민의 마음으로 성찰하는 「정민이, 그 아이」
등이 여기에 해당한다. 이외에도 "허리 굽으신 어머니"에 대한 그리움
과 회한을 표출한 「걸레」, "미륵보살 등허리선을 닮"은 "주먹만 한 꽃
송이"의 탄생을 통해 자연 질서의 조화로움을 노래한 「국화송이가 피

어나는 순간」 등이 포함된다.

대체로 이 시들은 각박하고 외로운 현실의 삶이지만, 그럼에도 그 세계를 대긍정하려는 시인의 따뜻한 마음 사이사이에서 자연스럽게 생성되고 있다. 특히 이 시들은 많은 경우, 추상적인 사유체계를 배제한 감각적 직관의 단계에서 견인된다.

이렇게 보면 김경옥 시인에게 과거의 기억 속 공간과 자연(사물)은 그 흔한 낭만적 동경의 대상이 아님을 알 수 있다. 시인에게 그것들은 일상의 지친 삶을 위무하는 구원적 존재이자 시인 영혼의 안식처로 기능한다.

부재와 상실, 결핍과 단절의 지대로 전락한 일상의 풍경을 날카롭게 적시하면서도, 한편으로 훼손되어가는 자연 사물들과 우리 삶의 진정한 가치에 대해 안타까움과 연민의 정을 표출하는 시쓰기 방식은 김경옥 시세계의 중요한 특징으로 여겨진다. 이번 시집에서 시인은 이제는 우리 곁에서 사라져 가는 그리운 기억속의 풍경과 점차 멀어져가는 그리운 대상들을 소리 없이 마음으로 보듬어 안으며 고집스럽게 자신의 시 작업을 운용하고 있다. 이런 의미에서 그의 시는 궁극적으로 현대 세계에서 훼손되고 잊혀져간 존재 가치들을 적극적으로 기억하고, 이를 계기로 현대인의 "마음 그늘"(「가죽」)을 "둥근 마음"으로 재생/복원하려는 이른바, 마음의 작업이라 할 것이다. 우리 시대가 상실한 대상들, 우리 삶에서 잊혀져가는 존재야말로, 역설적으로 현재 김경옥 시인의 마음과 시세계 전부를 진동하게 하는 핵심 요소들인 것이다. 삶의 투박한 질료와 친숙한 소재들을 정제된 언어와 투명한 이미지들로 일구어내는 이러한 서정 정신의 풍요로움은 분명 김경옥 시세계의 고유한 미덕임에 분명해 보인다.

'시'라는 이름의 사유 수갑

강나현 시집, 『싱싱한 물고기로 만나기로 해요』

1.

바람 꽃 들 죽음으로
잠잠이 스며들어
다이너마이트처럼 폭발하여
휴지통에서 구겨져있다
사유수갑에 채워
독방에 감금하는 천형
당신은 어릴 적
바비인형이었고
첫사랑 대타였다
지금은
나의 호흡

훗날
걸어 다닐 부끄러움

－「시」전문

　시詩라는 사유의 '수갑'을 차고 마음의 '독방'에 감금당한 한 여자가
있다. 여자는 경쾌한 언어감각과 유연한 상상력의 소유자다. 그녀는
일상의 사소한 '잘못'에서 "자잘한 못/뽑히는 소리"(「전화」)를 듣거나
고속도로를 달리며 "오선지 그려진 악보"(「고속도로」)를 연상한다.
또 가끔씩 여자는 사실적 삶에 대한 이해를 바탕으로 인생의 참된 의
미를 스스로 터득하기도 한다. 면밀한 관찰력과 일상에서 발효된 유
연한 상상력을 무기로 낭만적 정서의 세계를 창출하는 여자는 대략
중년의 여인으로 추정된다. 얼마 전 그녀가 보내온 '편지'에서 "나는
이제 겹겹이 나이테 안고 서 있는 망각의 나무"(「편지」)라는 문구가
발견되었기 때문이다.
　여자는 "가만가만 등 밀어주는 바람"(「땅끝에서」)을 사랑한다. 여
자는 "바람에 꺾이지 않는 풀"(「나도밤나무」)을 사랑한다. 그 여자는
삶의 "풀씨같이 작은 그 무엇"(「풀씨」)을 사랑한다. 그리고 그녀는
"십자수를 놓으며"(「십자수를 놓으며」) 생각한다. 어머니의 추억과
사랑하는 이의 죽음과 "아주 먼 훗날" "싱싱한 물고기로 만나"(「그래
도 못 잊겠거든」)는 '윤회'의 세계를. 지금도 그녀는 해질녘의 수수꽃
다리 나무에 기대 앉아 사람과 자연, 삶과 시에 대해 진지하게 '사유'
하는 중이다.
　강나현 시인의 첫 시집 『싱싱한 물고기로 만나기로 해요』는 시인의
고단했던 삶에 관한 성실한 기록이다. 그것은 지난 세월에 대한 시인
내면의 흔적이다. 이 시집에는 여자의 유년시절을 비롯하여 "산사에

서 요양"(「새 양말」)했던 개인 이력, 어느 날 여자에게 날아든 사랑하는 '그대'의 부고訃告 등의 사실적 내용들과 이 같은 삶에 기반하며 '숨가쁜' 세월을 살아온 그녀 마음의 형상이 소박한 언어로 빼곡하게 적혀 있다. 피아노, 호마이카 장롱, 옹기와 같은 일상의 친숙한 소재와 나무, 꽃, 새, 바다 등의 평범한 자연대상물을 선택하면서도 그 여자의, 그녀로 분한 시인의 상상력은 이번 시집에서 독특한 비유와 개성 있는 수사를 동반하며 능숙하게 표출된다. 친근하면서도 어딘지 모르게 쓸쓸한 그 여자가 들려주는 세상 이야기. 그래서 이번 강나현 시인의 『싱싱한 물고기로 만나기로 해요』에는 친근함과 쓸쓸함, 유쾌함과 비애감의 복합적 감정들이 동시에 들끓고 있다.

   2.

   새 시집에 수록된 시편들은 삶을 여유롭게 관조하는 시적 태도를 공통적으로 견지하면서도, 한편으로는 인생의 가장 근원적인 문제를 유연하게 환기하는 양상을 보여준다. 그의 시는 우리의 주변에서 흔히 볼 수 있는 일상의 모습과 자연 풍경을 배경으로 고독 · 슬픔 · 사랑 · 이별 · 죽음과 같은 인간 내면의 보편적 정서를 소박하고 평이한 언어로 투명하게 노래하고 있는 것이다. 특히 탈속의 세계인 '산사'와 함께 '여행지'에서 조우한 자연지대는 이번 시집에서 자주 등장하는 공간이자, 시인의 시선이 오래 머물러 있는 장소이다. 그 이유는 시집의 곳곳에서 어렵지 않게 확인할 수 있는데, 아마도 그것은 그곳의 세계를 향한 시인의 변함없는 '마음'과 무관하지 않을 것이다.

홍시가/감나무 끝에/홀로 남은 까닭은/까치밥이 되기 위해서가 아니다/
노숙새를 위하여/입적 기다리기 위해서이다

—「홍시」 전문

깨달음 없이 하산하는/나를 위해/스님이/법당 뒷마당에 나왔다/돌계단
내려가지 못해/아득한 산문 바라보는데/스님이 무릎 굽혀 등 내밀어/쭈뼛
거림 없이 업혔다/풀먹인 회색적삼에 얼굴을 묻고/세속으로 내려가는 길/
이름 모를 내 병/업히고 싶어/업어주는 마음 잃어버려 온 것일까/의문이
홍역 열처럼 번지는 찰라/풀씨같이 작은 그 무엇이/스님 등에 얼룩져있다

—「풀씨」 전문

  강나현 시인이 도시적 일상을 떠난 탈속의 세계, 혹은 자연사물과
밀착하여 자신만의 시세계를 축조해가는 이유는 비교적 자명해 보인
다. 그곳 세계의 기원적 의미에 대한 철저한 인식과 기억이야말로 부
질없는 욕심과 헛된 욕망에 길들여져 "업어주는 마음 잃어버린" 현대
인들에게 때로는 "깨달음"으로 또 가끔씩은 "풀씨같이 작은", 그러나
매우 소중한 "그 무엇"으로 작용할 것으로 그녀는 판단하는 것이다.
이러한 사실은 지금껏 적지 않은 그녀의 시가 자연과 탈속의 세계를
배경으로 시심詩心을 풀어 놓는 궁극적인 이유이기도 한데, "마음 밭
에/가시덩굴 심은 나를 위해/시선 머문 길섶마다/초록융단 깔고/꽃가
루 뿌려놓은 그대/꽃마음/향기처럼 나누라는 말씀/스란치마 펼쳐 받
아 갑니다/자주 못 뵙는다 해도/꽃물치마 그대인줄 알고 살아가겠습
니다"(「꽃물치마」)라는 낮지만 간절한 시인의 고백 역시 이러한 맥락
에서 이해할 수 있다. 현재 강나현 시인에게 탈속의 세계는 "상처 난
가슴 언저리"(「강아지」)를 위무하는 절대 순수의 지대로 인식되는 것
이다. 그래서 그녀의 시는 지금 이 순간에도 산사에서 전언하는 깨달

음을 간직한 채 자연 생명체들과 함께 울고 웃으며 호흡한다. 거기서 시인은 풋풋한 언어와 친숙한 이미지를 동원하여 탈속적인 세계의 미덕과 삶의 진정한 가치를 가슴 벅차게 노래하고 있다.

> 쿠우웅/천둥이 제 몸 때려/종소리 울리자/예식이 시작됐다//꽃복사/갈색제의 입은/나무사제 앞에서/두 손 봉긋 모으고/새싹/서원하는 수녀처럼/대지에 엎드리고/검은 먹구름/하늘에서/고해성사를 받는다//쉿!/착하지 않은 사람들을 위하여/지금은/미사 중

—「봄미사」 전문

인생의 소중한 가치를 자연과 같은 탈일상의 광범위한 세계와 연계하여 구체적으로 이해하는 단계의 시쓰기란 일정한 사유의 훈련 없이는 이루어지기 힘든 작업이다. 분명 근자에 자연을 대상으로 한 많은 시편들은 자연 상실의 불안감을 단순히 자연 예찬이라는 고전적 방법으로 왜곡되게 표출한다든지, 또는 인간의 자연 지배를 정당화하는 논리의 연장선상에서 자연 생명체를 배려하는 시적 경향을 노출하고 있다. 그러나 강나현 시의 경우에는 자연사물과 교감하고 그것에 의탁하면서도 현실의 삶과 밀접하게 연계된다는 점에서 기존의 시들과 변별된다. 자연과의 상상적 교감을 통한 그녀의 시는 삶의 고유한 원리를 이해하고 우주적 질서의 세계를 확보하기 위한 방법적 선택인 것이다. 때문에 90년대를 전후하여 우리 사회에 활발하게 제기된 생태계의 위기에 대한 담론들도 최소한 그녀의 시에서만큼은 적극적으로 사용되지 않는다. 오히려 그녀의 시는 자연의 원초적 이미지를 적극적으로 환기하고 재활용함으로써, 자연을 서정성으로 가득 찬 장소 혹은 절대 순수의 공간으로 꾸준하게 그려낸다. 이로 인해 자연을 매

개하는 그의 시편들은 대부분 자연 상태에서 발원하고 자연으로 회귀하는 양상을 보여준다.

이런 이유에서인지 금번 강나현의 시는 일단 서정시의 본래적 역할에 충실하다. 즉 그녀의 시적 상상력은 서정적 주체와 시적 대상물 사이의 소통 가능성을 남김없이 개방하고 있다. 가령 인용시의 "서원하는 수녀처럼" "착하지 않은 사람들을 위하여" "대지에 엎드리고" "고해성사"하는 '새싹'의 "봄미사"는 그 한 예에 해당한다. 이 시에서 시인은 자연 사물에 적극적으로 말을 건네고 교감하여 급기야는 자연과의 동화assimilation된 상태를 보여준다.

한편, 자연의 질서에 스스로를 유예시키고 이 과정에서 자연 세계의 고유성을 예민하게 포착하여 이를 일상의 쓸쓸함과 외로움 등의 분위기로 전이시키는 시적 경향은 이번 강나현의 시편들에 나타나는 주요 특징이다. 이로 인해 자연 사물을 대상으로 한 그녀의 시들에는 쓸쓸함과 그리움, 슬픔과 외로움의 정조가 많이 발견된다. 이즈음 강나현의 시는 모든 살아있는 것들의 역동성과 아름다움을 깊이 있게 인식하면서도 그것을 인생의 쓸쓸함 혹은 외로움의 정서와 연계하여 차분하게 그려내고 있는 것이다. 이러한 사실은 "외딴섬 노송/석양 향해/고개 숙인 까닭"을 "모래밭 걷는/일몰의 사람들/소라껍질에서 잠자는 게/널브러진 조개의 죽음과 삶의 파편들/붉은 치마 펼쳐/고르게 감싸기 때문"이라고 언급한 「제부도」를 통해 우회적으로 확인할 수 있다. 적지 않은 그녀의 시가 '제부도'와 '안면도'와 같은 자연 공간을 배경으로 삼고 「꽃매화」, 「물꽃」, 「나도밤나무」, 「너럭바위」와 같이 자연사물을 시적 소재로 다루면서도, 전반적으로 삶의 쓸쓸함과 외로움, 그리움의 정서를 환기하는 시어들이 빈번하게 출현한다는 사실은 이러한 사정과 깊이 관련된다. "백사장에/미군헬리콥터가/껌과 우유

과자를 떨구면/모래밭 뛰어가 주워 먹던”(「문어」) 유년시절에 대한 쓸쓸한 추억과 “하늘동네”(「소」)에 계신 어머니에 대한 그리움을 동반하며 투명한 언어로 삶의 소중한 미덕과 자연 생명의 다양한 표정을 그려낸 강나현의 시세계. 그것은 다름 아닌 대자연의 원시적 숨결과 세상을 향해 “마음엽서” 띄우던 시인의 순정한 마음이 빚어낸 안타깝고 쓸쓸한, 그러나 찬란하게 아름다운 세계였던 것이다.

이에 따라 강나현의 이번 시편들에서 흘러나오는 전체적인 곡조는 대체로 쓸쓸하다. 적막하다. 동시에 아쉬움과 그리움의 정서가 묻어난다. 그러면서도 한 줄기 희망과 따뜻한 연민의 정이 느껴지는데, 그것은 어쩌면 강나현 시인이 사람과 자연, 삶과 시 이 모두에 대한 믿음의 끈을 변함없이 놓지 않았기 때문일 것이다. “아이들에게 가장자리 사표 내겠다고 한 말/아, 내 잘못이었습니다”(「전화」)라고 읊조리는 시인의 육성에 먹먹한 기대감과 함께 코끝 시린 애절함이 한꺼번에 묻어나는 이유도 바로 이 때문이다.

3.

사실적 삶에 대한 구체적 이해를 바탕으로 인생의 전방위적 의미를 탐색하는 강나현의 시는 간혹, 지금 여기의 삶을 초월하는 양상을 보이기도 한다. 죽음과의 대면은 그 중 하나이다.

　　국화꽃으로 단장한 리무진이네/이발사가 빗겨준 머리와 검은 양복/썩 잘 어울려/액자 속/품위 있게 웃고 있는 사람이 나야/가두리 양식장/송어

가 그물 사이로 빠져나가듯/넓은 바다 향해/세차게 지느러미 펄럭였을 아
들 녀석/운전석에서 앞 위 깜박이 켜고/정중히 달리네/평생 내 앞에서 쌩
쌩 달리던 승용차/과속 딱지 떼던 승용차/과속 딱지 떼던 경찰차까지 길을
비켜주네/나는/창밖 풍경 보지 못한 운전사/목적지까지/두 눈 바람 뜨고
앞만 보며 달렸어/때론 추월하면서/후회하진 않아/운명이니까

―「화려한 귀향」 전문

통상적으로 사람들은 죽음을 한 생명체가 세상에 태어나서 일정 기
간의 생애를 끝내고 사라져 없어지는 것으로 생각한다. 그들은 죽음
을 현존적 삶의 마감, 그 이상의 의미로 간주하지 않는다. 그러나 인간
의 죽음이란 결코 '현존재'의 현재와 무관한 미래의 사건이 아니다. 죽
음은 일상인들의 세속적 시간을 깨뜨릴 수 있는 유일한 사건이며 본
래적 삶의 방향을 결정하는 절대적인 힘으로, 현존재의 삶 속에서 현
실적으로 작용한다.

하이데거에 따르면, 모든 현존재가 자신의 죽음에 대해 '불안'을 갖
는 것은 사실이다. 그러나 현존재의 죽음에 대한 '불안'은 자신이 세상
에서 사라질 것이라는 두려움 때문이 아니라 존재와의 관계 훼손, 즉
'자신의 존재 능력을 죽음이라는 최대의 한계상황 앞에서 상실하지
않을까 하는 데서 오는 정서'다. 그러한 실존적 정서로 말미암아 현존
재는 죽음으로 끝나는 자신을 최대한으로 긍정하며, 그것을 그대로
'순수'하게 보전하려고 최선을 다하는 것이다. 인간은 죽음으로 인해
자신의 삶이 마감된다는 것을 분명히 의식하지만, 죽음에 선재적으로
대처함으로써, 다시 말해 "죽음에로의 '선주(先走)'"함으로써 오히려
자신의 짧은 삶에 최대한의 의미를 부여하려고 노력하는 것이다.

이렇게 보면 강나현의 이 시는 하이데거 식의 "죽음에로 선주"라는

특별한 의미부여가 가능하다. 우선 이 시의 화자는 자신의 죽음을 전제하고 시상을 전개하고 있다. "국화꽃으로 단장한 리무진"의 "액자 속/품위 있게 웃고 있는 사람"은 다름 아닌 바로 '나'인 것이다. 시인의 분신인 '나'가 망자로 설정되어 있다는 것은 많은 의미를 환기한다. 현재 시인에게 죽음은 단순한 개체의 소멸, 또는 육체의 훼손이라는 의미를 넘어, 삶의 연속, 혹은 지연으로 인식되는 것이다. 마지막 행의 '운명이니까'라는 화자의 독백은 이런 측면에서 매우 암시적이다. 여기서 알 수 있듯이 시의 화자는 자신의 육체마저도 삶과 죽음의 연속 선상에서 '통합', '공유'하고 있음을 알 수 있는 것이다.

이처럼 이번에 시인은 삶과 죽음의 경계를 지움으로써 오히려 더욱 풍요롭고 절실한 삶을 마주한다. 삶과 죽음을 연속적으로 바라보고, 삶과 죽음의 경계를 무화시킴으로써 시인은 우리 삶과 존재의 본질적 이해에 도달하고 있는 것이다. 삶과 죽음에 대한 이 같은 시인의 인식론적 전환 양상은 이번 시집에 수록된 다른 시편들에서도 자주 발견되는 중요한 특성이다. 특히 이 시들은 시인의 삶에 다각적인 영향을 끼쳐왔던 불교적 상상력에 크게 의존하고 있다는 점을 우리는 기억해 둘 만하다.

4.

이상에서 살펴보았듯이 이번 강나현 시인의 시편들은 대개가 우리에게 익숙한 자연 대상물, 일상의 풍경 등의 평범한 소재를 차용하여 소박한 언어로 표현한다. 그러나 이 같은 시적 소재의 평이성과 표현의 소박함이 곧바로 시적 단순함을 의미하지는 않는다. 비록 그녀의 몇몇 시가 부분적으로 내용 전개의 단조로움과 의성어의 상투성을 노출하고 있기는 하나, 그녀의 시는 시인의 섬세한 감성을 바탕으로 특유의 서정을 분출하며 오늘날 현대 일상인들의 메말라가는 정서를 자극하기에 부족함이 없어 보인다. 예를 들어 생활세계의 영역에서 길어 올린 열린 상상력을 무기로 "흰꽃머리" "고동껍질 같은 자궁으로 출산"하는 난의 환한 생명력을 재치 있게 묘사한 「난과 화분」, "샛강가 나무"와 "폭풍에 떨어진 목련꽃"의 재회(윤회)를 확신하며 인생의 의미를 성찰하는 「그래도 못 잊겠거든」 등은 여기에 해당한다. 뿐만 아니라 대상 사물의 특성을 세밀하게 파악하고 이를 언어유희적 요소로 활용한 작품들 역시도 궁극적으로 이러한 연장선상에서 자연스럽게 견인된 것으로 파악된다. "쑥아/바람에/치마 살짝 걷어 올리는 요사한 꽃이/사철 초록 교복 입었다 놀려도/쑥맥되지 마라"의 「쑥」과 "논산훈련소에 철부지 맡겨놓고/더딘 초침 보며/집으로 돌아가는/고속도로/휴대폰이 우우우우 울었다"라는 진술의 「어머니」 등이 이러한 특징을 보여주는 시들이다. 재기발랄한 시인의 언어 감각을 보여주는 이 시들은 시적 소재와의 동음 체계 및 반어적 의미망을 확보하여 언어유희적 차원에서 적극적으로 활용된다. 그리고 이 시들은 대체로 투박하고 외로운 삶이지만 그것을 대긍정하려는 시인의 따뜻한 마음에서 자연스럽게 점화되어 생성되고 있다. 이렇게 보면 강나현의 시에 동원된 자연사물과 일상의 사건들은 단순히 낭만적 동경의 대상이거나 시적 소재로 활용되지 않음을 알 수 있다. 현재 그녀의 시는 일상의 카페에서는 물론, "죽음과 삶의 파편들"(「제부도」)이 펼쳐진 자연 공간, 하물며 하찮은 "악성댓글"이 난무하는 인터넷 공간에서도 삶의 근원에 한 걸음씩 다가서는 중이다. 결국 시인은 사유 수갑에 채워져 마음의 독방에 감금당한 자신의 천형을 묵묵히 받아들이고 있는 것이다. 그래서 여전히, 시인은 말한다. "후회하진 않아/운명이니까" (「화려한 귀향」).

마음의 신전(神殿)

신옥철 시집, 『有神論 · 나는 사랑할 수 없다』

마음의 신전(神殿)

시집의 제목이 지시하는 바와 달리, 신옥철의 세 번째 시집 『有神論 · 나는 사랑할 수 없다』에는 특정한 신神이 등장하지 않는다. 아울러 이번 시집은 '나는 사랑할 수 없다'라는 시인의 선언과는 무관하게 세계에 대한 애틋한 연민의 정과 따뜻한 사랑으로 충만하다. 신옥철 시인에게 신적인 존재, 그가 말하는 "나에게서 신이 되는 요소들"이란 가령 이런 것이다. "사랑, 시, 때론 money" 그리고 "무엇보다도 내 안의 벌거벗은 나"(「시인의 말」) 등등. 신옥철의 시에서 신은 어떤 초월적인 대상이 아니다. 그에게 신은 자신 삶의 중요한 순간들을 예각화하며 절대적인 영향력을 행사하는 존재들이다. 따라서 '신옥철의 신'은 우리의 일상 어디에나 있고, 동시에 어디에도 없다. 그들은 항상 현실이 길항하는 시적 상상력의 확산을 통하여 시인의 마음속에 거주한다. 이런 차원에서 보면 이번 신옥철의 시집 『有神論 · 나는 사랑할 수 없다』는 복잡다기한 일상을 영위하며 고독과 외로움, 상처와 고통의 시간을 건너는 시인의 내면에 기록된 마음의 형상이라 할 것이다. 이번에 시인은 '사실적인 삶'에 대한 구체적인 이해를 바탕으로 시집의 한복판에 마음의 신전神殿을 짓고 있는 것이다.

청송에서
밤새 잠을 설쳤다
어린 시절처럼 설레어서였을까
전차에 오르다 넘어졌다
소풍날처럼 풀꽃을 만나고
밝은 햇살을 만나고
바람과 새를 만나면서 점점 무서워졌다
무서워해였을까
무대를 오르다 또 넘어졌다
갑자기 들려오는 가슴 깊은 속의 고해 소리
—바로 저입니다
세상을 아프게 하고, 사람들을 화나게 하고
그대를 분노하게 하여 이곳에 있게 한 주범
—아아, 바로 나입니다.
바람을 두고
아직도 중천에서 빛나는 햇살을 두고
밖에서 보았던 풀꽃을 그곳에 두고
돌아오면서 또다시 넘어졌다
내 안 깊은 곳 천년 바위의 선고 소리
—다시 돌아가야 하는 너의 죄

밖에서 살아야 하는 너의 중죄
넘어져 다친 상처 안으로, 안으로 피 흘리고
그 피 굳어 돌이 되어
나는 넘어지고, 넘어지고 또 넘어진다
무서워했기 때문일까 설레었기 때문일까

－「有神論 31」 전문

　거듭 강조하지만, 신옥철의 「有神論」 연작 시편들은 동시대의 현실
이 견인하는 내 '안의 대화'이자 마음의 기록이다. 이 말은 새삼스럽게
서정시의 장르적 특성을 환기하거나 혹은 단순히 그의 시편들에 마음
(안)이라는 시어가 자주 출현한다는 사실을 지적하는 것이 아니다. 도
합 60여 편에 달하는 「有神論」 연작은 대부분 자연 대상물이나 일상
의 낡은 풍경들과 일차적으로 대응하면서도 궁극적으로는 시인의
'안' 즉 마음을 현상하는 데 주력한다. 다시 말해 그의 시는 시인의 내
면을 드러내놓고 다루지는 않되, 결과적으로는 시인의 절박한 심리상
태를 강하게 환기하는 특징을 보이고 있는 것이다. 이를 신옥철 새 시
집 특유의 '有神論'이라고 이름 붙일 수 있는데, 그동안 시인은 이러한
'마음의 신전'을 드나들며 스스로의 내면을 정화하고 시심詩心을 고양
시켜왔다.
　인용한 시편은 최근 시인의 '마음의 신전' 풍경이다. 이 시에서 시인
은 먼저 자연 사물들과 대면한다. "풀꽃을 만나고. 밝은 햇살을 만나
고/바람과 새를 만나"는 것이다. 시인은 순간, 이것들을 세상에서 가
장 아름답고 소중한 대상으로 감지한다. 이들 자연 생명체야말로 현
재 시인에게 어린 시절의 '소풍날처럼' 설렘의 감정을 불러오는 요소
들이며 나아가 그의 시의 신적 존재에 다름 아니다. 이와 같이 신옥철
의 시는 거개가 이제껏 그가 믿고 의지하던 '신적인 것'을 적극적으로

부조하며, 내 '안'의 공간에서 마음의 대화를 시도한다. 그리고 이러한 시인의 마음은 시집의 전편에서 삶의 소중한 덕목들을 매개하며 심화 확장되는 양상을 보인다. "알루미늄 새시 몇 밀리 먼지 속 새하얀 뿌리 드러내며 올라온 새싹"(「有神論 10」), "깊은 산사 목탁소리보다 더 정갈한 환경미화원의 비질 소리"(「有神論 45-여명의 시간」), '보편'과 '맹목'의 "구름 속에 감추어진 햇살 같은 진실"(「有神論 48-니체 입장에서」), "사람부터 섬겨보려 마음"(「有神論 53-공자에게 물었더니」) 등이 그 대상들이다 자연 사물의 본원적 생명력과 투박하지만 정갈한 생의 풍경, 그리고 타인을 이해하고 배려하는 맑고 투명한 마음이야말로 신옥철의 시에서 신이 되는 요소들이었던 것이다. 특히 이 모든 요소를 필요조건으로 하는 시詩는 시인에게 "전지전능한"(「有神論 33-나는 시로 밥을 먹는다」) 신, 그 자체로 인식된다.

여기서 한 가지 주목할 점은 삶의 긍정적 요소들을 대면하는 시인의 마음이 항상 설렘의 감정으로 들뜨거나 평화롭지만은 않다는 사실이다. 오히려 위의 시에서처럼 시인은 "풀꽃을 만나고/밝은 햇살을 만나고/바람과 새를 만나면서 점점 무서워졌다"고 고백한다. 이것뿐만이 아니다. 시인은 "내 안 깊은 곳 천년 바위의 선고소리"를 들으며 "넘어지고, 넘어지고 또 넘어진다." 현재 신옥철의 마음의 신전은 불안과 공포, '신경쇠약증', '우울증'과 같은 위험한 단어들이 도사리고 있는 것이다.

마음의 신음소리

　그렇다면 왜 시인은 시작詩作과정에서 이 같은 고통과 시련을 경험하는 것일까. 어떤 이유에서 그의 시는 '신음소리'를 멈추지 않고 있는 것일까. 이 질문은 매우 중요한 의미를 함축한다. 왜냐하면 이 물음은 신옥철 시의 신전에 거주하는 또 다른 신의 정체를 규명하는 일에 해당하기 때문이다. 동시에 그것은 시인의 마음에 투영된 세계의 맨 얼굴을 들여다보는 일이기도 하다.

> 양평의 어떤 길에서 러브 숲을 만난다
> 빛의 잔치
> ―어지러워
> 사람들이 들어서면 빙글빙글 돌려
> 혼을 빼 길을 잃게 하고 마는 마법의 숲
> 어지럼증 멀미에 고소공포증 협소공포증 신경쇠약증 우울증이
> 네온처럼 돌아가는 광란의 숲
>
> 양평의 어떤 숲에선
> 반짝이는 호수 수면을 지키는 길을 만난다
> 가로등 하나 없는 세상 환히 밝히는
> 달과 별을 만나는 길
> 개구리들이 일제히 울어대는 시끄러운 숲길
> 이상도 하지 그 소음에는 길도 정신도 잃지 않으니
> ―아, 시끄러워 하고 말했더니 누군가가 놔두라 한다
> 사랑할 짝을 찾지 못해 애태우는 개구리들이라니...
>
> 이제 알겠다

양평엔 마법의 숲이 왜 필요한지를
조용한 밤길을 걸을 수 있으려면 1000개론 어렵도 없지
시끄러운 개구리 울음 우는 숲길을 소리 죽여 걸었다
신은 물론 달과 별도 말이 없었다

「有神論 24 — 양평의 숲은 2」 전문

위의 시에는 서로 다른 두 개의 숲이 공존한다. "야상곡, 프린스, 사랑이 머무는 성, 환타지", "나폴리, 에펠, 불의 숲, 마의 성"(「有神論 23 — 양평의 숲은 1」)을 비롯한 "천 개 러브호텔"의 네온사인이 '빛의 잔치'를 펼치는 <광란의 숲>과, '달과 별'이 "가로등 하나 없는 세상 환히 밝히는" <자연의 숲>이 그것이다. 이 시에서 시인의 마음이 가 닿은 곳은 물론 자연의 고유한 이미지를 간직한 <자연의 숲>일 게다. 그러나 안타깝게도 시인이 '마법의 숲' 또는 '러브 숲'이라고 부르는 <광란의 숲>은 오늘날 <자연의 숲>보다 훨씬 더 자연스럽다. "개구리들이 일제히 울어대는 시끄러운 숲길"은 현대적 일상을 살아가는 우리에게 신화나 전설 속의 공간으로 기억되는 것이 이즈음의 현실이다. 아울러 '달과 별'이 "반짝이는 호수 수면을 지키는 길"을 걷는 일은 이제는 그야말로 먼 '달나라 이야기'에 불과할 지도 모른다. 이 시의 화자 역시도 이러한 사실을 분명하게 인식하고 있다. "신은 물론 달과 별도 말이 없었다"라는 시구가 오랫동안 여운을 남기는 것도 이러한 사정과 무관하지 않다. 인간 삶의 본원적 공간을 기억하면서도 한편으론 그 세계의 몰락을 인정해야 하는 현실, 그러기에 아늑하고 평안한 분위기를 동반한 이 시는 일순간 '어지러운' '광란'과 영혼의 신음소리로 얼룩진다.

이처럼 신옥철의 마음의 신전, 더 나아가 전통 서정시의 신전에 존

재했을 법한 신적인 것(들)의 존재가치는 오늘날 그 의미가 훼손되었거나 퇴색되고 있다. 천민자본주의의 왜곡된 논리가 전횡하는, 그리하여 'money(자본)'가 인간의 "자존을 서서히 먹어치우고/종래에는 폐인이 되어버리게"(「有神論 19–VIP의 체험」)하는 세상에서 신들이 거주하던 신전은 이미 폐허가 된 지 오래이다. 언제부턴가 그 자리에는 헛된 욕망에 '감염'된 낯설고 천박한 '물신'들이 왜곡된 이성과 맹목적 율법의 이름으로 들어서 있다. 그리하여 인간은 차이가 배제된 무의미한 삶을 되풀이하여 사물화 된 일상인의 삶을 살아가고 있다.

> 하늘에서의 시간
> money는 기득권층의 불결한 질병을
> 나에게 감염시켜놓았다
> 자존을 서서히 먹어치우고
> 종래에는 폐인이 되어버리게 할 악성종양을.......
> 신의 세계 천국의 체험
>
> — 「有神論 19–VIP의 체험」 부분

> 그가 말한다. 세상은 속아주는 척 살아야 하는 거라고. 그래야 편해지는 거라고. 기쁨을 잡을 수 있는 거라고.
> …(중략)…
> 신이 말한다. 더러는 속아주어야 세상이 편한 법이라고. 물컹, 두루뭉술, 그래야 행복도 선심 쓸 마음이 생기는 법이라고.
>
> — 「有神論 17」 부분

오늘 난 그를 읽지 못하여 밝은 대낮 햇살에 묻혀 비밀리에 돌아가는 네온, 현시대의 바코드 러브호텔 앞까지 갔다. 감식기가 출현하는 순간 용케도 자세를 갖추고 서 있던 검은 줄의 나열이 우르르 무너져 내리고 내 용량의 한계로 나는 또다시 '소유할 수 없음' 제지 판에 막혀 돌아서고 만다.

세상의 코드를 읽지 못하는 내 사랑은 아직도 오지(奧地). 꿈은 멀다 슬픔이 줄줄.

—「사랑할 수 없다 3」 부분

다소 단조로워 보이는 인용 시는 현대 세계에서 인간의 고유한 주체성을 상실하고 일종의 '폐인'으로 전락해가는 현대인을 숨가쁘게 형상화하고 있다. 이 시에서 화자의 일상에서의 행위는 "신이 세계 천국의 체험", "더러는 속아주어야 세상이 편한 법" 등의 속화된 시구들과 어우러져 나름의 시적 효과를 유발하고 있다. 시인은 위악적이고 물신화된 "세상의 코드"와 삶의 진실 사이의 모순 관계에서 발화된 시적 의미를 전파함으로써 현대자본주의 세계의 위악성을 드러내고 있는 것이다.

내 안의 데모

그의 눈빛, 숨겨놓은 진실을 원한다고 말했다. 내 안에서 데모가 시작됐다. 양심이 처절하게 비명을 질러댔다.

—「有神論 32」 부분

딱딱한 내가 좋아하는 단어들은 하지만, 그러나, 이다.
세상은 싸늘해졌지만 그러나, 하지만

—「有神論 49」 부분

불바다라지. 뜨겁고 환하겠구나. 불구덩이에 던져져도

죽지는 않는다지. 달구어질수록 강해지는 쇳덩이처럼 의식들 견고해지
겠구나

…(중략)…

죽는 일 없으므로 포기하는 일 없이 살아 계속 이어질 거다. 절망 속이
기에 절망 오히려 편안하여.

신은 놀라 달아나고 말 거다.

— 「有神論 11」 부분

　　인용 시에서 보이듯이 "봉수대 아래 진경산수(眞景山水)로 펼쳐지
는 바다"(「有神論 43—나를 지우며」)를 끊임없이 적시하고자 하는 신
옥철의 노래들은 규율적 정체성을 요구하는 우리 시대에는 단지 슬픔
과 연민의 감정 표출에 불과할 수 있다. 이번 시집에서 흘러나오는 곡
조가 대체로 절망적이고, 우울하며 쓸쓸하게 느껴지는 것도 이러한
사정과 무관하지 않다. "그러나, 하지만" 시인의 말마따나 "절망 속이
기에 절망 오히려 편안"할 수 있는 것이다. 그러기에 시인은 '그리움'
과 '외로움'으로 점철된 "내 안의 데모"를 감행하며 "달구어질수록 강
해지는 쇳덩이처럼"(「有神論 11」) "강한 투시력"으로 시작에 몰입하
고 있다. 결국 그의 시는 부질없는 욕망의 기표들이 부유하는 현대적
일상이 파생하는 삶의 비극적 양태들을 분명하게 인식하고, 이를 극
복하려는 시인 의지의 산물이자 마음의 유신론有神論인 것이다. 그래
서 그의 시는 이즈음의 시적 경향들이 추수하는 황홀한 초월과 정신
의 자기 분열을 경계하고, 언제나 고단한 일상에 머무르며 반성적 사
유를 시도한다. 이 과정에서 신옥철의 시적 사유와 "말은 시퍼런 칼
날처럼 언제나 분명"(「有神論 17」)하다. 하여 지금 이 순간에도 신옥
철 시인은 운명처럼 "칼 같은 고독으로 버티고 앉아"(「사랑할 수 없

다 1」) 마음과 마음 사이를 오가며, "나의 시신(시신)"을 향해 "쉬지 않고 달려" 가고 있다(「有神論 29 — 요즘 나의 시」).

원시의 상상력과 야생의 정신

문복주 시집, 『파란만장』

원시적 상상력, 그 '마음'에로의 초대

첫 시집 『꿈꾸는 섬』에서부터 『우주로의 초대』, 『제주수선화』, 『식물도 자살한다』에 이르는 문복주의 시세계에는 시인의 순결한 마음이 빼곡하게 담겨있다. 이 말은 결코 서정시의 고유한 특성을 환기하거나, 지금까지 발표된 그의 시집에 마음의 형상이 빈번하게 적재되어 있다는 사실을 지적하는 것이 아니다. 문복주의 시들은 대부분 '섬', '우주', '제주수선화', '식물'과 같은 주변의 익숙한 풍경들과 직접적으로 교유하면서도 궁극에는 시인의 독특한 마음을 현상하는 데 주력해왔다. 다시 말해 그의 시는 자신의 내면을 작품의 전위에서 드러내놓고 다루지는 않되, 종국에는 시인의 현재적 심리상황을 강하게 부각하는 특징을 보이고 있는 것이다. 이를 우리는 예전 그의 시적 표현을 차용하여 '마음에로의 초대'라고 명명해볼 수 있을 것인데, 그 동안 시인은 이러한 마음의 형상과정을 통해 스스로의 내면을 정화하고 시심詩心을 고양시켜 왔다.

『파란만장』(시인동네)은 문복주 시인이 독자에게 보내온 다섯 번째 마음에로의 초대장이다. 아울러 이 시집은 어느덧 이순耳順을 맞이한 그가 세상을 향해 마음을 열어두고 삶의 이치를 터득해가는 과정에서 생성한 완숙한 마음의 피조물이다. 이번 시집에서도 시인은 특유의 소박하면서도 정제된 언어를 동원하여 정갈한 마음의 무늬를 여지없이 빚어낸다. 금번에도 그의 시는 때때로 엉뚱하고 기발한 상상력을 활용하며 유쾌한 역설과 황홀한 아이러니의 미학적 공간으로 독자를 안내한다. 한 가지 특이한 것은 새 시집에서 시인은 자주 마음의 회귀현상을 보여준다는 점이다. 특히 이번에 시인의 마음이 회귀하는 상징적 장소는 단연 '원시原始'인데, 여기서의 '원시'란 가령 이런 것이다.

그간 밥이 된 책 나부랭이를 버리고 산골로 들어왔습니다. 덧없는 행보를 멈추었습니다. 귀가 들리지 않았습니다. 너무 많은 소리를 들은 귀는 쉬어야 했지요. 세상의 소리를 잃는다는 것이 너무 슬퍼 녹음기를 사들고 와 매일 틀어대고 들었습니다.

오랜 당뇨로 의사는 내게 곧 실명까지 선언했지요. 그래서 나는 최신의 LCD TV를 사들고 왔습니다. 그날부터 매일 소주 두세 병씩 까며 주야로 세상을 다 열어 보았습니다. 다시는 볼 수 없는 세상을 미리미리 보아두자 했지요

살아 있을 때 육체에게 다 해주자. 살아 있을 때 정신에게 다 해주자. 정

신을 놓아 줍니다. 육체를 풀어 줍니다. 주변의 자동력을 거부합니다. 몸으로 해결합니다.

　문명의 글자를 지워버립니다. 그러자 신기하게도 새 세상이 나타났습니다. 우울하게 허망하게 불편하게 망가져 간다고 생각했는데 전에 맛볼 수 없던 기쁨과 회열과 사랑과 감정이 나타납니다. 형체가 풀어지며 신비한 세상이 나타납니다. 원시는 사라진 것이 아니라 부르면 지금도 달려오다니 놀라운 기쁨이 아닐 수 없습니다.

　　　　　　　　　　　　　　　　　－「원시(原始)로 돌아가며」 부분

　인용시에서 '원시原始'의 상징적 의미를 파악하는 것은 그리 어려운 일이 아니다. 각각의 연에서 순차적으로 제시된 "너무 많은 소리를 들은 귀"와 '실명'의 위기에 처해 있을 정도로 피로해진 눈의 감각, 이로 인해 남은 세월동안만이라도 '살아 있을 때' 육체와 정신에게 '다 해주자'라고 끊임없이 되뇌는 시적 화자의 침통한 목소리는 역설적으로 원시의 의미를 짐작케 한다. 더욱이 마지막 연에 이르면 원시의 시적 의미는 더욱 선명하게 전달된다. "문명의 글자를 지워버리"는 시인의 행위가 바로 그것이다. 결국 시인에게 원시의 공간이란 물질문명의 논리가 전일적으로 지배하는 세계의 "형체가 풀어"질 때 "나타나는 새 세상"이자 "신비한 세상"이다. 그리고 그것은 현실자본주의 문명의 모든 것을 '놓아'주고 '풀어'주고 내려놓는 순간, 재현된다.

　이렇게 보면 시인의 말마따나 "원시는 사라진 것이 아니라 부르면 지금도 달려오"는 현존하는 공간이다. 그것은 인간 존재 누구나의 마음속에 저장된 현재진행형의 시간이다. 그렇다면 우리는 어떤 경로를 통하여 원시의 그 찬연한 시공간으로 진입할 수 있을 것인가. 이 물음을 앞에 두고 문복주 시인은 다시 한 번 우리에게 마음의 중요성을 암묵적으로 전언한다. 삶의 고유성을 망각하고 현실수행 원칙으로부터 인간화의 미덕을 빼앗긴 공간에서의 "덧없는 행보를 멈추"려는 깨달음의 마음과 "주변의 자동력을 거부"하고 본원적 삶의 세계로 회귀하려는 마음의 의지가 그 세부 항목이다. "기쁨과 희열과 사랑"의 감정이 넘쳐나는 '원시 세상'으로의 재진입은 현존재의 자각의지, 성급하게 말하자면 개별 주체의 '마음먹기'에 달려있다고 그의 시는 거듭 강조하는 것이다.

　이처럼 문복주 시인에게 마음의 깨달음은 이제는 우리 곁에서 사라진(사라져가는) 소중한 존재와 그리움의 '세상'을 복원하는 핵심요소로 작용한다. 더 나아가 이런 시인의 마음은 "죽음이라 믿었던 것들이 일순 생이 되고" "증오라 믿었던 것들이 일순 사랑이 되어 원초에 원초를 건너뛰어 어떤 생명이든지 될 수 있"(「우포늪에서」)는 원초적 생명력을 목도하게 한다. 이쯤 되면 이 글이 도입부에서 이번 문복주의 시집을 완숙한 마음에로의 초대장이라고 비유한 이유도 분명해진다. 현재 시인은 "파란만장"했던 자신의 삶을 반추하며 '원시'의 상상력과 '야생의 정신'과 '철학자'의 사유를 매개하여 성숙한 마음의 작업을 이어가고 있는 것이다. "마음으로 기어이 찾아가는/파란만장"(「파란만장1」)의 시구와 "아무리 캄캄해도/걸어가는 길의 끝/마음의 저 불빛 하나면 충분하다"(「길은 캄캄하다」)의 대목에 등장하는 시인 마음의 형상도 이런 맥락에서 쉽게 이해가 가능하다. 지금 문복주의 마음은 "시와 같이 살며/인생을 되새김질"(「아내의 시」)하고 있는 것이다.

야생의 정신과 '산골'에의 회귀

　문명과 진보의 논리가 구축한 현대세계에서 인간은 대개가 현실의 문법에 기초한 규범적 삶을 살아간다. 이 세계에 속한 어떤 존재라도 '지금/여기'의 위계질서를 무시하고 터무니없이 '원시'의 지대, 또는 '산골'과 '야생' 등으로 대변되는 원초적 낭만의 공간으로 회귀하려고 애쓴다면 그는 현실세계에서 외면당할지도 모른다. 앞만 보고 "전속력으로 달려"(「파블로프의 개」)가는 세계 체제에서 "원시로 돌아가"는 상상력을 발현하거나, "야생의 정신"을 추억하며 "산골로 들어가" "기쁨으로 가는 자연 그대로의 회귀"(「동백꽃 진 자리」) 따위를 운운하는 존재를 세계가 결코 묵인하지 않기 때문이다. 또한 일상의 상식 차원에 비추어 볼 때, 가끔씩 자연생명체와 자신을 동일시하며 "인간처럼 머리가 아닌"(「개코」) '짐승'의 본능적 감각으로 문명발전의 법칙을 진단하고자 하는 예외적 존재들의 전복적 행위 역시 이 세계가 호락호락하게 용인할 수 없음도 물론이다. 예를 들면 "보잘 것 없는 두 발만으로 서서 다니는 주먹만 한 짐승. 서서 때로 불을 가지고 시도 때도 없이 숨었다 나타났다 하지만 날지 못하는 저 놈을 도무지 잡을 수 없다. 덫에 걸려 살려달라고 애원했지만 가지고 놀고 잡아먹다 춤을 추는 주먹만 한 작은 저 놈은 어디에서 온 것일까. 저놈의 무기는 무엇이길래 나는 죽고 저 놈은 살아남는 걸까. 짐승의 종種에서 가장 난해하고 지독한 저 놈. 저 놈의 끝은 어찌될까."(「야생의 정신사2」)와 같은 시적 인식이 여기에 해당한다. 다소간의 비약과 과장의 수사학이 동원되어 있기는 하지만, 이 장면에는 '놈'과 '무기'로 각각 지칭된 인간과 현실 문명의 모순상을 부정하고 거부하려는 시인 마음의 투철한 의지가 강도 높게 제기되어 있다.

　문복주 시인의 시적 우울감은 바로 이 지점에서 시작될지도 모른다. 변함없이 그는 원시적 상상력과 야생의 정신을 추억하며 현실세계를 복기하고자 하기 때문이다. '진화'와 '퇴보'(「우포늪에서」)로 이원화 된 '직선적' 시간의식이 전면적으로 횡행하는 이 시대에 시인은 지금 일종의 <시간의 역전현상>을 주도하고 있는 것이다. 그런데, 그럼에도 불구하고 어쩐지 시인에게는 이 비극적 상황이 심각하게 받아들여지지 않는 듯하다. 오히려 그는 시인의식의 전환을 통해, 더 나아가 마음의 정화작업을 바탕으로 현실의 시계와는 동떨어진 '산골'의 낭만적 공간에서 새로운 삶을 꾸려가고자 한다. "세상에 맞지 않는 어정쩡한 웃음을 지으며 손바닥만 한 땅에 바람난 오미자 키우며 혼자 냇물처럼" 사는 산골 <이방인>의 삶을 마냥 부러워하고 있는 것이다.

　　내 윗집에 산적이 산다. 세상에 맞지 않는 어정쩡한 웃음을 지으며 손바닥만 한 땅에 바람난 오미자 키우며 혼자 냇물처럼 산다. 하는 일 없이 심산유곡 슬슬 걸어나 다니고 세상일은 나 모르쇠 껑충껑충 넘어 다니고 햇빛 따뜻한 바위에 걸터앉아 오늘 구름 참 보기 좋네 헛소리나 한다.

　　세상에 내려간 적 없이 먹고도 안 먹고도 사는 그의 비법 알 수 없지만 은근히 심사 쏠려 소주 한 잔 하면 빙긋빙긋 웃기만 하고 에이, 선생님은 다 가지고 있고, 세상을 다 알지만 난 모르니까 이렇게 사는 거예요. 대학까지 나온 이웃의 바람난 오미자의 남자. 무엇이 그를 이렇게 살게 했을까.

　　산골 하나 갖고 세상 하나 버린 윗집에 무서운 산적은 가끔씩 와서 하나를 두고 하나를 가져간다. 산적이 왔다 간 날은 잘못 살아온 탐욕의 생이 뿌리째 흔들려 부끄러움에 눈물을 흘린다. 내가 믿었던 세상의 소유를 거의 빼앗긴 나는 이제 머리 깎을 일만 남았다.

-「내 윗집에 산적이 산다」 전문

지금까지 문복주의 시에서 '원시'가 시인의 마음이 회귀하는 상상력의 공간으로 제시되었다면, 인용시의 '산골'은 원시가 구체적으로 현현된 장소의 대리물이다. 이 시의 '산골'에는 서로 다른 두 개의 인생이 교차한다. 산적의 삶과 화자인 '나'의 생애가 그것이다. 작품에 등장하는 산적은 "산골 하나 갖고 세상 하나 버린" 남자이다. 동시에 그는 "세상에 내려간 적 없이 먹고도 안 먹고도 사는" '비법'을 터득한 인물이며, 이 바쁜 세상에서 "하는 일 없이 심산유곡 슬슬 걸어나 다니고 세상일은 나모르쉬"하며 '헛소리'나 하는 <비정상>적인 존재이다. 일상의 문법구조에서 바라보면 이런 산적의 행위는 금기사항이다. 뿐만 아니라 그는 분명 <정상적>인 현실의 담론에서 추방의 대상이다. 그런데도 현재 화자는 "산골 하나 갖고 세상 하나 버린 윗집에 무서운 산적"의 삶을 대하며 "산적이 왔다 간 날은 잘못 살아온 탐욕의 생이 뿌리째 흔들려 부끄러움에 눈물을 흘린다." 그는 산적의 삶으로 인해 "내가 믿었던 세상의 소유를 거의 빼앗기"는 상실감을 체험하고 있다. 이 과정에서 시인은 <정상>과 <비정상>의 왜곡되고 뒤틀린 관계를 적나라하게 보여준다. "햇빛 따뜻한 바위"와 '구름' 등의 자연사물에 동화되어 '냇물처럼' 살아가는 '산적'의 삶과 '탐욕'과 '소유'에 집착해 온 '나'의 대비는 이 점을 단적으로 지시한다. 아울러 작품의 전반에서 감지되는 '어정쩡한 웃음'과 부끄러운 '눈물'의 대립적 정서는 이 시의 주제가 궁극적으로 어디를 향하고 있는가를 제시한다. 그것은 바로 '산골'과 '세상'의 심층적 의미, 다름 아닌 그동안 "내가 믿었던 세상"의 우울한 맨얼굴이었던 것이다.

문복주 시 특유의 의뭉스러움과 아이러니의 미학이 가미된 「내 윗집에 산적이 산다」는 이렇듯 삶의 비의를 환기하고 인간 삶의 고유성을 회복하고자하는 시인의 마음을 내장하고 있다. 이 시에서 시인의 진술한 감정은 시종일관 차분한 분위기에서 진행된다. 그러면서도 본래적 삶을 향한 화자의 강렬한 의지가 투명하게 느껴지는데, 그것은 이 시가 자기의식의 정제과정을 거친 화자가 단정적으로 말하는 방식을 취하고 있기 때문이다. "내가 믿었던 세상의 소유를 거의 빼앗긴 나는 이제 머리 깎을 일만 남았다."의 부분은 그 한 예이다. 이는 현재 시인의 정서가 안정된 중심을 찾았음을 의미한다. 이즈음의 그의 시에서 고유한 삶과의 깊이 있는 교감과 따뜻한 감성이 느껴지는 것도 이러한 사정과 무관하지 않다.

맺으며

상실과 모멸감, 자책과 회한의 정서로 점철된 현실의 시간들을 원시의 상상력과 야생의 정신으로 승화시켜 '허허'로운 산골의 삶을 <선택>하는 이 기막힌 마음의 반전은 시인에게 거저 얻어지지 않는다. 삶을 대하는 이 같은 대자적 마음에 도달하기까지 문복주 시인은 오랜 시간의 축적을 절대적으로 필요로 했다. 어느덧 환갑還甲을 맞이한 시인의 생물학적 나이를 언급하는 것이 아니다. 거듭 강조하는바, 새 시집에는 '파란만장'했던 삶이지만 그것마저도 대긍정하며 스스로 인생의 철학을 터득해가는 시인의 모습이 자주 발견된다. "생은 생 그대로 아름답고 황홀하다"(「빙하의 추억」), "파란은 내가 푸르게 날았던 세상/만장은 내가 바라본 꽃 같은 죽음"(「파란만장1」)과 같은 시적 잠언이나 레토릭은 이 지점에서 파생된 것이다.

한편 일상의 지대에서 길어 올린 풍요로운 상상력을 바탕으로 인생의 참된 의미를 배워가는 시편들은 이번 시집의 곳곳에서 만날 수 있다. 특히 '산들이'라는 개를 전면에 내세워 시인 나름의 철학적 사유를 개진한 제1부는 산들이를 위한, 산들이에 의한, 산들이의 시라고 할 만큼 시인이 생의 가장 낮은 지대로 내려가 삶이 보편적 가치를 견인하고 있다.

> 나를 향하여 전속력으로 달려오던 개/그러나 오, 놀라운 비극/목줄만큼의 간격에서 딱 멈춰서버린/오, 비정한 오, 불쌍한//나의 생이 그랬다
>
> —「파블로프의 개」 전문

> 산 자의 어미는 아무리 늙어도 새끼를 잊지 않는 법./<중략>/병곡 마을 길 한가운데서 새끼를 돌려달라고 끝까지 1인 시위하는 별난 개가 산다.
>
> —「별난 개」 부분

> 금빛 월계관이 목줄이 되고 순은의 하얀 털외투가 가진 것 전부라도 믿음이 굴종의 인간보다 낫다며 시를 쓴 개./<중략>/오늘도 개다운 것이 무엇일까를 사유하는 개.
>
> —「개의 품계」 부분

위의 시편들에서 보이듯이 문복주의 시는 대개가 우리에게 친숙하고 일상적인 소재를 차용하여 소박하고 간명한 언어로 표현한다. 그러나 이런 시적 소재의 평범함과 표현의 간결함이 곧바로 시적 단순함을 의미하지는 않는다. 비록 몇몇 그의 시가 부분적으로 구조적 단

조로움과 내용의 평이성을 노출하고 있기는 하나, 대다수의 시는 시인의 섬세한 감성을 바탕으로 특유의 철학과 마음을 분출하며 오늘날 현대 일상인들의 건조해진 정서를 자극하기에 부족함이 없다. 대체로 이 시들은 메마르고 각박해진 삶이지만 그것을 적극적으로 수용하려는 시인의 따뜻한 마음 사이사이에서 자연스럽게 생겨난다. 더욱이 이즈음의 그의 시는 "무엇이든 보는 대로 새겨지고 느껴지고 기억되던 첫 만남들"(「자서」)을 더욱 더 소중히 간직하고자 한다. 이것이 문복주 시인의 다음 시집이 보다 기다려지는 이유이다.

제4부

현대시와 폭력

인간과 폭력

인간의 역사는 폭력의 역사라고 할 정도로 이제까지 인류는 크고 작은 유·무형의 폭력에 시달려왔다. 고대 그리스의 플라톤과 아리스토텔레스에서부터 "20세기를 유사 이래 가장 피비린내 나는" 폭력의 시대로 규정한 에릭 홉스봄Eric Hobsbawim에 이르기까지 폭력에 관한 다양한 철학적 사유들은 이를 여실히 증명한다. 또한 오생근이 지적하였듯이 프로이드가 『문명 속의 불만』에서 지적하듯이 "남을 죽이지 말라"와 같은 종교적 계율은 이미 오래전부터 인간 사회 속에 폭력이 존재하고 있었다는 사실을 역설적으로 입증한다.

폭력은 분명 야만의 행위이다. 그러나 문명 이래 폭력은 어디에나 있고 누구에게나 존재한다. 오히려 현대 문명사회에서 폭력은 더욱 거대하고 다양한 형태로 확산되는 양상을 보인다. 아우슈비츠 사건, 베트남 전쟁, 한국전쟁, 광주학살 등 20세기를 전후하여 발생한 국내외의 사건들을 굳이 언급하지 않더라도, 오늘날 우리는 민족, 국가, 사회 단위에서 분출하는 집단폭력과 개인폭력의 위험성을 심각하게 목도하고 있다. 더욱이 최근에는 현대사회의 합리적 의사소통 창구로 기대되었던 사이버 공간마저도 폭력성으로 인해 극심한 몸살을 앓고 있다. 이러한 현실을 감안할 때 인간 삶의 모든 영역에서 무분별하게 일어나는 폭력의 양상을 감지하고, 이에 대해 지속적으로 작품을 생산해 온 우리 문학계의 움직임은 당연한 결과로 보인다. 최근까지 현대세계의 폭력성을 적극적으로 환기하며 꾸준하게 발표된 다양한 문학작품들은 이 같은 현실을 단적으로 보여준다.

그럼에도 불구하고 문학 작품에 나타난 폭력성에 관한 연구들은 많은 경우 한계를 노정한다. 특히 이들 연구는 작품에 내재하는 폭력성의 문제를 사회구조적 차원에서 접근하지 못하거나, 폭력을 한국근현대사의 특수한 계기적 사건들과 연계해서 일시적이고 우발적인 현상으로 이해하는 탓에, 그것의 본질을 기원적 범주, 혹은 삶의 실제적 영역에서 깊이 있게 성찰하지 못하고 있다. 뿐만 아니라 폭력을 단순히 윤리적 선악의 이분법적 구도로 파악함으로써 폭력에 대한 인간학적 탐구, 즉 인간 존재의 심층에 자리 잡고 있는 폭력성(호모 비오랑스)과 그로 말미암은 인간정서의 복합적 모순까지는 파악하지 못하고 있는 실정이다.

이 글이 한국 현대시에 나타난 폭력 연구라는 주제를 설정하고 우리 문학에 나타난 폭력의 제반 양상을 다각도로 탐색하려는 목적도 바로 여기에 있다. 즉 본고에서는 문학적 상상력으로 발현된 폭력에 대한 고찰을 통해 그것의 심층적 구조와 의미를 우회적으로 파악하려는 것이다. 이에 따라 본 논문에서는 한국현대시사의 중심부에 위치하는 주요 시인들의 작품을 대상으로 폭력의 유형과 그 성격을 검토한 후, 각각의 시적 대응 방식을 살펴보기로 한다. 이러한 연구는 이후 한국 문학에 나타나는 폭력의 구조성 연구에 대한 예비적 고찰의 일환이 될 것이다.

국가 권력의 폭력성과 은폐성

한나 아렌트는 현대사회를 '폭력의 시대'라고 규정한다. 물론 그의 이러한 규정이 현대세계의 폭력성을 결코 승인하는 것은 아니다. 오히려 오늘날 사회는 이전의 그 어떤 시기보다 광포하고 무자비한 폭력이 난무하는 탓에, 전쟁이 휩쓴 현대를 목격한 아렌트와 같은 정치학자들은 그러한 폭력의 구조를 다각도에서 진단하는 한편 폭력의 제거를 위한 노력을 경주해왔다. 이러한 노력의 일환으로 현대 사회과학에서 중요하게 다루고 있는 것이 '정당한 힘'의 개념이다. 여기서 한가지 지적해두어야 할 사항은 사회과학적 의미의 '정당한 힘'은 말 그대로, 역설적이게도 물리적 '힘'을 완전히 배제하지 않는다는 사실이다. 이는 사회과학에서 추구되는 '정당한 힘', 즉 폭력이 부재하는 상태에 도달하기 위한 수단으로서 '정당한 힘' 또한 물리력의 행사를 적극적으로 수용하는 것과 밀접한 관련이 있다. 그런데 이 때 한국의 근현대사에서 유난히 문제가 되는 것은 '정당한 힘'이 언제나 정당하게 발현되지는 않았다는 것이다. 특히 한국의 근현대사에서 그것은 국가, 제도, 일상 문법의 이름으로 변질되어 더 큰 폭력을 행사해왔다.

映畵가 시작하기 전에 우리는/일제히 일어나 애국가를 경청한다/삼천리 화려강산의/을숙도에서 일정한 群을 이루며/갈대 숲을 이룩하는 흰 새떼들이/자기들끼리 끼룩거리면서/자기들끼리 낄낄대면서/일렬 이렬 삼렬 횡대로 자기들의 세상을/이 세상에서 떼어 메고/이 세상 밖 어디론가 날아간다/우리도 우리들끼리/낄낄대면서/깔쭉대면서/우리의 대열을 이루며/한 세상 떼어 메고/이 세상 밖 어디론가 날아갔으면/하는데 대한 사람 대한으로/길이보전하세로/각각 자리에 앉는다/주저앉는다

　　　　　　　　　　　　　　　　　－「새들도 세상을 뜨는구나」 전문

그 길은 모든 시간을 길이로 나타낼 수 있다는듯이/直線이다./그리고 그 길은, 그 길이/마지막 가두 방송마저 끊긴 그 막막한 심야라는 듯이,/칠흑의 아스팔트다./아 그 길은 숨죽인 침묵으로 등화관제한 第1番街의, 혹은/이미 마음은 죽고 아직 몸은 살아 남은 사람들이/낮게낮게 엎드려 발자국 소리를 듣던/바로 그 밑바닥이었다는 듯이, 혹은/그 身熱과 오열의 밑 모를 심연이라는 듯이,/ 목숨의 횡경막을 표시하는 黃色線이 중앙으로 나 있다./바로 그 황색선 옆 백색 ↑표 위에/백색 ×표가 그어져 있고/횡단보도에는 信號燈이 산산조각되어 흩어져 있다./그 신호등에서 그 백색 ×표까지, 혹은 그 백색 ×표 위까지, 혹은/캔버스 밖 백색 벽 위에까지, 火急하게/지나간 듯 한 정글화 자국들이/수십, 수백, 수천의 수인들처럼/찍혀, 있다 마치, 그 길은/끝끝내 돌이킬 수 없는, 최후의 길이었다는 듯이

　　　　　　　　　　－「혼적Ⅲ · 1980(5.18×5.27cm)−李暎浩作」 전문

　　　　　　　　　　　　　　　　　　　　　　　　－『묵념, 5분 27초』 전문

토마스 홉스Thomas Hobbes에 따르면 국가의 본래 목적은 제반 폭력으로부터 시민을 보호하는 수단으로 기능한다. 국가란 하나의 거대한 공동체로서 구성원의 안전을 보장하는 장치이다. 그러나 역사 이래 우리는 "자연인을 보호하고 방어할 목적으로 만들어 진", 홉스에 의해 "리바이어던"으로 지칭되는 "자연인보다 몸집이 더 크고 힘이 더 센" 국가의 폭력 사례를 다양한 역사적 경험을 통해서 찾을 수 있다. 한국 사회에서 국가 폭력의 심각성을 단적으로 보여준 대표적인 사례가 바로 1980년대이다.

1980년대는 분명 금기와 해방의 시대이다. 이 시대는 '80년 5월 광주'가 함의하는 군사독재정권의 야만적인 폭력이 노골적으로 자행되는 한편, 폭압적 현실에 저항하며 새로운 사회질서를 꿈꾸는 변혁에의 이념적 열망이 강하게 표출된다. 뿐만 아니라 성장제일주의를 내세운 제3세계 특유의 압축적 근대화가 88올림픽으로 상징되는 비약적인 경제발전을 이룩한 것도, 국가권력의 폭력성에 항거하는 민중의 주체적 역량이 87년 6월 항쟁으로 결집되어 정치적 민주화를 앞당긴 것도 다름 아닌 1980년대의 일이다. 이처럼 1980년대는 금기와 해방, 성장과 분배, 억압과 자유라는 대립적 규정 속에서, 1970년대 사회체제가 지녔던 성장과 변화, 갈등과 모순이 변형·심화·확대되는 양상을 보인다. 그리하여 이 시기의 사회는 빈부격차와 계급갈등, 농촌궁핍과 환경 파괴, 성장 이데올로기와 결탁한 반공 이데올로기의 왜곡된 논리 등에 대한 문제의식이 전 사회적으로 급속하게 확산되면서 복합적 모순상황에 직면하게 된다.

1980년대 시는 이러한 사회적 현실, 즉 폭압적인 국가권력, 소외를 발생시키는 근대 체계, 세대 갈등을 조장하는 반공이데올로기 등이 초래한 제반 폭력적 문제들을 냉철한 현실인식과 역사의식을 바탕으로 하여 형상화한다. 1970년대 시가 주로 개인의 관점에서 부조리한 현실의 폭력에 대응하는 예술적 상상력을 펼쳐 보이고 있었다면, 1980년대의 그것은 70년대 시의 사회적 상상력을 충실히 계승하면서도, 개인과 집단, 집단과 집단 사이의 폭력성을 보다 정밀한 이론체계를 도입하여 구체화시켰다고 할 수 있다. 이는 1980년대의 시가 자기 장르의 정체성과 미학적 갱신의 문제를 끊임없이 의식하며 사회 역사적 인식의 지평을 확대할 수 있었기에 가능한 것이다. 1980년대 시가 보여주는 첨예한 주제의식과 다양한 구성기법은 이러한 인식 지평의 확대에서 연원하는 것이라고 할 수 있다. 그 결과, 1980년대에 전개되는 시 작품은 많은 경우, 리얼리즘 미학의 정신과 방법을 매개하면서도 동시에 장르 파괴적인 실험시의 등장을 가능케 한다.

위의 인용시편들은 그러한 1980년대 이른바 해체시의 선봉장이었던 황지우의 작품이다. 이 작품들은 서정 장르의 극단적 파괴와 실험이라는 형식미학의 특성을 보여주고 있음에도 별도의 설명과 분석이 필요하지 않을 정도로 시적 전언은 명백하다. 이 시들에서 시인은 '1980', '5·18', '5·27' 등의 숫자 기호 및 시각적 장치, '애국가'와 같은 반어적 시어를 매개하여 국가 권력의 폭력성을 집약적으로 드러낸다. 특히 「새들도 세상을 뜨는구나」의 경우에는 애국가의 가사와 영상 이미지의 내용을 풍자적으로 재구성해서 (애)국가의 의미에 대해, 그것의 폭력성과 은폐성에 관하여 의혹을 제기한다.

국가와 사회 제도는 공공의 안녕과 공동선의 원칙에 따라 개인의 자유와 생존의 문제를 결정할 수 있는 거시적이고 구조적인 체계이다. 아울러 국가의 교육제도는 집단적이고 체계적인 훈육을 통해 개인의 심신에 국민의식을 심어준다. 애국심은 그 단적인 발로이다. 하지만 톨스토이에게서 애국심의 의미는 전혀 다른 차원에서 이해된다.

톨스토이는 사람들의 일그러진 욕망을 부추기고 세계를 파멸로 밀어넣는 악마가 바로 국가라고 인식한다. 또한 그는 국가가 공권력의 이름으로 민중의 인권을 유린하고, 나아가 그런 잘못들을 미화하고 은폐하기까지 한다고 말한다. 계속해서 그는 이 과정에서 국민들에게 강요되는 "애국심은 인위적이며 비이성적이고 유해한 감정"이라는 것과 "인류가 겪고 있는 병폐의 상당 부분이 애국심에서 비롯"되었다는 견해를 제기한다. 그에게 애국심은 국가의 폭력을 은폐하고 국가 체제를 합법적으로 위장하기 위한 교육·제도적 장치에 불과한 것으로 인식되는 것이다. 이러한 톨스토이의 애국심에 대한 주장이 합당한지 혹은 그렇지 않은지는 물론 이 논문의 주된 관심사가 아니다. 그러나 최소한 그가 말하는 국가의 애국심에 대한 맹목적 강요와 그것의 허위성은 1980년대 한국사회에서 쉽게 발견된다는 점에서 유의미하다. 1980년대 한국 시사에서 황지우의 「새들도 세상을 뜨는구나」를 비롯한 위의 인용시들이 형식 기법의 차원을 넘어 각별한 의미를 부여받을 수 있는 이유도 이러한 사정에서 기인한다. 이 시기 그의 시는 신군부와 군사독재의 부도덕성 그 자체에 대한 일차적 의미의 저항행위를 넘어 국가의 본질에 대한 물음, 예를 들면 맹목적 애국심에 대한 경계와 공권력의 이름으로 행해지는 국가 폭력, 나아가 그것의 은폐성을 독특한 방식으로 형상화하고 있는 것이다.

전쟁폭력의 후유증

한편, 당연한 말이지만 폭력에 대한 논의는 일반적으로 폭력에 대한 정의에서 출발한다. 따라서 폭력은 신체에 대한 직·간접적 파괴, 즉 물리력의 파괴적인 사용이라는 원론적 정의는 거듭 강조될 필요가 있다. 그러나 모든 폭력이 물리력의 사용 자체에 의해서만 규정되는 것은 아니다. 가령 앞에서 살펴보았듯이 국가 제도가 필요하다고 보는 입장에서는 물리력의 행사를 필수적이라고 간주하는 국가, 제도 등이 여기에 해당한다. 이외에도 제국주의의 폭력, 젠더와 폭력의 관계, 일상성의 폭력, 언어폭력, 예술폭력 등의 유형은 그 구조가 복잡하다. 또한 이들 폭력은 상호 연계된다는 점도 간과할 수 없는데, 여기서는 연장선상에서 전쟁 폭력의 후유증과 그 확산 과정을 살펴보기로 한다.

> 1) 먼지를 일으키며 차가 떠났다, 로이/너는 달려오다 엎어지고/두고두고 포성에 뒤집히던 산천도 끝없이/따라오며 먼지 속에 파묻혔다 오오래/떨칠 수 없는 나라의 여자, 로이/너는 거기까지 따라와 벌거벗던 내 누이//로이, 월남군 포병 대위의 제3부인/남편은 출정 중이고 전쟁은/죽은 전 남편이 선생이었던 초등학교에까지 밀어닥쳐/그 마당에 천막을 치고 레이션 박스/속에서도 가랭이 벌여 놓으면/주신 몸은 팔고 팔아도 하나님 차지는 남는다고 웃던
>
> —「베트남 I」부분

> 2) 내가 국어를 가르쳤던 그 아이 혼혈아인/엄마를 닮아 얼굴만 희었던/그 아이는 지금 대전 어디서/다방 레지를 하고 있는지 몰라 연애를 하고/퇴학을 맞아 고아원을 뛰쳐 나가더니/지금도 기억할까 그때 교내 웅변대회에서/우리 모두를 함께 울게 하던 그 한 마디 말/하늘 아래 나를 버린 엄마보다는/나는 돈 많은 나라 아메리카로 가야 된대요//일곱 살 때 원장의 성을 받아 비로소 이가든가 김가든가/박가면 어떻고 브라운이면 또 어떻고 그 말이 아직도 늦은 밤 내 귀가 길을 때린다/기도도 없이 새소리도 없이 가라고/내 시를 때린다 우리 모두 태어나 욕된 세상을
>
> —「동두천 IV」부분

잘 알려져 있듯이 김명인의 초기 시세계는 "아직도 식지 않는 증오"가 남아 있는 기억의 흔적들로 구성된다. 그로 인해 이 시기의 고난했던 삶을 반영하는 『동두천』, 『머나먼 곳 스와니』에서 시인의 작품들에는 암담하고 불우한 삶의 응어리가 도처에 떠다닌다. 특히 초기 그의 시세계는 제국주의 전쟁의 하나로 기록되는 베트남 전쟁의 폭력성과 그 후유증에 대한 상처의 흔적을 간직하고 있다. 그럼에도 그의 시는 전쟁의 폭력성을 직접적으로 드러내려 하기보다는 그 후유증을 구체적으로 제시함으로써 전쟁의 폭력성을 극대화한다. 다시 말해 그의 시는 전쟁으로 인한 폭력을 다루는 한국 현대시가 폭력 자체의 비극성에 작품의 중점이 놓여 있는 것이 대부분인데 비해, 폭력에 대한 무조건적인 거부의사를 유보하는 대신 폭력의 양상과 폭력이 초래한 결과를 다양하게 제시함으로써 읽는 이로 하여금 폭력 그 자체에 대해 분노하기보다는 폭력의 비극적 의미에 대해 다시금 생각하게 한다. 시인 자신의 구체적 체험을 바탕으로 씌어진 인용 시편들은 이러한 사정을 투명하게 보여준다. 이 작품들에서 시인은 전쟁의 후유증과 폭력의 반복성과 순환구조를 우회적으로 암시한다. '혼혈아', '태어나서 죄가 된 고아들', "하늘 아래 나를 버린 엄마보다는/나는 돈많은 나라 아메리카로 가야 된대요" 등의 시구들을 통해 이 점을 유추해 볼 수 있다. 아울러 이 시에는 제국주의 폭력의 순환적 속성을 엿볼 수 있다. 일반적으로 제국주의는 자본주의 국가의 팽창적 속성을 일컫는 용어로 사용된다. 이 팽창적 속성이 한편에서는 군사적 대립을 낳고, 다른 한편에서는 제국에 의한 식민지의 착취와 점령을 초래한다. 전쟁, 학살, 착취, 혼종문화로 표현되는 이러한 군사적 · 경제적 팽창은 20세기 폭력사의 중앙에 놓일 만큼 수많은 비극을 초래했다. 이러한 제국주의 폭력의 속성은 인용시에서 혼혈아들에게 국어를 가르치던

동두천에서의 초라한 교사 생활과 전쟁을 겪은 후에도 삶의 비극을 체험하는 베트남 여인의 모습으로 제시된다. 결국 김명인의 이 연작시들은 궁극적으로 전쟁의 폭력성과 제국주의 폭력의 순환적 속성을 동시에 보여준다 할 것이다.

폭력은 우리의 역사적 현실에 실재하고 일상의 다양한 층위에서 발생하고 있으며 인간 조건의 기본이기도 하다. 이런 연유로 폭력의 기원과 양상을 파악하기 위해서는 다각적인 분석이 필요하다. 이 경우 문학 작품을 통한 폭력 연구는 매우 유용한 접근법이 된다. 왜냐하면 예술적 상상력을 매개하는 문학은 '반폭력'의 방식으로 폭력에 대응하는 '극도의 정신적 투쟁'인 까닭이다. 이에 따라 이 글에서는 한국문학에 나타나는 폭력의 구조성 연구에 대한 예비적 고찰의 일환으로 주요 시작품을 중심으로 폭력의 유형과 시적 대응 방식의 문제를 살펴보았다. 그 결과 현대시에 나타나는 폭력의 유형과 그 구조적 성격을 일부 확인할 수 있었다.

그럼에도 문제는 여전히 남아 있다. 예술과 폭력, 젠더와 폭력, 인간 본성에서 기인하는 폭력, 성폭력, 대중문화 폭력, 미디어 폭력, 가정폭력, 전쟁 성범죄(정신대) 등의 주제를 다룬 문학 연구가 그것이다. 가령 예술(폭력)의 경우, 예술은 인간의 폭력성을 순화시키고 공동체의 평화를 가져오기도 하지만, 반대로 정치 이데올로기나 자본의 이익과 결탁해 인간의 소외와 폭력성을 부추기는 경우도 있는 것이다. 이러한 논의들은 폭력의 존재 조건이 현대문명과 구조적인 관계를 맺고 있다는 점과 결부시켜 논의해야 할 것인데, 이에 대한 논의는 추후에 다시 검토하기로 한다.

'님'과 사랑의 존재론

1.

　만해 한용운(1879~1944)은 독립 운동가이자 종교 개혁가로, 또한 근대적 시인의 한 사람으로 그동안 한국 근현대문학사에서 높이 평가되어왔다. 이제까지 한용운의 시세계는 여러 각도에서 다양한 연구가 이루어져 왔다. 그 중에서도 특히 그의 문학과 사상의 상관성에 관한 논의는 기존 연구의 중심축을 이룬다. 한용운 문학에 대한 선행 연구가 이처럼 문학 사상성의 측면과 깊이 연관된 일차적 이유는 무엇보다도 그가 불교적 진리와 불교 제도 개혁 문제 등과 같은 심오한 주제를 다룬 『조선불교 유신론』을 저술한 승려라는 점, 『조선독립의 서』를 통해서 알 수 있듯이 일제 강점기의 독립사상 및 실천적 방법에 있어 막중한 역할을 담당하였다는 점, 서구 열강의 침략적 기운이 국가적 위기감을 고조시키던 시기에 선구적 지식인으로서 새로운 근대적 가치를 깊이 있게 모색하였다는 점 등이 복합적으로 작용한 결과이다. 아울러 시집 『님의 침묵』에 실려 있는 대부분의 시가 고도의 상징과 비유, 역설의 시학으로 구조되어 있어, 그의 다각적 활동과 연관되어 해석되었을 가능성도 배제할 수 없다. 한 예로 한용운 문학에 대한 초기 연구의 상당 부분은 시집 『님의 침묵』에 등장하는 '님'의 존재와 조국, 석가, 애인, 민족, 생명 등과의 연관성을 밝히는데 주력하고 있다. 이는 그가 시인일 뿐만 아니라, 독립운동가, 종교개혁가, 근대 사상가, 승려라는 점을 고려한 측면이 없지 않은 것이다.

이러한 그간의 논의는 분명 충분한 설득력을 지니고 있다. 뿐만 아니라 만해의 시세계를 깊이 있게 이해하는 데 크게 일조한다. 그러나 본 논문에서는 기왕의 이들 논의를 적극적으로 수용하면서도, 한편으로는 선행연구와 달리 한용운 시에 나타난 존재론적 의미 양상에 주목함으로써 그의 시에 대한 종합적 접근을 시도하고자 한다. 본고가 한용운 시의 존재론적 의미에 주목하는 이유는 무엇보다도 그의 시집 『님의 침묵』이 존재론적 의미망 안에서 시적 동일성과 연속성의 원리를 간직하고 있는 것으로 판단되기 때문이다.

앞서 이미 언급한 대로 한용운 시인은 한국 근현대 시사에서 다른 어느 시인보다도 시와 철학의 관계에 예민하게 반응한다. 그의 시는 일제강점기의 암울하고 피폐한 삶에 대한 해석을 바탕으로 한 실존적 상황 인식에서부터, 사랑과 이별의 본질적 관계에 대한 물음, 불교적 사상 및 민족적 자기정체성의 문제에 이르기까지 폭넓은 시적 사유를 보여준다. 특히 일정한 구조적 법칙과 원리를 지닌 『님의 침묵』에 수록된 88편의 시 전편은 형식적 측면과 함께 내용에 있어서도 존재론적 의미 차원에서 일관된 주제를 견지하는 것으로 판단된다. 이렇게 볼 때 한용운의 시세계는 궁극적으로 존재론적 차원에서 충분히 해석할 수 있는 여지를 마련하고 있다고 할 수 있다. 따라서 한용운 시의 존재론적 의미에 대한 연구는 그의 시의 근본적이면서도 종합적 성격을 규명할 수 있을 뿐만 아니라, 지금까지 한용운 시의 한 특성으로 언급되어 온 자유, 평등, 평화, 사랑 정신의 내적 동인까지도 밝힐 수 있을 것으로 여겨진다.

2.

만해 한용운 시의 전모는 <님>에 대한 이해에서부터 비롯된다. 그러나 그의 시에서 '님'은 다의미성과 애매 모호성을 지닌 고도의 시적 상징이기 때문에 구체적 실체를 쉽게 파악하기 쉽지 않다. 따라서 님에 대한 이해는 한용운의 시세계에서 '님'의 존재방식이 어떠한가라는 물음으로 접근해야 한다.

『님의 침묵』의 서문격으로 잘 알려진 「군말」을 살피다 보면 한용운 시인에게 님의 존재 의미는 '님' 그 자체에 있는 것이 아니라 님을 그리워하는 주체의 문제에 놓여 있음을 알 수 있다. 이 시의 도입부에 위치한 "「님」만 님이 아니라 기룬 것은 다 님이다"라는 구절은 이 점을 압축적으로 보여준다.

「님」만 님이 아니라 기룬 것은 다 님이다. 중생衆生이 석가釋迦의 님이라면 철학哲學은 칸트의 님이다 장미화薔薇花의 님이 봄비라면 마시니의

님은 이태리伊太利다 님은 내가 사랑할 뿐 아니라 나를 사랑하나니라

　연애戀愛가 자유自由라면 님도 자유일 것이다 그러나 너희는 이름 좋은 자유에 알뜰한 구속拘束을 받지 않더냐 너에게도 님이 있너냐 있다면 님이 아니라 너의 그림자니라

　나는 해 저문 벌판에서 돌어가는 길을 잃고 헤매는 어린양羊이 기루어서 이 시詩를 쏟다

ー「군말」 전문

　이 시에서 석가에게는 중생이 님이며 칸트의 님은 철학이다. 마찬가지로 장미화와 마치니의 님은 각각 봄비와 이태리이다. 인용시에 따르면 연애가 자유이듯이 님도 자유이다. 즉 님이 "있다면 님이 아니라 너의 그림자"에 다름 아닌 것이다. 따라서 「군말」에서 님의 존재는 전적으로 '기루는' 주체에 의해서 결정됨을 알 수 있다. 결국 한용운의 시세계에서 <님>은 눈앞에 현전現前하는 고정불변의 대상이 아니라, '기루는' 주체가 누구인가에 따라 시시각각 변모하는 고유한 존재로 표상된다. 이는 존재의 의미를 연속적 시간의 과정에서 <그때그때마다> 달라지는 '있음' 방식을 묻고, 그것을 근원적으로 해명하고자 한 하이데거의 존재사유와 관련하여 이해할 수 있다.

　시집 『님의 침묵』의 핵심적 '등장인물'인 님이 언제나 '기루는' 주체, 즉 그리움을 간직한 피투된 현존재Dasein에 의해 결정된다는 사실은 한용운의 시를 하이데거 철학의 '존재물음'과 관련해서 해석할 수 있는 하나의 단초를 마련한다. 왜냐하면 이 같은 님의 존재 방식은 하이데거의 존재철학과 유사한 사유 구조를 보여주기 때문이다. 하이데거의 철학적 사유는 존재사유 그 자체라고 할 만큼, 그의 사상을 이해하는데 있어 존재의 의미는 절대적으로 중요한 요소이다. 그것이 인간 존재이든, 존재 역사이든, 존재 언어이든 그의 철학적 사유는 존재

론의 차원에서 준비된다. 하이데거의 철학은 '존재 물음' 그 자체에 대한 체계적인 물음이라고 특징지을 수 있는 것이다. 하이데거의 철학을 이해하는데 있어 '존재 물음'이 중요시되는 이유는, 그것이 기존의 전통 철학과 그의 철학이 극단적으로 갈라서는 분기점으로 작용하기 때문이다. 하이데거에 의하면 이제까지 전통 철학의 역사는 존재의 의미를 망각하고 존재 대신 인간을 포함한 존재자 일반에 몰두해서 그것에 관해서만 사유해온 사상적 방황의 연속이다. 전통적인 존재론은 '이론적 고찰의 대상으로서 눈앞에 존재das Vorhandensein'하는 존재자(存在者, Seiende)들 자체에만 관심을 쏟았을 뿐, 그 존재자들이 드러나게 되는 과정에는 주의를 기울이지 않았다. 다시 말해, 전통적인 존재론은 '존재 물음'의 근본적 문제를 망각하고, 하나의 특정한 시간적 의미에서 현전現前하는 존재자를 존재로 알고 사유한 '존재자적' 사유였던 것이다. 그러나 하이데거에게 존재는 영원불변하고 고정적인 보편적 실재가 아니다. 그에게 '퓌시스', '로고스', '알레테이아'로 칭해지는 존재는 하나의 역동적 사건과 과정으로 인간을 포함한 존재자 일반을 "진리 그 자체(알레테이아, Aletheia)"로 조명하고 정립하는 "원초적인 진리의 빛(퓌지스, Physis)"이다. 따라서 하이데거에게 존재에 대한 전통 철학적 물음 방식, '존재하는 것(存在者, Seiende)'은 무엇인가의 물음은 자연스럽게 '존재자의 존재', 즉 '존재(存在, Sein)'란 무엇인가의 근본 물음 방식으로 바뀌어 진다.

이 같은 하이데거의 존재물음은 한용운의 시세계와 결부되었을 때 많은 것을 환기한다. 가령, 인용한 「군말」에서 언제나 자기가 '처해 있는Befindlickkeit' 가능성으로 '기획 투사함(企投, Entwurf)'으로써, 즉 피투된 상태에서 기투해 감으로써 '그때그때마다'의 님을 규정하는 방식은 하이데거의 존재물음을 연상케 한다. 한용운 시에 나타난 님의 존재 방식은 그의 시를 하이데거적 사유의 독법으로 읽을 수 있는 하나의 가능성을 암시하는 것으로 판단되는 것이다. 이러한 본고의 견해는 시집 『님의 침묵』의 서시격인 「님의 침묵」을 통해서도 거듭 확인할 수 있다.

> 님은 갔습니다 아아 사랑하는 나의 님은 갔습니다
> 푸른 산빛을 깨치고 단풍나무 숲을 향하여 난 적은 길을 걸어서 참어 떨치고 갔습니다
> 黃金의 꽃같이 굳고 빛나던 옛盟誓는 차디찬 티끌이 되아서 한숨의 微風에 날어갔습니다
> 날카로운 첫키스의 추억은 나의 運命의 指針을 돌려놓고 뒷걸음쳐서 사러졌습니다
> 나는 향기로운 님의 말소리에 귀먹고 꽃다운 님의 얼골에 눈멀었습니다
> 사랑도 사람의 일이라 만날 때에 미리 떠날 것을 염려하고 경계하지 아니한 것은 아니지만 이별은 뜻밖의 일이 되고 놀란 가슴은 새로운 슬픔에 터집니다
> 그러나 이별을 쓸데없는 눈물의 源泉을 만들고 마는 것은 스스로 사랑을 깨치는 것인 줄 아는 까닭에 걷잡을 수 없는 슬픔의 힘을 옮겨서 새 희망의 정수박이에 들어부었습니다
> 우리는 만날 때에 떠날 것을 염려하는 것과 같이 떠날 때에 다시 만날 것을 믿습니다
> 아아 님은 갔지마는 나는 님을 보내지 아니하얏습니다
> 제 곡조를 못이기는 사랑의 노래는 님의 沈黙을 휩싸고 돕니다
>
> —「님의 침묵」 전문

전 10행으로 이루어진 「님의 침묵」은 구조면에서 기승전결의 형식으로 이루어졌다. 이를 구체적으로 언급하면, <님의 부재>, <님이

부재하는 현실 확인>, <만남에의 희망>, <새롭고 진정한 '역설적' 존재로 거듭남>으로 정리된다. 이처럼 「님의 침묵」은 <님>의 부재 상황을 전제로 시작된다. 그리고 여기서 <님>은 침묵의 주체로 설정된다. 님은 어떠한 언표행위도 하지 않기 때문에 부재하는 존재로 표상되는 것이다. 「님의 침묵」에서 만해는 일단, 침묵이라는 상징의 언어를 매개하여 <님>이 부재하는 상황을 절묘하게 타개한다. 현상적으로는 부재하는 님을 침묵의 언어로 '존재'하게 한다. 이 점은 시집 『님의 침묵』에 실려 있는 주요 시편들의 공통적 특징인데, 가령 "당신의 소리는 '침묵沈黙'인가요/당신이 노래를 부르지 아니하는 때에 당신의 노랫가락은 역력히 들립니다 그려/당신의 소리는 침묵이여요"(「반비례反比例」)라는 부분은 이러한 사실을 반영한다.

인용시에서 <님>이 구체적으로 누구를 지칭하는가 하는 문제는 여전히 분명하지 않다. 이 시에서 떠나간 <님>은 주체가 그저 '기루는' 대상으로만 존재할 뿐, 고정불변의 실체는 아니기 때문이다. 따라서 '기룸'의 주체가 누구인가에 따라 님의 존재가 결정되는 이 시 역시도 존재론적 차원에서 접근이 가능해진다. 개념 언어의 의미로 규정되지 않고 실존적 정황에 의해서 '그때그때' 달라지는 <님>의 존재야말로, 존재자와의 차이에서 경험될 때 비로소 은폐된 비본질의 본질을 드러내는 <존재>의 모습을 연상케 하는 것이다. 시집 『님의 침묵』에서 님의 실체가 조국, 석가, 중생, 사랑, 애인 등 다양하게 해석될 수 있는 근본적인 이유도 이러한 사정과 무관하지 않다. 이 시집은 승려이자 독립 운동가이며 종교 사상가였던 만해 한용운의 입지를 존재론적 의미망 안에서 해석할 수 있는 여지를 다각적으로 남겨두고 있는 것이다.

한용운의 시세계에서 <님>의 존재론적 의미는 다음의 인용시에서 '다른' 방식으로 입증된다.

> 세상에 만족이 있너냐 인생에게 만족이 있너냐
> 있다면 나에게도 있으리라
>
> 세상에 만족이 있기는 있지마는 사람의 앞에만 있다
> 거리距離는 사람의 팔 길이와 같고 속력速力은 사람의 걸음과 비례가
> 된다
> 만족은 잡을래야 잡을 수도 없고 버릴래야 버릴 수도 없다
>
> 만족을 얻고 보면 얻은 것은 불만족이요 만족은 의연依然히앞에 있다
> 만족은 우자愚者나 성자聖者의 주관적主觀的 소유가 아니면 약자弱者
> 의 기대뿐이다
> 만족은 언제든지 인생과 수적 평행竪的 平行이다
>
> ─「만족滿足」 전문

인용시의 화자에 의하면 "만족은 언제든지 인생과 수적 평행竪的 平行이다." 다시 말해 "만족은 입체적 평행으로 항상 우리의 머리나 마음 속에 있다." 이러한 시적 화자의 말은 언뜻 불교에서 말하는 '일체유심조'의 궁극적 의미를 환기한다. 세계에 대한 해석 혹은 사물의 현상에 대한 이해 방식은 결국 모두 마음에 달려 있는 것이다. 한용운이 승려라는 점, 그로 인해 그의 시작詩作의 바탕이 어쩔 수 없이 불교적 사유와 밀접한 관련이 있다는 점, 더 나아가 한용운의 시세계가 기본적으로 불교적 사유에서 마련되고 있다는 사실은 그의 시를 존재론적 차원, 특히 하이데거의 존재 철학적 관점에서 접근하는 이 글에 시사하는 바가 매우 크다. 왜냐하면 불교사상, 그 중에서도 선禪사상 및 불교의 유식학은 하이데거 철학과 친밀한 구조 양상을 보이기 때문이다.

주지하듯이 현대 언어 철학의 자장 안에서 하이데거의 존재론은 선禪과 불교의 유식학 등과 같은 동양 철학과 매우 밀접한 관계성을 띠고 있다. 이 점은 하이데거의 '존재 생기 사건', '존재 사유' 등의 개념과 도道와 선禪적 '깨달음'의 본질적 의미를 환기하면 단적으로 확인된다. 하이데거의 존재 철학과 선禪사상 내지는 동양 철학의 사유 체계가 지니는 유사성과 근접성에 대해서는 하이데거 자신뿐만 아니라 독일과 일본을 비롯한 한국의 많은 연구자들이 거듭 강조 했던 사실이다. 궁극적으로 보면 하이데거의 '존재 생기', '존재 물음' '존재의 본질' 등의 철학적 개념은 노장 사상의 '도道' 혹은 선禪사상의 '깨달음'과 의미가 상통한다. 현대 철학의 담론에서 하이데거 철학과 동양 철학은 이미 존재론적 접점을 마련하고 있는 것이다. 따라서 한용운이 승려라는 자명한 사실과 그로 인해 그의 시세계에 불교적 사유가 반영되어 있다는 점은 그의 시와 하이데거 존재 사유 체계 사이의 근접성을 보여주는 중요한 단서로 작용한다.

　3.

　한용운의 시집 『님의 침묵』의 핵심 주제 가운데 하나는 <사랑>이다. 이 시집에 실린 88편의 시편들은 자주 사랑의 문제에 천착하고, 지속적으로 깊은 관심을 보여준다. 다소 성급하게 말하자면, 한용운의 시세계에서 사랑의 주제는 그의 시적 기원이자 궁극적 지향점이다. 이런 측면에서 그는 일견 사랑주의자라고 불릴 만 하다. 이와 관련해서, 일찍이 송욱은 만해의 시집 『님의 침묵』을 가리켜 "사랑의 證道

哥"로 부른 바 있다. 그는 "만해는 禪宗史上 처음으로 깨달음의 境地를 <사랑의 詩>로 드러내어서, 누구나 어느 정도는 가까이 할 수 있고, 알 수 있게 해 놓았다"라고 평가한다. 본 논문은 이 장에서 한용운 시세계에 나타나는 '사랑'의 의미를 분석하여 존재론적 인식 양상을 살펴보고자 한다. 한용운 시세계의 사랑이라는 주제에 대해서는 이미 수많은 논의가 진행되어 왔다. 여기서는 한용운 사랑시의 존재론적 진의를 파악할 수 있는 몇몇 작품을 통해 이러한 논의의 가능성을 타진해 보기로 한다.

> 사랑을 「사랑」이라고 하면 벌써 사랑은 아닙니다
> 사랑을 이름지을 만한 말이나 글이 어데 있습니까
> 미소에 눌려서 괴로운 듯한 장밋빛 입설인들 그것을 슬칠 수가 있습니까
> 눈물의 뒤에 숨어서 슬픔의 흑암면 黑闇面을 반사하는 가을 물결의 눈인들 그것을 비칠 수가 있습니까
> 그림자 없는 구름을 거쳐서 메아리 없는 절벽을 거쳐서 마음이 갈 수 없는 바다를 거쳐서 존재? 존재입니다
> 그 나라는 국경國境이 없습니다 수명壽命은 시간時間이 아닙니다
> 사랑의 존재는 님의 눈과 님의 마음도 알지 못합니다
> 사랑의 비밀은 다만 님의 수건手巾에 수繡놓는 바늘과 님의 심으신 꽃나무와 님의 잠과 시인詩人의 상상想像과 그들만이 압니다
>
> ─「사랑의 존재存在」 전문

> 질겁고 아름다운 일은 양(量)이 많을수록 좋은 것입니다
> 그런데 당신의 사랑은 양이 적을수록 좋은가버요
> 당신의 사랑은 당신과 나와 두 사람의 사이에 있는 것입니다
> 사랑의 양을 알랴면 당신과 나의 거리를 측량할 수 밖에 없습니다
> 그래서 당신과 나의 거리가 멀면 사랑의 양이 많고 거리가 가까우면

사랑의 양이 적을 것입니다
　　그런데 적은 사랑은 나를 웃기더니 많은 사랑은 나를 울립니다
　　뉘라서 사람이 멀어지면 사랑도 멀어진다고 하여요
　　당신이 가신 뒤로 사랑이 멀어졌으면 날마다 날마다 나를 울리는 것은
사랑이 아니고 무엇이어요

―「사랑의 측량測量」 전문

　이제까지 한국 근현대 시사에서 사랑의 주제는 많은 경우에 '한'을 매개로 전개되어 왔다. 아울러 그 동안 전통 서정시 계열에서 사랑을 노래한 작품들은 '님의 부재로 인한 기다림'이라는 수동적 미학으로 수렴된다. 이러한 사랑시의 전형적 정서 표출은 「진달래 꽃」의 소월은 물론이거니와 미당 서정주와 박재삼에 이르기까지 일관된 면모를 보여준다. 그러나 한용운의 시에서 사랑은 전통 서정시 계열에서 볼 수 있었던 주요 특성을 그대로 노정하면서도, 표현 방식에 있어서는 그 양상을 달리한다. 대개의 경우, 그의 시에서 사랑은 서정적 자아의 직접적 혹은 즉자적인 고백에 의해 드러나지 않는다. 한용운의 시에서 사랑은 그것의 궁극적 의미를 되뇌이며 주로 모순어법과 역설적 표현을 동반하여 표출된다. 가령, "타고 남은 재가 다시 기름이 됩니다"(「알 수 없어요」)의 부분과 "이별은 미의 창조입니다"(「이별은 미의 창조」)와 같은 대목은 대표적인 사례에 해당한다. 한용운 시인에게 사랑은 만남과 이별, 기쁨과 슬픔 등의 자기 모순적인 요소를 함축한 대립 시어들이 상호 긴장하며 교차하는 지점에서 발현된다.

　한편, 그 간에 한용운의 시에 나타난 사랑의 의미가 포괄적으로 해석될 수밖에 없는 이유의 하나로, 사랑의 대상이 '님'의 상징 시어로 이루어졌다는 점을 지적하지 않을 수 없다. 님의 실체가 고정되지 않고 다양하게 해석되는 만큼 사랑의 의미도 시적 정황과 특수성에 따

라 무한하게 해석될 수밖에 없는 것이다. 비유적으로 말해서 한용운의 시에서 사랑이라는 기표는 끊임없이 미끌어진다. 특히 이 같은 사실은 만해의 시세계가 전편에 걸쳐 압축과 은유, 역설과 상징의 미학을 십분 활용하고 있음을 감안하면 더욱 분명해진다.

위의 인용 시편은 이러한 연장선상에서 이해가 가능하다. 인용시의 시적 화자에게 사랑은 역시, 고정불변의 대상으로 인식되지 않는다. 그에게 사랑은 "사랑이라고 하면 발써 사랑은 아니"게 된다. 화자에게 진정한 '사랑의 존재'는 관습화되고 화석화된 이른바, '존재자'의 언어로 규정되지 않는 것이다. 하이데거식으로 다시 이를 진술하면, 시인에게 사랑은 '존재자의 존재'라고 할 수 있다. 시인에게 사랑은 "진리 그 자체(알레테이아, Aletheia)"로 인식되는 것이다. 2행의 "사랑을 이름 지을 만한 말이나 글이 어데 있습니까"라는 화자의 반문은 이러한 사정을 투명하게 반영한다. 시적 화자에게 "사랑의 비밀은 다만 님의 수건手巾에 수繡놓는 바늘과 님의 심으신 꽃나무와 님의 잠과 시인詩人의 상상想像"이, 지속적인 자기 확인 과정에서 생성하는 "존재? 존재"이다.

두 번째 인용한 시 「사랑의 측량」 역시, 이러한 한용운식 사랑의 일단이 잘 드러나 있다. 의미 내용상 「나는 잊고저」와 유사한 발상 구조로 전개된 이 작품에서 화자는 사랑을 새로운 방법으로 '측량'한다. 여기서 사랑에 대한 그의 측량법은 앞의 경우와 마찬가지로 고정관념에서 벗어나 있다. 화자에게 "사랑은 당신과 나와 두 사람의 새이에 있는 것"이지, 결코 일상의 문법 차원에서 정의되지 않는 것이다. 이런 측면에서 한용운 시의 '사랑'은 현존재가 역동적인 사건과 과정에서 존재를 끊임없이 생성하는 하이데거의 존재 철학적 범주에서 그다지

멀리 떨어져 있지 않다.

> 현존재는 다른 존재자 사이에서 출래하는 데 지나지 않는 하나의 존재
> 자는 아니다. 현존재가 존재적으로 두드러져 있는 것은 오히려 이 존재자
> 에게는 자신의 존재에 있어 이 존재 자체로 '관계를 맺어' 간다는 것이 문
> 제라는 사실에 의해서이다. 그러나 그렇다고 하면 현존재의 이와 같은 존
> 재 기구에는 현존재가 자기 존재에 있어 이 존재에로 태도를 취하는 어떤
> 존재 관계를 가지고 있다는 사실이 속해 있다. 더구나 이것은 이것대로 현
> 존재가 어떠한 방향으로 표면에 나서서 자기의 존재에 있어 자기를 양해
> 하고 있다는 것을 말한다. 이 존재자에게 고유한 것은 자기의 존재와 함께,
> 또 자기의 존재를 통해 이 존재자가 자기 자신에게 개시(開示)되어 있다는
> 것이다. 존재 양해 내용은 그 자체가 현존재의 하나의 존재규정성인 것이
> 다. 현존재가 존재적으로 두드러져 있다는 것은 현존재가 존재론적으로
> 존재하고 있다는 사실 때문이다.
>
> —Heidegger M., 전양범 역, 『존재와 시간』,
> 시간과 공간사, 1992, 36쪽

하이데거에 의하면, 현존재로서의 인간은 항상 자신의 존재를 문제
삼으면서 존재한다. 현존재가 존재론적으로 존재하고 있다는 것은,
단순히 '전前존재론적'으로 존재하고 있다는 것을 의미하는 것이 아니
라 존재를 '이해'하는 방법에 있어 존재하고 있음을 의미한다. 현존재
는 존재를 문제 삼는 존재자로서 어떠한 경우에도 그에게는 존재와
존재의 의미가 개시開示되고 드러나 있다. 이러한 현존재의 본질은 그
의 실존에서 발견할 수 있는데, 하이데거는 현존재가 갖는 특유한 존
재 방식, 즉 존재를 근원적으로 밝히기 위해서 다른 모든 존재자를 이
해하는 동시에 자신의 존재 조건을 문제 삼는 인간 고유의 존재 방식
을 '실존Existenz'이라고 지칭한다. 실존은 현존재가 세계—내—존재로

서 세계 안에 존재하면서 자신의 존재를 문제 삼는 방식으로 존재하고 있음을 의미한다. 다시 말해서 실존이란 현존재가 이미 세계 속에 존재하고 있다는 현존재의 피투성(被投性, Geworfenhelt)과 더불어 그것이 자기 자신과 맺는 관계 혹은 자기 자신의 존재와 맺는 관계를 뜻한다. 하이데거는 인간을 우선 '실존'으로 정의하고, '현존재의 본질'은 그의 실존에서 발견할 수 있다고 말한다.

이와 같은 하이데거의 존재사유를 유연하게 적용해보면, 한용운 시인에게 사랑은 실존적 차원에서 '원래부터 있어 온 것'과는 다른, '끊임없이 새로 만들어지는' 기분이면서도 동시에 본질적 정서(비록 이러한 하이데거 철학의 본래적 의도와는 다르지만)가 된다. 그에게 사랑의 본질이란 '단순히 실재하기만 하는 그러한 존재자'의 '기분지어진 이해das gestimmte Verstehen'를 전환하는 근원적 힘이며, 일종의 '근본기분Grundstimmung'을 드러나게 하는 사건이다. 만해 한용운에게 사랑이야말로 세계 안에 기투되어 있는 현존재의 '그때그때마다'의 어떤 기분을 전환하게 하는 잠재된 힘이었던 것이다.

이처럼 시집 『님의 침묵』은 사랑 그 자체에 대한 관심보다는 존재론적 의미와 결부시켜 이해할 수 있는데, 이는 그의 시에서 역설과 상징 등의 표현 기법을 매개하여 자유, 평화, 독립 사상 등으로 전이될 가능성이 농후하다. 이 지점에서 한용운의 시는 현상적 차원에서 본질의 차원으로, 또한 개인적 차원에서 사회 역사적 차원으로 심화, 확대되고 있는 것이다.

> 내가 당신을 기다리고 있는 것은 기다리고자 하는 것이 아니라 기다려지는 것입니다
> 말하자면 당신을 기다리는 것은 정조貞操 보다도 사랑입니다.

남들은 나더러 시대에 뒤진 낡은 여성女性이라고 삐죽거립니다 구구區
區한 정조를 지킨다고
　　그러나 나는 시대성時代性을 이해하지 못하는 것도 아닙니다
　　인생과 정조의 심각한 비판批判을 하야 보기도 한두번이 아닙니다
　　자유 연애의 신성神聖(?)을 덮어놓고 부정하는 것도 아닙니다
　　대자연을 따러서 초연생활超然生活을 할 생각도 하야 보았습니다
　　그러나 구경究竟, 만사萬事가 다 저의 좋아하는 대로 말한 것이요 행한
것입니다
　　나는 님을 기다리면서 괴로움을 먹고 살이 찝니다 어려움을 입고 키가
큽니다
　　나의 정조는 자유정조自由貞操입니다

―「자유정조自由貞操」 전문

　이 시에서 화자인 "내가 당신을 기다리고 있는 것은 기다리고자 하
는 것이 아니라 기다려지는 것"이다. "말하자면" 그것은 "정조보다 사
랑"이다. 화자의 기다림은 "시대에 뒤지"거나 "시대성을 이해하지 못"
한 수동적 차원의 "구구한" '정조'가 아니라 스스로 선택한 적극적 '사
랑'의 행위인 것이다. 그러기에 화자는 화자에게 기다림은 "구경究竟,
만사萬事가 다 저의 좋아하는 대로 말한 것이요 행한" "자유정조自由
貞操"인 것이다. 이처럼 이 시는 기다림(정조)의 행위가 스스로의 선
택(사랑, 자유) 사항임을 부각하는데, 이는 인용시가 내용 전개상 <기
다림―정조―사랑―자유정조>의 점층적 구조로 이루어져 있다는 사
실과도 무관하지 않다. 한편, 하이데거에 있어 진정한 자유는 그 어떠
한 척도 없이 제멋대로 사는 것을 의미하지 않는다. 그것은 자신이 이
전에 삶의 척도로 삼았던 일상적인 세계의 명령에서 벗어나 존재 자
체의 요구에 따르는 것을 의미한다. 불안 의식에서 일어나는 자유의
경험은 현존재가 세인의 지배를 벗어나 스스로의 삶을 <자신의> 삶

으로서 인수하면서도 모든 존재자들의 고유한 존재가 밝게 개시되는, 가장 보편적인 지평인 근원적 세계로 진입하는 사건이다. 이 점에서 위의 인용시는 하이데거의 철학적 사유와 유사한 맥락을 형성한다고 하겠다. 이처럼 한용운의 시적 사유는 전반적으로 하이데거 사상의 '길'과 존재론적 차원에서 매우 유사한 양상을 보여준다.

4.

이제까지 이 글은 하이데거의 존재 사유를 중심으로 만해 한용운의 시집 『님의 침묵』에 나타난 존재론적 의미에 관하여 살펴보았다. 만해 시세계의 본질적 성격을 살펴보려는 이 글이 처음 존재론적 차원에서 접근하려는 의도, 특히 이 과정에서 하이데거의 존재 철학을 매개한 이유는 다음의 두 가지에서 비롯되었다. 첫째는 한용운의 시집 『님의 침묵』은 존재론적 차원에서 일관된 흐름을 보이고 있는데, 이러한 성격은 하이데거 철학, 즉 하이데거의 존재사유와 연계해서 파악할 때 더욱 설득력을 지닐 수 있다. 둘째는 한용운 시의 존재론적 의미에 대한 연구는 그의 시의 근본적이면서도 종합적 성격을 규명할 수 있을 뿐만 아니라, 지금까지 한용운 시의 한 특성으로 언급되어 온 자유, 평등, 평화, 사랑 정신의 내적 동인까지도 밝힐 수 있을 것으로 기대했다.

이상의 두 가지 사항이 이 글이 만해 한용운의 시세계를 존재론적 차원에서 접근한 이유이다. 이에 따라 여기서는 다음과 같이 논의를 전개하였다. 먼저 한용운의 시를 이해하는 데 있어서 키워드라고 할 수 있는 '님'의 존재론적 의미 파악을 시도하였다. 만해의 시세계에서 <님>은 일관되게 주체가 '기루는' 대상으로만 존재할 뿐 고정불변의 실체는 아니다. 따라서 '기룸'의 주체가 누구인가에 따라 님의 존재가 결정되는데, 이러한 님의 실체는 존재자와의 차이에서 경험될 때 비로소 은폐된 비본질의 본질을 드러내는 <존재>의 모습을 연상하게 한다. 이 점은 한용운이 승려의 신분이었다는 사실을 염두에 두고, 하이데거의 '존재 생기 사건', '존재 사유' 등의 개념과 도道와 선禪적 '깨달음'의 본질적 의미를 환기하면 나름의 설득력을 갖는다고 하겠다. 다음으로는 한용운 시의 근원을 이루고 있는 '사랑'에 대해 살펴보았다. '님'의 경우와 마찬가지로 한용운의 시에서 '사랑'은 현존재가 역동적인 사건과 과정에서 존재를 끊임없이 생성하는 하이데거의 존재 철학적 의미에서 이해가 가능하다. 결과적으로, 한용운 시의 '사랑'은 '존재자의 존재'가 드러나는 방식으로 이해된다.

신여성의 삶과 문학

들어가는 글

　일엽 김원주(一葉 金元周, 1896~1971)는 한국근대문학을 논의하는 데 있어 결코 빠뜨릴 수 없는 주요 작가 중의 한 사람이다. 그것은 그가 나혜석, 김명순 등과 함께 이른바 '신여성' 문학의 선구적 지대에 위치하고 있다는 점, 최초의 여성전문잡지 『신여자(新女子)』를 독자적으로 발간함으로써 1920년대 남성중심의 한국 문단사에 적지 않은 영향력을 끼쳤다는 점, 시, 소설, 수필, 논설 등 문학 장르의 모든 영역에서 전방위적 창작활동을 전개했다는 점, 근대문학 초기의 여성문인으로서는 드물게 불교에 귀의하여 종교적 상상력을 환기하는 문학작품을 지속적으로 생산했다는 점(김일엽과 함께 제1세대 신여성으로 지칭되는 나혜석의 경우에도 1937년 말 수덕사 견성암으로 들어가 승복을 입었다. 그러나 나혜석의 경우에는 "유명한 여승이 두 사람이 있을 필요는 없다."라는 이유로 마지막까지 삭발을 거부했다고 한다. 여기서 '유명한 여승'은 김일엽을 지시한다), 작가 특유의 '신정조론'에 기반한 자유연애 사상과 그 문학적 행적이 당시의 일본 신여성 운동과 자주 비교 고찰의 대상이 된다는 이유 등에서 비롯된다. 이를 정리하면, 근대 초기의 몇 안 되는 여성작가라는 희소성과 작가의식의 선진성 및 당시로서는 획기적이라고 할 만큼 과감하고 '낯선' 문학적 상상체계의 발현으로 요약된다.

그럼에도 불구하고 이제까지의 한국근현대문학사는 김일엽의 문학세계를 다소 소극적이고 부정적으로 평가해 온 것이 사실이다. 주된 이유로는 그간에 그가 산출한 문학 작품의 예술적 형상성에 대한 회의적 시각, 본격적인 작가작품론보다는 '추문'으로 얼룩진 전기적 사실들의 상대적 부각, 아울러 1933년 수덕사 출가 이후 전문 문인의 자격으로서의 창작 활동 부진 등을 들 수 있다. 이로 인해 한동안 김일엽의 문학은 소수의 '여성 문화' 연구자들에 의해 간헐적으로 언급되었을 뿐, 본격적인 논의의 장을 마련할 기회를 얻지 못했다.

김일엽의 문학에 대한 학계의 활발한 연구 작업은 1990년대를 전후하여 본격적으로 전개된다. 주지하듯이 90년대 이후의 한국문학은 국가 · 민족 · 민중 · 계급과 같은 이데올로기적 용어들을 작품의 전면에 내세운 정치적 미학 원리에서 벗어나 주체 · 욕망 · 일상 · 생태 · 여성 · 근대 · 탈근대 등과 관련된 보다 다원화된 주제의식을 표출한다. 이른바 거대담론의 체제에서 미시담론의 체계로 전환되며 근대성의 '표상들'에 대한 포괄적인 논의가 제기된 것이다. 김일엽의 문학은 이 과정에서 적극적으로 견인되었다. 일부의 연구자들이 그의 문학을 한국 페미니즘 문학의 '원조' 혹은 여성해방문학의 기원으로서의 가능성을 타진하기 시작한 것이다. 여기에 그가 주관한 월간지 『신여자』(『신여자』는 1920년 3월에서 동년 6월까지 총 4권 발간되었다. 발행인은 이화학당의 선교사 빌링스의 부인이었고 주간은 김일엽이었으며 편집인 모두는 여성들이었다)의 문학사적 위상이 새롭게 조명되면서 김일엽에 대한 연구 작업은 더욱 본격적으로 박차를 가하게 되었다. 이는 김일엽의 문학세계에서 하나의 상징으로 자리 잡은 '신여성'이라는 키워드가 자유연애, 신정조新情操, 여성정체성, 모성성, 남녀평등 등의 용어와 함께 <근대성>을 읽는 매개체가 되었던 것에서 촉발된 것으로 이해된다. 그리고 이러한 연구 동향은 최근까지 지속되고 있다.

이 시기 김일엽 문학연구는 전기적 사실을 바탕으로 한 실증주의적 접근, '신정조론'을 중심으로 한 근대 여성 담론의 종합적 분석, 고백체 글쓰기 또는 서간체 글쓰기로 지칭되는 형식 미학 고찰, 문학사상의 변모 과정 연구 등의 세부 주제로 구체화할 수 있다. 아울러 유진월의 논의에서 보이듯이 매체비평을 통한 일제강점기의 근대 여성 담론에 관한 논의도 소중한 연구 성과물로 기록된다. 그러나 여기서도 몇몇의 논문들은 한국근대문학의 제1세대 신여성 작가로 흔히 호명되는 나혜석, 김명순과 함께 '집단적'인 형태로 거론하고 있거나 '여성적 글쓰기'에 관한 일반화된 논의의 한계를 여전히 극복해 내지 못하고 있으며, 불교에 귀의한 이후 발표된 작품에 대한 분석이 미진하다는 점 등에서 여전히 아쉬움을 남긴다. 이러한 측면에서 볼 때 이상진의 논문은 나름의 의미를 부여할 수 있다. 왜냐하면 '신여자'의 내면의식의 행로를 비교적 복합적 시각으로 다룬 그의 이 글은 90년대 이후 김일엽 문학 연구의 본격적인 출발지점에 놓여 있는 것으로 판단되는 까닭이다. 이상진의 연구 성과를 기화로 이외에도 이태숙, 최혜실, 노지승, 김현자, 유진월, 방민호, 김우영, 김연숙 등의 체계적이면서도 구체적인 논의가 확산되기 시작했다.

본고는 이들의 선행연구를 일단 적극적으로 수용하기로 한다. 특히 방민호와 김우영 등이 전개한 김일엽 문학의 자아自我 및 사상사적 변모과정에 대한 고찰은 이 글이 각별히 관심을 갖는 주제이다. 이들이 이미 지적하였듯이 1920년대 발표된 김일엽의 문학은 자기모순의 논리를 노출한다. 1920년 잡지『신여자』를 발간할 무렵부터 20년대 중반의 '모성론'을 거쳐 '신정조론'에 이르는 김일엽의 문학은 사상의 단절성 혹은 이중성을 보여준다. 이런 연유로 김일엽의 문학사상을 다루는 최근의 논문들은 그의 문학의 시기별 특성을 파악하거나, 나아가 '변화'의 동인을 분석하는데 집중한다. 이 과정에서 선행 연구들은 각각의 방식으로 김일엽 문학에 나타나는 내재적 지속성의 측면을 구체적으로 제시하고 있다.

이에 따라 김일엽 문학에 나타난 '신여성' 담론을 고찰하고자 하는 본고는 각 장에서 먼저 앞선 논의의 타당성을 살펴볼 것이다. 이후 '「신여자」의 가능성과 한계', '일본 <모성보호논쟁>과 김일엽 문학사상의 상관체계'와 같은 소주제를 중심으로 김일엽의 문학을 이해하는데 하나의 실마리를 제공하고자 한다.

잡지 『신여자』의 모순구조

그 간의 지속적인 논의에도 불구하고 한국 문학사에서 김일엽은 여전히 생소한 이름에 속한다. 따라서 여기서는 일단 시인이 기록한 전기적 사실과 선행 연구자들의 밝혀 놓은 생애사의 자료를 중심으로 논의를 전개하기로 한다.

김일엽은 1896년 6월 9일(음력 4월 28일) 평안남도 용강군 삼화면 덕동리에서 태어났다. 이후 1905년 진남포로 이주하여 유년시절을 보내게 된다. 김일엽은 '여성도 교육을 받아야 한다'는 모친의 의지에 따라 어려운 집안환경 속에서도 열한 살이던 1907년 삼숭 보통학교에 입학, 1909년에는 삼숭 보통학교 보습과 전문부에 진학한다. 이즈음 그의 부친은 목사가 되어 있었는데 이때부터 김일엽 역시 기독교 사상과 관련된 교육을 정식으로 받고 나중에는 이화학당에 진학한다. 김일엽의 성장과정에서 특이할 만한 사항은 가족들의 죽음이다. 김일엽은 13세가 되던 해부터 연달아 가족들의 죽음을 경험한다. 1909년에는 어머니가, 육년 후인 1915년경에는 부친마저 별세한다(이 기간 동안에 김일엽의 양친뿐만 아니라 네 명의 동생도 사망한 것으로 알려져 있다). 이후 그는 외할머니에 의지하여 성장하게 된다.

김일엽은 1918년 스물두 살의 나이에 신체장애를 가진 마흔 살의 연희전문대학 교수 이노익과 결혼한다. 김일엽과 관련된 '추문'의 첫 번째 사건으로 기록될만한 이노익과의 결혼에 대해서는 그간에 학계의 일치된 논의가 있어왔다. 가족들의 연이은 죽음으로 인해 세상의 '단독자'가 된 그는 의지의 대상이 필요했으며, 이노익과의 결혼은 이 과정에서 이루어졌다는 견해들이 그것이다. 하지만 본고는 이 부분에 대해서 선행 연구들과 의견을 달리한다. 왜냐하면 1910~1920년대의 이러한 '결혼 유형', 또는 '연애 방식'은 김일엽 이외의 다른 신여성들의 사례에서도 간혹 발견할 수 있기 때문이다. 가령, 이런 내용은 김동인의 소설 『김연실전』, 『선구녀』, 『집주릅』과 일본 <신여성 소설>계열의 주요 작품에서 우회적으로 확인된다. 이 작품들에는 1910~1920년대 일부의 신여성들이 정신적·물질적 후원자로서의 '남성'을 한 명쯤 <갖고> 있었다는 것, 특히 이러한 일종의 '빠뜨롱(패트론)' 형태의 친분 관계는 일본 신여성사에서 자주 발견할 수 있다는 사실이 기록되어 있는 것이다. 따라서 일본 체류기간 중에 '신여성' 사상을 적극 수용한 김일엽의 경우도 이러한 연장선상에서 이해가 가능하다. 그가 이노익의 도움으로 도일渡日하여 도쿄 에이와 학교東京英和学校에서 수학했던 점, 귀국 후 『신여자』 발간에 남편의 원조가 절대적이었다는 사실 등은 이러한 본고의 판단에 대한 구체적 근거로 제시된다. 결국 이 시기의 신여성들의 독특한 '결혼 유형'과 '연애 방식'을 고려해 본다면, 김일엽의 "아버지벌 되는 이와 結婚하지 아니치 못할 宿命"(「불도(佛道)를 닦으며」)은 '세상의 단독자'라는 한 개인의 심리적 정황 차원으로만 설명하기에는 많은 한계를 지니고 있는 것이다.

한편 김일엽의 전기적 생애를 언급할 때 중요한 사실 중의 하나는 그가 일본 여성해방운동의 선두주자였던 히라쓰카 라이초에 자주 비견되는 조선 여성해방운동의 선구자였다는 점이다. 당시 여성해방운동을 주도했던 신여성들은 대개의 경우 일본유학을 다녀온 여학생들이었다. 이들은 일본 유학기간동안 새로운 근대적 지식과 서구적 사고방식을 적극적으로 '습득'하고, 귀국 후에는 자기 삶의 영역에서 이를 실천적으로 '적용'했다. 이러한 사정은 김일엽의 경우도 예외가 아니었다. 김일엽은 일본 유학 중에 1910년대 당시 선풍적인 인기를 끌

었던 『세이토(青鞜)』라는 여성문예잡지를 탐독한다. '세이토'와의 조
우는 나중에 그가 조선여성해방운동의 전위에 서는 결정적인 계기가
된다. 히라쓰카 라이초가 주간을 맡은 『세이토(青鞜)』는 일본의 신여
성에 의한, 신여성을 위한, 신여성의 잡지이다. 한국의 여성해방운동
사에도 절대적인 영향을 끼친 『세이토』는 당시 일본에서 "신시대의
여성, 자각한 여성, 새로워지고 싶어 하는 여성"의 본격적인 출현을
알리는 하나의 기호였다. 그만큼 『세이토』의 창간은 일본 여성해방운
동사에서 중요한 매개체이자 기폭제로 작용한다.

　유럽과 일본의 '세이토'들의 활약상에 크게 고무된 김일엽은 귀국
후 조선의 '청탑회'를 결성하고 전방위적으로 여성해방운동을 펼치기
에 이른다. 1920년 발간된 『신여자』는 그 구체적 실천 작업의 일환이
다. 김일엽이 주도한 『신여자』는 당시 식민지 조선의 여성해방운동사
에서 매우 중요한 의미를 지닌다. 그것은 이 잡지가 비록 총 4권을 끝
으로 폐간되었으나, 1900년대 초반 남성문인들이 주도했던 기존의
여성잡지와는 달리, 편집진 전원이 여성이었으며 여성들의 글을 주로
게재했다는 점에서 그러하다.

　　멧世紀를 두고 우리를 冷酷ᄒ게도 壓迫ᄒ고 우리를 極甚ᄒ게도 拘束ᄒ
　던 因襲的舊穀을 ᄭᅵ트리고 버셔나서 우리女子가 人格的으로 覺醒ᄒ야 完
　全ᄒ 自己發展을 遂行코자흠이외다 …(중략)… 우리朝鮮女子社會에 古來
　로 行ᄒ야나려오든 모든因襲的道德을 打破ᄒ고 合理ᄒ시道德으로 男女
　의性別에 制限되는 일이업시 平等의自由 ‵平等의權利 ‵平等의義務 ‵平等
　의勞作 ‵平等의享樂中에서 自己發展을 遂行ᄒ야 最善ᄒ生活을 營코져흠
　이외다.

－김일엽(1920), 「우리 新女子의 要求와 主張」,

『신여자』 2권, 신여자사, 6~7쪽

김일엽은『신여자』를 통하여 자신의 여성해방 사상을 공개적으로 피력한다. 그 주된 내용이 여성의 자아 각성 촉구, 구태적 인습 타파, 남녀 성별의 제한 없는 평등이었음은 물론이다. 이러한 사실은 위의 예문을 통해서도 쉽게 확인된다. 인용 글은『신여자』2권에 실려 있는 김일엽의『우리 新女子의 要求와 主張』이다. 여기서 김일엽이 반복적으로 주장하는 '신여자의 요구와 주장'은 비교적 명쾌해 보인다. 오랜 세월 동안 여성을 '압박'하고 '구속'했던 '인습적 구곡'을 깨뜨리고 '조선 여자 사회'에 남녀평등을 실현하자는 것이다. 그러나 이러한 그의 주장이 일관성을 지니고 있는 것은 아니다. 이 무렵 김일엽의 작품과 논설들은『신여자』가 표방한 급진적 여성주의와는 달리, 그것에의 온전한 이해에 도달하지 못했거나 여성의 점진적인 해방을 주장하는 온건한 경향을 보여준다. 이러한 양면적 성격은『신여자』의 창간호에서부터 나타난다.

改造!
이것은, 五年間, 慘酷흔 砲彈中에서 呻吟ᄒ든人類의부르지즘이요
解放!
이것은 累千年 暗々흔 房中에가쳐잇든우리女子의 부르지즘입니다.
…(中略)…
아ㅡ새로운時代는 왓슴니다 모ㅡ든헌것을격구러치고 온ㅡ갓새것을 세울 찍가왓슴니다 모든非 모든惡의 사라질찍가 왓슴니다 가진것을 모다改造ᄒ여야될찍가왓슴니다.
그러면무엇부터改造ᄒ여겟슴닛가.
무엇ㅅ홀것업시 통트러社會를改造ᄒ여겟슴니다 社會를改造ᄒ랴면 먼져 社會의 原素인 家庭을 改造ᄒ여야하고 家庭을 改造ᄒ려면 家庭의主人될女子를解放ᄒ여야홀것은 勿論입니다.
우리도남갓치살냐면 남의게지지아니ᄒ랴면 남답게살냐면全部를改造

ᄒ랴면 女子먼저解放이 되어야홀 것입니다.

—「創刊辭」부분,
『신여자』창간호, 1920.3, 2~3쪽

그러면이共鳴인理想과世界思潮에對ᄒ 우리朝鮮新女子는엇더ᄒ 覺醒과 엇더ᄒ 責任으로이重大ᄒ 時局에當홀싯요生에對ᄒ 야는 敢히深思熟考ᄒ 여야홀 바이나左에筆者의所見을聯히消極積極 兩方面으로分ᄒ 야論하깃슴 니다

第一 消極的 方面
一, 浮虛奢侈치말일
…(中略)…
二, 自尊치말일

第二 積極的 方面
一, 勤儉홀 일
…(中略)…
一, 品行이端正홀 일
…(中略)…
二, 男子에게承順홀 일
…(中略)…
二, 빅운바를實施에應用홀 일

—「新女子의社會에對ᄒ 責任을論홈」,
『신여자』창간호, 1920.3, 7~8쪽

위의 첫 번째 인용문은『신여자』의 창간사이다. 이 글에서 '모든 헌 것을 걱구러치고 온-갓 새 것을 세율때'와 '전부를 개조할 때', '여자 먼저 解放'의 대목에 주목할 일이다. 이는『신여자』가 지향하는 바, 즉 남녀평등의 문제에 있어서 사회의 전면 <개조>와 우선적인 여성

<解放>의 입장을 분명하게 제시한다. 그런데「창간사」바로 다음에 실린 논설, 두 번째 인용문에 이르면 사정은 전혀 달라진다. 이 글에 따르면 신여자의 사회적 책임은 '부허사치浮虛奢侈' 금지, '근검할 일', '품행이 단정할 일' 등 다소 소박하고 온건한 수준의 차원에서 제기되고 있다. 더욱이 '자존自尊치 말 일'과 '남자에게 승순承順할 일'의 세부 내용은 각각 "신교육을 받은 여자 중 과대하게 자존이 높아 남자에게 비웃음을 받으니, 이후의 무리는 더욱 주의"할 것과 "당분간은 남자에게 승순하여 그의 동정 하에 점진적 태도를 취할" 것을 제안함으로써 앞서의 글과는 확연히 대조적인 입장을 보여준다. 중요한 것은 인용한 두 개의 글이 모두 김일엽에 의해 작성되었다는 점인데, 결국『신여자』를 발간할 당시만 하더라도 김일엽의 여성해방론은 내부적으로 충돌하는 양상을 보여준다고 할 것이다.

이처럼『신여자』를 발간한 무렵의 김일엽의 여성해방문학론은 여성 정체성의 자각을 급진적으로 선도하고자 한 잡지의 <외형적> 성격과는 달리, 분명 여성해방 또는 인간해방의 철저한 문제의식에는 도달하지 못했다. 더 나아가 그것은 "아내와 어머니로서의 여성의 역할을 강조"하며 "전통적 가족제도를 중시"하는 경향을 보이기까지 한다. 이러한 원인에 대해 일부의 평자들은『신여자』가 "편집 주간인 김일엽의 이혼으로 남성의 지원이 끊기자 종간하게" 되었다는 점을 지적한 후 "당시 김일엽은 내면에서는 이노익과의 결혼생활을 불행하게 느끼면서도 표면상으로는 만족감을 표명하면서 남성과 가정에 대한 여성의 책임을 강조하는 위장적이고 모순된 심리상태에 놓여있었다"고 비판한다. 그리하여 "김일엽의 여성해방론은 그녀 자신의 불행한 결혼생활에 대한 본성적인 자각을 자기 논리화 하는 차원에서 멀리 더 나아갔다고 할 수 없다."라는 결론에 도달한다. 이 같은 논자들

의 주장은 매우 설득력이 있어 보인다. 특히 작가의 사실적 삶에 대한 구체적 이해를 바탕으로 한 이들의 분석은 이노익과의 이혼 후 오오타 세이조太田淸藏, 임노월, 국기열, 백성욱, 하윤실 등과 결혼 및 동거 생활을 반복하며 자기모순의 여성해방론을 이어가다 궁극에는 불교에 귀의한 김일엽의 문학적 행보를 논리적으로 설명하는 데 전혀 부족함이 없어 보인다. 다만 이 경우에 선행 연구자들의 주장은 다음의 질문에 대한 답변이 요구된다. 무엇보다도 그것은 김일엽의 사상사적 변모 과정을 전기적 사실의 부각 또는 개인사의 차원으로만 국한시켜 이해할 때 발생하는 문제이다. 이는 본고가 서두에서 거론한 "추문으로 얼룩진 전기적 사실들을 상대적으로 부각"해 온 선행연구의 한계에 빠질 위험이 있다. 이에 따라 본고에서는 『신여자』가 간행된 1920년대 조선의 사회현실과 '여성해방'의 문제에 대한 당대의 인식 수준 등을 고려하며 이 문제에 접근해보고자 한다. 이러한 본고의 접근 방법은 『신여자』와 김일엽 문학사상이 내재한 자기모순의 논리를 포괄적으로 이해하는 데 유용할 것으로 판단된다.

이 글이 지속적으로 한국 페미니즘문학 계보학의 최상층부에 김일엽을 위치시키고자 하는 이유는, 그간의 논의와 마찬가지로 김일엽 문학에 내재하는 자기 논리의 모순성을 인정하면서도 한편으로 그것이 당시 일본의 신여성 운동을 급진적으로 수용하는 과정에서 불가피하게 발생한 과도기적 현상이었다는 인식에서 비롯된다. 즉 이 시기의 신여성들은 여성으로서의 자의식과 남녀평등, 자유연애와 같은 서구의 근대적 사유에 깊이 공감하며 여성으로서 자신들의 삶을 살았음에도 불구하고 정신이나 종교의 측면에서는 여전히 전통적이고 재래적인 요소들에 더 익숙했던 것이다. 여기서 한 가지 유의할 점은 이런 사실들이 1920년대 식민지 조선의 신여성에게만 발견되지 않는다는 점이다. 이와 같은 신여성의 이중적 정체성은 당시 조선을 비롯해서 중국, 인도 등 아시아 지역 전반에 두루 나타나는 현상이다. 특히 조선의 신여성운동에 직접적인 영향을 끼쳤던 1910년대 일본의 상황, 즉 『세이토』가 간행될 무렵에도 이와 유사하게 신여성의 이중적 정체성의 문제가 제기되었다는 사실은 본고의 논의에 시사하는 바가 크다. 이렇게 보면 김일엽의 사상사적 변모 과정을 개별자의 '특별한' 사건을 중심으로 접근한 기존 연구자들의 견해들은 부분적으로 보완이 요구된다. 이들의 논의는 충분한 논리적 설득력을 지니고 있음에도 동시대의 정황을 일종의 '과도기'로 이해하고자 하는 본고와 최종적 합의를 찾아야 할 과제를 남기고 있는 것이다.

여성보호논쟁

그간의 선행연구들은 김일엽이 임노월과의 교분관계를 형성한 이후에 발표한 글들에서 보이는 '신정조론'과 '모성론'의 한계성에 대해 "김일엽의 정조 관념의 토대에는 엘렌 케이[1]의 자유연애 사상이 확실히 담겨 있다"거나 그를 "일본의 히라쓰카 라이초에 상당하는 인물"로 전제한 후 논의를 전개하는 경향이 없지 않다. 이 지점에 이르면 김일엽의 여성해방론과 일본 신여성운동과의 상호연계성에 관한 고찰

---

1) 스웨덴의 사상가이자 여성해방론자인 엘렌 케이는 주저 『연애와 결혼』을 통해 일본 여성사에 결정적인 영향을 끼쳤다. 특히 일본 신여성운동의 대모격인 히라쓰카 라이초가 엘렌 케이의 사상을 적극적으로 흡수함으로써 훗날 식민지 조선을 비롯한 아시아 지역의 여성운동사에도 큰 영향을 주었다.

은 불가피해진다. 왜냐하면 앞서의 경우와 마찬가지로 이러한 김일엽 문학사상의 변모 양상은 단선적이고 일면적인 문제로만 귀속시킬 수 없는 사안이기 때문이다. 이에 따라 이 장에서는 김일엽의 신정조론과 함께 근대 초기의 일본 신여성운동사를 검토할 때 중요한 논쟁 가운데 하나로 꼽히는 <모성보호논쟁>을 비교 검토하기로 한다. 먼저 『세이토』의 주재자였던 히라쓰카 라이초와 요사노 아키코与謝野晶子 사이에 벌어졌던 <모성보호논쟁>을 살펴보기로 하자.

1900년대 초반『헝크러진 머리(みだれ髮)』(1901)로 당시 젊은이들의 환호를 받았던 일본의 요사노 아키코与謝野晶子는 가사와 육아는 당연히 여성이 담당해야 하며 사회적인 활동, 다시 말해 경제적 활동 또한 가사와 육아와는 별개로 남성과 동등하게 이루어져야 한다고 주장한다. 그리고 그 스스로가 평생에 걸쳐 11명의 자녀를 두고 가사와 육아를 직접 담당하면서도 단가短歌 5만 여 수를 창작한다. 이러한 자신의 체험을 바탕으로 나중에 그는 여성의 전통적 역할을 중시하면서도, 경제적 자립의 방편으로 여성이 "일을 하여 자활할 것을 권"한 것이다. 다음에 인용한 평론집『한구석에서(一隅より)』(1911)는 이러한 요사노 아키코의 견해를 압축적으로 보여준다.

　　여성의 직능은 당연히 다방면으로 넓어져 가고 있습니다. 양처만 현모만이 아닌 양처로도 현모로도 이룰 수 있음과 동시에 학자, 관리, 예술가, 교육자, 각종 노동자로서도 천성을 발휘할 수 있음은 오히려 여자의 진보이고 이를 위해 인류가 향유하는 행복은 어머니로서 처로서 만이었을 때보다도 상당히 배가하기 때문입니다.
　　(女子の職能は当然多方面に拡げられて行きます〵良妻のみ賢母のみとしてでなく〵良妻にも賢母にも成り得ると同時に〵学者〵官吏〵芸術家〵教育家〵諸種の労働者としても天分を発揮し得る事を示すに

到りますのはかえって女子の進歩であって 、これがために人類の享
ける幸福は単に母として妻としてのみの時よりも非常に倍加する訳
でしょう)

　인용 글에서 요사노 아키코의 주장은 우리에게 명료하게 전달된다.
여성의 진보는 궁극적으로 현모양처의 역할과 "학자, 관리, 예술가,
교육자, 각종 노동자로서도 천성을" <동시에> 발휘할 때만이 가능
해진다는 것이다. 이에 반해 엘렌 케이의 영향을 강하게 받은 히라쓰
카 라이초는 여성, 나아가 '어머니'의 존재에게 일인 다역을 요구하는
요사노 아키코와는 달리 '어머니로서의 여성의 권리'가 곧 '인간으로
서의 여성의 권리'라고 주장한다. 라이초는 여성의 자식에 대한 어머
니의 사랑, 즉 모성이 그 무엇보다도 중요함을 본능적으로 체득하고
이후 "절대적 모성중심설"에 입각한, 이른바 '모성주의' 사상을 설파
한다. 이 과정에서 그는 요사노 아키코를 겨냥하여 "어머니의 경제적
독립이라는 것은 어느 정도 특수한 노동력이 있는 자 외에는 전연 불
가능하다고밖에 생각하지 않는다."라고 단언하기에 이른다. 라이초
에게 어머니의 존재는 단독자적 개인이 아니라 국가/사회 영역에서의
존재로 파악된다. 그 결과 그는 "원래 어머니는 생명의 원천이고, 여
성은 어머니가 됨으로 인하여 개인적 존재의 영역을 벗어나 사회적인
국가적인 인류적인 존재자가 되기 때문에 어머니를 보호하는 것은 여
성 일개인의 행복을 위해서 필요할 뿐만 아니라, 그 자녀를 통해서 모
든 사회의 행복을 위해 전 인류의 장래를 위해 필요한 것"이라고 주장
하기에 이른다. 또한 "가정 밖에서 행해지는 여성의 노동만을 '훌륭
한' 노동으로 간주하는 반면, 출산과 육아에 대해서는 동일한 사회/경
제적 가치를 인정하지 않는" 현실에 대해 적극적으로 저항하며 모성

의 사회적 권리에 대해 사회적 보장을 요구한다.

'모성보호논쟁'은 사회주의자 야마카와 기쿠에山川菊栄에 의해 중재되어 종결되는 듯한 양상을 보인다. 요사노와 히라쓰카의 논쟁을 두고 야마카와 기쿠에는 "요사노 아키코의 경제적 독립론을 여성 운동의 계보로, 히라쓰카 라이초의 모성보호론을 모성 운동의 계보로 위치 지우고, 양자의 주장인 경제적 독립과 모성보호는 대립하는 것이 아니라며 논쟁에 참여한다." 야마카와 기쿠에는 "여성의 경제적 독립을 위해서는 모성의 신체 보호와 보육 제도 등의 육아 보장이 필요하다면서 육아 보장이 되지 않은 상태에서는 육아기에 있는 여성이 집에 머물러 있는 것도 인정되어야 하며, 가사나 육아와 같은 여성의 무상 노동에 대해 국가가 임금을 보장해주어야 한다고 하였다." 그러나 그는 20세기의 왜곡된 자본주의의 경제 체제하에서 여성의 근본적인 해방은 불가능하며, 이 때문에 자본주의적 현실의 본질적인 변화와 전환이 요구된다고 역설한다. 1916년 2월부터 1918년 9월까지 무려 삼년 여에 걸쳐 잡지『태양』과『부인공론』을 중심으로 전개된 이 논쟁의 핵심은, 여성은 "가정생활과 직업 생활"을 어떻게 조화해야 할 것인가. 또한 "조화를 실현한 사회"는 어떤 사회인가라는 두 개의 주제로 요약할 수 있다.

이상에서 본고가 많은 지면을 할애하여 일본의 '모성보호논쟁'을 소개하는 이유는 이 논쟁이『신여자』폐간 이후 김일엽의 변모된 문학사상을 이해하는 데 매우 요긴한 것으로 판단되기 때문이다. 특히 그 동안 일부의 논의들이 김일엽과 히라쓰카 라이초의 연관성을 지속적으로 언급해 온 만큼, 히라쓰카가 직접 참여한 '모성보호논쟁'에 관한 검토 작업은 불가피해진다.

아희는 남녀간 낫는대로 돌려보내겟나이다 나는 아희를 다리고는 전정을 개척하는데 거리끼는 일이 만을가 함이외다 그러나 아희의 행복을 누구보다도 데일 간절이 바라는 사람이 이세상에 쏘 하나 잇슴을 아희에게 닐러 주소서

                                              —김일엽, 「自覺」, 『동아일보』, 1926.6.24

그째가 벌서 삼 년이나 지낫나이다. 나는 오는 봄에 졸업이라 합니다. 독한 결심을 가지고 하는 공부라 성적은 매우 조흔 편임니다. 이제는 넷날 남편 시집사리 모다 시들해서 언제 쭌 쭘인가 하게 생각 됩니다.

그러나 어린 것의 소식을 드를 째마다 가슴이 뭉클하오이다. 지금 네 살인데 총명하고 잘 생긴 아해로 말도 썩 잘 한다 합니다.

엇썬 째는 몹시도 어린 것이 보고 십허서 그 집 문간에라도 몰내 가서 그것의 얼골이라도 잠간 보고 올가 생각할 째도 잇지만은 스사로 억제함니다. 보고 십다고 한 번 맛나면 두 번 맛나고 십고 두 번 맛나면 자조 맛나고 십고 자조 맛나면 아조 곗헤다 두고 써나지 안케 되기를 바라게 될 것임니다. 그러케만 되면 아희 아버지와 쏘 인연이 매저지군 인연이 매저진다면 내 자존심과 인격은 여지업시 쌔여질 것임니다.

나는 자식의 사랑으로 인하야 내 전 생활을 희생할 수는 절대로 업나이다. 자식의 생활과 나의 생활을 한데 석거놋코 헤매일 수는 엄나이다.

                                              —위의 글, 1926.6.25

김일엽의 대표작으로 평가되는 「自覺」은 제목이 환기하는 것처럼 '자각'을 통해 구여성이었던 주인공 '나'가 신여성으로 거듭나는 과정을 형상화한 작품이다. 1926년 6월 19일에서 26일까지 『동아일보』에 연재된 이 작품은 『신여자』가 발간된 1920년과의 시간적 편차로 인해 김일엽의 여성해방론에 대한 입장의 '변화'를 입체적으로 살펴보는 데 매우 유용하다. 이 작품에서 가장 인상적인 대목은 주인공이 여성의 본성인 '모성'마저 포기하고 스스로의 삶을 개척해 나가는 부

분이다. 작품 속 주인공은 "아희는 남녀간 낫는대로 돌려보내겟나이다 나는 아희를 다리고는 전정을 개척하는데 거리끼는 일이 만을가함이외다"라거나 "나는 자식의 사랑으로 인하야 내 전 생활을 희생할수는 절대로 업나이다. 자식의 생활과 나의 생활을 한데 석거놋코 헤매일 수는 엄나이다."라는 구절에서 보이듯이, <자식의 사랑> 대신 사회진출에 대한 욕구를 노골적으로 표출한다. 김일엽의 작품이 대개의 경우 그의 사상을 전파하는 직접적인 통로로 활용되었다는 점을 고려할 때, 이는 곧 이 당시 김일엽 자신의 목소리로 볼 수 있다. 그는 서간체 소설 「자각」을 통해 자신의 욕망을 당당하게 고백하고 있는 것이다.

소설 「자각」에 나타난 김일엽의 이런 태도는 일견, 앞서 살펴본 일본의 '모성보호논쟁'을 연상케 한다. 작품에는 이 논쟁의 핵심 사안인 '모성성'의 문제에 관한 김일엽의 '입장'이 선명하게 제시되어 있는 것이다. 한 가지 분명한 사실은, 이 소설에서 김일엽은 모성의 중요성을 강조한 히라쓰카 라이초와 입장을 달리한다는 점이다. 오히려 「자각」에 투영된 김일엽의 태도는 히라쓰카의 반대편에 서있다. 이 점은 이제껏 그와 히라쓰까 라이초 혹은 엘렌 케이와의 사상적 유사성을 주장해 온 선행 논의들에 대한 전면적 재검토를 요구하게 한다. 결과적으로 김일엽이 히라쓰까 라이초의 사상을 적극적으로 수용한 것은 사실이나 그의 문학사상 전체를 히라쓰카와의 영향관계 속에서만 파악하는 데는 많은 무리가 있는 것이다. 오히려 「자각」에 나타난 김일엽의 태도 변화는 "신개인주의의 개체 중심적 자아 논리를 부르조아적 가족 및 결혼제도에 대한 여성으로서의 권리 옹호 방향으로 밀어붙인 결과"로 임노월의 영향을 받았다는 방민호의 견해에 귀를 기울일 만하다.

사랑을 써나서는 貞操가 업슴니다. 그리고 貞操는 愛人의 對한 他律的
道德觀念이 안이고 愛人에 對한 感情과 想像力의 最高調化한 情熱인 故로
사랑을 써나서는 貞操의 存在를 他一方에서 求할 수 업는 本能的의 感情임
니다. 그럼으로 만일 愛人에 對한 사랑이 식어진다 하면 同時에 貞操觀念
도 업서질 것임니다. 짜라서 貞操觀念은 戀愛意識과 갓치 固定한 것이 안
이오 流動하는 觀念으로 恒常 새로은 것임니다. (중략) 處女의 氣質이라면
男子를 對하면 낫츨 숙이고 말 한마듸 못하는 어리석은 態度가 안이고 −
貞操觀念에 無限 權威 다시 말하면 自己는 언제든지 새로은 靈과 肉을 가
진 깨긋한 사람이라고 自處하는 感情임니다.

　　　　　　　　　　−김일엽, 「우리의 이상」, 『부녀지광』, 1924.7

　한편 김일엽의 '정조' 문제에 대해서 일부의 앞선 논의는 그가 『신여
자』 발간 당시의 온건한 여성해방 논리와는 판이하게 「우리의 이상」,
「나의 정조관」과 같은 글에서는 혁신적인 논리를 펴고 있으며, 이 배
후에는 임노월의 영향이 크다는 주장을 제시한다. 또한 수차례의 결
혼과 이혼, 육아문제 등으로 인한 개인사적 고통이 그의 여성해방론
이 모성성의 문제에 대한 관심을 유도하는 계기가 되었다고 설명한
다. 이 과정에서 논자들은 아내 또는 어머니로서 김일엽의 존재가 여
성의 자아실현에 결정적인 장애요인으로 작용했을 것으로 파악하고,
이 점이 종국에는 초기 그의 여성해방론과는 다른 논리적 귀결점을
가져온 것으로 진단한다. 하지만 이러한 논의에도 문제가 없는 것은
아니다. 왜냐하면 김일엽의 <신정조론>에 나타난 급진적 사상을 개
인사의 문제 혹은 임노월과의 상관관계로만 파악할 경우, 그의 <신
정조론>과 나혜석, 김명순, 윤심덕의 '정조론'이 지니는 유사성의 원
인에 대한 별도의 설명이 필요하기 때문이다. 가령, 나혜석은 "정조는
도덕도 법률도 아무것도 아니요, 오직 취미"라고 선언했으며, 김명순

또한 자유연애에 근거하여 "애정 없는 부부생활은 매음"이라고 주장하였다. 이는 제1세대 신여성들이 서구 기독교의 남녀평등과 자유연애관을 공유하며 20세기 초반 일본 신여성들이 주장한 성의 해방론과 정조론에 그 이론적 근거가 절대적으로 닿아 있음을 암시한다. 따라서 이 경우, 김일엽의 <신정조론>을 그의 개인사적 사건, 특히 임노월의 '신개인주의' 사상의 영향으로만 설명하기에는 많은 무리가 따른다. 결국, 1920년대 김일엽 문학 사상의 변모 과정의 온전한 이해에 도달하기 위해서는 동시대 식민지 조선의 사회적 정황, 개인사적 특수성, 일본 신여성운동의 영향관계 등 복합적이고 중층적인 시각의 접근이 필요하다 할 것이다.

신여성, 전통과 근대의 경계

1920년대 조선의 제1세대 신여성들은 대부분 전통과 근대의 경계에 놓여 있었다. 그들은 표면적으로 기독교의 영향 아래 자의식을 형성한 것으로 알려져 있다. 이들의 자의식에 기독교적 체험이 미친 영향은 그들이 표방한 자유연애, 남녀평등, 인습타파, 여성교육에 대한 자각 등의 다양한 주제의식으로 표출된다. 그러나 이들 신여성을 둘러싼 현실적 배경은 여전히 강한 유교적 전통의 자장 안에 있었다. 그로 인해 이들의 생애 내내 기독교가 영향을 주기는 어려웠으며, 궁극에 그것은 그녀들 자신의 '회의' 혹은 '비판'의 양상으로 치닫는다. 김명순은 1924년경에 기독교에 대한 회의를 이미 고백한 바 있고, 나혜석은 1930년대 이혼 이후 승복을 입는다. 그러나 누구보다도 기독교를 강하게 비판하고 이후 불교에 귀의한 신여성은 다름 아닌 김일엽이다. 김일엽이 불교와 "처음 인연을 맺은 것은 1923년 전후로 추정되며, 만공선사의 법문을 듣고 크게 발심"한 것으로 전해진다. 물론 이전에 그는 당대 최고의 문사였던 춘원 이광수에게 '일엽—葉'이라는 아호를 받으며 불교와의 인연을 예고한다. 김일엽 스스로가 밝히고 있듯이 '일엽'은 25세의 나이에 폐결핵으로 요절한 일본의 천재 여류작가 히구치 이치요樋口—葉의 이름을 딴 것인데, '이치요'는 선불교의 창시자 달마선사와 관련이 있는 것이다.

　김일엽은 1927년부터 『불교』나 『여시』같은 불교계 잡지에 작품을 발표한다. 또한 1933년 불교에 귀의한 이후에도 불교적 상상력이 주조를 이루는 작품 창작 활동을 지속적으로 수행한다. 1960년에 상재된 『어느 수도인의 회상』, 다시 격년 단위로 발간한 『청춘을 불사르고』와 『행복과 불행의 갈피에서』를 비롯한 다수의 산문 및 시편들은 이를 입증하는 주요 텍스트들이다. 이렇게 보면 김일엽의 문학세계에서 불교와의 연계성은 간과할 수 있는 사안이 아니다. '신여성' 사상을 적극적으로 표방한 1920년대 초중반을 제외하면, 불교와의 연관성은 그의 문학적 생애 전 기간에 걸쳐 놓여 있는 것이다. 그럼에도 불구하고 김일엽의 문학세계에서 불교와의 연계성을 언급하는 일 또한 그리 간단한 것이 아니다. 무엇보다도 1920년대 후반에서 1930년대 초반 사이에 발표된 그의 글들은 소수의 작품을 제외하면 적지 않은 경우에 포교적 성격을 강하게 띠고 있으며, 1933년 수덕사 입산 후에는 아예 30년 가까이 작품 활동을 중단한 까닭이다. 이제까지 불교에 귀의한 이후의 김일엽의 문학세계에 대한 조명이 적극적으로 이루어지지 않은 이유도 이러한 사정에서 기인한다. 최초의 여성잡지 『신여자』 발간, 1920년대 당시로서는 도발적이라고 할 만한 <신정조론>과 특유의 <모성론>을 주장하던 작품들에 비해, 출가 이후 30년간의 절필 생활을 마치고 내놓은 그의 '불교문학'은 일반 대중독자들에게는 다소 이질적인 것으로 여겨져 왔기 때문이다. 그러나 김일엽이 불교에 귀의하는 과정 및 이후에 발표된 작품에 대한 연구는 앞으로의 연구에서 중요한 의미를 지닐 것으로 여겨진다. 왜냐하면 그것은 바로 김일엽 문학의 사상적 변모과정을 총체적으로 이해하는 일인 동시에, 자유연애와 같은 근대사상을 적극적으로 수용하면서도, 한편으로는 전통적 사유체계에 깊이 침윤된 제1세대 신여성들의 복합적이고 모순적인 사유방식을 이해하는 궁극적인 일에 해당하기 때문이다.

문학관, 21세기 문화의 공간학

21세기의 문학관 풍경

　시인·작가의 삶과 그들의 작품세계를 집적하여 전시공간으로 꾸며놓은 문학관은 전국에 대략 50여 곳에 달한다. 전국 최대 규모의 부지를 자랑하며 지난 2009년 6월 13일에 개관한 황순원문학촌—양평 소나기마을을 비롯하여 평창의 이효석문학관, 춘천의 김유정문학관, 전주의 최명희문학관, 안성의 조병화문학관, 군산의 채만식문학관, 통영의 유치환문학관, 원주의 박경리토지문학관, 하동의 이병주문학관, 진해의 김달진문학관, 안동의 이육사문학관, 경남문학관 등은 이미 '전국구' 문학관으로서 일반 대중들에게도 잘 알려져 있다. 현재 전국적으로 분포된 문학관은 각각의 명칭에서 나타나듯이 대개가 작가의 고향 혹은 작품 속 배경과 밀접하게 연계된 지역에 위치한다. 간혹 경남문학관이나 영천문학관(건립 중)과 같은 특정지역의 이름을 강조한 문학관도 없지 않지만, 대개의 경우 대상 작가의 이름을 직접 호명하는 경우가 보통이다.

당연한 이야기겠지만, 이들 문학관에 명패를 단 '주인'들은 공히 한국 근현대문학사 백년을 이끌어 온 대표 주자들이다. 이육사, 김유정, 이효석, 채만식, 유치환, 황순원, 박경리, 이병주, 김달진, 조병화, 최명희 등의 면면은 한국 근현대문학사의 숨결과 호흡을 같이한다. 따라서 이들의 문학관을 찬찬히 둘러보는 일은 한국 근현대문학사의 시공간으로 떠나는 문학 기행이자, 지난 백년간 축적된 한국문학 작품의 내면 풍경을 엿보는 것에 해당한다.

그런데, 오늘날 문학관의 위상은 여기서 그치지 않는다. 그것은 각 지역의 문화를 활성화하거나 문학테마파크로서 적극적으로 기능하며 지자체의 수익창출에 크게 기여하고 있다. 기존의 경우와는 달리 최근 들어 문학관 건립에 참여하는 인력들이 문학전공자 이외에도 문화 '사업'의 효율적 측면을 강조하는 문화콘텐츠사업 분야(건축설계, 도시행정, 관광경영 등)의 전문가들로 구성되는 이유도 이와 무관하지 않다. 이런 측면에서 보면 우리시대의 문학관은 과거의 시인 작가들의 흔적을 기억하거나 간직하고 그들의 문학작품을 단순히 전시·재현하는 차원을 넘어, 이들을 매개로 새로운 문화 사업을 확대 재생산하는 역할을 수행하고 있다고 할 수 있다. 현재 전국의 문학관은 단순히 지역 '작가의 집'의 의미를 넘어 21세기 문화콘텐츠 산업의 적자로 거듭나고 있는 것이다.

문학관 건립은 지역 문화 탐색이라는 의미와 함께 그 지역 주민들의 문화적 자부심을 갖게 하는 효과를 지닌다. 아울러 문학을 테마로 한 최근 '관광·공원' 개념의 문학테마파크는 분명, '문화경제학' 부문의 인프라를 구축할 수 있다. 이러한 까닭에서 중앙정부 및 지역자치단체에서는 1997년부터 적지 않은 예산을 편성하여 지역문학관 지원사업[1]에 힘을 쏟아 왔다. 그 결과, 2010년 현재 전국에는 45곳의 문학관이 설립되어 있고, 13곳의 문학관이 건립중이거나 개관을 준비 중이며, 정부에서는 앞으로 최소 57곳의 문학관을 더 세우려고 계획하고 있다(자세한 내역은 문화체육관광부,『지역문학관 활성화 정책연구』13쪽: 정우영,「문학으로 만나는 온갖 즐거움, 문학관에 다 있다?」,『21세기 문학』, 2009 가을호 참조). 바야흐로 문학관 전성시대가 예고되고 있는 것이다. 하지만 현재 지역문학관은 다양한 차원에서 적지 않은 문제점을 노정하고 있다. 여기서 그 내용을 정리하면 아래와 같다. 첫째는 상당수 문학관이 독자적인 운영프로그램을 개발하지 못하고 있다는 점, 둘째는 안정적인 예산구조와 문학관의 법적인 존립근거 확보가 불투명하다는 점, 셋째 몇몇 문학관을 제외하고는 문학테마파크로서의 경제적 부가가치 창출 효과가 아직까지는 기대치에 미치지 못한다는 점, 넷째 대다수의 문학관이 황순원문학촌—양평소나기마을이 보여준, 뛰어난 문학작품이 그 서정적인 내용과 더불어 문화산업의 현장으로 발전적으로 변용·응용(이와 관련해서는 김종회,「황순원 <소나기>의 문학적 가치—문화산업적 소통을 위한 전반적 고찰」,『황순원 '소나기 마을'의 OSMU & 스토리텔링』, 랜덤

---

1) 우리나라의 지역문학관 정책은 1997년부터 비로소 시작되었다고 할 수 있다. 지방자치제가 도입된 1995년 이후 지역 문화 활성화 방안의 하나로 문학관 건립이 유력하게 떠오른 것이다. 이러한 사실은 2001년 문화관광부에서 간행한 ≪2001 문화정책백서≫를 통해서 확인할 수 있다. 백서에는 ① 지역문화 활성화 방안 ② 지역 주민들과 문학계의 요구 수용 ③ 문학관도 문화·관광의 주요 자원이 될 수 있다는 내용이 기록되어 있다.

하우스, 2004를 참조할 것) 되지 못했다는 점, 다섯 번째로는 전문 인력의 부족을 들 수 있다. 물론 이러한 지적들은 두 번째 항목을 제외하면 문학관의 건립 취지 및 그것을 바라보는 지자제의 입장에 따라 약간의 견해차를 유발할 수 있다. 가령, 문학관의 학술·교육적 효과 및 문학유산 보존의 의의를 크게 지지하는 입장이라면 단순 '방문객 수집계 자료' 및 유료 입장 수입으로 인한 경제성은 별다른 의미를 획득하지 못할 것이다. 그러나, 그럼에도 불구하고 오늘날의 문학관이 21세기 문화산업의 새로운 동반자라는 사실을 상기한다면 사안별로 이에 대한 종합적 대책을 서둘러 마련해야 할 것으로 판단된다.

꿈의 귀향, 혹은 구름이 흘린 것들
– 조병화문학관

편운 조병화문학관은 시인의 고향인 경기도 안성시 양성면 난실리에 위치하고 있다. 문화관광부에 의해 1993년 난실리 마을이 문화 마을로 지정되면서 국고의 지원을 받아 지어진 문학관은 현재 시인과 관련된 기획 전시물, 저작도서 및 유품을 상설 전시하고 있다. 조병화문학관이 소장한 자체 자료기록에 의하면, "1986년 8월 말, 고 조병화 시인이 고향에 내려와 마을 앞에 버스정거장을 비롯하여, 아이들 놀이터, 운동장, 마을휴게소, 장승, 마을회관 등 문화시설을 자비로 시설 제공하고, 버스정거장에 "꿈"이라는 기를 세워 고향사람들에게 삶의 용기를 북돋워 주는 일을 하면서 "고향 가꾸기"에 힘썼다. 이에 문화부(장관 이어령)에서 난실리를 문화마을로 지정(1990.6.13)하여 꿈의 마을로 문화부에 등록되었다(지정번호 제90−2호)"라고 전한다. 이외에 편운 자신의 회고에 따르면 해방 전까지만 해도 이곳은 한양 조가趙家의 마을(「내 고향 난실리」,『떠난 사람, 떠난 세월』, 현대문학, 1989)이었다. 평소에도 난실리를 자주 찾았던 시인은 1962년 어머니 진종여사가 별세하자 그 이듬해인 1963년 "어머니의 산소 가까운 언덕에 묘막처럼 집을 하나 짓고" 이 집의 이름을 편운재片雲齋로 정한다. 당시 편운재 한 쪽 벽에는 "살은 죽으면 썩는다."라는 모친의 글을 새겨 넣었는데, 이는 시인이 어머니와의 추억을 기념하기 위한 것이라고 한다. 현재 편운재에는 생전에 시인이 작업실로 사용하던 혜화동 서재를 원형 그대로 옮겨와 보존하고 있다. 어찌 되었든 이때부터 난실리의 조병화문학관 건립 작업, 나아가 편운 조병화의 꿈의 귀향은 이미 시작되었을지 모른다. "그때부터 내 마음은 내 고향 난실리에 내려가 있었다." 또는 "죽어서 맑은 산천 그 고향에 묻히기 위해서, 그 어머님 곁에 잠들기 위해서"라는 그 시절 시인의 고백은 결코 과장이 아니었던 것이다.

편운의 어머니를 향한 간절한 그리움의 흔적은 문학관 초입에서부터 쉽게 발견된다. 조병화문학관에 들어서면 편운의 묘비에 「꿈의 귀향」이라는 제목으로 "나는 어머님의 심부름으로 이 세상 나왔다가 이제 어머님 심부름 다 마치고 어머님께 돌아왔습니다."라는 문구가 새겨져 있다. 이외에도 "어머님 묘소 쪽으로 창을 낸 편운재"(「국도 45번」, 제32시집『혼자 가는 길』)와 제21시집『어머니』에 수록된 「해마다 봄이 오면」 등의 시편들을 참조해보면 '종교와도 같은' 어머니를 향한 편운의 애끓는 심정을 미루어 짐작할 수 있을 것이다.

조병화문학관의 곳곳에는 편운의 사모곡뿐만 아니라 "인생은 실로 조각구름 같은 것"으로 인식하고 일생동안 "꿈과 사랑과 멋"의 세계를 추구해 온 시인의 정서가 잔잔하게 배어있다. 연건평 85평 규모의 아담한 2층 건물과 1동의 부속 건물, 주변에 편운재와 '개구리 소리를 듣는다.'는 뜻의 청와헌을 거느린 이곳에는 편운의 '시'와 '그림'과 '여행'과 '수학'과 '럭비'가 있다. 조병화문학관에는 이렇게, 낭만적 시인의 전 생애가 담겨 있다.

일전에 시인 구상은 조병화의 시심詩心을 가리켜 '牧童의 마음씨'(「片雲頌」)라고 부른 적이 있다. '한 조각 맑은 구름'처럼 자연과 삶의 원리에 순응하며, '버들피리를 부는 목동의 마음'으로 인생의 참된 의미를 적극적으로 탐색하는 편운의 시정신을 그는 이렇게 표현한 것이다. 실제로 문학관에 전시된 조병화의 시편들은 삶을 여유롭게 관조하는 시적 태도를 견지하면서도, 한편으로는 인생의 가장 근원적인 문제를 유연하게 환기하는 양상을 보여준다. 그의 시는 우리의 주변에서 흔히 볼 수 있는 일상과 자연의 평범한 풍경들을 소재로 삼아 꿈·고독·슬픔·사랑·그리움·이별·죽음과 같은 인간 내면의 보편적 정서를 소박하고 평이한 언어로 투명하게 노래하고 있는 것이다. 이 중에서도 특히 고독과 허무, 사랑과 그리움의 정조는 조병화문학관의 전반을 감싸 안는 두터운 외피이자, 그의 시세계의 핵심 요소로 규정된다. 이런 까닭에 이제까지 조병화의 시는 '고독한 魂과 魂의 대화'(김소운), '고독과 허무의 공간'(김여정), '고독한 단독자의 城'(김삼주), '사랑의 哲人'(김재홍), '사랑의 순교'(한광구) 등의 현란한 수사를 동반한다. 그 자신의 표현대로 시인에게 고독과 허무, 사랑과 그리움은 시작詩作 기간 내내 '나의 양식'이자 '나의 우주'로 작용하였으며, 이제 그것들은 조병화문학관이 전송하는 '사상'과 '꿈'으로 빛나고 있다.

조병화문학관의 전시실을 꼼꼼하게 관람할 때, 유독 눈에 띄는 것은 총 26편의 작품이 수록된 그의 첫 시집 『버리고 싶은 遺産』이다. 1949년 김경린이 장정을 맡아 산호장에서 한정판으로 간행된 이 시집은 혼돈의 해방기를 겪은 청춘기 시인의 정신적 고뇌와 외로움, 허무의식이 투명하게 반영되어, 젊은 시절 시인의 내면 의식을 살펴 볼 수 있다. 특히 시집 전반에 걸쳐 압도적으로 분포되어 있는 슬픔, 허무, 쓸쓸함, 그리움 등의 시어는 이러한 첫 시집의 성격을 분명하게 드러내는 것으로 잘 알려져 있다. 허무와 고독의 정조로 점철된 『버리고 싶은 遺産』의 시적 분위기는 그의 두 번째 시집 『하루만의 慰安』(1950)을 거쳐 『人間孤島』(1954), 『사랑이 가기 전에』(1955), 『기다리며 사는 사람들』(1959)에 이르기까지 지속된다. 그래서일까. 쾌적하고 청결한 1층의 전시실 내부에는 가끔씩 1950년대 발표된 조병화의 시세계에 나타나는 일단의 특성들, 즉 허무와 좌절 혹은 외로움과 슬픔으로 대변되는 시적 분위기가 다소 느껴지기도 한다.

조병화 시세계의 중심축을 떠받치는 또 다른 주제 가운데 하나는 '사랑'이다. 데뷔를 전후한 시기부터 그의 시는 지속적으로 사랑의 문제에 천착해 왔다. 조병화 시인에게 있어 사랑은 그의 시적 기원이자, 영원한 지향점이다. 이런 측면에서 그는 한 평자의 주장대로 가히, '사랑의 哲人'이라 불릴 만하다. 다음에 인용한 「첫사랑」의 '밤나무 숲 우거진 마을'과 '천지를 진동하는 개구리 소리'는 수많은 사랑노래를 내장하고 있는 조병화문학관의 배경을 이해하는 데 부족함이 없다.

밤나무 숲 우거진
마을 먼 변두리

하얀 여름 달밤

얼마만큼이나 나란히
이슬을 맞으며 앉아 있었을까
손도 잡지 못한 수줍음
짙은 밤꽃 냄새 아래
들리는 것은
천지를 진동하는 개구리 소리
유월 논밭에 깔린
개구리 소리

아, 지금은 먼 옛날
하얀 달밤
밤꽃 내
개구리 소리

—조병화, 「첫사랑」 전문

  일반적으로 첫사랑의 추억은 누구에게나 마음속의 아름다움으로
남아 있다. 그것이 비록 실연의 아픔이 배어있는 슬픈 기억의 일부라
할지라도, 지금은 상대조차 알 수 없는 철들기 전의 풋사랑에 불과하
더라도 그 사랑의 추억은 언제나 들뜬 감정을 불러오고 '하얀 달밤/밤
꽃내음'과 같은 매혹적인 분위기를 연출한다. 이 시에서 알 수 있듯이
조병화 시인에게도 첫사랑은 아름다운 추억의 공간이자 '천지를 진동
하는' 우주적 체온을 느끼게 하는 장소이다. 시인에게 첫사랑은 '먼 옛
날'의 '손도 잡지 못한 수줍음'으로 남아 있지만, 그것이야말로 시인의
마음속에 영원한 <그리움>의 대상으로 남아 있다. 그렇다면 그리움
이란 무엇인가. 그리움, 그것은 어떤 대상을 향한 고독한 존재의 사랑
혹은 갈망과 연모의 정서를 지시하기도 하지만, 어떤 측면에서는 대
상에 의한 주체의 운명적 끌림이라는 수동적 의미를 함의한다. 그리

움(사랑)은 대상에 대한 주체의 의지가 강하게 작용하는 것이기도 하지만, 대상에 의한 주체의 이끌림의 맥락도 내장하고 있는 것이다. 다시 말해서 그리움(사랑)은 그리운 대상이 환기하는 어떤 인력引力이 존재하지 않을 때 그리워하는 주체 스스로 감당하기 어렵다. 따라서 주체의 그리움은 대상의 성격에 따라 시시각각으로 달라질 수밖에 없다. 조병화의 경우에 그리움의 대상은 연인, 어머니, 인생 그 자체 등으로 다양하게 변주된다. 이는 시인의 사랑이 대상에 따라 그 성격과 의미가 유연하게 변주되고 있다는 사실을 말해준다. 이런 맥락에서 조병화 시인에게 사랑은 고정불변의 대상이 아니다. 그에게 사랑은 끊임없이 새롭게 만들어지는 시적 정서이자 사상이다. 동시에 그것들은 시인을 꿈꾸게 하는 핵심 동력이며 2003년 작고할 때까지 그가 '흘린' 낭만의 정신이다. "버릴 거 버리며 온" "구름이 흘린"(『구름이 흘린 것들』, 현대문학, 1985) 삶의 결정체다.

한편, 1991년 처음 제정되어 기성시인과 평론가, 신인들을 대상으로 시상하는 편운문학상과, 매년 5월 첫째 주에 개최되어 지역 주민은 물론 한국 문단의 주요 문인들이 대거 참가하는 <꿈과 사랑의 시 축제>는 이제 안성지방만의 지역 행사를 넘어서 한국 문단의 작지만 소중한 문학 축제로 자리 잡아 가고 있다. 이처럼 "고향은 인물을 낳고, 인물은 위대한 인간이 되어서 그 고향을 빛나는 영원한 고향으로 만든다."(「내 고향 蘭室里」)는 편운 조병화의 말과 꿈은 지금, 그의 고향에서 조금씩 실현되어 가고 있는 중이다.

가산을 추억함 – 이효석문학관

이효석 문학관은 강원도 평창군 봉평면 창동리 544–3번지에 위치하고 있다. 이 지역은 천혜의 자연 조건이 구비되어 있었음에도 오랜 기간 우리 마음속의 오지로 남아 있었다. 강원도 '산골'에 불과하던 이곳이 십 수 년 전부터 전국적인 유명세를 타게 된 데에는 크게 두 가지 요인이 작용했다. 자연과 인간의 발견, 다시 말해 동계스포츠 산업의 활성화 이후 천혜의 자연환경을 적극적으로 개발했다는 점과 이효석문학관 건립을 통해 미래 지향적인 문화콘텐츠 사업을 선도적으로 주도한 점이 그것이다.

이 과정에서 1930년대 한국소설사의 주요 문인으로 활동한 봉평 출신 이효석을 교과서 밖으로 호출한 것은 다름 아닌 지역주민의 의지였다. 이효석문학관은 자치단체의 문화전략과 주민들의 적극적 호응에 힘입어 탄생했다. 초기에는 지역주민과 연구자를 중심으로 가산문학선양회가 결성되었다. 이후 1993년 11월에 가산 이효석의 문학적 업적을 기리기 위하여 가산공원을 조성하였으며, 2002년에 <효석문화제> 기간 중에 마침내 문학관이 개관하게 되었다.

이효석문학관은 전국의 여러 문학관 중에서도 특히 합리적 운영방식과 방문객 유치기획 등을 모범적으로 수행하는 것으로 평가받고 있다. 이로 인해 지방의 소읍에 불과했던 봉평의 이효석문학관은 그의 대표작 「메밀꽃 필 무렵」만큼이나 높은 지명도를 획득하게 되었다. 몇몇 다른 문학관들이 이효석문학관과의 비교를 통하여 자기점검과 향후 운영 방안에 대해 논의하고 있다는 사실은 이를 입증한다. 현재 이효석문학관은 그야말로 '강원도의 힘'을 유감없이 보여주고 있는 것이다.

문학관은 문학전시실, 문학교실, 학예연구실, 문학정원으로 구성되어 있으며 문화행사 및 역사 문화 탐방 코스의 역할을 함께 담당하고 있다. 전시실에서는 작품 일대기와 육필원고 유품, 미발표작 등 4,000여 점의 유물을 한 눈에 볼 수 있다. 또한 1,300평 부지 위에는 조형 광장(동상과 문학비)과 공원 등이 조성되어 있으며, 인근 지역에는 이효석 생가와 소설에 등장하는 물레방아, 장터 등이 있어 작가의 숨결을 보다 가까이서 느낄 수 있다. 이처럼 봉평은 이효석문학관을 중심으로 문화를 향유하고 소통하는 공간으로 거듭나고 있다. 특히 메밀꽃이 흐드러지게 피는 8월말에서 9월초가 되면 수많은 방문객들로 인하여 인간과 자연이 함께 어우러지는 장관을 문학관 주변에서 쉽게 목격할 수 있다.

여기서 이효석문학관의 지형도를 자세히 들여다보기로 하자.

이효석문학관으로 가는 초입에 세워진 조형물은 산 속의 커다란 책, 아니 이효석의 소설책들 속으로 들어가는 상징적인 의미를 지니고 있다. 그 입구를 통과하여 산책로를 걷다보면 문학관이 나타난다. 세련된 박물관식의 전시실 로비에 들어서면 우측으로 이효석의 생애가 물결치듯 연대별로 사진과 함께 정리되어 있다. 문학전시실을 지나 메밀꽃 자료실로 자리를 옮기면 메밀의 전국 분포도와 메밀을 이용한 음식 등이 소개되어 있고 그 중에서도 강원도 평창 봉평 메밀의 탁월한 맛을 자랑하고 있다. 이 공간은 문학관이 지역자치단체의 홍보효과를 거둘 수 있는 가능성을 보여준 실례이다. 전시실에는 이 외에도 소설 속 풍경을 그대로 재현한 옛 봉평 장터의 모형이 전시되어 방문객에게 볼거리를 제공한다. 그리고 문학교실에서는 아담한

크기의 교실에서 문학에 관한 각종 영상물을 접하며 공부할 수 있고 문예행사에 직접 참여할 수 있다. 학예연구실에서는 이효석 문학의 연구의 장으로서 이효석이 다녔던 경성제일고보 학적부부터 최근의 연구서까지 방대한 학문적 사료를 갖추고 있다. 자연과 문학이 함께 하는 문학정원에서는 이효석의 자연 사랑은 곧 고향에 대한 그리움이었으며 그 그리움이 문학을 통해 형상화되었음을 체험할 수 있다. 내실 있는 공간의 구성과 자료, 아름다운 외관을 두루 갖춘 이효석문학관은 문학체험의 장으로서 지역문화의 홍보의 장으로서 역할을 다하고 있다.

이효석문학관의 큰 강점은 앞서 언급했듯이 주변의 관련 유적지 및 시설이 있다는 것이다. 이효석의 소설에 실명으로 거론되는 장소를 하나하나 직접 답사할 수 있다는 것은 방문자로 하여금 소설 속의 등장인물과 함께 하는 기쁨을 누리는 동시에 소설 속으로 '내'가 직접 들어가 나만의 소설을 완성하는 '스토리텔링' 만들기가 가능하다. 이것은 상당부분 테마파크가 목표로 하는 바를 이루는 것이라 하겠다. 특히 이효석문학관은 이 부분에 있어 상당한 효과를 거두고 있다. 이효석의 유년시절의 봉평 생활의 모습을 살펴보면 이해가 쉬워진다. 이효석이 다니던 백리길 사이에 그의 생가가 있으며, 현재의 가산 공원이, 그 길목에 문학관이 들어서 있다. 어린 이효석이 걸었던 그 길을 따라 문학답사를 하며 독자인 나는 작품 속의 허생원이 되고 동이가 되는 것이다.

새삼스러운 이야기지만, 이효석은 1907년 강원도 평창군 봉평면 본 마을 창동리에서 태어났다. 그의 나이 8세 때 창동리 서남쪽에 있는 성황당을 지나 봉평 마을 건너 우경산 밑에 위치한 그의 집에서 백리나 떨어진 평창공립보통학교(현 평창초등학교)에 입학하게 된다.

평창에서 하숙을 했었지만 자주 봉평집에 다녀가곤 했다. 봉평집에 가기 위해서 어린 이효석은 백리길을 걸었다. 이 평창과 봉평 사이의 백리길은 봉평천 좌편에 있는 물레방아를 지나고 봉평천 징검다리를 건너 성황당을 지나면서 소설을 통하여 잘 알려진 주점 충주집도 지나가게 된다. 봉평시내 외곽에서 장평으로 가는 노루목고개, 장평 개울, 장평삼거리, 대화 등등의 지명은 고스란히 작품 속에 옮겨져 있는 것이다.

> 이지러는 졌으나 보름을 갓 지난달은 부드러운 빛을 흐뭇이 흘리고 있
> 다. 대화까지는 팔십리의 밤길, 고개를 둘이나 넘고 개울을 하나 건너고 벌
> 판과 산길을 걸어야 된다. 길은 지금 긴 산허리에 걸려 있다. 밤중을 지난
> 무렵인지 죽은 듯이 고요한 속에서 짐승같은 달의 숨소리가 손에 잡힐 듯
> 이 들리며, 콩포기와 옥수수 잎새가 한층 달에 푸르게 젖었다. 산허리는 온
> 통 메밀밭이어서 피기 시작한 꽃이 소금을 뿌린 듯이 흐뭇한 달빛에 숨이
> 막힐 지경이다. 붉은 대궁이 향기같이 애잔하고 나귀들의 걸음도 시원하
> 다. 길이 좁은 까닭에 세 사람은 나귀를 타고 외줄로 늘어섰다. 방울소리가
> 시원스럽게 딸랑딸랑 메밀밭께로 흘러간다.
>
> ― 이효석, 「메밀꽃 필 무렵」 중에서

육 년간의 이백 리 길은 봉평집에 대한 그리움의 길이었고, 집을 떠나는 실향의 아픔을 맛보아야 하는 시간이었다. 유년시절에 각인된 고향 길의 풍경은 가족과 함께 했던 가장 행복한 시절에 다시금 되살아나 그의 창작 욕구를 자극하였다. 그 시기는 문학적 전향을 이루던 시기였고 동시에 정신적 귀향이 이루어졌던 때였다. 그리고 이효석을 '자연인'이라고 하는 배경에는 유년시절의 백리길 도보의 영향이 놓여 있음을 어렵지 않게 추측할 수 있다. 결국 그는 1942년 36세의 나

이로 주검이 되어서 고향으로 귀향할 수 있었지만, 그의 꿈속에서는 언제나 메밀꽃이 흐드러지게 피는 고향땅에 정주하고 있었을 것이다.

한편, 이효석의 봉평으로의 정신적 귀향은 그의 문학적 전향과도 깊은 관련이 있다. 1931년 6월 카프의 제1차 검거사건과, 불과 보름 정도였지만 조선총독부 경무국 검열계에 취직, 근무한 것과 무관하지 않은 것이다. 경성제국대학 법문학부 영문학과 시절 조선프롤레타리아예술가동맹KAPF에 직접 참여하지는 않았지만 이른바 동반자 작가로서 초기의 작품은 프롤레타리아의 이념을 추구하는 문학적 지향성을 보여주었다. 이러한 이효석의 문학이 전향 이후에 전혀 다른 면모를 보여 준 것은 결코 우연이 아니다. 단편 소설「메밀꽃 필 무렵」,「산협」,「개살구」등의 작품에서 표출되는 그의 자연에 대한 집착은 순수문학으로의 귀향의 의미를 가지기 때문이다.

당시로는 매우 모던한 감각을 지녔고 다재다능했으며 음악을 사랑하고 문학가라는 자부심을 가졌던 이효석은 경성농업학교에서 교사생활(1931~1934)을 시작하여 이후, 숭실전문학교 교수(1936~1938)와 대동공업전문학교 교수(1938~1942)로 재직하면서 영어영문학을 가르쳤다. 그는 교육자로서의 삶과 문학가로서의 삶을 모두 무리 없이 해 냈으며 그러한 일면이 이효석문학관을 통해 시대를 초월하여 우리에게 다가온다. 지금 봉평에는 "이효석은 봉평 사람이다"라는 지역주민의 자부심이 곳곳마다 서려 있는 것이다.

개인의 극복과 광주, 전라도, 백제의 공간학

1.

비유해서 말하자면, 이성부 시인은 1960년대 이후 한국현대시사를 가로지르는 하나의 거대한 산맥이다. 시산詩山이다. 그 산맥의 봉우리마다 놓여 있는 『이성부 시집』(1969), 『우리들의 양식』(1974), 『백제행』(1977), 『전야』(1981), 『빈 산 뒤에 두고』(1989), 『야간산행』(1996), 『지리산』(2001), 『작은 산이 큰 산을 가린다』(2005), 『도둑산길』(2010) 등 아홉 권의 시집들은 장엄하고 비장하면서도 한편으로는 아늑하고 정겨운 우리 삶의 진경을 펼쳐 보인다. 역사의 질곡과 희망적 삶의 원리, 민중적 상상력을 바탕으로 한 "피 묻은 그리움"과 우리 이웃들의

'넉넉한 힘'이 그곳에서 "서로 어우러져 기대고 사"(「벼」)는 까닭이다.

1966년 동아일보 신춘문예 당선작인 「우리들의 糧食」은 이러한 이성부 시세계의 일단을 일찍부터 예고한다. 고향 광주의 금남로 한 술집에서 만난 일용직 젊은 노동자의 삶을 대상으로 한 이 작품 속에, 시인은 민중의 "侵略처럼 활발한 저녁"과 "허름한 자유와/뿌리 깊은 거리와 食事와/구리빛 건강의 힘을 쌓아 두"고 있었다. 물론 이 시기 '우리'로 지칭된 공동체적 삶의 서사가 반세기 가까이 펼쳐지는 그의 시세계를 전일적으로 지배하는 것은 아니다. 가령 그의 초기 시는 "발랄한 지성과 기백 있는 언어들" 또는 "이미지와 이미지의 연결과 흐름"에 의지하며 "자기의 것이면서도 새로운 것을 지향하려는 강렬한 움직임"(김현승)을 보여준다. 예를 들면 "육체는 언제나 가파로운 비탈, 분열의 턱수염이 많은 노인과/집중(集中)을 지내 나온 어떤 무게들이/멀고 먼, 의식의 아래로 하나씩 당겨간다."(「소모의 밤」 부분), "방을 버리고/지평으로 뛰어나온 내 창조의 변두리/두고 온 다음의, 아픔 가까이서/열차는 달려온다."(「열차」 부분)와 같은 방식이다. 1961년부터 다음해인 1962년까지 당대의 권위 있는 문예지인 『현대문학』에 김현승 시인의 3회 추천을 완료한 이 작품들은 동시대에 활동한 젊은 시인들의 시편들에 배어 있는 모더니즘적 요소를 강하게 환기한다. 그리고 이 사실은 이성부 시인이 중고등학교 시절부터 『학원』 지에 작품을 적극적으로 투고했다는 점, 당시 『학원』에는 미당 서정주로부터 "서구적 지성의 움직임"(『현대문학』, 1958.2)에 대한 깊은 이해를 지녔다는 평가를 받으며 문단에 화려하게 등장했던 황동규, 한국시의 전통적 방식에서 벗어나 모던한 기법 및 독특한 양식에 시적 기반을 두고 있던 이제하, 마종기 등이 자주 지면을 활용하고 있다는 것과 무관하지 않은 것으로 파악된다. 습작시절의 이성부는 이들 신진시인들과 『학원』지를 매개로 정신적으로 교유하며 나름의 새로운 창작방법론을 모색하고 있었던 것이다. "제 스스로 생각해보면 『현대문학』 추천을 전후한 작품들은 당대에 유행하던 모더니즘의 경향이 강하게 나타나는 것 같아요. 시가 좀 난해하고 관념적인 측면이 있으니까요. 제 시에 대한 그간의 평가, 즉 소위 민중시 계열로 분류되는 지점은 아무래도 1967년 동아일보 신춘문예 당선 이후로 봐야 할 것 같습니다." (이성천, 대담 「그 산과 마주하다」, 『꿈』, 2010, 가을호)와 같은 시인의 육성은 이런 사실을 분명하게 입증한다.

이렇게 보면 이성부 시인이 대학시절에 발표한 작품들까지 무분별하게 민중시 혹은 역사적 상상력의 맥락으로 편입시키고자 한 그간의 일부 평자들의 견해는 다소 조정되어야 할 듯하다. 시인의 말마따나 1960년대 초중반에 발표된 그의 작품들에는 4 · 19세대 문청 특유의 실존의식과 '발랄한 지성'의 언어가 공존하고 있었기 때문이다.

2.

1973년 겨울에 간행된 『문학과 지성』에는 「개인의 극복」이라는 평문이 한 편 실려 있다. 민심의 '채찍'이 모든 억압과 착취와 부조리를 척결하는 힘이며, 이 민심이야말로 바로 '왕중의 왕'임을 주목한 이성부의 시평이 그것이다. '개인의 극복'이라는 제목이 암시하듯이 이 무렵 이성부의 시적 관심은 개인적 차원에서 사회 공동체의 영역으로, 즉 개인의식에서 점차적으로 사회 역사적 현실을 다루는 집단의식과 '우리' 의식의 문제로 확대된다. 이러한 상황에 대해서는 몇 가지 이유를 상정해 볼 수 있을 것이다. 60년대 후반 들어 그가 염무웅, 김지하, 조태일 등 진보적 문인들과 현실인식의 교감을 나누고 있었다는 것, 군사정권이 장악한 국내 정치의 후진성을 파악하였다는 것, 이 과정에서 고통 받는 노동자, 민중의 사실적 삶에 대한 해석이 가능해졌다는 것 등등. 다음에 인용된 시는 이 시기 이성부 시의 특성을 단적으로 보여준다.

> 불에 몸을 맡겨/지금 시커멓게 누워버린 청년은/결코 죽음으로/쫓겨간 것은 아니다.//잿더미 위에 그는 하나로 죽어 있었지만/어두움의 入口에, 깊고 깊은 파멸의/처음 쪽에, 그는 짐승처럼 그슬려 누워 있었지만/그의 입은 뭉개져서 말할 수 없었지만/그는 끝끝내 타버린 눈으로 볼 수도 없었지만/그때 다른 곳에서는/단 한 사람의 자유의 짓밟힘도 世界를 아프게 만드는,/더 참을 수 없는 사람들의 뭉친 울림이/하나가 되어 벌판을 자꾸 흔들고만 있었다.//굳게굳게 들려오는 큰 발자국 소리,/세계의 생각을 뭉쳐오는 소리,/사람들은 아무도 귀 기울이지 않았지만/아무도 아무도 지켜보지 않았지만//불에 몸을 맡겨/지금 시커멓게 누워버린 청년은/죽음을 보듬고도/결코 죽음으로/쫓겨간 것은 아니다.
>
> ─「전태일君」 전문

왜곡된 산업화 체제가 야기한, 도시 노동자의 비극적 삶을 다룬 이 시는 역사적 사건을 매개함으로써 시적 리얼리티를 확보하고 있다. 전태일이라는 상징적 인물을 호명한 인용시는 이 땅 노동현실의 제반 모순과 사회 정치적 정황에 대한 심각한 문제점들을 적극적으로 제기한다. 따라서 작품의 근간을 이루는 표층적 차원의 주제의식은 당연히 노동자 민중이 겪는 아픔과 슬픔, 그리고 이에 대한 분노이다. 그러나 이 시의 미학적 성취는 여기서 그치지 않는다. 이 시에서 시인은 노동계급의 신성한 <울림>과 "세계의 생각을 뭉쳐오는 소리", 즉 역사발전의 합법칙성을 순조롭게 이끌어냄으로써 시적전언을 완성한다. 이를 순차적으로 살펴보면, 작품의 도입부에서 먼저 시인은 '전태일 군'의 죽음과 대면한다. 그러나 시인은 곧 그의 죽음이 "다른 곳에서는" "단 한 사람의 자유의 짓밟힘도 세계를 아프게 만드는,/더 참을 수 없는 사람들의 뭉친 울림이/하나가 되어 벌판을 자꾸 흔들고만 있"음을 감지한다. 시의 화자에게 "지금 시커멓게 누워 있는 청년은/결코 죽음으로 쫓겨간 것"이 아니라 "세계의 생각을 뭉쳐오는" <우리>의 '소리'로 되울려 오는 것이다. 결국 이 시에서 전태일의 죽음은 역설적으로 노동자 민중계급의 '부활'을 암시한다. "결코 죽음으로/쫓겨간 것은 아니다"라는 시적 화자의 단호한 목소리가 작품의 시작부분과 마지막 자리에 각각 놓여 있는 것은, 형식차원에서의 '우연한' 구조가 결코 아닌 것이다.

이처럼 1970년대를 전후한 이성부의 시는 이전 시세계에서 보여주던 것과 그 양상을 달리한다. 실존적 개인의 정서를 통해 이미지의 흐름과 연결에 주력하던 단계에서, 역사와 민중 혹은 우리의 세계에 대한 이해의 차원으로 그 관심의 폭을 넓혀가고 있는 것이다. 물론 이러한 그의 시적 특성은 구체적 삶에 대한 이해를 동반하며 나타난다.

아침 노을의 아들이여 전라도여/그대 이마 위에 패인 흉터, 파묻힌 어둠/커다란 잠의, 끝남이 나를 부르고/죽이고, 다시 태어나게 한다./짐승도 藝術도/아직은 만나지 않은 아침이여 전라도여/그대 심장의 더운 불, 손에 든 도끼의 고요/하늘 보면 어지러워라 어지러워라/꿈속에서만 몇 번이고 시작하던/내 어린 날, 죽고 또 태어남이 그런데 지금은 꿈이 아니어라.//사랑이러라./光州 가까운 데서는/푸른 삽으로 저녁 안개와 그림자를 퍼내고/시간마저 무더기로 퍼내 버리면/거기 남는 끓는 피, 한 줌의 가난//아아 사생

아여 아침이여/창검이 보이지 않는 날은/도무지 나는 마음이 안놓인다./드
러누운 山河에는/마음이 안놓인다.

―「전라도 2」 전문

반도 서남쪽 사람들은/언제나 마음을 大地위에 세우고도/그 몸은 서지
못한다./지리산 깊은 골짜기의/農夫 한 사람의 죽음으로도/世界가 자기 몸
에 피 적시는 까닭이 여기 있다.//어떤 帝王도/죽은 농부의 아내를 겪을 수
는 없다./삼베 찌든 몰골로/유복자를 기르고, 이마의 땀을 닦고,/섞이는 눈
물/코 풀고 손등으로 닦아 내지만,//어떤 帝王도/이 농부의 아내를 옷갈아
입히지는 못한다./유복자가 자라 다시 아비의 밭을 일구고,/아비의 손때 묻
은 쇠스랑, 도끼, 곡괭이,/따위를 힘겹게 매만져도/결코 떠나 살게하진 못
한다.//母子가 한숨으로 가꾸는/한 뼘의 땅, 한 줌의 흙,/어떤 帝王도 이것
들을 빼앗을 수는 없다./어떤 6.25도/어떤 암흑으로도/ 이 빛을 침범할 수
는 없다.

―「백제 1」 전문

한편, 이 시기 이성부 시인에게 고향인 전라도(광주)의 시적 공간은
소외와 배제의 공감대를 형성하는 선험적 장소로 인식된다. 더 나아
가 이성부 시세계의 이 특별한 공간적 선험성은 백제라는 역사적 시
공마저도 포괄하는 양상을 보여준다. 이런 탓에 "반도 서남쪽"을 배경
으로 한 그의 시편들은 자주 가난과 상실, 착취와 수탈, 상처와 결핍의
지대로 그려진다. 동시에 그곳을 방문하는 서정적 주체는 비록 자신
이 거기서 태어나고 자란 고향일지라도, "도무지 나는 마음이 안놓인
다"라고 종종 고백한다. 이러한 사정은 위의 시편들을 통해 어렵지 않
게 확인할 수 있다. 먼저 의인화법과 돈호법으로 구성된 「전라도 2」
에서 전라도는 "그대 이마 위에 패인 흉터"와 "한줌의 가난"과 같은
시구에서 알 수 있듯이 몸과 마음이 상처투성이인 '사생아'의 존재로

제시된다. 또한 「백제1」의 경우에도 "반도 서남쪽 사람들은/언제나 마음을 大地위에 세우고도/그 몸은 서지 못하"는 불평등하고 비정상적인 존재로 표현된다. 전라도와 백제의 공간학적 선험성, 이 결핍과 상실의 정서는 「광주」, 「전라도」와 「백제」 연작시 전편에 어김없이 적용된다. 시인 이성부에게 고향 광주와 전라도, 백제의 시공간은 "아무것도 알 수 없는 고향"이자, "만나면 쩔쩔매는/고향"이며 "겁에 질린 마음을 가지고도/뒤돌아 큰소리로 외치는 노예"(「광주」 부분)의 땅으로 수용되고 있었던 것이다.

그렇다고 해서 시인이 고향인 "반도 서남쪽"의 시공간이 항시 '패배'와 '무너짐'의 정서 지대로 방치되어 있는 것은 아니다. 이곳에는 "아직은 만나지 않은 아침"으로서의 전라도와 "어떤 帝王도" '꺽거나' 범하거나 '뺏을 수 없는' 민초들의 고유한 삶이 자리한다. 그곳은 아침으로 표상되는 미래에의 희망과 '어떤'이라는 한정사에서 강조되듯 민중의 강인한 생명력이 공존하고 있는 것이다.

3.

이 지점에 이르면 우리는 공동체적 연대의식을 바탕으로 독자적 서정의 세계를 견고하게 구축해온 이성부 전기 시세계의 미학적 특장들과 만날 수 있다. 그의 시는 광주와 전라도, 백제로 상징되는 소외와 배제의 선험적 공간에, 유연하면서도 강력한 민중적 생명력과 희망의 온기를 불어넣음으로써 공동체적 삶의 원형을 재구하고 있었던 것이다. 이러한 이성부 시인의 시적 지향은 그의 대표작으로 손꼽히는 「벼」, 「봄」, 「백제행」 등의 작품들과 동행하며 70년대 말 「난지도」라는 시공간을 통해서 재현되는데, 여기서는 전문을 소개하는 것으로 이해를 대신한다.

아름다운 자기 이름을 가진/서울 변두리 난지도에 와서/난지도 공기를 만나고/사람사는 마을을 들여다보면은 안다./난지도에 와서/우리나라 시월 하늘/눈 비비며 바라보면 안다./아니오 아니오 아니오 임을 안다./파리 떼에게도 한잔 먹어라/소주잔을 권하고,/썩은 물웅덩이에도 희망의 손발을 씻어내는/난지도에 와서 보면/우리나라 시월 하늘/서럽다 못해 왜 불타는 노을로 소리치는가를/안다./왜 살아서 스스로 부서지고 싶은 것인가를 안다./쓰레기에 파묻혀 놀던 개구쟁이들이/쓰레기더미 위에 누워 하늘을 우러른다./제복의 여학생이 수색(水色) 종점에서 내려/십리길 걸어, 쓰레기산 또 십리를 넘어/쓰레기 움막으로 기어든다./밤이 되어 봉화산 의병 닮은 햇불들을 들고/밤하늘 덮는 먼지 속 몰려가는 사람들,/에헤야 디야, 에헤야 디야/쿵작작 쿵작작/여기서도 왼종일 라디오 소리 들리고/향수 뿌린 여인이 있어/악취에 코막힌 사내들의 가슴을 후벼준다./서울의 거대한 오물 하치장,/개, 돼지, 짐승들도 숨막혀 아우성만 커진 곳,/사람과 쓰레기가 한 몸이 되어/파리 떼 속에서 사랑을 속삭이고/온갖 꽃을 피우고/바람을 부르고 비를 부른다/난지도에 와서/사람을 만나고/사람의 마을을 들여다보면 안다/아니오 아니오 임인가를 비로소 안다.

- 「난지도」 전문

이상의 내용을 정리하면, 시와 현실의 함수관계를 언급하는 데 있어서 반드시 그것이 극복과 지양의 논리를 내세우며 부조리한 현실과의 긴장된 대결구도에서 접근할 필요는 없을 것이다. 흔히 우리 시사에서 시의 현실 응전력을 논할 때, 저항과 실천이라는 경직된 용어가 무의식적으로 전제되어 왔음은 주지의 사실이다. 그러나 이성부의 시편들은 근본적으로 이러한 구조 자체를 거부한다. 그는 서슬퍼런 군사독재를 체험하고 소외받는 민중의 삶이 적나라하게 노출되던 현실 속에서도 자신만의 독특한 서정 양식으로 타개 방법을 마련한다. 70년대 발표된 그의 『우리들의 양식』과 『백제행』에는 긴장감을 잃지 않으면서도 모순 어법을 통해 현실의 문제적 정황을 극명하게 제시하기도 하고, 시어의 구체성을 통해 시적 의미의 윤곽을 선명하게 보여주기도 하는 여러 시편들이 수록되어 있다. 결과적으로 말해서 이성부 시인에게 있어서 이 시기는 공간적 선험성과 연계하여 역사적/민중적 상상력의 확대와 서정정신의 고양을 동시적으로 이루어낸 시기였다.

새미비평신서 18

위반의 시대와 글쓰기

초판 1쇄 인쇄일	2012년 6월 19일
초판 1쇄 발행일	2012년 6월 20일
초판 2쇄 발행일	2013년 8월 30일

지은이	이성천
펴낸이	정구형
편집이사	박지연
책임편집	이하나
본문편집/디자인	정유진 신수빈 윤지영 이가람
마케팅	정찬용 권준기
영업관리	심소영 김소연 차용원 전소희 김지은
인쇄처	월드문화사
펴낸곳	새미

등록일 2006 11 02 제2007-12호
서울시 강동구 성내동 447-11 현영빌딩 2층
Tel 442-4623 Fax 442-4625
www.kookhak.co.kr
kookhak2001@hanmail.net

ISBN	978-89-5628-601-3 *03810
가격	20,000원

* 저자와의 협의하에 인지는 생략합니다.
  잘못된 책은 구입하신 곳에서 교환하여 드립니다.